TABEA BACH
Die Rosenholzvilla

Weitere Titel der Autorin:

Die Kamelien-Insel
Die Frauen der Kamelien-Insel
Winterliebe auf der Kamelien-Insel
Heimkehr auf die Kamelien-Insel

Die Seidenvilla
Im Glanz der Seidenvilla
Das Vermächtnis der Seidenvilla
Weihnachten in der Seidenvilla

Sonne über dem Salzgarten
Himmel über dem Salzgarten
Weihnachtszauber im Salzgarten
Sterne über dem Salzgarten

Über die Autorin:

Tabea Bach war Operndramaturgin, bevor sie sich dem Schreiben widmete. Ihre Romanreihen sind Bestseller und in verschiedene Sprachen übersetzt. Ihr Studium führte sie nach München und Florenz. Heute lebt sie mit ihrem Mann in einem idyllischen Dorf im Schwarzwald. Ihre KAMELIEN-INSEL-Saga führt uns in die Bretagne. In den SEIDENVILLA-Romanen wechselt der Schauplatz zu einer Seidenweberei in Venetien. Die SALZ-GARTEN-Reihe hat als Kulisse die Kanarischen Inseln. Ihre ROSENHOLZVILLA-Romane handeln von einer Instrumentenbauerfamilie im Tessin.

Tabea Bach

Die
Rosenholz
Villa

Roman

Lübbe

 Die Bastei Lübbe AG verfolgt eine nachhaltige Buchproduktion. Wir verwenden Papiere aus nachhaltiger Forstwirtschaft und verzichten darauf, Bücher einzeln in Folie zu verpacken. Wir stellen unsere Bücher in Deutschland und Europa (EU) her und arbeiten mit den Druckereien kontinuierlich an einer positiven Ökobilanz.

Originalausgabe

Copyright © 2024 by
Bastei Lübbe AG, Schanzenstraße 6–20, 51063 Köln

Vervielfältigungen dieses Werkes für das Text- und
Data-Mining bleiben vorbehalten.

Lektorat: Melanie Blank-Schröder
Textredaktion: Marion Labonte, Labontext
Umschlaggestaltung: www.buerosued.de
Einband-/Umschlagmotiv: © www.buerosued.de;
© Ildiko Neer / Trevillion Images
Satz: hanseatenSatz-bremen, Bremen
Gesetzt aus der Adobe Garamond Pro
Druck und Verarbeitung: GGP Media GmbH, Pößneck

Printed in Germany
ISBN 978-3-404-18944-1

2 4 6 5 3

Sie finden uns im Internet unter:
luebbe.de
Bitte beachten Sie auch: lesejury.de

Es ist das Größte, jederzeit bereit zu sein,
das aufzugeben, was wir sind,
um das zu werden, was wir sein können.
Jacqueline du Pré, Cellistin

1
Der Anruf

Die Strahlen der untergehenden Sonne tauchten die Kabine der Business Class in die Farbe von reifen Aprikosen. Die Maschine würde gleich landen, und Elisa ging ein letztes Mal den Korridor entlang, um nachzusehen, ob auch alle Passagiere angeschnallt und ihre Tische hochgeklappt waren. Sie half der jungen Mutter in der vorderen Reihe, ihren weinenden Säugling in die dafür vorgesehene Trage zu betten und sich selbst zu sichern.

»Es sind nur ein paar Minuten«, erklärte sie der Frau. »Wir werden eine ruhige Landung haben. Gleich dürfen Sie Ihren Schatz wieder auf den Arm nehmen.«

Unter dem warmen Klang von Elisas Stimme verstummte das Baby und sah sie aus großen Augen an. Seine Mutter schenkte Elisa ein dankbares Lächeln.

Elisa ging zum Mikrofon und informierte die Passagiere über das aktuelle Wetter, das sie in New York erwartete, gab die letzten Hinweise und schließlich ihrer Crew das Kommando, sich selbst zu setzen und anzuschnallen. Seit drei Jahren war sie Kabinenchefin und in dieser Funktion für acht Kolleginnen und Kollegen verantwortlich. Da sie nur »long distance« flog, wechselten lange, anstrengende Schichten mit Pausen von mehreren Tagen ab. Elisa gefiel ihr Beruf, nicht zuletzt, weil er sie rund um den Globus führte. New York war dabei ein eher unspektakuläres Ziel.

Sie legte den Gurt an und schloss für einige Momente die

Augen. Auf die Frage ihrer Mutter neulich, ob sie glücklich sei, hatte sie, ohne zu zögern, mit Ja geantwortet. Da hatte Eric ihr noch nicht gesagt, dass er jetzt mit der neuen Pilotin zusammen war, um die sich alle scharten, als sei sie eine Sensation. Und tatsächlich kam es auch im 21. Jahrhundert immer noch selten vor, dass eine Frau diesen Posten bekleidete. Die Neue war Eric als Erste Offizierin zugeteilt worden, und als sei es ein Befehl von ganz oben gewesen, hatte er sofort etwas mit ihr angefangen.

Elisa presste die Lippen zusammen. Was hatte sie erwartet? Eric war seit Langem bekannt dafür, seine Partnerinnen zu wechseln wie das blütenweiße Hemd unter seiner Uniform. Gerade mal drei Monate waren er und Elisa ein Paar gewesen, und selbst das hatte Lena, Elisas Freundin, bereits für einen Weltrekord in der Statistik von Erics Beziehungskarussell gehalten.

Was würde Elisa sagen, wenn ihre Mutter sie *heute* fragen würde, ob sie glücklich sei? Genau dasselbe, dachte sie und straffte sich. Eric und sie passten sowieso nicht zusammen. Vermutlich war sie besser dran ohne ihn. Es überraschte sie selbst, wie wenig ihr die Trennung ausmachte. Sie war zweiunddreißig und von den Illusionen, die sie noch vor zehn Jahren über die großen Liebe gehabt haben mochte, war nicht mehr viel übrig.

Mit einem heftigen Ruck setzte das Flugzeug auf der Landebahn auf, und der Säugling fing erschrocken an zu schreien. Elisa schüttelte den Kopf. War dies Erics Antwort auf ihre Gedanken? Oder war er mit seiner Ersten Offizierin beschäftigt? Sonst waren seine Landungen die sanftesten der Welt. Sie fixierte die kleine rote Lampe, die gleich auf Grün springen würde, womit sie ihrer Crew das Zeichen zum Aufstehen geben konnte. Sie hatte alles versucht, um die Schicht zu tauschen und unter einem anderen Piloten zu fliegen, doch das war so kurzfristig nicht möglich gewesen. Was soll's, sagte sie sich, als das Licht von Rot auf Grün umschaltete. Geh ich ihm eben aus dem Weg. Sie hatte sich mit Lena und einigen anderen Kolleginnen verabredet. An diesem freien Abend würden sie ein paar der bekanntesten New Yorker Rooftop-Bars unsicher machen, und darauf freute sie sich schon lange.

»Hättest du eventuell Lust auf ein Konzert?«, fragte Roy, als sie gemeinsam als Letzte das Flugzeug verließen. Der junge Mann, der gerade seine Ausbildung mit Bravour abgeschlossen hatte, strich sich die weißblond gefärbten Haare aus der hübschen Stirn. »Ich wollte eigentlich Steven damit überraschen.« Er seufzte tief, und Elisa warf ihm einen bedauernden Blick zu. Die beiden Flugbegleiter waren seit Kurzem ein Paar. An diesem Morgen hatte sich Steven jedoch krankgemeldet. »Möchtest du vielleicht die Karte?«

»Oh, danke, das ist nett von dir«, antwortete Elisa erfreut. Sie mochte den jungen Kollegen gern. »Leider haben wir schon etwas anderes vor.«

»Willst du mitkommen, Roy?«, warf Lena ein, die in der Gangway auf die beiden gewartet und Elisas Bemerkung gehört hatte. »Wir machen uns einen unvergesslichen Abend. Sabrina, Elke und Daniela sind auch dabei. Das wird toll!«

Sie betraten das Flughafengebäude, wo die Kolleginnen in einem kleinen Pulk beisammenstanden, jede mit einem kleinen Rollköfferchen bewaffnet und offenbar bester Laune. Unvermittelt stieg Elisa ein vertrauter Duft in die Nase. Erics Aftershave. Sie blickte sich um und stellte fest, dass er direkt hinter ihr stand, die Neue an seiner Seite.

»Was habt ihr denn vor heute?« Die Co-Pilotin lächelte in die Runde. »Können wir mitkommen?«

Lena warf Elisa einen erschrockenen Blick zu und setzte zu einer Antwort an, doch Sabrina, die offenbar vollkommen ahnungslos war, kam ihr zuvor.

»Wir machen einen drauf«, verkündete sie mit blitzenden Augen. »Mit *The Crown* fangen wir an. Das soll wirklich sensationell sein ...«

»Natürlich«, fiel ihr Eric ins Wort und zog seine neue Freundin an sich. »Eines der bekanntesten Dachlokale von New York City. Da schließen wir uns euch selbstverständlich an.«

Elisa stöhnte innerlich auf. Als sich die anderen in Bewegung setzte, blieb sie ein Stück zurück. Das hatte ihr gerade noch gefehlt. Die Lust auf einen mondänen Abend in den New Yorker Bars war ihr gründlich vergangen. Wütend betrachtete sie Erics Rücken, der mitten im Pulk der Flugbegleiterinnen wie so oft den Hahn im Korb gab. Auf einmal war Roy wieder an ihrer Seite.

»Weißt du, was?«, sagte sie zu ihm. »Ich komm gerne mit dir. Was wird denn gespielt? Nein, warte. Ich lass mich einfach überraschen.«

Sie waren alle in demselben Hotel untergebracht, und als Elisa in dem eleganten schwarzen Kleid, das sie stets dabeihatte, wenn sie eine der internationalen Metropolen anflogen, in die Lobby kam, wartete Roy bereits auf sie. Eilig gingen sie auf eines der Taxis zu, die vor dem Hotel warteten. Sie waren spät dran, der Transfer vom John-F.-Kennedy-Flughafen nach Manhattan hatte länger gedauert denn je, und Roy bat den Fahrer, so schnell zu fahren wie nur möglich.

»Wenn ihr's eilig habt, solltet ihr die Metro nehmen«, lautete dessen lakonische Antwort.

Elisa ließ sich in den durchgesessenen Kunstledersitz sinken und schloss die Augen. Lena hatte angekündigt, Sabrina zur Schnecke zu machen, doch Elisa hatte ihr das ausgeredet. Schließlich brauchte nicht die gesamte Crew zu wissen, dass sie gerade von Eric abserviert worden war. Ihr war die Lust auf das fröhliche Geschnatter ihrer Kolleginnen sowieso vergangen. Mit einem Mal merkte sie, wie müde sie eigentlich war. Hätte sie besser im Hotel bleiben sollen?

Das Taxi stoppte. Elisa öffnete die Augen und sah sich um. Sie befanden sich in Midtown Manhattan, nur zwei Blocks vom Central Park entfernt. Alles kam ihr so bekannt vor, vor allem dieses prächtige Backsteingebäude, trutzig und imposant wie ein italienischer Palast. Beklommen betrachtete Elisa den Haupteingang mit den fünf rund gewölbten Portalen über dem beleuchteten Vordach. Die Carnegie Hall.

»Hier?«, fragte Elisa ungläubig. Die gesamte Crew wusste, dass Roy am liebsten Jazzmusik hörte, wofür er laut Lena eigentlich viel zu jung war. Deshalb hatte Elisa erwartet, den Abend in einem der berüchtigten New Yorker Jazzclubs zu verbringen und nicht ausgerechnet in diesem Tempel der klassischen Musik.

»Steven liebt klassische Musik«, erklärte Roy und musterte sie besorgt. »Du bist auf einmal so bleich. Ist dir nicht gut?«

»Alles bestens«, erwiderte sie und starrte auf die weit geöffneten Türen.

»Wir sollten uns beeilen«, drängte Roy. »Es ist schon fünf nach acht. Himmel, hoffentlich lassen sie uns überhaupt noch auf unsere Plätze.«

Wie benommen folgte Elisa ihm in das ehrwürdige Konzertgebäude, über die mit roten Teppichen ausgeschlagenen Treppen hinauf zum Foyer. Mit jedem Detail kam die Erinnerung zurück …

»Schnell«, rief ihnen eine Platzanweiserin zu und riss Roy geradezu die Karten aus der Hand, um sie dann im Eilschritt zur richtigen Tür zum Parkett zu bringen. Die unverkennbaren Klänge, mit denen sich ein Orchester gemeinsam einstimmte, beseitigten jeden Rest von Elisas Hoffnung, es könnte sich vielleicht doch um ein Jazzkonzert handeln. Mühsam unterdrückte sie den Impuls, einfach wegzulaufen, und folgte Roy in den Saal. Ihr schlug das Herz bis zum Hals, während missbilligend dreinblickende Besucher ihretwegen aufstehen mussten, um sie zu ihren Plätzen in der Mitte der zehnten Reihe durchzulassen.

Und da saß sie schließlich auf einem der rot gepolsterten Plätze. Das Orchester hatte sein Einstimmen beendet, es herrschte erwartungsvolle Stille. Applaus brandete auf, als der Dirigent die Bühne betrat, gefolgt von einer zierlichen Gestalt. Eine junge Frau, nein, eher ein Teenager, trat an die Rampe und verbeugte sich. Ihre rechte Hand umfasste den Hals eines Cellos.

Elisa war, als blicke sie durch einen Spiegel in die Vergangenheit und sah sich selbst. Die junge Frau setzte sich und platzierte den Dorn am unteren Ende ihres Instruments in den dafür vorgesehenen Halter am Boden. Nahm ihr Cello zwischen die Knie, überprüfte die Spannung des Bogens. Dann richtete sie ihren Blick auf den Dirigenten, der die Arme hob und den Einsatz gab.

Roy drückte Elisa einen Programmzettel in die Hand, den ihm wohl die Platzanweiserin gegeben hatte. Preisträgerkonzert des Internationalen Cello-Wettbewerbs, las sie, darunter den Namen der jungen Frau und die Stücke, die sie spielte. Bereits mit den ersten Klängen erkannte sie das berühmte Cellokonzert von Robert Schumann. Denn sie hatte einmal selbst dort oben gesessen und dieses Stück gespielt, auf genau dieser Bühne.

Elisa saß starr auf ihrem Stuhl. All die Jahre hatte sie versucht, jenen Tag zu vergessen, und tatsächlich hatte sie lange überhaupt nicht mehr an die Ereignisse von damals gedacht. Hatte diesen Moment, der ihr Leben für immer in eine andere

Richtung katapultiert hatte, aus ihrer Erinnerung gelöscht. Diese fürchterliche Schmach, die Verwirrung, in die sie gestürzt war, die vielen schlaflosen Nächte, in denen sie diesen einen Augenblick immer und immer wieder aufs Neue durchlebt hatte, ihren Zusammenbruch und die vielen Wochen in einer Klinik, in der außer ihr nur überarbeitete und ausgebrannte Erwachsene gewesen waren, die sich nicht vorstellen konnten, wie es möglich war, dass bereits eine Sechzehnjährige an diesen Punkt gelangte. Und dann war eine Zeit gekommen, in der sie sich das selbst nicht mehr hatte erklären können.

Denn einige kostbare Jahre lang waren die Musik und das Cello ihr einziger Lebensinhalt gewesen. Wie im Rausch hatte sie ihre Siege gefeiert, damals, als sie mit einer Leichtigkeit, die alle in Staunen versetzte, selbst Preisträgerin dieses Wettbewerbs und vieler anderer wurde. Schon im Alter von zwölf Jahren hatte man ihr eine ganz große Karriere vorhergesagt, hatte sie mit Ehrungen und Auszeichnungen überhäuft. In allen großen Konzertsälen war sie aufgetreten, in Mailand und Wien, Buenos Aires und London, in Tokio und an anderen berühmten Orten. Bis zu jenem Abend, an dem das Unerklärliche passiert war …

Ihre Hand, die den Programmzettel hielt, war eiskalt und gleichzeitig schweißnass und hielt das Papier viel zu fest. Wie war es möglich, dass sie nach all den Jahren noch immer jede einzelne Note kannte, so vertraut waren ihr die Melodien.

Elisa wagte kaum zu atmen, während die Musik ihren Lauf durch Schumanns wundervolles Werk nahm. Die junge Solistin spielte makellos, und doch hatte sie selbst damals den sehnsuchtsvollen Kantilenen einen viel tieferen Ausdruck verliehen, hatte ihr Cello zum Singen gebracht und damit ihr Publikum verzaubert. Aber was maßte sie sich an, sie, die schon lange kein Cello mehr angerührt hatte?

Elisa hatte diese Komposition seit damals nie mehr gehört.

Das war nicht schwierig gewesen, denn sie hatte die Welt der Musik vollkommen aus ihrem Leben verbannt. Und trotzdem bemerkte sie nun fasziniert, wie sich die Finger ihrer linken Hand unwillkürlich zu bewegen begannen, als ob sie sich noch genauer an alles erinnerten als sie selbst. Sie musste ihre rechte Hand auf ihre linke legen, um sie daran zu hindern, die Tonfolgen zu greifen. Etwas begann in ihrem Innern zu vibrieren, ja, sie hatte diese Musik einmal geliebt, sie war lange Zeit ein Teil von ihr gewesen.

Doch in ihre Freude des Wiedererkennens mischte sich sogleich jenes andere Gefühl, so als würde eine Faust ihren Magen zusammenpressen. Je weiter das Stück voranschritt, umso unerbittlicher wurde der Druck. Jene verhängnisvolle Stelle rückte unaufhaltsam näher, und Elisa fühlte ihr Herz heftig schlagen. Nur noch wenige Takte – sie hielt den Atem an und schloss die Augen. Und dann war alles wieder da.

Sie war sechzehn Jahre alt und saß auf der Bühne der bis auf den letzten Stehplatz ausverkauften Carnegie Hall. In der Ehrenloge befand sich kein Geringerer als der Präsident der Vereinigten Staaten, die First Lady an seiner Seite. Und am Dirigentenpult stand jener Mensch, der damals verantwortlich gewesen war für ihr Wohl und Weh, ihr Fels in der Brandung, ihr Antrieb und Ansporn ...

Die Stelle war vorüber, und Elisa atmete auf. Die junge Frau dort vorn auf dem Podium spielte weiter, unfehlbar und mit großer Ausdruckskraft. Sie war wirklich gut. Nicht wie Elisa, der damals etwas widerfahren war, was sie keinem Menschen je hatte erklären können. Denn wie macht man anderen begreiflich, dass man mitten in seinem bislang wichtigsten Konzert von einer unsichtbaren Welle erfasst worden war, die jeden Ton verschlungen hatte und einem einen Moment der vollkommenen Stille beschert hatte? Niemand hatte das verstanden, und am allerwenigsten sie selbst. Tatsache war, dass es wirklich still im Konzertsaal gewesen war, als die Welle sich zurückgezogen hatte. Bis sich eine peinlich berührte Unruhe im Parkett ausgedehnt hatte, die im Nu das gesamte Auditorium erfasste. Eine ratlose Unruhe, vor der sie schließlich einfach geflohen war ...

»Du wirst doch nicht krank werden?«, fragte Roy, als sie den Saal für die Pause verließen.

Elisa schüttelte den Kopf. »Nur Kopfschmerzen«, sagte sie, und das war nicht einmal gelogen. »Bitte lass dir von mir nicht den Abend verderben. Ich nehm ein Taxi und leg mich im Hotel aufs Ohr.«

Mitten in der Nacht läutete ihr Handy. Sie hatte eine Ewigkeit nicht einschlafen können. Das Konzert hatte einen Sturzbach an Erinnerungen in ihr wachgerufen, die wie eine verrückt gewordene Filmcollage vor ihr abliefen, sobald sie die Augen schloss. Wieder und wieder hatte sie die Szene im Konzertsaal durchlebt, bis sie sich in ihren Träumen mit den Ereignissen von damals vermischt hatte. Noch halb benommen nahm sie den Anruf an. Es war Anna, ihre Mutter, und zuerst verstand sie kein Wort von dem, was sie sagte.

»Bitte, Mama.« Sie musste sich räuspern. »Weißt du eigentlich, wie spät es ist?«

»Natürlich«, antwortete ihre Mutter erstaunt. »Zehn Uhr. Schläfst du etwa noch?« Sie stutzte kurz, dann setzte sie hinzu: »Wo bist du denn?«

»In New York.« Elisa nahm einen Schluck Mineralwasser. »Egal was los ist, hat das nicht Zeit bis morgen?«

»Tut mir leid. Ich hab nicht gewusst ... Dann sprechen wir später. Wann kann ich dich am besten erreichen?«

Elisa war jetzt wach genug, um zu hören, wie aufgewühlt Anna klang. So selten sie sich auch sahen, hatten sie doch ein gutes Verhältnis zueinander. »Warte«, unterbrach Elisa sie. »Jetzt bin ich sowieso wach. Was gibt es denn?«

»Niklas hatte einen Schlaganfall«, platzte es aus ihrer Mutter heraus. »Er liegt in einer Privatklinik in Lugano. Eben kam der Anruf.«

Elisa schwieg betroffen. Sie und ihre Mutter sprachen nicht über Elisas Großvater, schon seit langer Zeit nicht mehr. Genau genommen seit damals, jenem Konzert.

»Und jetzt?«, fragte sie in die Stille hinein. »Wirst du hinfahren?«

»Nein«, kam es wie aus der Pistole geschossen zurück. »Du weißt, dass ich das nicht kann. Außerdem habe ich überhaupt keine Zeit. Morgen beginnt die Modemesse in Paris. Ich wollte dich fragen, ob du vielleicht …«

»Ich?« Elisa war mit einem Mal hellwach. Wenn sie die Augen schloss, sah sie ihn wieder am Dirigentenpult stehen. Wie stellst du dir das vor, wollte sie fragen.

»Hör zu, ich weiß, was du fühlst«, hörte sie ihre Mutter sagen. »Mit mir hat er damals dasselbe gemacht. Mich hat er zu Höchstleistungen an der Geige getrieben und dich … Na ja, das ist alles lange her. Und jetzt ist er alt und braucht Hilfe.«

Dann fahr *du* doch hin, dachte Elisa trotzig.

»Ich kann das nicht«, sagte ihre Mutter, als hätte sie ihre Gedanken gehört. »Du weißt, wie wir zueinander stehen. Es würde ihn nur aufregen, mich zu sehen. Bei dir ist es das etwas anderes.«

»Als ob ihn mein Anblick weniger aufregen würde.«

»Das ist etwas anderes«, wiederholte ihre Mutter sanft. »Ich bin sicher, dass er nach allem, was damals passiert ist, dir gegenüber ein schlechtes Gewissen hat.« Und als Elisa nicht antwortete, fügte sie hinzu: »Hör zu, Liebes, du würdest mir einen Riesengefallen tun.«

»Und was genau stellst du dir vor?«

»Fahr hin und sieh nach, wie es um ihn steht«, bat ihre Mutter. »Das ist alles, worum ich dich bitte.«

»Er wird doch nicht sterben …«, sagte Elisa leise, mehr zu sich selbst.

Einen Moment lang war es still zwischen ihnen. Dann hatte ihre Mutter sich wieder gefangen. »So schnell stirbt Niklas nicht«, versicherte sie mit fester Stimme. »Und falls es tatsächlich so schlimm sein sollte, komme ich natürlich.«

»Ich schau mal, ob ich es einrichten kann.« Elisa seufzte. »Zuerst muss ich aber in meinem Flugplan nachsehen.«

»In Ordnung.« Die Erleichterung war ihrer Mutter deutlich anzuhören. »Du bist ein Schatz, Elisa. Ich bin dir sehr dankbar.«

Um ihre Nachtruhe war es nun geschehen. Nachdem sie sich eine Stunde lang hin und her gewälzt hatte und ihr bewusst wurde, wie leid sie es im Grunde war – bei aller Begeisterung für ihren Beruf –, jede Nacht in einem anderen Bett zu schlafen, stand sie auf und zog sich an. Es war kurz nach vier und sie fühlte sich wie gerädert. Um acht musste sie am Flughafen sein, es blieb ihr also einige Zeit, die sie totzuschlagen hatte. Da konnte sie genauso gut nach Coney Island hinausfahren, wo sie schon ewig nicht mehr gewesen war.

Sie checkte aus dem Hotel aus und ließ sich ein Taxi rufen. Während sie in Soho nach Westen abbogen, um am Hudson River entlang in Richtung Battery Tunnel zu fahren, zog langsam die Dämmerung herauf. Um diese frühe Stunde war selbst in einer Stadt wie New York, deren Puls niemals erlosch, kaum Verkehr. Ein paar einsame Straßenkehrmaschinen zogen ihre Bahnen.

In Brooklyn folgten sie dem Shore Parkway entlang der New York Bay und fuhren immer weiter in Richtung Süden.

Fasziniert sah Elisa zu, wie der Morgen anbrach. Es war Mai, der Tag versprach, warm zu werden, noch wehte eine leichte Brise.

Am berühmten Luna Park in Coney Island ließ Elisa sich absetzen. Mit müden Augen betrachtete sie die aus zahlreichen Filmen vertraute, kunterbunte Szenerie mit den Karussells, dem legendären Riesenrad und der Thunderbold-Achterbahn. Und da fiel ihr wieder ein, dass sie damals mit ihrem Großvater hier gewesen war, am Morgen vor dem Konzert. »Ich möchte so gerne das Meer sehen«, hatte sie gesagt, und Niklas hatte sie zu diesem Strand gebracht.

Der schien zu dieser frühen Stunde allein den Möwen zu gehören. Wie damals zog Elisa ihre Schuhe aus und wanderte auf dem noch nachtkühlen Sand den Meeressaum entlang. Versuchte, einen klaren Kopf zu bekommen. Dass sie am Abend zuvor zufällig in das Preisträgerkonzert gestolpert war, kam ihr beim erwachenden Licht des neuen Tages vollkommen surreal vor. Was für ein merkwürdiger Zufall, dass ihr Großvater ausgerechnet jetzt einen Schlaganfall erlitten hatte. Überhaupt war es für sie schwer vorstellbar, dass dieser Mann, stark, massiv, riesengroß wie ein knorriger Baum, von so etwas Banalem wie einem Schlaganfall gefällt werden konnte.

Ein paar Möwen flogen keckernd und schimpfend auf und zogen ihre Kreise über den Wellen. In einer Sandkuhle lag ein kleiner, einarmiger Teddybär, der schon bessere Tage gesehen hatte. Der Himmel nahm die Farbe von Blutorangen an, ein paar Wolkenfäden am Horizont flammten lilafarben auf.

Elisa blieb stehen und sah sich um. Hinter ihr erleuchtete die aufgehende Sonne einen fast türkisblauen Himmel. Zeit, zurückzugehen. Zeit, dass sie sich wie eine Erwachsene verhielt und nicht mehr wie ein Mädchen, das seine wichtigste Chance vertan hatte.

Damals hatte sie alle ihre Stücke auswendig gespielt, und natürlich brauchte sie auch heute keinen Blick in den Flugplan, um zu wissen, wohin sie ihre Arbeit in den nächsten Tagen führen würde. Sie hatte lediglich ein bisschen Spielraum gewinnen wollen, nachdem ihre Mutter sie dermaßen überrumpelt hatte. Der heutige Rückflug führte über Mailand. Und danach hatte sie eine Woche frei.

Das war noch ein Aspekt, den Elisa am Langstreckenfliegen so schätzte: Auf eine Reihe von anstrengenden Tagen und Nächten, die sich durch die Zeitverschiebung ineinander verflochten und wenig Schlaf zuließen, folgten längere Erholungsphasen.

Sie schrieb ihrer Mutter eine Kurznachricht und teilte ihr mit, dass sie nach Lugano fahren würde. Als sie endlich in Mailand-Malpensa landeten, war es 22 Uhr Ortszeit. Sie verabschiedete sich von ihrer Crew, von der jeder zu seinem Heimatflughafen weiterflog. Elisa allerdings würde hier übernachten und am folgenden Tag in aller Frühe mit einem Mietwagen nach Lugano fahren.

Am nächsten Morgen brauchte sie fast doppelt so lange als die von ihrem Navigationssystem angekündigte Stunde ins Tessin. Denn auf der Stadtautobahn rund um Mailand hatte sich eine einzige zäh fließende Autokolonne gebildet, und erst nach einer Dreiviertelstunde konnte sie in Richtung Norden abbiegen. Bei Gaggiolo überquerte sie die Grenze und war endlich in der italienischen Schweiz.

Elisa war nervös. Sie hoffte, dass ihre Mutter damit recht behalten würde, dass Niklas ihrer Hilfe nicht bedurfte und sie rasch wieder aus seinem Leben verschwinden konnte. Aber hätte sich dann überhaupt jemand aus der Klinik bei der Tochter des Patienten gemeldet?

Vor der Ponte Diga, dem Damm, der Bissone mit Melide

auf dem anderen Ufer des Luganer Sees verband, staute sich der Verkehr erneut. Baustellenfahrzeuge blockierten eine der Spuren, ungeduldige Autofahrer trommelten auf ihren Lenkrädern, hier und dort wurde gehupt. Dennoch konnte Elisa sich dem Zauber der Landschaft, die sie umgab, nicht entziehen. Und als sie endlich den Seedamm erreichte, wusste sie kaum, wohin sie zuerst schauen sollte – auf das türkis glitzernde Wasser, auf die bewaldeten, steil aufragenden Hänge des Monte Arbòstora oder zu den bezaubernden Villen, die das Ufer säumten.

Kurz nach elf fuhr sie auf den Parkplatz der Privatklinik. Sie trank von dem Mineralwasser, das sie mitgenommen hatte, saß einen Moment lang einfach nur da und überlegte, was sie jetzt wohl erwartete. Ihr Handy klingelte, und sie schrak zusammen. Es war Anna.

»Bist du dort?«, fiel sie mit der Tür ins Haus. »Wie geht es ihm?«

»Ich bin gerade erst angekommen«, antwortete Elisa und sah hinüber zum Eingang des Krankenhauses. »Und jetzt geh ich rein.« Kurz war es still zwischen ihnen. »Hör mal«, fuhr Elisa fort. »Ich melde mich, wenn ich mehr weiß, ja? Bitte ruf jetzt nicht jede halbe Stunde an.«

»Okay, okay«, antwortete ihre Mutter kleinlaut. »Ich bin nur … Ich mach mir Sorgen.«

Warum kommst du dann nicht her?, dachte Elisa und biss sich auf die Zunge. Stattdessen sagte sie: »Es wird schon nicht so schlimm sein. Ich ruf dich an.«

»Elisa?«, hörte sie ihre Mutter sagen.

»Ja?«

»Danke, dass du das machst.«

»Ist doch klar. Bis später, Mama.«

»Bis später, Liebes.«

Elisa beendete das Gespräch, schaltete ihr Mobiltelefon

vorsichtshalber aus und stieg entschlossen aus dem Wagen. Wie es ihr in all den Jahren als Flugbegleiterin zur Gewohnheit geworden war, kontrollierte sie ihre Kleidung, auch wenn sie an diesem Tag nicht die Uniform trug, sondern ein apricotfarbenes Sommerkleid, das sie vor Kurzem während eines Aufenthalts in San Francisco gekauft hatte, dazu helle Sandalen. Ihr langes blondes Haar hatte sie im Nacken mit einer Spange locker zusammengenommen. Im Glas der Eingangstür sah sie flüchtig ihr Spiegelbild und überlegte, wie sehr sie sich wohl in den vergangenen Jahren verändert hatte. Und ob Niklas sie überhaupt gleich wiedererkennen würde.

Er lag in einem Einzelzimmer mit Blick auf den See, seine massige Gestalt hob sich unter dem weißen Laken ab. Um ihn herum waren medizinische Apparaturen aufgestellt, die den Raum mit einem verhaltenen Summen erfüllten, ein Infusionsbeutel hing über ihm in einem Gestell und versorgte ihn mit irgendeiner Flüssigkeit. Sein Kopf mit der eindrucksvollen Löwenmähne, die inzwischen fast vollständig ergraut war, ruhte auf einem Kissen, die Augen unter den buschigen Brauen waren geschlossen. Ein ganzer Tsunami an widersprüchlichen Gefühlen stürmte auf Elisa ein, als sie ihren Großvater so sah.

Der Arzt, der sich als Dr. Fullner vorgestellt und Elisa hereingeführt hatte, trat einen Schritt zurück und bedeutete ihr, ihm nach draußen zu folgen. »Er schläft gerade«, sagte er auf dem Flur und warf einen Blick in die Krankenakte in seiner Hand. »Möchten Sie mich in mein Büro begleiten?«

Elisa folgte ihm und nahm auf dem Besucherstuhl Platz. In ihren Ohren surrte es leise. Niklas' Anblick hatte sie mehr verstört, als sie erwartet hatte. »Wie geht es ihm?«, fragte sie und musste sich räuspern, so belegt klang ihre Stimme.

»Den Umständen entsprechend recht gut«, lautete die

Antwort. Dr. Beat Fullner war Deutschschweizer und stammte aus Basel, das hatte er ihr bei der Begrüßung erzählt. Auch wenn Elisa sehr gut italienisch sprach, so war sie in diesem Moment doch froh, mit dem Arzt in ihrer Muttersprache reden zu können. »Wir haben ihn aus der Intensivstation entlassen können, das ist schon mal ein gutes Zeichen. Viel mehr können wir noch nicht sagen. So ein Schlaganfall ist immer eine höchst individuelle Sache. Manche erholen sich rasch und vollständig. Andere hingegen ...«

»Wovon hängt das ab?«, fragte Elisa.

»Von vielen Faktoren«, erklärte Dr. Fullner. »Von der Konstitution des Patienten. Von Vorerkrankungen. Davon, wie rasch er nach dem Apoplex in Behandlung kam. Und natürlich davon, welche Hirnregionen betroffen waren.«

»Glauben Sie, mein Großvater wird wieder gesund?« Elisa versuchte, in der Miene des Arztes zu lesen.

»Vieles spricht dafür«, sagte er vorsichtig. »Soweit es scheint, war er kerngesund vor dem Hirnschlag. Und er kam zum Glück ohne Zeitverlust in Behandlung. Es gibt also durchaus Grund zur Hoffnung. Mehr kann ich nicht sagen. Aber ich verspreche Ihnen, dass wir unser Möglichstes tun, so wie immer. Lassen Sie mich Ihnen nun Schwester Ingrid vorstellen«, sagte er und erhob sich. »Sie ist meine rechte Hand und Ihre Ansprechpartnerin, wenn ich nicht zu erreichen bin.« Sie begaben sich gemeinsam zur Stationsleitung, und Schwester Ingrid, eine kompetent wirkende Mittvierzigerin mit freundlichen Augen hinter einer randlosen Brille, bat Elisa, etwas Wäsche für ihren Großvater zu bringen und ihre Handynummer zu hinterlassen.

Danach wusste Elisa nicht so recht, was sie tun sollte. Sie beschloss, noch einmal nach Niklas zu sehen.

Leise betrat sie sein Zimmer. Ihr Herz fing wie wild an zu

klopfen, als sie sah, dass er wach war. Sie ging an sein Bett, und ihre Blicke trafen sich.

Seine Augen waren noch immer dieselben, blau wie ein Gletscher in der Sonne. Sie weiteten sich, als er sie sah. Elisa konnte nicht einschätzen, ob vor Freude oder Empörung.

»Wie geht es dir?«, fragte sie leise und griff nach seiner Hand, nach der, in der keine Kanüle steckte. Sie fühlte sich kühl und spröde an, die Haut eines alten Menschen, die lange nicht eingecremt worden war. Er drehte seinen Kopf vollends zu ihr und musterte sie mit großen staunenden Augen. Erkannte er sie nicht und überlegte, wer sie sein könnte? »Ich bin es«, sagte sie. »Elisa.«

Es klopfte an der Tür, gleich darauf wurde sie geöffnet. Ein Mann streckte seinen Kopf ins Zimmer, er mochte in Elisas Alter sein, vielleicht etwas älter. Sein dunkles Haar war kurz geschnitten, seine braunen Augen unter den kräftigen Brauen wanderten besorgt von Niklas zu Elisa. »Darf ich?«, fragte er.

Elisa war zu überrascht, um zu antworten, und er nahm ihr Schweigen als Einladung. Im nächsten Moment stand er auf der anderen Seite des Krankenbetts. »Wie geht es ihm?«

Der Löwenkopf drehte sich langsam in Richtung des jungen Mannes. Ein Strahlen erhellte Niklas Eschbachs Züge. Sein Lächeln spiegelte sich in dem seines Besuchers. »Ach, was bin ich froh«, entfuhr es dem. »Jetzt wird alles gut.«

»Ich bin Fabio«, sagte der Fremde, nachdem die Schwester sie gebeten hatte, den Kranken allein zu lassen. Er reichte Elisa die Hand. Elisa schüttelte sie und musterte ihn neugierig. Fabio war groß und schlank, seine Augen hatten die Farbe von Haselnüssen. »Und dich hab ich schon mal gesehen«, fuhr er fort.

»Ich bin Elisa«, antwortete sie verwundert. Fabios Rechte war rau wie die eines Handwerkers. »Niklas' Enkelin.«

»Natürlich!« Er schlug sich mit der flachen Hand vor die Stirn. »Das Mädchen mit dem Cello.«

Elisa blieb kurz die Luft weg, dann hatte sie sich wieder gefangen. »Das ist lange her«, sagte sie. »Woher kennst du Niklas?«, fragte sie, während sie gemeinsam in Richtung Ausgang gingen.

»Wir sind quasi … Nachbarn«, antwortete er. »Er war gerade bei uns, als es passiert ist. Ich hab den Krankenwagen gerufen.«

»Dann haben wir dir viel zu verdanken«, sagte Elisa. »Wie gut, dass er nicht allein war.«

»Ja, das kann man wohl sagen.« Inzwischen hatten sie das Portal erreicht. Fabio hielt Elisa höflich die Glastür auf. »Wie lange kannst du bleiben?«

»Ich … ich weiß noch nicht«, stammelte sie. »Auf alle Fälle mal bis morgen oder übermorgen, denke ich. Ich bräuchte ein Hotel. Kannst du mir eins empfehlen?«

»Ein Hotel?« Fabio sah sie verblüfft an. »Nein, nein. Du kannst doch in der Villa wohnen, da ist Platz genug.«

»Aber ich hab keinen Schlüssel und überhaupt …«

»*Wir* haben einen Schlüssel«, fiel ihr Fabio ins Wort. Er sah auf die Uhr. »Ich muss mich leider beeilen, gleich kommt ein Kunde. Hier …« Er zog einen umfangreichen Bund aus der Tasche und löste zwei Schlüssel heraus. »Der hier ist für das Tor. Und der andere für das Haus. Du kennst den Weg?«

»Ähm, ich bin nicht sicher. Ich war schon lange nicht mehr dort«, gab Elisa zu.

»Dann fahr mir einfach hinterher. Kurz vor dem Haupttor biege ich ab. In Ordnung?«

Der Weg führte am Ufer des Lago di Lugano entlang in Richtung Süden, an der Seebrücke vorbei, und stieg schließlich in Serpentinen den Monte Arbòstora hinauf. Langsam kehrte

Elisas Erinnerung zurück, und spätestens, als sie das kleine Bergdorf Morione erreicht hatten, erkannte sie alles wieder. Die Villa ihres Großvaters lag etwas oberhalb des Ortes inmitten eines eigenen Parks, der von hohen Mauern umschlossen war. Als Fabio fröhlich hupend auf einen unbefestigten Weg linkerhand abbog, sah sie den Torbogen mit den schmiedeeisernen Flügeltüren am Ende der Einfahrt bereits vor sich.

Sie öffnete das Tor und fuhr hindurch, stellte den Wagen ab und kam sich plötzlich wie ein Eindringling vor. Ob es Niklas recht war, dass sie hier Quartier bezog? Nachdem er Fabio sofort erkannt und sich über seinen Anblick so gefreut hatte, war sie sich nicht mehr im Klaren darüber, wie sie den konsternierten Blick, mit dem er sie gemustert hatte, deuten sollte. Besonders glücklich hatte er jedenfalls nicht gewirkt.

Sie hob das leichte Rollköfferchen aus dem Kofferraum und trug es über den Kiesweg zum Eingang. Eine Freitreppe mit fünf Stufen führte zum Portal. An beiden Seiten lief das steinerne Geländer in einer Schneckenform aus, die dem Hals eines Streichinstruments nachempfunden war.

Elisa schloss die mächtige Eingangstür auf und betrat das Vestibül. Gedämpftes Licht fiel durch die Fenster, streifte den aus verschiedenfarbigen Terrakottafliesen gestalteten Fußboden und zauberte Lichtreflexe auf die Einlegearbeiten aus edlem Rosenholz im Geländer der Treppe, die in den ersten Stock führte. Dort oben befanden sich die Schlafräume, auch das Zimmer, in dem Elisa einmal gewohnt hatte. Und eigentlich wusste sie, dass es besser wäre, auf dem direkten Weg dorthin zu gehen. Mit etwas Glück würde sie frische Wäsche finden, ihr Bett beziehen und sich dann nach der langen Arbeitswoche so richtig ausschlafen. Und doch stellte sie zuerst den Koffer ab, ging auf die eindrucksvolle, mit Schnitzereien verzierte Flügeltür zu, hinter der der größte und wichtigste Raum des gesamten Hauses lag, Niklas Eschbachs Lebensmittelpunkt – das Musikzimmer.

Sie drückte die Klinke nieder und stemmte sich wie früher gegen das Türblatt. Wunderte sich, dass sie es längst nicht mehr als so schwer empfand wie damals.

Der Saal allerdings war noch immer eindrucksvoll. Da stand er, der Konzertflügel, schwarz glänzend mitten auf einem riesigen Orientteppich, umrahmt von mehreren schwarzen Ledersesseln. Fünf bodentiefe Fenstertüren boten einen Blick über die Terrasse hinweg auf den Luganer See weit unten im Tal, der in der Mittagssonne glitzerte.

Wie magisch angezogen ging Elisa zum Flügel. Auf dem Notenpult war die Partitur einer Sinfonie von Beethoven aufgeschlagen, daneben ein Bleistift und eine Lesebrille. Es roch nach Harz und Sandelholz und nach dem dezenten Aftershave ihres Großvaters. Kein Stäubchen lag auf dem Lack des Instruments, in dem sich die Deckenleuchte aus Muranoglas spiegelte. Vom Klavierhocker aus sah man direkt auf das Porträt in Öl, das Paulina Conti-Eschbach darstellte, Elisas Großmutter, die eine berühmte Sängerin gewesen war und Niklas' große Liebe. Paulina war bei Annas Geburt gestorben, und das Einzige, was Elisa von ihr geblieben war, waren ein paar Schallplattenaufnahmen, die sie allesamt auf ihrer Playlist hatte und immer wieder anhörte, vor allem, wenn sie wegen des Jetlags nicht einschlafen konnte. *Er hat mir das nie verziehen*, hatte Anna einmal behauptet, so als wäre sie schuld an Paulinas Tod. Nach dem Ölgemälde zu urteilen hatte sie die dramatische Schönheit ihrer Mutter geerbt, dazu wohl ihr italienisches Temperament, und so sehr Niklas seine Frau geliebt haben mochte, so sehr geriet er mit seiner Tochter wegen jeder Kleinigkeit in Streit. Das war schon immer so gewesen und mit den Jahren nur noch schlimmer geworden.

Unschlüssig drehte Elisa sich um und wollte gerade ihr altes

Kinderzimmer aufsuchen, als ihr Blick auf die Wand neben dem Kamin fiel, die voller gerahmter Fotografien hing. Niklas, in allen möglichen Posituren beim Dirigieren. Niklas mit berühmten Dirigentenkollegen und anderen Stars. Eines zeigte ihn mit Placido Domingo, ein anderes mit dem Geiger Yehudi Menuhin.

Wie eitel er doch noch immer ist, dachte sie und verließ das Musikzimmer. Kein einziges Foto, auf dem er nicht zu sehen war.

Sie nahm ihren Koffer und ging die Treppe hinauf. Auf der Balustrade im Obergeschoss angekommen, blieb sie wie angewurzelt stehen. Früher hatten zwischen den fünf Schlafzimmertüren alte Stiche mit historischen Instrumenten gehangen. Heute befanden sich dort Fotografien. Elisas Magen begann zu flattern. Denn es war sie selbst, die ihr aus den Rahmen entgegenblickte. An den Wänden hingen vier Fotografien aus vier verschiedenen Jahren, und auf jedem hielt sie glücklich strahlend ihr Cello umarmt.

2

Die Villa

Sie hätte doch in ein Hotel gehen sollen. Am besten in eines der internationalen Ketten, die überall auf der Welt gleich aussahen, diskret und neutral, frei von allen persönlichen Erinnerungen. Stattdessen stand sie nun vor diesem Bett mit dem zart roséfarbenen Überwurf und dem weißen Teddybären darauf, den ihr jüngeres Ich überallhin mitgeschleppt hatte. Doch ihr Maskottchen hatte versagt und war von ihr zurückgelassen worden, so wie alle anderen Dinge, die damals ihr Leben ausgemacht hatten. Zum Beispiel das Poster mit ihrem großen Idol Jacqueline du Pré, jener Cellistin, die viel zu jung gestorben war und mit der man sie häufig verglichen hatte, vielleicht auch wegen ihrer äußeren Ähnlichkeit mit der großen Künstlerin, dem langen blonden Haar und dem strahlenden Lächeln.

Elisa drehte sich langsam einmal um sich selbst. Fast alles war noch genau wie damals, nur das Cello stand nicht mehr an seinem Platz, natürlich nicht, es wäre Unsinn, ein so wertvolles Instrument sechzehn Jahre lang unbenutzt zu lassen. Wer heute wohl darauf spielte?

Elisa gab sich einen Ruck, nahm den Koffer und verließ den Raum. Sie würde nicht in ihrem ehemaligen Kinderzimmer schlafen, in dem sie all ihre Schulferien verlebt hatte, bis sie im Alter von vierzehn Jahren zu ihrem Großvater gezogen war, um sich in seiner Obhut ganz dem Cellospiel zu widmen. Stattdessen ging sie nach nebenan, wo früher ihre Mutter übernachtet hatte, wenn sie, was selten genug vorkam, zu Besuch gekommen war, denn Anna war nicht wirklich einverstanden damit gewesen, und es hatte viele Kämpfe gekostet, bis sie es erlaubt hatte. In der Zwischenzeit war der Raum in ein geschmackvolles Gästezimmer umgestaltet worden – Elisa erkannte ihn kaum wieder, und genau das gab ihr Luft zum Atmen.

Es lohnte nicht, ihre Sachen in den Schrank zu räumen, sie war es gewöhnt aus dem Koffer zu leben. Und lange würde sie definitiv nicht bleiben.

»Ich habe eine Mission«, sagte sie sich selbst. »Und dann verschwinde ich wieder.« Mit diesem beruhigenden Mantra ging sie ins Schlafzimmer ihres Großvaters, um die Sachen herauszusuchen, die er in der Klinik brauchte.

Es war seltsam, seinen Kleiderschrank zu öffnen. Sie mochte sich nicht vorstellen, was er sagen würde, könnte er sehen, wie sie seine Unterwäsche durchging und ein paar Teile herausnahm, um sie in die Reisetasche zu packen, die sie in einem anderen Fach gefunden hatte. Niklas Eschbach hatte immer streng auf seine Privatsphäre geachtet, hatte wenige Menschen nah an sich herangelassen. Elisa war eine von ihnen gewesen, ja, sie hatte sich eingebildet, seinem Herzen am nächsten zu stehen, doch das war ein Irrtum.

»Dein Großvater hat sein Herz gegen einen Taktstock eingetauscht«, hatte ihre Mutter einmal gesagt. Elisa hatte das nicht glauben wollen, aber wie immer hatte Anna am Ende recht behalten. Er hatte nicht nach ihr gesehen, nachdem sie auf so unerklärliche Art und Weise versagt hatte. Hatte sie fallen lassen wie eine heiße Kartoffel. Mit Versagern gab Niklas Eschbach sich nicht ab.

Elisa riss sich zusammen. Zwei Pyjamas zum Wechseln, ein Morgenmantel, Wollsocken, Slipper und für alle Fälle die weiche Kaschmirjacke – alles verstaute sie sorgfältig in der Tasche.

Dann ging sie ins Badezimmer. Rasierzeug, Zahnputzsachen, Kamm und eine Creme, Elisa konnte der Versuchung nicht widerstehen, den Tiegel zu öffnen und an ihr zu schnuppern. Es war der herbe Duft ihrer Kindertage, und sie beeilte sich, das Döschen wieder zu verschließen.

Als sie das Zimmer verließ, prallte sie mit einem Körper zusammen, schrie vor Schreck auf und erschrak noch mehr, als die andere Person einen noch viel lauteren Schrei ausstieß. Es war eine junge Frau Mitte zwanzig mit schwarzem, zu einem Dutt aufgestecktem Kraushaar, aus dem sich ein paar widerspenstige Locken gelöst hatten. Mit weit aufgerissenen Augen starrte sie Elisa an.

»*Dio mio*«, keuchte sie und packte mit beiden Händen den Stiel eines Wischmopps wie eine Waffe. »Wer zum Teufel sind Sie? Und was tun Sie hier?« Und als sie die Reisetasche in Elisas Hand entdeckte, fügte sie eine Spur schriller hinzu: »Gleich rufe ich die Polizei!«

»Ich bin Niklas Eschbachs Enkelin«, erklärte Elisa, nachdem sie sich wieder gefasst hatte. »Und wer sind Sie?«

»Enkelin?« Die junge Frau musterte sie skeptisch. Direkt unter ihrem linken Auge befand sich ein kleines, rundes Muttermal, was ihr den Ausdruck eines Harlekins verlieh. »Er hat keine Enkelin. Sonst hätte er mir längst von ihr erzählt. Ich mach ihm jetzt schon seit vier Jahren den Haushalt und ...«

»Mein Großvater liegt im Krankenhaus«, fiel Elisa ihr ins Wort. »Und ich muss ihm ein paar Sachen bringen.«

Die Haushälterin wurde bleich. »Im Krankenhaus? Was ist denn passiert?«

»Lass sie in Ruhe, Serafina«, erklang von unten eine volltönende weibliche Stimme. »Sie hat jetzt anderes zu tun, als mit dir zu streiten. Signor Niklas hatte einen Schlaganfall.«

Unten im Foyer stand eine Frau und blickte zu ihnen herauf.

Elisa schätzte sie auf um die sechzig. Geistesgegenwärtig ergriff sie die Gelegenheit, um sich an Niklas' Haushälterin vorbeizuschlängeln und die Treppe hinunterzugehen.

»Ich bin Mariella«, empfing sie die Ältere und musterte sie eingehend aus haselnussbraunen Augen. Ihr modisch kurz geschnittenes Haar war fast ergraut, und eine senkrechte Falte zwischen ihren Augenbrauen verlieh ihr eine gewisse Strenge, was ihrer Schönheit keinen Abbruch tat. »Fabios Mutter.«

»Freut mich«, antwortete Elisa und kam sich nun tatsächlich wie ein Eindringling vor. All diese Menschen hatten Schlüssel zur Rosenholzvilla und gingen hier ein und aus. So war es schon immer gewesen, ihr Großvater hatte Personal, das dafür sorgte, dass die Betten gemacht waren und kein Körnchen Staub auf dem blank polierten Flügel lag. »Ich bin Elisa.«

Mariella nickte. Natürlich hatte Fabio ihr das bereits erzählt. »Fährst du zu Niklas?«, fragte sie. »Nimmst du mich mit? Ich wollte auch nach ihm sehen.«

Sie sprachen wenig während der Fahrt. Elisa war viel zu aufgewühlt, um die üblichen höflichen Fragen zu stellen, und Mariella hielt offenbar nicht viel von Smalltalk. Sie wirkte angespannt und besorgt, was Elisa den Eindruck gab, dass Niklas mehr für sie und ihre Familie war als ein Nachbar.

»Sie kennen meinen Großvater schon lange?«, fragte sie schließlich, als sie bereits auf den Parkplatz der Privatklinik abbog. Dass Mariella sie so selbstverständlich duzte, fand sie mehr als befremdlich.

»Ja«, antwortete Mariella. »Sehr lange.« Danach verstummte sie wieder.

Im Krankenhausflur ließ sie Elisa den Vortritt. »Geh du ruhig zuerst zu ihm«, schlug sie vor. »Und ruf mich, wenn ihr so weit seid.«

Was meinen Sie mit »so weit sein«, wollte Elisa fragen, ließ es aber. Sie kannte diese Frau nicht und hielt es für klüger, die höfliche Distanz zu wahren, mit der sie auch einen Fluggast behandelt hätte.

Ihr Großvater wandte den Kopf in ihre Richtung, als sie eintrat.

»Hallo Niklas«, sagte sie, so wie sie ihn immer genannt hatte, beim Vornamen, alles andere hatte er weit von sich gewiesen. »Wie fühlst du dich?« Die hellblauen Augen schienen ihr Gesicht zu studieren, wanderten dann an ihrer Gestalt auf und ab, und Elisa fragte sich wie beim ersten Mal, ob er sie erkannte. Schließlich richtete er seinen Blick auf die Tasche. »Ich habe dir ein paar Sachen mitgebracht«, fuhr sie fort und gab sich alle Mühe, das Zittern in ihrer Stimme zu unterdrücken.

Sie stellte die Tasche auf dem kleinen Tisch vor dem Fenster ab und trat zögernd ans Bett. Sie hatte ihren Großvater als imponierenden, kraftstrotzenden Mann in Erinnerung. Ihn nun so hilflos zu erleben schnürte ihr die Kehle zu.

»Was ... willst du hier?«, kam es mühsam aus Niklas' Mund. Es fiel ihm sichtlich schwer, sich zu artikulieren, seine Worte klangen undeutlich und verwaschen. Der Blick aus seinen hellblauen Augen war jedoch klar und unerbittlich.

»Nach dir sehen«, antwortete sie und fühlte sich hilflos.

»Wo ... ist Anna?«

Elisa holte tief Luft. Die Frage nach ihrer Mutter hatte sie nicht erwartet. Früher hatte er sich kaum nach Anna erkundigt, und sie war ihm so gut es ging aus dem Weg gegangen. Was nicht einfach für Elisa gewesen war.

»Hat sie ... dich vorgeschickt?«

»Sie hat mich gebeten ...«

Seine Mundwinkel verzogen sich leicht, dann wandte er den Blick ab. »Ist ... Mariella ... da?«

»Ja«, antwortete Elisa. »Sie wartet draußen.«

»Hol sie rein.« Trotz seiner Hinfälligkeit konnte er also immer noch Befehle erteilen. Elisa beschloss, dies als ein gutes Zeichen zu nehmen, und rief die Nachbarin ins Zimmer.

»Lass … uns allein«, stieß er mühsam in Elisas Richtung hervor, als sie zu zweit an seinem Bett standen.

»Niklas«, mahnte Mariella streng. »Sie ist deine Enkelin.«

»Na und?«, kam es undeutlich vom Bett. »Das … weiß sie ja … selbst nicht mehr.« Eine Ader schwoll an seiner Schläfe an, Elisa kannte dieses Vorzeichen eines Wutanfalls nur zu gut. »Ich brauche keine … Enkelin, die nur … aus Pflichtgefühl hier ist.«

»So kannst du nicht mit ihr reden«, wandte Mariella ein. »Immerhin …«

»Ist schon in Ordnung«, fiel ihr Elisa sanft ins Wort. »Er darf sich auf keinen Fall aufregen.«

»Bleib hier«, befahl Mariella energisch. »Wer weiß, ob dieser Sturkopf das alles überlebt. Willst du so von deinem Großvater scheiden?« Und zu dem Kranken gewandt sagte sie: »Reiß dich zusammen, Niklas. Familie ist Familie und …«

»Danke«, unterbrach Elisa sie nun eine Spur schärfer. Ihr war nicht entgangen, wie Niklas' Schlagader zu pulsieren begonnen hatte. »Das ist vielleicht nett gemeint, aber völlig fehl am Platz.«

»Genau«, stieß Niklas hervor.

»Ich warte draußen. Und keine Sorge, ich bring Sie schon wieder nach Hause.« Und damit verließ sie das Krankenzimmer.

Vor der Tür musste sie sich an die Wand lehnen, so flau war ihr auf einmal. Vergeblich sah sie sich nach einem Stuhl um. Am Ende des Flurs entdeckte sie eine komfortable Sitzecke, doch sie konnte sich nicht dazu entschließen, sich dort bequem niederzulassen, die Beine übereinanderzuschlagen und so zu tun, als wäre alles in Ordnung, so wie sie es Mariella gegenüber gerade behauptet hatte.

»Nichts ist in Ordnung«, sagte sie leise vor sich hin und versuchte, ihren Atem zu beruhigen.

Was fiel dieser Frau eigentlich ein, sich derart in ihre Familienangelegenheiten einzumischen? Wer war sie überhaupt? Was hatte sie mit Niklas zu schaffen? War sie seine … Lebensgefährtin? Der Gedanke erschien Elisa absurd, schließlich war Niklas zweiundachtzig Jahre alt. Warum jedoch nicht? Wieso sollte ein Mann wie ihr Großvater, vital und noch immer auf seine Weise attraktiv, nicht mit einer Frau zusammen sein?

Dabei war das alles vollkommen nebensächlich. Was so schmerzhaft in ihrer Brust brannte, waren Niklas' Worte. *Ich brauche keine Enkelin, die nur aus Pflichtgefühl hier ist.* Und am meisten tat weh, dass es die reine Wahrheit war. Nie im Leben wäre sie hierher zurückgekommen, hätte ihre Mutter sie nicht so inständig darum gebeten.

Ihre Mutter! Siedend heiß fiel Elisa ein, dass sie ihr Mobiltelefon noch immer nicht angeschaltet hatte. Mit zittrigen Fingern holte sie es aus ihrer Handtasche. Wartete ungeduldig, bis es hochgefahren war und ein Netz gefunden hatte. Doch sie steckte es wieder weg. Was sollte sie Anna sagen? Dass Niklas sie aus dem Krankenzimmer geworfen hatte? War das nicht zu erwarten gewesen? Sie fühlte sich außerstande, jetzt mit Anna zu sprechen, die in Paris ihren Geschäften nachging und offenbar aus sicherer Entfernung verfolgen wollte, ob ihr Vater starb oder nicht.

Niklas ist auf dem Weg der Besserung, tippte sie stattdessen in eine Nachricht. *Ich bleibe eine Nacht.* Sie drückte auf »Senden« und fühlte sich sofort besser. Rasch schaltete sie das Gerät aus, denn sie nahm an, dass Anna sofort versuchen würde, sie anzurufen, um Näheres zu erfahren. Aber dafür musste sie schon selbst herkommen, schwor sich Elisa.

Die Tür ging auf, und Mariella kam aus Niklas' Zimmer. Sie streifte Elisa mit einem schwer zu deutenden Blick und wandte sich dem Treppenhaus zu. Wut stieg in Elisa auf, während sie ihr folgte. Was war eigentlich los mit ihr? Zuerst hatte sie sich von ihrer Mutter herschicken lassen. Dann war sie von Niklas abgekanzelt worden. Und nun eilte sie einer wildfremden Frau hinterher, die sie wie ihre persönliche Taxifahrerin behandelte? Am liebsten hätte Elisa Mariella auf dem Parkplatz stehengelassen und wäre direkt zurück zum Mailänder Flughafen gefahren. Mit ein bisschen Glück könnte sie noch die Maschine um sechs erwischen und wäre um neun zu Hause. Dummerweise war ihr Koffer in der Villa. Und es war nun mal nicht ihre Art, jemanden auf einem Parkplatz stehenzulassen, schon gar nicht eine Frau um die sechzig.

Das Schweigen zwischen ihnen war nun von ganz anderer Art als das auf der Hinfahrt. Elisa war wütend, und ihre Mitfahrerin sollte das durchaus merken. Doch als sie vor dem Tor zur Villa anhielt, damit Mariella aussteigen konnte, rührte diese sich nicht.

»Soll ich Sie woanders hinbringen?«, fragte Elisa kühl.

Mariella schüttelte den Kopf. »Du darfst ihm das nicht übel nehmen«, sagte sie, und natürlich wusste Elisa, wen sie meinte.

»Wie wäre es, wenn Sie mich einfach in Ruhe ließen?«, fauchte sie zornig zurück und konnte es selbst nicht fassen, dass sie das tat. Wo war ihre legendäre Selbstbeherrschung geblieben, mit der sie selbst die schwierigsten Fluggäste zu nehmen wusste? Sie hatte keine Ahnung. In ihr brodelte und kochte es nur so. Am liebsten hätte sie mit den Fäusten auf das Lenkrad eingehämmert. Stattdessen brach sie plötzlich in Tränen aus und konnte rein gar nichts dagegen tun. »Gehen Sie endlich«, schluchzte sie, doch alles, was Mariella tat, war, ihr ein Taschentuch zu reichen und zu warten, bis der Sturzbach versiegte.

»Komm doch nachher zum Abendessen zu uns.« Ihre Stimme klang auf einmal mütterlich und weich.

Elisa schloss die Augen und schüttelte den Kopf. »Ich möchte wirklich lieber allein sein«, antwortete sie.

Mariella nickte. »Na gut. Nur für den Fall, dass du es dir anders überlegst – wir wohnen dort unten.« Sie wies quer über den Park. »Direkt unterhalb der Rosenholzbäume. Du kannst es nicht verfehlen.«

Endlich stieg sie aus und folgte zielstrebig der Außenmauer von Niklas' Grundstück. Elisa hatte keine Ahnung, wo ihr Haus sein sollte. Und es war ihr auch vollkommen egal. Sie würde diese Frau nie wiedersehen.

Statt gleich ins Haus zu gehen, beschloss Elisa, eine Runde durch den Park zu drehen. Und mit jedem Schritt legte sich das Gefühlschaos in ihr ein bisschen mehr.

Als Teenager hatte sie kaum einen Blick für die Schönheit dieser Anlage gehabt. Das steil am Hang liegende Gelände war in mehrere Terrassen gegliedert, die sich sanft um die Biegung des Hügels schlangen, sodass der gesamte Park von der Villa aus gar nicht zu überblicken war, sondern sich erst nach und nach beim Spazierengehen entfaltete.

Der Weg führte zu einem alten, in symmetrischem Halbkreis angelegten Rosengarten, der die Form eines Fächers hatte. Die Rosen standen in voller Blüte und erfüllten die Luft mit ihrem schweren Duft. Hinter einer verwilderten Buchsbaumhecke befand sich ein langgestreckter Teich, durch dessen Wasser goldfarbene Schemen glitten – wunderschöne Kois, aus Japan stammende Brokatbarsche. Elisa betrachtete lange das Auf- und Abtauchen dieser prächtigen Fische, von denen jeder eine andere Zeichnung hatte, und der Anblick der still dahingleitenden Tiere wirkte besänftigend auf sie. Nichts schien die Ruhe der Kois zu stören, ihre Welt war ein klar abgegrenztes Becken, dass es darüber hinaus noch etwas anderes gab, davon ahnten sie nichts. Elisa fragte sich, ob dies bei Menschen nicht ähnlich war. Auch wir, so dachte sie, richten uns in einer gewissen, begrenzten Welt ein und ignorieren zuerst und vergessen dann, dass es noch andere Welten gibt.

So wie sie. Obschon sie ständig rund um die Erde flog und sich ihr Horizont täglich verschob, so wechselte ihr Leben zwischen fliegenden Metallvögeln, Hotels, die überall gleich aussahen, und ihrer Wohnung in München, und schloss alles andere aus. Und genau so hatte sie es gewollt.

Sie hob den Blick und sah hinunter auf die türkis schimmernde Fläche des Luganer Sees. Das Nachmittagslicht ließ die gegenüberliegenden Berghänge in einem unwirklichen Grün erstrahlen, der Himmel leuchtete tiefblau. Es war eine Postkartenlandschaft, viel zu schön, um wahr zu sein, und verstärkte Elisas Gefühl der Unwirklichkeit, das sie seit ihrer ersten Wiederbegegnung mit ihrem Großvater nicht mehr verließ. Um diesen Eindruck abzuschütteln, ging sie weiter und gelangte auf einen von uraltem Gehölz beschatteten Weg. Ihr Großvater hatte schon damals Wert darauf gelegt, dass bestimmte Stellen im Park, wie zum Beispiel der Rosengarten, akkurat gepflegt wurden, andere ließ er gern ein bisschen verwildern, und offenbar hatte er an diesem Grundsatz nichts geändert. In dunkelgrünen Hecken wucherten hier und dort weiß und zartviolett blühende Rhododendren, es roch nach Harz, vermoderndem Laub und Erde, und langsam kehrte die Vergangenheit zurück. An einer bestimmten Stelle blieb Elisa stehen und suchte mit den Augen das Gebüsch ab. Und da war sie, die Cellospielerin, eine Bronzefigur, die ein paar Meter vom Weg entfernt unter einer Felsenbirne stand und fast vollständig von Efeu überwachsen war. Elisa bog die Zweige beiseite und betrat den weichen, humusreichen Waldboden, versuchte, ein paar Efeuranken vom Gesicht der Cellospielerin zu entfernen, doch mit bloßen Händen war das nicht möglich. Hastig wandte Elisa sich ab. Was tat sie hier eigentlich? Das Aufblitzen von Erinnerungen an glückliche Kindheitstage konnte sie allerdings nicht mehr verhindern. Damals war das Gehölz noch lichter gewesen, die Sonne hatte am Nachmittag ihre Strahlen durch das Laub geschickt und grüngoldene Reflexe auf die Skulptur geworfen, mal das selbstvergessene Lächeln, mal die Hand, die den Bogen führte, zum Leben erweckt. Heute wirkte die Figur von den Efeuranken wie gefesselt.

Elisa war auf den Weg zurückgekehrt und erreichte nun eine Lichtung, in deren Mitte die Marmorstatue eines Geigenspielers stand. Auf dem einstmals weißen Stein hatte sich an vielen Stellen Moos angesiedelt, vor allem unter dem Kinn und an der Violine. »Hallo, Stradivarius«, flüsterte Elisa. So hatte sie in ihrer Kindheit diese Figur genannt. Damals hatte Elisa mit ihr in Gedanken Gespräche geführt. All diese Statuen, die den Park bevölkerten – sie erinnerte sich plötzlich, dass es irgendwo einen Flöte spielenden Faun gab, eine Harfenistin und ein Kind mit einer Schalmei – sie waren so etwas wie ihre Familie gewesen. Denn so glücklich sie hier gewesen war, der Schmerz, dass ihre Mutter nicht mit ihr bei Niklas in dieser schönen Villa wohnen konnte, weil sie gerade in Berlin ein eigenes Modeatelier eröffnet hatte, dieser Schmerz war ihr steter Begleiter gewesen.

Sie war erst fünf Jahre alt gewesen, als Niklas ihr das kleine Sechzehntel-Cello in die Arme gelegt und ihr gezeigt hatte, wie man es richtig hielt. Dann hatte er ihr den Bogen in die rechte Hand gegeben, und schon beim allerersten Mal, als sie ihn über die Saiten gezogen hatte, war ein warmer, wenn auch noch ein wenig zittriger Ton entstanden. Das war der Moment, der sie vollkommen verzaubert hatte, dieses Gefühl der Vibration in ihrem rechten Arm, der Widerstand, den die Saite dem mit Rosshaar bespannten Bogen bot und den Klang erzeugte, der den Korpus des Instruments zum Schwingen brachte. Wieder und wieder hatte sie das tun müssen, bis der Ton schön genug in ihren Ohren klang, und nacheinander die anderen Saiten ausprobiert, das tiefe C, das in ihrem Brustkorb eine Art Brummen erzeugte, das D, mit dem man mitsingen konnte, und das hohe A, bei dem man achtgeben musste, dass es sich nicht anhörte wie der Schrei eines verletzten Tieres.

»Das ist dein Instrument«, hatte Niklas damals gesagt, und seine blauen Augen hatten geleuchtet wie Sterne. »Wenn du willst, darfst du es behalten.«

Sie hatte nicht gewusst, dass die Fortschritte, die sie machte, ungewöhnlich waren. Am Ende der Ferien hatte sie das kleine Cello, dessen Korpus kaum 50 Zentimeter hoch war, mit nach Hause genommen und dort Unterricht bekommen …

Elisa wandte sich von dem Geigenspieler ab. Hinter einer Weißdornhecke endete hier der Park. Ein geschwungener Weg mit ins Gelände eingelassenen Stufen führte zur darunter liegenden Terrasse, auf der mehrere uralte Rosenholzbäume ihre ausladenden Äste gen Himmel reckten. Vereinzelt hingen noch die charakteristischen blauen Blüten zwischen dem gefiederten Laub. Was hatte Mariella gesagt? *Wir wohnen dort unten. Direkt unterhalb der Rosenholzbäume.* Seltsamerweise hatte Elisa keine Erinnerungen an diesen Teil des Parks.

Kurz entschlossen folgte sie dem abwärts führenden Weg. Erstaunt stellte sie fest, dass sich der Wald aus Rosenholzbäumen über den Park hinaus fortsetzte, den angrenzenden Hang bedeckte, wo zwischen den Zweigen das Dach eines großen, hufeisenförmigen Gebäudekomplexes gerade so zu erkennen war. Hier also wohnten Mariella und Fabio?

Ein Hund schlug an, und Elisa kehrte hastig um. Sie wollte keine weitere Begegnung mit dieser resoluten Frau, sie wollte an diesem Tag am liebsten überhaupt niemanden mehr sehen. Jedenfalls niemanden, der Niklas und womöglich Elisas Geschichte kannte.

Eine Wolke hatte sich vor den Postkartenhimmel geschoben, und plötzlich wurde es kühl. Im Rosengarten schnupperte sie noch kurz an einer Blüte, doch deren Duft empfand sie als schal und muffig, er hatte nichts gemein mit dem Balsam, den sie gerne benutzte.

In der Villa rief sie laut nach Serafina, denn um keinen Preis wollte sie sich noch einmal so erschrecken wie am frühen Nachmittag. Niemand antwortete. Sie war allein.

Die Haushälterin hatte wohl ihren Koffer im Gästezimmer entdeckt und daraufhin das Bett frisch bezogen, es einladend aufgedeckt und Handtücher bereitgelegt. Auf dem Tisch stand eine gläserne Vase mit einer einzelnen Rosenblüte.

Elisa öffnete das Fenster, das zum Park hinaus ging, sog die Aromen der Bäume und Sträucher in sich ein und versuchte sich einzureden, dass sie hier einen Kurzurlaub verbrachte. Ihre Armbanduhr zeigte zwanzig nach sechs an, und ihr Magen knurrte, immerhin hatte sie seit dem Frühstück nichts gegessen.

Sie beschloss, ein Restaurant zu suchen, nicht hier im Ort, wo sie womöglich Bekannte von Niklas treffen könnte oder gar Fabio in die Arme lief. Alles, was sie wollte, war irgendwo ganz in Ruhe essen. Mit ihrer Strickjacke und einem leichten Seidenschal über dem Arm verließ sie die Villa erneut.

Sie fuhr in Richtung Lugano. Dort würde sie am Seeufer entlangschlendern und sich eines dieser überteuerten Lokale aussuchen, um dort den Abend zu verbringen, umgeben von schönen, reichen Menschen, wie man sie an diesen malerischen

Orten der Schweiz zwangsläufig antraf. Bei dem Gedanken an Rösti-Kartoffeln und leckerem Käse lief ihr das Wasser im Mund zusammen. Doch als sie eines der kleineren Dörfer oberhalb von Melide durchquerte, entdeckte sie ein mit Glyzinien überwuchertes schmiedeeisernes Tor mit dem Schild RISTORANTE POSTA und trat auf die Bremse.

»Sie sind früh dran, Signora«, sagte der Mann mit der kunterbunten Schürze, der gerade das Tor aufschloss.

»Zu früh?«, fragte Elisa. »Haben Sie noch gar nicht geöffnet?«

Der Mann lachte. »Sie kommen genau richtig. Ich bin Francesco. Willkommen in meinem kleinen Reich.« Er machte eine einladende Geste und bat sie in den Garten.

»Danke. Das ist gut, ich bin nämlich hungrig«, erklärte Elisa und sah sich neugierig um.

»Gegen Ihren Hunger können wir etwas unternehmen. Wo möchten Sie sitzen? Im Garten oder lieber drinnen? Ich hab gerade Feuer im Kamin gemacht, um diese Jahreszeit kann es abends noch abkühlen.«

»Lieber drinnen«, antwortete Elisa. Sie folgte dem Restaurantbesitzer ins Haus und nahm an einem der kleineren Tische in der Nähe des Kamins Platz. Mit der Karte brachte Francesco ihr ein Tellerchen mit Oliven, selbst eingelegt, wie er versicherte, und ein paar Scheiben Brot. »Für den ersten Hunger«, sagte er und ließ Elisa in Ruhe die Karte studieren.

Sie bestellte Risotto mit Zucchiniblüten und *büscion di capra*, einem Ziegenfrischkäse der Region. Francesco empfahl ihr dazu einen Bianco di Merlot aus der Gegend, doch Elisa entschied sich gegen Wein, schließlich musste sie noch fahren.

Solange sie wartete, wanderten ihre Gedanken unweigerlich zu ihrem Großvater. Hoffentlich ging es ihm bald besser. Zerknirscht gestand sie sich ein, dass sie sich das nicht nur für ihn wünschte, sondern vor allem für sich selbst. Sie wollte wieder in ihr altes Leben zurückkehren und das Tessin, die Rosenholz-Villa und Niklas Eschbach für immer hinter sich lassen. Aber stimmte das wirklich? Seit ihrem Spaziergang im Park war sie sich da nicht mehr so sicher. Es war, als wäre das Kind, das sie einmal gewesen war, dortgeblieben, während sie selbst ein völlig anderes Leben gewählt hatte. Niklas' Worte taten ihr immer noch weh. Er hatte recht, wenn er sagte, dass sie selbst nicht mehr wusste, wie eng sie einmal miteinander verbunden gewesen waren. Aber war das nicht eine Ewigkeit her? Und wer hatte eigentlich wen im Stich gelassen, damals, als es ihr so schlecht gegangen war?

Stimmen aus dem Garten holten sie in die Gegenwart zurück. Elisa wischte mit der Hand über das Tischtuch, so als müsste sie etwas beiseiteschieben. Es gab keinen Grund, die alten Geschichten aufzuwärmen. Dinge änderten sich eben. Sie war bestimmt nicht die Einzige auf dieser Welt, die irgendwann feststellen musste, dass sie sich in einem Menschen getäuscht hatte. So wie Niklas sich in ihr getäuscht hatte, als er geglaubt hatte, sie wäre eine Art weiblicher Paganini auf dem Cello.

Zwei Männer und eine Frau betraten das Restaurant und stellten sich an die Bar. Der Wirt begrüßte sie wie gute Freunde, die sie vermutlich auch waren, verwickelte die drei sogleich in ein Gespräch und schenkte ihnen einen Aperitif ein, ohne dass sie ihn zu bestellen brauchten, offenbar kannte er ihre Gewohnheiten. Die Frau hatte kurzes, weißblond gefärbtes Haar und ein Tattoo auf dem Oberarm. Sie scherzte vor allem mit dem Mann, dessen kahle Kopfhaut im Licht der vielen kleinen Lämpchen über der Theke schimmerte. Er hatte feine Lachfältchen um die Augen und ein sympathisches Grübchen im Kinn. Den Dritten im Bunde sah Elisa zunächst nur von hinten, er bewegte sich mit den geschmeidigen Gesten eines Tänzers und hatte kaffeebraune, weiche Locken. Als er sich kurz zu ihr umwandte, so als spürte er, dass sie ihn betrachtete, traf sie ein Blick aus Augen in der Farbe von poliertem Mahagoni, der ihr Herz kurz zum Stolpern brachte, und sie senkte irritiert den Blick. Dann sagte sein Freund etwas, die drei nahmen ihre Gläser und gingen hinaus in den Garten.

Das Risotto wurde serviert, und während Elisa es genoss, füllte sich das Lokal. Erst jetzt bemerkte Elisa, dass auf den meisten Tischen Schildchen mit der Aufschrift Reserviert standen. Natürlich, es war Samstagabend – wie so oft hatte sie durch ihren unregelmäßigen Flugplan ganz vergessen, welcher Wochentag gerade war. Francesco hatte ihren leeren Teller abgeräumt und trug ihr die Liste an hausgemachten Desserts vor, als die drei von vorhin wieder hereinkamen und zögernd an der Tür stehen blieben. Für sie war kein Tisch mehr frei.

»Bitte sagen Sie den Leuten dort drüben, dass sie gleich hier Platz nehmen können«, erklärte Elisa zu ihrer eigenen Überraschung.

»*Ma no*, Signora«, protestierte der Wirt. »Sie müssen unbedingt noch eines der *dolci* probieren. Ich hab genau gesehen, wie ihre Augen bei dem *Semifreddo al caramello salato* aufgeleuchtet haben.«

Elisa musste lachen. Tatsächlich hatte sich das Kurzgefrorene mit Salzkaramell verführerisch angehört. »Sie haben recht«, sagte sie. »Aber das könnte ich ebenso gut an der Bar essen, oder? Ich kann das Eis unmöglich genießen, wenn hungrige Menschen darauf warten, dass ich fertig werde.«

»Und wenn sich die drei inzwischen schon mal zu Ihnen setzen?«, fragte Paolo zögernd. »Würde Sie das stören? Ich kann Ihnen versichern, Danilo und Dante sind anständige Jungs. Und Cosma ist ein Schatz.«

»Das können sie gerne tun«, antwortete Elisa mit einem Lachen und beobachtete, wie Francesco die drei herbeiwinkte.

»Und es stört Sie wirklich nicht? Ich heiße übrigens Danilo und dies sind Dante und Cosma.« Der Mann mit den dunkelbraunen Locken und den faszinierenden Augen lächelte sie an.

»Ich bin Elisa. Nein, Sie stören mich gar nicht.« Elisa fühlte, wie ihre Wangen heiß wurden. »Ich bin ohnehin gleich weg.«

»Das ist wirklich nett von Ihnen, vielen Dank!« Die Frau, die Elisa als Cosma vorgestellt wurde, lächelte sie herzlich an, als sie und ihre Freunde an Elisas Tisch Platz nahmen.

»Sie sind nicht von hier, oder?«, fragte Danilo. »Ich habe Sie noch nie gesehen.«

»Nein, ich bin nicht von hier«, antwortete Elisa und hoffte inständig, dass er nicht weiterfragte. Sie hatte nicht die geringste Lust, von ihrem berühmten Großvater zu erzählen und schon gar nicht von seinem Schlaganfall.

»Dann machen Sie hier Urlaub?«, vermutete Cosma.

»Sozusagen«, gab Elisa zurück. »Und Sie?«

»Meine Schwester und ich leben hier«, erklärte Dante. »Und Danilo …«

»Ich war gerade ein paar Tage bei meiner Familie.« Er verdrehte kurz die Augen und nahm einen Schluck von seinem Wein. »Ist nicht immer die reine Freude.«

»Ja, das stimmt«, entfuhr es Elisa mit einem Seufzen.

Paolo brachte das *Semifreddo* und die anderen gaben ihre Bestellungen auf, ohne in die Karte zu sehen, offenbar kannten sie die in- und auswendig.

»Unseretwegen musst du nicht gleich aufbrechen«, sagte Cosma und zeigte beim Lächeln eine Reihe perfekter Zähne. »Oder hast du noch etwas vor? Wir können doch Du sagen, oder nicht?«

»Natürlich«, antwortete Elisa und betrachtete fasziniert das

Tattoo auf Cosmas Oberarm, das einen Vogel zeigte, einen Phönix, der aus seiner Asche aufstieg. »Und nein, ich habe nichts mehr vor«, fuhr sie fort. »Außer früh schlafen zu gehen. Ich bin Flugbegleiterin und habe eine anstrengende Woche hinter mir.«

»Eine Stewardess!«, rief Francesco aus, der gerade Mineralwasser für Cosma brachte.

»Das sagt man heute nicht mehr«, korrigierte Dante ihn mit einem gutmütigen Lächeln. »Stimmt's?«

»Ja, das ist richtig.« Elisa ließ sich ein wenig Halbgefrorenes auf der Zunge zergehen. Diese Nachspeise war unfassbar lecker. »Aber ich nehme es niemandem übel, der noch immer Stewardess sagt.«

»Und da machst du Urlaub im Tessin?« Dante betrachtete sie staunend. »Wo du doch die ganze Welt kennst. Warum? Weil es bei uns so schön ist?«

»Sei vorsichtig«, warnte Danilo Elisa mit einem nachsichtigen Grinsen. »Dante ist in der Tourismusbranche. Gleich zieht er sein Notizbuch heraus und schreibt auf, was dir an der Gegend am besten gefällt. Oder er macht dir Vorschläge für Ausflüge. Hab ich recht, Dante?«

Sie lachten gemeinsam, und Elisa merkte, wie gut es ihr tat, mit diesen Fremden unbeschwert zu plaudern und zu lachen. Vor allem dieser Danilo zog unwillkürlich ihren Blick auf sich, und erstaunt stellte sie fest, wie es in ihrer Magengegend zu flattern begann.

Dante erzählte von einem neuen Trekkingpfad, der über den Monte San Giorgio führte, und davon, wie beliebt die Rundflüge mit einer privaten Gesellschaft bei den Touristen waren, was Cosma skandalös fand wegen der Umweltverschmutzung und der Lärmbelästigung für die auf den Bergen wild lebenden Tiere. Dann diskutierten Danilo und Dante darüber, welche der bewirtschafteten Berghütten die beste war.

Francesco servierte den dreien das Essen und sah Elisa fragend an.

»Darf ich noch etwas bringen?«, fragte er. »Wie ich sehe, habt ihr euch schon angefreundet.«

»Ich denke, ich sollte …«, begann Elisa halbherzig, doch Danilo legte ihr die Hand auf den Arm.

»Bleib noch«, bat er. »Wir wollen später nach Lugano in unseren Lieblings-Jazzclub, da spielt heute ein Freund von mir.«

»Ich weiß nicht …« Elisa zögerte. Es war ein langer Tag gewesen, und eigentlich sollte sie sich endlich ausruhen. Doch seltsamerweise war sie kein bisschen müde. Und Danilos Hand auf ihrem Arm fühlte sich ausgesprochen gut an.

»Vielleicht morgen?«, schlug Dante vor, als er ihr Zögern sah.

»Da bin ich nicht mehr hier«, warf Danilo ein.

»Ich reise morgen wahrscheinlich auch wieder ab«, erklärte Elisa.

»Also bleibt uns nur dieser Abend«, sagte Dante, als sei es beschlossene Sache. »Schlafen wird überbewertet.«

Darüber musste Elisa unwillkürlich lachen. Und als sie in Danilos Augen sah, die erwartungsvoll auf sie gerichtet waren, so als läge ihm daran, dass sie mitkam, gab sie sich einen Ruck.

»Einverstanden«, sagte sie.

Sie ließ sich davon überzeugen, dass es praktischer war, ihren Wagen beim Restaurant stehen zu lassen und bei den anderen mitzufahren, ohnehin, sagte Dante, würde es schwierig sein, einen Parkplatz in der Innenstadt von Lugano zu finden.

»Wir setzen dich dann hier wieder ab«, versprach Cosma, als sie auf einen alten Van zugingen. »Es liegt sowieso auf unserem Weg. Ich hoffe, du hast keine Allergie gegen Tierhaare.«

»Meine Schwester ist nämlich Pferdedoktorin«, erklärte

Dante und kassierte von Cosma dafür einen spielerischen Stoß in die Rippen.

»Ich bin Tierärztin«, korrigierte sie ihn und entriegelte das Fahrzeug.

»Sie hat ein großes Herz für alle Vierbeiner.« Danilo hielt Elisa die Tür auf. »Und das spricht sich in der Tierwelt herum. Jeden Morgen steht ein anderes räudiges Ungeheuer vor ihrer Tür. Ist es nicht so, *cara?*«

»Nun ja«, antwortete Cosma. »Es ist schon erstaunlich, wie viele Hunde in einem so reichen Land wie der Schweiz ausgesetzt werden. Jemand muss sich eben um sie kümmern.«

»Und jetzt weißt du, wer das ist.« Danilo nahm mit einem Grinsen neben ihr auf der Rückbank Platz. »Falls du dir übrigens überlegen solltest, dir einen Hund oder eine Katze anzuschaffen – frag einfach Cosma. Sie hat garantiert was Passendes für dich.«

»Ich hätte wirklich gerne ein Haustier«, gab Elisa zu. Cosma legte schwungvoll den ersten Gang ein und fuhr los. »Bei meinem Beruf geht das leider nicht.« Wenn sie es sich recht überlegte, hatte sie sich schon als Kind einen Hund gewünscht. Aber auch früher war das nicht möglich gewesen.

»Für Tiere braucht man Zeit.« Sportlich nahm Cosma die erste Kurve. »Genau wie für Männer. Deshalb bleib ich lieber solo.«

»Du bist mit deinen Viechern verheiratet«, gab Dante zurück. Und über die Schulter sagte er zu Elisa: »Meine Schwester ist ein hoffnungsloser Fall.«

»Genau wie unser Danilo«, bemerkte Cosma und trat bei einem längeren geraden Straßenabschnitt kräftig aufs Gaspedal.

»Woher willst du das denn wissen?« Dante drehte sich grinsend zu Danilo um. »Was unser Freund auf seinen Reisen so macht – davon haben wir ja keine Ahnung.«

»Wohin fährst du denn so?«, fragte Elisa.

»Morgen geht es nach Norwegen«, antwortete Danilo.

»Da reist er mal wieder einer dieser langhalsigen Schönen hinterher«, spottete Dante, und Danilo schmunzelte.

»Wenn man es genau betrachtet«, sagte Cosma, »sind wir alle drei bindungsscheu. Wie steht es mit dir, Elisa? Kannst du uns vielleicht Hoffnung machen, dass es auch anders geht? Bist du glücklich verheiratet und hast ein paar hübsche Kinder zu Hause?«

»Nein«, antwortete Elisa. »Da muss ich passen. Weder Mann noch Kinder.«

»Willkommen im Club«, sagte Dante.

»Apropos Club«, versuchte Elisa das Thema zu wechseln, »was wird dort heute Abend gespielt?« Mit Grausen dachte sie an den vorletzten Abend. Sie würde nicht ein weiteres Mal unvorbereitet in ein Konzert stolpern.

»Etwas, was du garantiert noch nie gehört hast«, rief Dante von vorne in ihre Richtung, als Cosma den Van unvermittelt schnittig in eine weite Kurve legte, die hinunter nach Lugano führte. »He, Schwesterherz!« Er krallte sich am Türgriff fest. »Ich würde diesen Abend gerne überleben.«

»Ein bulgarischer Freund von mir spielt heute auf einem traditionellen Instrument.« Danilo hatte sich Elisa zugewandt, und sie bemerkte den dichten Wimpernkranz um seine ungewöhnlich schönen Augen. Auf seinen Wangen lag der Schatten eines Dreitagebarts, der ihm einen verwegenen Zug verlieh.

»Was für ein Instrument?«, fragte sie zerstreut. Die Nähe zu diesem attraktiven Mann verwirrte sie ganz schön.

»Das kennst du bestimmt nicht«, meldete sich Dante vom Beifahrersitz. »Danilo holt die exotischsten Musiker nach Lugano.«

Keine zehn Minuten später jubelte Cosma auf und trat auf

die Bremse. Sie hatte eine Parklücke entdeckt, die groß genug für den Van war, und manövrierte ihn gekonnt hinein.

Milde Sommerluft schlug Elisa entgegen, als sie ausstieg. Die Häuser und der Asphalt hatten die Wärme des Tages gespeichert und strahlten sie nun wieder ab. Elisa schnupperte. »Was riecht hier so gut?« Sie konnte den süßlichen Duft nicht einordnen.

»Das sind die Lindenbäume.« Danilo ging so nahe hinter ihr, dass sie meinte, er müsste sie gleich berühren. »Sie blühen.«

Sie erreichten das Seeufer, und Elisa wusste nicht, wohin sie zuerst schauen sollte. Das Abendlicht tauchte alles in einen rosa-violetten Schein, wurde von der Wasseroberfläche reflektiert, auf der zwei Schwäne hoheitsvoll dahinglitten. Elias hätte gerne verweilt, doch Cosma und Dante waren ihnen schon ein Stück voraus.

»Bist du zum ersten Mal in Lugano?«, fragte Danilo, dem ihr Staunen wohl nicht entgangen war.

»Nein«, antwortete Elisa. »Aber das letzte Mal ist lange her. Fängt das Konzert bald an?«, wechselte sie das Thema.

Er sah auf seine Armbanduhr. »Nun ja«, sagte er mit einem breiten Lächeln, »in fünf Minuten.«

»Dann sollten wir uns beeilen«, erklärte Elisa erschrocken.

»Keine Sorge«, antwortete er, »Es ist gleich hier um die Ecke.«

Eine kleine Menschentraube stand vor dem Eingang, in der Elisa Cosmas hellen Haarschopf entdeckte. Danilo wurde von allen Seiten herzlich begrüßt, jeder schien jeden zu kennen. Er fasste Elisa sanft am Oberarm und schob sie durch das Gedränge in das winzige Foyer, wo Dante bereits mit den Karten winkte.

»Was möchtest du trinken?«, fragte Danilo. »Es gibt Bier, Weißwein oder Wasser. Ich würde den Wein empfehlen, der ist sehr gut.«

»In Ordnung«, sagte Elisa und bereute es sogleich, schließlich musste sie später noch Auto fahren. Doch Danilo hatte dem Mann hinter der Theke bereits ein Zeichen gemacht, und gleich darauf hielt sie ihr Glas in der Hand. Wo waren Cosma und Dante?

»Hier entlang«, hörte sie Danilo sagen.

Er schob einen schweren schwarzen Vorhang beiseite, und Elisa schlüpfte hindurch. Die meisten der kleinen runden Tische waren belegt, von einem nahe der Bühne winkte Dante ihnen zu. Danilo und Elisa hatten gerade auf den Stühlen Platz genommen, die seine Freunde für sie freigehalten hatten, als das Saallicht erlosch.

Auf der Bühne stand ein Flügel. Der Deckel über den Tasten war geschlossen, und Elisa hatte nicht den Eindruck, dass er an diesem Abend zum Einsatz kommen würde. Dann betrat ein Mann die Bühne, in der Hand ein seltsames birnenförmiges Saiteninstrument.

»Da siehst du es«, raunte Dante ihr zu. »Wenn man mit Danilo in ein Konzert geht, erlebt man immer eine Überraschung.«

»Pssst«, machte eine Frau am Nachbartisch.

Elisa hörte gar nicht hin. Sie war von diesem Instrument vollkommen in den Bann geschlagen, denn so etwas hatte sie noch nie gesehen. Es hatte ungefähr die Form und Größe einer Mandoline, doch statt auf dem Schoß wie eine Gitarre, trug der Musiker es senkrecht vor der linken Körperhälfte, den Hals nach oben, wie ein winziges Cello. In seiner rechten Hand hielt er einen Bogen, der dem für eine Geige ähnelte. Jetzt erkannte Elisa, dass das Instrument in einem Gurt ruhte, den sich der Musiker um die Hüfte geschnallt hatte.

Der Mann schloss die Augen, hob den Bogen und begann. Das Saiteninstrument entfaltete einen erstaunlich vollen Klang, der Elisa von Anfang an tief berührte. Sie dachte daran, dass

Danilo gesagt hatte, dass sein Freund aus Bulgarien stammte. Tatsächlich erinnerte die Tonfolge mit ihren vielen Verzierungen, die wie Seufzer klangen, an die Musik vom Balkan, wehmütig und klagend.

Fasziniert betrachtete sie den Mann, der ganz allein auf der Bühne stand, die Augen noch immer geschlossen, als horche er nicht nur seinem eigenen Spiel hinterher, sondern einem fernen Lied, zu dem er selbst einen Teil beisteuerte. Elisa kannte dieses Gefühl. Die konzentrierte Miene des Musikers rief in ihr wieder wach, wie es früher gewesen war, wenn sie völlig in ihrem Cellospiel aufgegangen war, und die melancholische Weise ging ihr direkt ins Herz.

Da auf einmal wechselte die Stimmung. Die Musik wurde heiter, ja, geradezu ausgelassen. Danilos Freund begann die einfache Melodie mit sehnsuchtsvoll klingenden Trillern zu umspielen, steigerte das Tempo und ließ seine Finger nur so über den Hals des kleinen Instruments tanzen, immer schneller und virtuoser, bis das Publikum nicht mehr an sich halten konnte und begeistert den Takt mitklatschte. Hingerissen beobachtete Elisa, wie der Musiker mit scheinbarer Leichtigkeit den Bogen in irrwitziger Geschwindigkeit über die Saiten führte, wusste sie doch, wie schwierig das war. Mehr noch als die Virtuosität beeindruckte sie, wie es ihm gelang, in ihr so unterschiedliche und sogar scheinbar widersprüchliche Gefühle zu erwecken. Freude und Trauer, so als wisse er um die emotionale Achterbahn, die sie in diesen Tagen durchlief. Und ihr war, als öffneten sich unter diesen Klängen einige Türen in ihrer Erinnerung, die sie für fest verschlossen gehalten hatte.

»Das ist Bojan«, flüsterte Danilo ihr leise ins Ohr. »Er spielt die Gadulka, das ist ein traditionelles Instrument aus Bulgarien.«

Dann verharrte Bojan unerwartet auf einem langgezogenen

Ton, aus dem ausgelassenen Tanz kristallisierte sich wieder die einfache Melodie vom Anfang heraus, diesmal jammervoll wie eine Klage, und sein Spiel erinnerte an den Gesang einer menschlichen Stimme, erhob sich zu einer letzten Kadenz und verhallte.

Das Publikum jubelte, und Elisa klatschte hingerissen, die Leidenschaftlichkeit des Musikers und der zu Herzen gehende Klang der Gadulka hatte sie tief beeindruckt. Als der Applaus sich gelegt hatte, sagte Bojan: »Für das nächste Stück möchte ich meinen Freund auf die Bühne bitten.«

Er beschirmte seine Augen mit der Hand, um im Gegenlicht der Scheinwerfer die Gesichter der Zuschauer erkennen zu können. »Wo bist du, Danilo, der du mich an diesen schönen Ort eingeladen hast? Komm zu mir, mein Freund«, rief er, als er Danilo entdeckt hatte, der abwehrend die Hände hob. Bojan ließ nicht locker. »Komm her zu mir auf die Bühne! Lass uns gemeinsam etwas Schönes zum Klingen bringen.«

Elisa betrachtete Danilo überrascht von der Seite. War er etwa auch Musiker? Er schien zu zögern, doch das Publikum trampelte frenetisch mit den Füßen, von allen Seiten ertönten aufmunternde Zurufe, und so erhob Danilo sich schließlich mit einem verlegenen Lächeln.

Als er den Deckel des Flügels hob und auf dem Hocker Platz nahm, wurde es mucksmäuschenstill im Auditorium. Er nickte Bojan zu, der daraufhin erneut zu spielen begann. Danilo lauschte zunächst, die Hände im Schoß. Dann hob er sie über die Tasten des Flügels und setzte vorsichtig ein. Behutsam wiederholte er Bojans Melodie, gestaltete sie weiter, der Gadulka-Spieler reagierte augenblicklich und griff die Idee geschmeidig auf. Elisa hatte wenig Erfahrung mit improvisierter Musik, die aus dem Moment heraus entstand, und ihre Bewunderung für Danilos Einfühlungsvermögen in diese fremdartig klingende Musik und die Fähigkeit der beiden, sich aus dem Stegreif derart gekonnt aufeinander einzulassen, wuchs mit jeder Minute. Es war wie ein Frage- und Antwortspiel, bis sich schließlich die Klänge der beiden Instrumente zu etwas völlig Neuem verwoben.

Zeugin davon zu sein, wie Musik im Augenblick ihres Erklingens entstand – das war für Elisa vollkommen neu. Die Musik, die sie gespielt hatte, war von einem Komponisten festgelegt worden und wurde so perfekt wie möglich wiedergegeben. Ihre Noten waren für sie heilig gewesen, die einzige Möglichkeit, ihre eigene Kreativität einzubringen, war die Interpretation dessen gewesen, was ein anderer bereits vorgegeben hatte. Dass Musik aus dem Moment heraus entstehen konnte, hatte sie gewusst, aber nie ernst genommen. Improvisation war in ihren Augen etwas für jene gewesen, die nicht hart genug an sich arbeiten wollten, um die schwierigen Kompositionen anderer zu bewältigen. Wie dumm das war, erkannte sie jetzt. In den Jahren, die sie mit ihrem Großvater verbracht hatte, war wenig Raum für anderes geblieben als ihre Vorbereitung auf eine internationale Karriere als klassische Cellistin. Und nun begriff Elisa, wie eng ihre Welt damals gewesen war.

Inzwischen hatten sich Danilo und Bojan warm gespielt und spannen den musikalischen Faden, den sie gemeinsam gefunden hatten, mit sichtlichem Vergnügen immer weiter. Um sie herum knisterte die Atmosphäre, das Publikum, das konnte man deutlich spüren, war ebenso begeistert wie sie. Und doch ergriff Elisa plötzlich eine große Traurigkeit, sie wusste gar nicht, warum. War es nicht ein wundervoller Abend? Hatte sie – statt allein in der Rosenvilla zu sitzen und Trübsal zu blasen – nicht unverhofft sympathische Bekanntschaften gemacht und erlebte gerade eine wunderschöne Veranstaltung? Plötzlich kam ihr der Gedanke, dass sie diese »Trübsal« schon hergeschleppt hatte, dieses seltsam unbehagliche Gefühl eines nicht gutzumachenden Verlusts …

Aber welchen Unsinn dachte sie da gerade? Was hatte sie denn verloren? Sie war nicht geschaffen für eine Karriere als Cellistin. Das hatte sie vor langer Zeit erkannt. Stattdessen hatte sie sich ein anderes Leben aufgebaut, eines, in dem sie glücklich war. Oder etwa nicht?

Der Rest des Abends rauschte an ihr vorbei, so sehr verwirrten sie ihre widersprüchlichen Empfindungen und Gedanken. Danilo und Bojan spielten gemeinsam noch zwei weitere »Sessions«, dann verließen die beiden unter großem Applaus die kleine Bühne.

»Puh«, stöhnte Danilo, als er wieder neben Elisa Platz nahm und dankbar ein großes Glas Wasser, das Cosma ihm organisiert hatte, hinunterstürzte. »Darauf war ich jetzt nicht gefasst.« Er warf Elisa einen prüfenden Blick zu. »Hat es dir gefallen?«

»Es war großartig«, antwortete sie aus vollem Herzen. »Ich wusste nicht, dass du Musiker bist.«

»Na, bin ich eigentlich auch nicht«, gab er zurück, und ehe Elisa nachfragen konnte, erschien Bojan, und Cosma sorgte augenblicklich dafür, dass er sich zu ihnen setzen konnte.

»Du bist ein hinterhältiger Schuft«, scherzte Danilo und deutete einen spielerischen Faustschlag gegen Bojans Oberarm an.

»Wieso?« Der Bulgare grinste von einem Ohr zum anderen. Er trug sein dunkles, mit grauen Fäden durchsetztes Haar streng aus der Stirn gekämmt und am Hinterkopf zu einem kleinen Pferdeschwanz zusammengenommen. Seine Augen leuchteten vor Vergnügen. »War es nicht schön?«

»Oh doch, das war es«, fiel Cosma mit glänzenden Augen ein. »Danilo spielt sowieso viel zu selten. Das war eine tolle Idee.«

»Darf ich dir meine Freunde vorstellen?« Danilo gab der

Bedienung ein Zeichen, für sie alle noch etwas zu Trinken zu bringen. »Dante kenne ich schon seit dem Kindergarten. Cosma ist seine Schwester. Und das ist Elisa.«

»Freut mich sehr.« Elisa fühlte, wie sie errötete. Dass Danilo sie zum Kreis seiner Freunde zählte, konnte nur Höflichkeit sein. Denn im Grunde kannten sie sich ja überhaupt nicht. »Ihr habt wunderbar gespielt«, fügte sie rasch hinzu. »Von deinem Instrument hab ich noch nie etwas gehört. Es klingt unglaublich.«

»Keiner von uns hat so was schon einmal gehört.« Dante half der Bedienung, ihr übervolles Tablett auf ihrem Tisch abzustellen und verteilte die frisch bestellten Getränke. »Außer Danilo natürlich.«

»Die Gadulka ist Teil unserer Volksmusik«, erklärte Bojan und nahm einen großen Schluck von seinem Weißwein.

»Ich würde sie gern mal aus der Nähe sehen«, entfuhr es Elisa und bemerkte, wie Danilo sie überrascht musterte.

»Dann hol ich sie«, antwortete Bojan. »Ich trenne mich ohnehin nicht gern von ihr. Ein Musiker und sein Instrument – die teilen schließlich eine Seele. Nicht wahr?«

Mit einem Satz sprang er auf die Bühne und verschwand zwischen den rückwärtigen Vorhängen. Gleich darauf kam er zurück, die Gadulka in der Hand. Bereitwillig hielt er sie Elisa hin, die nach kurzem Zögern nach ihr griff.

»Die ist ganz schön schwer für ihre Größe«, sagte sie überrascht, und Bojan lachte.

»Das stimmt«, gab er zurück. »Es gibt alte Exemplare, die haben noch viel mehr Gewicht. Sie ist aus Walnussholz.«

Elisa legte sich das Instrument über die Oberschenkel und betrachtete es interessiert. »Was sind denn das für Saiten?« Sie deutete auf sechs Metalldrähte, die eng über den Korpus des Instruments gespannt waren.

»Das sind Harmoniesaiten«, antwortete Bojan. »Man spielt sie nicht. Nur die drei, die höher stehen, siehst du? Aber die Harmoniesaiten schwingen mit den anderen mit. Sie machen den Klang aus.«

»Verstehst du denn etwas von Instrumenten?«, fragte Danilo aufmerksam.

»Nein.« Rasch reichte Elisa Bojan die Gadulka zurück, als wäre sie heiß und sie könnte sich an ihr verbrennen. »Überhaupt nicht.«

Und das stimmte. Sie kannte sich mit einem Cello aus. Das war ihre Welt gewesen. Darüber hinaus hatte es nichts gegeben. Niklas hatte zwar darauf bestanden, dass sie auch die Grundlagen des Klavierspiels lernte. Weil sie das seiner Meinung nach brauchte. So wie die Sprachen, die er für eine internationale Karriere unerlässlich fand. Englisch und Französisch, Italienisch hatte sie bereits von klein auf mit Anna gesprochen, die in Mailand aufgewachsen war. Und diese Sprachkenntnisse waren ihr in ihrem jetzigen Beruf als Flugbegleiterin zugutegekommen.

Sie lauschte Bojan, der in seinem slavischen Akzent Cosmas Fragen nach dem traditionellen Einsatz seines Instruments beantwortete, und bemerkte, wie Danilo immer wieder zu ihr herübersah. Als sich ihre Blicke trafen, geriet ihr Herz einmal mehr ins Galoppieren. Ja, er gefiel ihr, und zwar so sehr, dass es ihr beinahe Angst machte. Sie hatte viel zu viele Enttäuschungen mit Männern hinter sich, und nach der Erfahrung mit Eric hatte sie sich vorgenommen, sich nicht mehr so schnell zu verlieben. Das Flattern im Bauch, das ihr Danilos Nähe verschaffte, fühlte sich jedoch ganz danach an.

Aber das war Unsinn. Morgen würde sie abreisen und Danilo nie wiedersehen. Also würde sie vernünftig sein und diesem Gefühl nicht nachgeben. Was hatte sie erst neulich zu Lena gesagt? Mit zweiunddreißig sollte man endlich Liebe von physischer Anziehungskraft unterscheiden lernen. Und dass sie Danilo ausgesprochen attraktiv fand, das signalisierte ihr Körper mit jeder Pore. Ihr Verstand hingegen sagte, dass diese Gefühle keine Zukunft hatten.

Und dass es langsam an der Zeit war aufzubrechen. Nur, wie machte man das, wenn man sein eigenes Auto irgendwo hatte stehen lassen, mit anderen mitgefahren war, die sich prächtig unterhielten und keinerlei Anzeichen machten, nach Hause zu gehen?

»Du siehst müde aus«, sagte Danilo leise zu ihr, während Bojan sich mit Dante und Cosma angeregt über die Situation freier Musiker unterhielt. »Soll ich dich zurück zu deinem Wagen bringen?«

»Das ... das wäre nett«, antwortete Elisa überrascht. »Was ist mit den anderen?«

»Die sitzen bestimmt noch die halbe Nacht hier«, antwortete Danilo mit diesem Lächeln, das Elisa durch und durch ging. Und ehe sie widersprechen konnte, wandte er sich an Cosma und bat sie um den Autoschlüssel.

»Schade, dass du schon gehst.« Die Tierärztin küsste Elisa herzlich auf beide Wangen. »Ich hoffe, wir sehen uns mal wieder.« Sie kramte in ihrer ausladenden Umhängetasche. »Hier ist meine Karte. Ruf an, wenn du in der Gegend bist. Dann unternehmen wir was zusammen.«

Elisa verabschiedete sich von Dante und Bojan und warf der Gadulka auf seinem Schoß noch einen letzten Blick zu, ehe sie den Club verließen.

Auf dem Weg zu Cosmas Van schwiegen sie beide. Sie kamen an einem Eiscafé vorüber, auf dessen Terrasse noch Betrieb war.

Danilo blieb stehen. »Was meinst du«, sagte er. »Hättest du Lust auf ein Eis? Es ist so ein schöner Abend. Fast zu schade, um schon schlafen zu gehen.«

Elisa rang mit sich. Dann schüttelte sie den Kopf. »Ich bin wirklich müde.« Und das war die volle Wahrheit. »Weißt du, ich bin heute Morgen erst aus den USA angekommen und die Zeitverschiebung ...«

»Natürlich«, warf Danilo eilig ein. »Das muss ziemlich anstrengend sein.«

Schweigend gingen sie weiter, und Elisa hatte das Gefühl, einen riesigen Fehler zu machen. Doch jetzt war es zu spät. Oder nicht?

Sie erreichten den Van und stiegen ein.

»Ich hab die ganze Zeit das Gefühl, dass ich dich schon mal irgendwo gesehen habe«, sagte Danilo plötzlich.

»Das muss eine Verwechslung sein.« Elisa war sich sicher, Danilo noch nie begegnet zu sein.

»Vielleicht auf einem meiner Flüge«, überlegte er weiter.

Wenn du je mein Fluggast gewesen wärst, dachte Elisa und wagte es nicht auszusprechen, würde ich mich garantiert an dich erinnern. Stattdessen sagte sie: »Du und Bojan, ihr habt so wunderbar zusammen gespielt. Kaum zu glauben, dass du kein Musiker bist.«

»Ich bin kein Musiker«, wiederholte Danilo. »Jedenfalls kein professioneller, so wie Bojan.«

»Was machst du dann?«

Danilo sah kurz zu ihr herüber und schien zu zögern. »Ich suche«, antwortete er schließlich. Und als er offenbar selbst merkte, dass dies keine befriedigende Antwort war, fügte er hinzu: »Ich bin noch auf der Suche nach dem, was ich tun möchte. Ist ein heikles Thema. Meine Familie ist nicht gerade erbaut davon.« Elisa wartete, doch offenbar wollte er mehr nicht erzählen. »Und du?«, fuhr er stattdessen fort. »Macht dir das Fliegen Spaß?«

»Ja«, antwortete Elisa. »Ich mag meinen Beruf. Er bringt

mich mit Menschen zusammen und um die ganze Welt.« Sie biss sich auf die Lippen. Denn diesen Satz sagte sie jedes Mal, wenn jemand sie das fragte, er war schon fast zur Floskel geworden. Und es fragten viele, der Beruf einer Flugbegleiterin schien in den Menschen Sehnsüchte zu wecken. Oder auch Ablehnung, seit das Reisen mit dem Flugzeug durch die Diskussion um die Klimaerwärmung von vielen kritisiert wurde.

»Wenn du heute erst angekommen bist und morgen schon wieder fährst, bist du nicht zum Urlaubmachen hier, oder?«

»Das stimmt.« Elisa überlegte, ob sie ihm von Niklas erzählen sollte. Doch wozu? In wenigen Minuten würden sie sich für immer voneinander verabschieden. »Ich hatte hier etwas zu erledigen. Und dieser wunderschöne Abend war vollkommen unverhofft. Vielen Dank, dass ihr mich mitgenommen habt.«

»Es war uns allen ein Vergnügen«, gab er zurück, und Elisa konnte nicht sagen, ob er einfach nur höflich war oder es wirklich so meinte.

Viel zu schnell erreichten sie den Parkplatz des Restaurants, auf dem Elisas Mietwagen stand. Danilo stoppte den Motor. Auf einmal hatte Elisa das Gefühl, noch etwas sagen zu müssen, doch sie wusste nicht, was.

»Glaubst du eigentlich an Zufälle?«, hörte sie Danilo plötzlich fragen.

Elisa schluckte. »Ich weiß nicht«, antwortete sie leise.

»Ich nicht.« Danilo wandte ihr das Gesicht zu, und die Beleuchtung des Restaurants warf goldene Reflexe in seine Augen. »Wo lebst du eigentlich, wenn du nicht gerade um die Welt fliegst?«

»In München.« Elisa dachte an ihr kleines Appartement im Stadtteil Unterföhring, mit guter S-Bahn-Anbindung zum

Flughafen. Dorthin würde sie jetzt zurückkehren und sich von diesem seltsamen Ausflug erholen. Vorausgesetzt, Niklas' Zustand stabilisierte sich weiter.

»Bitte verzeih mir, wenn ich zu neugierig bin«, erklärte Danilo. »Was führt dich ausgerechnet hierher? Ich meine, Lugano ist nicht der Nabel der Welt.«

Elisa atmete tief durch. »Mein Großvater lebt hier«, erklärte sie. »Deshalb bin ich hergekommen.«

»Nun ja«, meinte Danilo mit einem hoffnungsvollen Lächeln, »vielleicht kommst du ihn ja wieder mal besuchen.«

»Dann melde ich mich bei Cosma«, versprach Elisa und tastete nach dem Türöffner. Es wurde Zeit zu gehen, ehe sie vollends ihr Herz an diesen Mann verlor.

»Ich würde mich wirklich sehr freuen, dich wiederzusehen.«

»Vorausgesetzt, du bist gerade nicht unterwegs auf der Suche nach dem Sinn des Lebens.« Elisa biss sich auf die Zunge. Hatte das zu ironisch geklungen? Erleichtert hörte sie Danilo auflachen.

»Da hast du recht. Allerdings wäre es doch möglich, dass ich eines Tages nichts ahnend im Flieger sitze, und du servierst mir das Frühstück?«

Nun war es an Elisa, hell aufzulachen. »Sollte das passieren, bekommst du ein Glas Sekt dazu.«

»Bekomme ich auch deine Telefonnummer?«, fragte Danilo. »Ich meine *jetzt*, nicht mit dem Sekt?«

Elisa rang mit sich. Schließlich sagte sie: »Ich schicke sie Cosma, deren Kontaktdaten hab ich ja. In Ordnung?«

»Ja, warum nicht«, antwortete Danilo hörbar enttäuscht.

Als Elisa ausstieg, hatte sie erneut das Gefühl, einen riesengroßen Fehler zu machen. Was war das, was gerade mit ihr passierte? War sie zu vernünftig? Zu abweisend? Nein. Sie war aus dem Alter heraus, sich Hals über Kopf mit jemandem einzulassen, auch wenn er ihr Herz noch so sehr zum Flattern brachte.

Danilo war ebenfalls ausgestiegen. »Wir sehen uns wieder«, sagte er. »Das weiß ich ganz genau.«

»Das wäre schön«, antwortete sie. Dann folgte sie einem Impuls und küsste ihn auf die Wange, so wie sie es vorhin mit Cosma und Dante getan hatte. Bei der Berührung schien ihr, als würden zwischen ihnen Funken schlagen. »Ich wünsche dir eine gute Reise«, sagte sie, und ehe er etwas erwidern konnte, wandte sie sich ab und ging zu ihrem Mietwagen.

Als sie vom Parkplatz fuhr, sah sie ihn noch immer an derselben Stelle stehen. Er hob die Hand, und sie winkte zurück.

3

Die Werkstatt

Trotz ihrer Müdigkeit hatte Elisa lange gebraucht, um einzuschlafen. Deshalb hörte sie den Klingelton ihres Handys erst, als er bereits in den ohrenbetäubend lauten Modus umschaltete, den sie extra eingestellt hatte, falls sie nach einer Minute noch immer nicht erwacht war. Wenn sie es sich recht überlegte, war sie notorisch übernächtigt, da halfen auch die Pausen von mehreren Tagen nichts.

Schlaftrunken tastete sie nach dem Gerät und meldete sich. Es war Niklas' Arzt, und mit einem Mal war sie voll da.

»Der Zustand Ihres Großvaters hat sich verschlechtert«, hörte sie Dr. Fullner sagen. »Es wäre gut, wenn Sie kommen könnten.«

Es war zwanzig nach vier, und Elisa duschte kurz eiskalt, um halbwegs zu sich zu kommen. Dann zog sie sich rasch an und verließ die Villa.

Als sie am Restaurant Posta vorbeifuhr, kam ihr der Ort vollkommen fremd vor. Das Gebäude war dunkel, der Parkplatz leer. Ob Danilo wohl schon unterwegs war oder noch schlief? Nach Norwegen wollte er fliegen, und Dante hatte gespottet, er würde mal wieder so einer Langhalsigen hinterherreisen. Unwillkürlich stellte sich bei Lisa das Bild einer besonders schönen Frau mit anmutigem Nacken ein ...

Sie zwang sich, an ihren Großvater zu denken. Sollte sie ihre Mutter verständigen? Sicher war es besser, erst mal in Erfahrung zu bringen, wie es um Niklas stand, damit sie Anna Genaueres berichten konnte.

In der Privatklinik wurde sie direkt auf die Intensivstation geschickt. Dort erhielt sie einen Kittel, eine Haube für ihre Haare und einen Mund-Nasen-Schutz. Dann ließ man sie zu dem Patienten.

Trotz Niklas' mächtiger Gestalt auf dem Bett sah Elisa zunächst nur Apparate. Eine Nasensonde versorgte ihn mit Sauerstoff, zu beiden Armen führten Schläuche. Auf einem Monitor wurde seine Herzkurve abgebildet, jedenfalls nahm Elisa dies an, eine ganze Reihe von pulsierenden Wellen wurden auf ihm angezeigt.

»Er ist jetzt wieder einigermaßen stabilisiert«, erklärte Dr. Fullner, der kurz nach Elisa eingetreten war. »Hoffen wir, dass es so bleibt.«

»Was ist passiert, dass sich sein Zustand so verschlechtert hat?«, fragte Elisa.

»Das ist schwer zu sagen«, antwortete der Arzt und studierte ein paar Tabellen auf seinem Klemmbrett. »Vielleicht hat ihn der viele Besuch überanstrengt.«

»Der viele Besuch?« Elisa war überrascht. »Ich war zweimal kurz hier. Eigentlich habe ich ihm nur seine Wäsche gebracht.« Und da war er stark genug gewesen, um mich aus dem Zimmer zu werfen, fügte sie in Gedanken hinzu.

»Gegen Abend kam noch eine Dame«, antwortete Dr. Fullner. »Schwester Ingrid sagte, sie sei mit Ihnen zusammen schon einmal hier gewesen. Danach ging es unserem Patienten deutlich schlechter.«

Elisa sog scharf die Luft ein. Das konnte nur Mariella gewesen sein. Zorn stieg in ihr auf. Wieso ließ diese Frau sie und ihren Großvater nicht einfach in Ruhe? Was hatte sie hier zu suchen gehabt?

»Sie ist nicht verwandt mit uns«, sagte Elisa verärgert. »Sondern nur eine Nachbarin. Warum wird sie nach einem solchen Tag überhaupt noch zu ihm gelassen?«

»Das werde ich Schwester Ingrid sagen«, antwortete Dr. Fullner sichtlich verlegen. »Bestimmt ging sie davon aus, dass die Besucherin dem Patienten nahestand. Normalerweise kommt so etwas bei uns nicht vor. Vielleicht sprechen Sie nachher selbst mit ihr, um das Missverständnis zu klären.«

Er rückte einen gepolsterten Stuhl mit hoher Lehne so nahe ans Bett heran, wie es angesichts der vielen Apparate und Schläuche möglich war, zeigte ihr den Alarmknopf, falls sich der Zustand des Patienten ändern sollte, nickte ihr zu und machte Anstalten, das Krankenzimmer zu verlassen.

»Einen Moment noch bitte.« Sie folgte dem Arzt in den angrenzenden Kontrollraum, der mit einer großen Glasscheibe versehen war, durch die man den Patienten beobachten konnte. Dort schloss sie behutsam die Tür hinter sich. Denn das, was sie fragen wollte, konnte sie unmöglich in Niklas' Gegenwart tun, ob er nun wach war oder nicht. »Bitte sprechen Sie offen mit mir, Dr. Fullner.« Sie bemühte sich, ihre Stimme gefasst klingen zu lassen. »Wie hoch stehen seine Chancen zu überleben?«

Der Arzt musterte sie, als wollte er herausfinden, wie viel Wahrheit sie ertrug. »Lassen Sie uns hoffnungsvoll bleiben«, antwortete er schließlich. »Es ist gut möglich, dass Ihre Anwesenheit seinen Heilungsprozess unterstützt. Wir wissen aus Erfahrung, dass Patienten, auch wenn sie nicht bei Bewusstsein sind, ihre Umgebung vage wahrnehmen. Deshalb habe ich Sie anrufen lassen.« Kurz legte er seine Hand auf Elisas Schulter, dann ging er in den Flur hinaus.

Elisa sah ihm nach und versuchte, ihre Gedanken zu ordnen. Die Apparate hinter der Tür zu Niklas' Zimmer und die in den anderen Intensivräumen schienen sich zu einem unheilvollen Chor zu vermischen, ein beständiges Pulsieren und Sirren.

Sie musste ihre Mutter verständigen. Benommen holte sie das Handy aus ihrer Handtasche und wählte Annas Nummer. Doch ihre Mutter hatte ihr Telefon ausgeschaltet, nicht einmal die Mailbox sprang an. Ratlos steckte Elisa den Apparat wieder weg und kehrte an Niklas' Seite zurück.

Elisa wünschte, sie hätte sich die kuschelige Kaschmirdecke mitgenommen, die im Gästezimmer der Villa im Schrank lag, ihr war auf einmal kalt, obwohl das Intensivzimmer gut geheizt war. Sie versuchte, den schweren Lehnstuhl noch ein Stück näher zu Niklas heranzurücken und legte vorsichtig ihre Hand auf seine Rechte, in deren Vene eine Kanüle steckte. Sie dachte daran, wie kraftvoll diese Hand den Dirigentenstab geschwungen und auf der ganzen Welt den berühmtesten Orchestern unvergessliche Klangerlebnissen entlockt hatte. Jetzt lag sie auf dem weißen Kliniklaken wie ein Vogel, dem man die Schwingen gebrochen hatte.

Im Schubfach des Beistelltischs fand Elisa die Creme, die sie Niklas am Vortag mitgebracht hatte, und begann, damit sanft die papierdünne Haut zu massieren. Auch auf seiner Stirn verteilte sie behutsam ein wenig davon. Jeden Moment erwartete sie, dass er die Augen öffnen und etwas Unfreundliches zu ihr sagen würde, so wie am vergangenen Nachmittag, doch nichts geschah. Das gleichmäßige Summen und Piepsen der Apparate zerrte an Elisas Nerven, obwohl sie sich sagte, dass sie Niklas' Lebensimpulse hörbar machten und dass alles gut war, solange sich in den Kurven und Geräuschen nichts veränderte.

Es klopfte, und eine Schwester erkundigte sich, ob sie Elisa etwas bringen könnte, Kaffee oder einen Tee. Elisa bat um einen starken Schwarztee. Als er zusammen mit ein paar Keksen kam, setzte sie sich an den kleinen Tisch am Fenster, blickte hinaus in den sich aufhellenden Himmel, vor dem sich die umliegenden Bergkämme düster abhoben. Sie sollte nochmals versuchen, ihre Mutter zu erreichen. Vielleicht würde sie Anna überzeugen können herzukommen. Doch wenn Niklas der Anblick der Nachbarin schon so aufregte – war es dann zu verantworten, ihn mit seiner Tochter zu konfrontieren, mit der er sich so heillos zerstritten hatte? Andererseits – hatte er nicht als Erstes nach Anna gefragt?

Sie nahm ihren Platz am Bett ihres Großvaters wieder ein und schrieb ihrer Mutter eine Kurznachricht. Erneut legte sie ihre Hand auf die ihres Großvaters, lehnte sich zurück und beobachtete das regelmäßige Heben und Senken seines mächtigen Brustkorbs. Ob auch er die vielen Geräusche wahrnahm, die sie umgaben? Ob sie ihn genauso quälten wie Elisa?

Da kam ihr eine Idee. Sie zog ihr Handy hervor und suchte in ihrer Playlist nach den alten Aufnahmen ihrer Großmutter Paulina. Sie fand die berühmte Arie der Tosca und stellte das Gerät auf laut, legte es auf die Bettdecke und beobachtete gespannt Niklas' Gesicht. Er liebte diese Aufnahme ebenso sehr wie sie, das wusste sie. Doch sie konnte keine Regung erkennen.

Irgendwann schloss sie die Augen. Nur kurz, sagte sie sich. In ihrer Erinnerung sah sie Niklas, wie er vor sechzehn Jahren gewesen war, die Mähne bereits ergraut, dennoch voller Energie und Vitalität. »In dir steckt eine Kraft, die du noch gar nicht kennengelernt hast«, hatte er ihr wenige Tage vor jenem letzten Konzert gesagt. »Wenn du dir nicht selbst Grenzen setzt, kannst du alles erreichen, Elisa.« Sie hatte so fest daran geglaubt. Alles, was er gesagt hatte, war für sie unumstößliche Wahrheit gewesen. So sicher hatte sie sich unter seinen Fittichen gefühlt, so unbesiegbar ...

Elisa schreckte hoch, sie musste eingeschlafen sein. Paulinas Gesang war verstummt, und plötzlich fühlte sie sich beobachtet. Es war Niklas, der sie unentwegt ansah. Sie stieß einen leisen

Schrei aus und sprang auf. »Du bist ja wach!« Eilig drückte Elisa den Alarmknopf.

»Ja«, antwortete ihr Großvater mühsam mit rauer, kratziger Stimme. »Du hast ... zu laut geschnarcht.«

Elisa musste lachen, und gleichzeitig kamen ihr die Tränen.

Die Tür wurde aufgerissen, und zwei Schwestern stürzten herein. Ihr erster Blick galt den Apparaten, dann bemerkten sie, dass der Patient aufgewacht war. »Herr Professor Eschbach«, rief die eine überrascht aus. »Wie fühlen Sie sich?«

Niklas ließ ein Krächzen hören. »Kaffee wäre ... nicht schlecht.«

Elisa konnte kaum glauben, wie rasch ihr Großvater sich erholte. Die Nasensonde nahm er sich selbst ab und verlangte, dass man ihnen beiden ein »anständiges Frühstück« brachte. Zu Elisas Überraschung unterstützte Dr. Fullner Niklas' Wunsch nach Kaffee – laut einer neueren Studie sei der mäßige Genuss von Koffein für das zentrale Nervensystem von Vorteil.

Elisa biss gerade in ein Hörnchen, als sie gedämpft den Klingelton ihres Telefons vernahm. Sie musste eine Weile danach suchen, es war zwischen die Falten von Niklas' Zudecke gerutscht.

»Hallo Anna«, begrüßte sie ihre Mutter.

»Sag ihr ...«, keuchte er heiser. Nach zwei Schluck Kaffee war er erschöpft in das Kissen zurückgesunken, im Gesicht ganz grau. »Sag ihr, sie braucht nicht zu kommen.«

»Es geht ihm wieder besser.« Elisa ging rasch zum Fenster, damit ihrer Mutter Niklas' Kommentar nicht hören konnte – zu spät.

»Er kann sich wohl nicht entscheiden, was er will.« Anna klang aufgebracht.

»Mama«, mahnte Elisa leise. »Ich bitte dich. Hörst du eigentlich, was du da gerade sagst?«

Doch Anna war nicht zu bremsen. »Was ist denn nun? Ich hab schon meine Reisetasche gepackt. War es falscher Alarm, oder geht es ihm wirklich so schlecht, wie du behauptest?«

Elisa warf Niklas einen Blick zu. Er schien ganz Ohr. »Komm her und mach dir selbst ein Bild.«

»Oh nein«, tönte es angestrengt vom Bett herüber. »Wenn sie ... nur kommen will, wenn ich ... schon fast tot bin, braucht sie sich nicht zu bemühen.«

»Am besten sprecht ihr mal direkt miteinander.« Nichts lag Elisa ferner, als ihn erneut aufzuregen, aber sie hielt es für falsch, die Botschafterin zwischen den beiden zu spielen. Sie reichte Niklas das Handy. »Hier. Sag deiner Tochter selbst, was du zu sagen hast.«

Niklas' Hand, in der noch immer die Kanüle steckte, zitterte, als er widerstrebend nach dem Handy griff. Elisa überzeugte sich davon, dass er es an sein Ohr halten konnte, dann wandte sie sich wieder dem Fenster zu. Wenn sie sich reckte, konnte sie zwischen Baumkronen ein kleines Stückchen See erkennen. Ein schöner Frühlingsmorgen war heraufgezogen. Elisa hatte kaum ein Auge dafür. Sie versuchte, dem Telefonat zu lauschen.

»Sie ist nicht mehr dran«, hörte sie Niklas sagen. »Aufgelegt. Typisch Anna.«

Er wirkte enttäuscht. Oder bildete Elisa sich das ein? Seine Stimme klang noch immer rau und ein wenig verwaschen. Warum könnt ihr eigentlich nicht normal miteinander umgehen?, wollte sie fragen, doch angesichts seines Zustands hielt sie dies für wenig angebracht. Auch wenn Niklas Eschbach an diesem Morgen alle verblüfft hatte, so war er noch lange nicht gesund. Vermutlich war es gut, dass Anna dem Gespräch ausgewichen war.

»Das war seltsam«, sagte Niklas leise. »Ich hab Paulinas Stimme gehört. Sie hat gesungen.«

Wärme stieg in Elisa auf. Er hatte es tatsächlich wahrgenommen. Sie wollte es ihm gerade erklären, als die äußere Tür aufging. Ein Krankenpfleger und eine Schwester betraten das Zimmer, um den Patienten frisch zu machen, und baten Elisa, solange draußen zu warten.

»Sie können getrost nach Hause fahren und sich eine Weile ausruhen«, riet ihr Schwester Ingrid, die gerade vorbeikam. Elisa sprach sie auf den Besuch von Mariella am Abend zuvor an.

»Dr. Fullner hat es mir schon gesagt«, antwortete die Schwester. »Es tut mir leid. Sie sagte, sie stehe Professor Eschbach nahe, und da ich sie zuvor gemeinsam mit Ihnen gesehen hatte, hab ich mir nichts dabei gedacht.«

»Das verstehe ich gut, und ich mache Ihnen auch keinen Vorwurf«, antwortete Elisa. »Ich werde selbst mit ihr reden.« Sie zögerte. Wollte Niklas vielleicht, dass sie noch eine Weile bei ihm blieb?

»Ihr Großvater wird mindestens die nächsten zwei Stunden mit Untersuchungen beschäftigt sein.« Schwester Ingrid hatte Elisas Zaudern wohl bemerkt. »Legen Sie sich hin! Sie sehen bleich aus. Sobald es etwas Neues gibt, melden wir uns bei Ihnen. Und keine Sorge, wir lassen niemanden mehr zu ihm. Sie können sich darauf verlassen.«

Elisa hatte das Gefühl, wie auf Watte zu gehen, als sie bei der Rosenholzvilla aus dem Wagen stieg. Alles in ihr sehnte sich nach einem Bett. Sie überlegte kurz, ob sie Mariella gleich aufsuchen sollte, doch sie fühlte sich zu erschöpft für eine Auseinandersetzung. Denn so, wie sie Niklas' Nachbarin kennengelernt hatte, würde sie sich nicht ohne Weiteres geschlagen geben, was auch immer ihre Gründe sein mochten. Außerdem war es erst sieben Uhr am Morgen und noch viel zu früh für einen Besuch.

Sie war gerade aus ihrem Kleid geschlüpft, als ihr Handy klingelte. Es war Anna. Seufzend nahm Elisa das Gespräch an. »Hör zu«, sagte sie zu ihrer Mutter. »So geht das nicht weiter. Ich sollte nachsehen, wie es Niklas geht, und das hab ich getan. Aber ich kann nicht ewig hierbleiben. Wieso kommst du nicht und ...«

»Du weißt, dass ich das nicht kann.«

»Wieso nicht?« Elisa setzte sich aufs Bett. »Willst du erst zu seiner Beerdigung herkommen?«

Kurz war es still in der Leitung.

»Du hast gesagt, es geht ihm besser. Stimmt das oder stimmt das nicht?«

Elisa seufzte. »Hör mal, Mama, wenn *ich* das hier kann, warum dann nicht du?«, fragte sie und wusste doch, dass sie genauso gut zu einer Wand sprechen konnte. »Es ist nicht fair, dass du das alles auf mich abwälzt. Wenn ich das gewusst hätte ...«

»Mein Schatz, ich weiß«, hörte sie ihre Mutter reuevoll sagen. »Und ich verspreche dir, dass ich wirklich komme, wenn es Niklas ernsthaft schlechter geht. Nur ... ich weiß genau, dass wir uns anschreien werden. Und das ist nicht gut für ihn. Oder?«

»Weißt du, was? Ich bin müde«, entgegnete Elisa. »Ich hab kaum zwei Stunden geschlafen diese Nacht. Von den letzten ganz zu schweigen. Tu einfach, was du für richtig hältst. Ich muss mich jetzt ausruhen.« Sie unterbrach die Verbindung und ließ sich aufs Bett fallen, überzeugt davon, nach diesem Gespräch kein Auge zuzumachen. Und doch schlief sie schon ein, kaum dass sie den Gedanken zu Ende gedacht hatte.

Sie erwachte erst gegen Mittag von einem Geräusch, das wie der Motor eines Staubsaugers klang. Das musste die Haushälterin sein. Wie hieß sie noch? Serafina. Stöhnend drehte Elisa sich auf die andere Seite. Kam man denn hier überhaupt nicht zur Ruhe?

An Einschlafen war nicht mehr zu denken, und so stand Elisa auf, nahm eine Dusche und zog sich an. Es war das letzte Paar saubere Unterwäsche, das sie dabeihatte, schließlich hatte sie nicht mit einem längeren Aufenthalt im Tessin gerechnet, als sie vor gefühlt hundert Jahren ihren kleinen Koffer gepackt hatte. Entweder, sie konnte heute wirklich nach Hause fahren, oder sie musste sich etwas zum Anziehen kaufen.

Ihr erster Anruf galt der Klinik. Zu ihrer Erleichterung hatte sich Niklas' Zustand nicht wieder verschlechtert.

»Die Untersuchungen haben ihn angestrengt, er ist müde und schläft jetzt«, berichtete Schwester Ingrid. »Die gute Nachricht ist, dass es kein weiterer Schlaganfall war, sondern wohl einfach nur Überanstrengung. Er ist stabil. Falls sich etwas ändert, melden wir uns. Vielleicht könnten Sie am späteren Nachmittag nochmal vorbeischauen?«

Elisa versprach es und machte sich auf die Suche nach Serafina. »Sie müssen wirklich nicht kommen, solange mein Großvater im Krankenhaus ist«, erklärte sie der Haushälterin, nachdem sie sie in Niklas' Musikzimmer begrüßt hatte.

»Oh doch«, antwortete die kleine Person mit dem schwarzen Lockenhaar entschlossen. »Der Schmutz fragt nicht danach, ob jemand da ist oder nicht. Und wenn der Professor nach Hause kommt, soll kein Körnchen …«

»Das wird leider noch etwas dauern«, unterbrach Elisa die junge Frau.

»Aber so hat er es angeordnet.« Mit trotziger Miene wechselte Serafina eine Düse am Staubsauger. »Wenn er auf Reisen war, wollte er immer, dass ich meine Arbeit mache. Und seine Anordnung gilt. Auch jetzt, wo er im Krankenhaus liegt, *il poverino.*« Sie funkelte Elisa mit ihren dunklen Augen kampflustig an.

»Na schön«, streckte Elisa die Waffen. »Könnten Sie mir

dann freundlicherweise zeigen, wo ich mir Frühstück machen kann?«

Sogleich hellte sich Serafinas Miene auf. »Ich mach das für Sie.« Augenblicklich legte sie den Staubsauger beiseite. »Was hätten Sie denn gern? Möchten Sie das Lieblingsfrühstück des Professors probieren?«

Zwanzig Minuten später saß Elisa staunend vor einem Berg köstlich duftender Pfannkuchen.

»Mögen Sie Honig dazu?«, fragte Serafina und stellte ein Tontöpfchen mit einem kleinen Holzlöffel auf den Tisch. »Der Professor nimmt immer Ahornsirup.« Schon stand eine Flasche davon auf dem Tisch. »Sehr lecker ist außerdem diese *marmelata di castagne*. Wie sagt man? Esskastanien. Diese hier macht eine Frau aus dem Dorf.«

»Danke«, antwortete Elisa. »Sind Sie auch von hier?«

Serafina schüttelte den Kopf. »Ich wohne in Italien. Eine knappe halbe Stunde Fahrt mit dem Auto entfernt. Sind das genug Pfannkuchen?« Die junge Frau musterte Elisa besorgt.

»Ganz bestimmt!«, antwortete Elisa mit einem Lachen. »Vermutlich reichen sie noch für mein Abendessen.«

Serafina schenkte ihr ein bezauberndes Lächeln, und Elisa stellte erfreut fest, dass das Eis zwischen ihnen nun wohl gebrochen war.

»*Buon appetito*«, sagte Serafina. »Wann darf ich Ihr Zimmer machen?«

»Sie müssen nicht ...«, begann Elisa, doch Serafina unterbrach sie sogleich. »Das ist mein Job«, widersprach sie ernst. »Dafür werde ich bezahlt.«

Elisa verstand. Auf keinen Fall wollte sie Serafina ihre Arbeit streitig machen. »Natürlich«, sagte sie. »Nach dem Frühstück bin ich erst einmal für eine Weile weg.«

»Haben Sie vielleicht etwas zu waschen?«, fuhr die quirlige junge Frau fort. »Es sind ohnehin noch ein paar schmutzige Hemden vom Professor da. Da passt noch einiges in die Maschine.«

»Das wäre großartig.«

»Im Schrank ist ein Leinenbeutel«, erklärte Serafina. »Stopfen Sie einfach alles rein, und ich kümmere mich darum.« An der Tür wies sie noch einmal zum Herd. »Dort ist noch mehr Kaffee.« Und damit verließ sie die Küche.

Die Pfannkuchen schmeckten wirklich köstlich, und Elisa überlegte, ob Niklas auch früher schon so gefrühstückt hatte. Sie konnte sich nicht daran erinnern. Mit dem Essen kehrten ihre Lebensgeister zurück, und sie fühlte sich gewappnet für das Gespräch mit Mariella.

In ihrem Zimmer widerstand sie dem Impuls, ihr Bett selbst zu machen, und füllte stattdessen den Leinenbeutel mit ihrer gebrauchten Wäsche. Dann rief sie in der Klinik an und war erleichtert zu hören, dass ihr Großvater auf dem Weg der Besserung war und die Intensivstation hatte verlassen können.

Elisa nahm den Weg durch den Park und ging zügig bis zu der Marmorstatue des Stradivarius. Von dort zu den Rosenholzbäumen hinunter und weiter, bis sie einen Pfad fand, der direkt auf das noch tiefer gelegene Nachbargrundstück führte. Schließlich gelangte sie in einen geräumigen Hof, der von drei Seiten von Gebäuden umgeben war. An das zentrale, aus grauem Naturstein gemauerte, zweistöckige Wohnhaus mit leuchtend roten Geranien vor den Fenstern schmiegten sich zu beiden Seiten einstöckige Anbauten. Ein Berner Sennenhund kam ihr misstrauisch entgegen, hob witternd die Schnauze und ließ ein kurzes, dunkles Bellen hören. Sogleich öffnete sich die Tür zu einem der Seitengebäude, und Fabio trat in den Hof.

»Still, Joris. Bei Fuß«, rief er, und der Hund trottete gutmütig zu ihm.

»*Ciao* Fabio. Ich hoffe, ich störe nicht.«

»Du störst überhaupt nicht, im Gegenteil!« Ein großes Lächeln brachte Fabios kantiges Gesicht zum Strahlen. »Lass dich bloß nicht von unserem alten Joris einschüchtern, der tut keiner Fliege etwas zuleide. Wie geht es Niklas? Aber komm erst einmal herein. Darf ich dir etwas anbieten?«

»Danke«, antwortete Elisa, erfreut über den herzlichen Empfang, den Fabio ihr bereitete. »Ich habe gerade erst gefrühstückt.« Sie lachte verlegen. »Ein bisschen spät, ich weiß. Die Nacht war ziemlich turbulent. Und eigentlich wollte ich gern mit Mariella sprechen.«

»Tut mir leid, sie ist nicht da«, antwortete Fabio. »Soweit ich weiß, ist sie zur Klinik gefahren, um nach Niklas zu sehen.«

Elisa verschränkte instinktiv die Arme vor der Brust und atmete tief durch. Nun, Mariella würde ja sehen, dass sie nicht mehr einfach so bei Niklas ein und aus spazieren konnte.

»Möchtest du denn nicht reinkommen?« Fabio musterte sie aufmerksam, und Elisa wurde klar, dass er ihren Unmut bemerkt haben musste. »Ich kann uns auch in der Werkstatt einen guten Kaffee machen.«

Zögernd folgte Elisa ihm in das Nebengebäude. Dies war nun eigentlich nicht das, was sie gewollt hatte. Sie hatte vorgehabt ein kurzes, klärendes Gespräch mit Mariella zu führen und wieder zu gehen. Doch der Geruch nach aromatischen Hölzern und Ölen in der Werkstatt ließ sie aufmerken – und dann sah sie sich voller Staunen um: An der Wand hing sauber nebeneinander aufgereiht ein gutes Dutzend Geigen, daneben ebenso viele Bratschen. Auf einer Werkbank lag der offene Korpus einer Violine, daneben die sogenannte Decke mit den sorgfältig in der Form eines F ausgeschnittenen, schmalen

Schalllöchern. Offenbar arbeitete Fabio gerade an diesem Stück.

»Du bist Geigenbauer?«, fragte Elisa erstaunt und sah sich weiter um. Hinter ihr entdeckte sie traumhaft schöne Celli, deren Lackierung in einem warmen Rotbraun glänzten. Ein Kontrabass lehnte in einer Ecke und wirkte mit seiner enormen Größe, als würde er über die anderen, viel kleineren Instrumente wachen.

»Ja. Wir Fasettis sind alle Instrumentenbauer«, hörte Elisa Fabio sagen. »Seit Generationen.« Er wies auf eine Schwarzweißfotografie über seiner Werkbank. »Das ist mein Vater Reno.«

»Hat er diese Violinen gebaut?«

»Nein, das war ich.« Fabio wandte den Blick ab. »Mein Vater ist im vergangenen Jahr gestorben.«

Elisa betrachtete das charaktervolle Gesicht auf der Fotografie, die sympathischen Augen, den entschlossenen Mund. Reno hielt eine winzige Kindergeige in der Hand, und das Ganze sah so aus, als wolle er sie dem Betrachter überreichen.

»Das tut mir leid«, sagte sie.

»Du hast ja früher selbst mal Cello gespielt.«

»Ja, aber das ist lange her«, entgegnete Elisa rasch. Fabios haselnussbraune Augen ruhten auf ihr, so als wüsste er gern mehr über ihre Gründe, mit dem Spielen aufzuhören. »Bist du auf eines der Streichinstrumente spezialisiert?« fragte sie, um von sich abzulenken. »Woran arbeitest du besonders gern?«

»Ich habe keine Vorlieben«, antwortete Fabio und nahm eines der Celli von einem Ständer. »Ich mache, was bestellt wird, und das sind hauptsächlich Geigen. Mein Vater war bekannt für seine wohlklingenden Celli. Dieses hier hat er noch gebaut.«

Elisa starrte auf das schöne Instrument, fasziniert und gleichzeitig voller Abwehr.

Fabio schien das nicht zu bemerken, er drehte es um und

zeigte ihr die Rückseite des Halses. »Das ist übrigens unser Markenzeichen.« Er fuhr mit dem Finger die Linie eines andersfarbig eingelegten Stückes Holz in Form einer Blüte nach.

»Eine Intarsie?«, fragte Elisa überrascht.

»Aus Rosenholz«, ergänzte Fabio. »Es ist die berühmte Fasetti-Rose.«

»Irgendwie kommt mir das bekannt vor«, sagte Elisa nachdenklich.

»Nun ja. Soviel ich weiß, hast du auf einem Cello von meinem Vater angefangen.«

»Das Kindercello?«, entfuhr es Elisa. »Das war von ihm? Das wusste ich gar nicht.«

Ein Wagen kam in den Hof gefahren, bremste scharf ab, dann wurde die Fahrertür heftig zugeschlagen.

»Da kommt meine Mutter ja.« Fabio öffnete die Tür. »Schon zurück?«, rief er ihr zu. »Komm herein, du hast Besuch.«

Mariellas Augen wurden schmal, als sie Elisa in der Werkstatt entdeckte. »Wir müssen reden«, sagte sie ernst.

»Deswegen bin ich hier«, antwortete Elisa so freundlich, wie es ihr möglich war.

»Wie kommst du dazu, mir den Zugang zu Niklas zu verwehren?« Auch Mariella bemühte sich offenbar um einen ruhigen Ton, und doch sprach ihre Miene Bände. »Nicht einmal mehr Auskunft über seinen Zustand wollte mir diese Schwester geben.«

Fabio, der gerade Wasser in eine Kaffeemaschine gießen wollte, die auf einem Bord neben der Werkbank stand, stockte und blickte erschrocken von seiner Mutter zu Elisa.

»Ihr Besuch gestern Abend hat dafür gesorgt, dass er wieder auf die Intensivstation verlegt werden musste. Ich hab die halbe Nacht an seinem Bett gesessen, zum Glück ging es ihm gegen Morgen besser.« Elisa wartete die Wirkung ihrer Worte ab, doch

Mariella runzelte nur unwillig die Stirn. »Was immer Sie mit ihm besprochen haben, muss ihn sehr aufgeregt haben.«

»Woher willst du das denn wissen«, gab Mariella unbeeindruckt zurück. »Du warst schließlich nicht dabei.«

»Hören Sie.« Elisa war nun wirklich wütend. Nicht allein, dass diese Frau sie konsequent duzte. Sie schien auch keinerlei Schuldgefühle zu haben. »Es geht einfach nicht, dass Sie dort ein und aus gehen, wie es Ihnen passt. Egal, welches Recht Sie zu haben glauben ...«

»Welches Recht ich zu haben glaube?«, fiel ihr Mariella empört ins Wort. »Mich würde interessieren, welches Recht *du* in dieser Sache beanspruchst! Seit Jahren kümmerst du dich nicht um deinen Großvater, kommst nie zu Besuch. Wie lange hast du ihn nicht mehr angerufen? Fünfzehn Jahre? Oder sechzehn?« Elisa stand da wie erstarrt. Was ging diese Frau ihre Familienangelegenheiten an? »Und deine Mutter? Dasselbe Lied. Wenn wir uns nicht um Niklas gekümmert hätten, wäre er ganz allein dagestanden. So sieht es aus.« Elisa schluckte. Es tat weh, die Wahrheit so ungeschminkt an den Kopf geworfen zu bekommen. »Hast du daran gedacht, Niklas' Managementbüro zu verständigen, dass er krank ist und niemand ihn stören darf? Nein? Und die Krankenversicherung? Gut, dass ich das getan habe. Und jetzt kommst du und verbietest mir allen Ernstes den Zutritt zu ihm? Das ist wirklich ein starkes Stück.«

»*Mamma*«, mahnte Fabio. »Das ist bestimmt ein Missverständnis. Lass uns in Ruhe miteinander reden. Elisa wollte sicherlich nicht ...«

Doch seine Mutter schien ihn gar nicht zu hören. Angriffslustig die Fäuste in die Hüften gestemmt, sprach sie weiter. »Sag mir bitte eines: Wie lange gedenkst du zu bleiben? Wirst du dich um die Reha kümmern, wenn Niklas aus der Klinik entlassen wird? Darum, dass er sein Leben wie gewohnt weiterführen kann? Hilfst du ihm, eine Pflegekraft zu finden, falls er die braucht? Kurz gesagt: Nimmst du deine Rolle als Enkeltochter jetzt endlich ernst und schaust nach ihm? Denn dann lehne ich mich gern entspannt zurück und lasse dir den Vortritt.«

Nach diesem Ausbruch war es auf einmal sehr still in der Werkstatt. Nur das nervtötende Summen einer Fliege war zu hören, die erfolglos versuchte, durch eine Fensterscheibe hindurchzufliegen.

Elisa fühlt sich wie vor den Kopf gestoßen. »Ich wusste nicht, dass Sie …«

»Natürlich nicht«, unterbrach Mariella sie schon wieder. »Woher auch. Du redest ja nicht mit uns. Was glaubst du, warum ich dich gestern gebeten habe, zu uns zu kommen? Damit wir das alles endlich in Ruhe besprechen.«

»Dann lasst uns doch *jetzt* alles in Ruhe besprechen«, versuchte Fabio zu vermitteln. »Und hör bitte auf, Elisa mit Vorwürfen zu überhäufen, sie ist erst gestern angekommen und sicher total durch den Wind.« Er warf Elisa einen aufmunternden Blick zu. »Wie wäre es, wenn wir nochmal von vorne beginnen? ›Guten Tag, Elisa. Schön, dich endlich kennenzulernen. Ich denke, wir sollten ein paar Dinge besprechen. Hast du Zeit für einen Kaffee?‹ So in der Art.«

Mariella schien mit sich zu kämpfen. Dann nickte sie widerstrebend. »Na schön«, sagte sie. »Niklas zuliebe.«

»Ich glaube«, fuhr Fabio fort und ließ seinen Blick zwischen seiner Mutter und Elisa hin und her wandern, »es wäre ganz gut, wenn wir alle kurz durchatmen. Warum gehst du nicht schon mal ins Haus, *Mamma*, und machst einen guten Kaffee? Ich zeige Elisa das Cello. Du weißt schon, welches.«

Mariella schien nicht zufrieden, nickte dennoch erneut und verließ die Werkstatt.

»Puh«, machte Elisa. »Das war … ein wenig überraschend.«

»Nimm es meiner Mutter bitte nicht übel«, versuchte Fabio sie zu beruhigen. »Sie ist nun mal so, sagt immer gerade heraus, was sie denkt. Damit kommen viele Menschen nicht zurecht. Aber sie hat das Herz auf dem rechten Fleck. Das wirst du auch noch merken.«

Elisa antwortete nicht. Sie war wie benommen und voller widerstrebender Gefühle. Am liebsten wäre sie auf der Stelle gegangen. Ihr war allerdings klar geworden, dass es unumgänglich war, sich mit Mariella auszusprechen. Auch wenn die Art und Weise, wie Fabios Mutter sie angegriffen hatte, sie verletzte und ärgerte, musste sie ihr doch im Wesentlichen recht geben. Elisa hatte nicht gewusst, dass sich diese Frau all die Jahre um ihren Großvater gekümmert und damit vieles von dem übernommen hatte, was eigentlich Annas und Elisas Aufgabe gewesen wäre, und wenn das wirklich stimmte, war Mariellas Empörung verständlich. Keinesfalls wollte sie das gute Verhältnis zwischen Niklas und seinen Nachbarn stören. Denn eines konnte Elisa bestimmt nicht: dauerhaft hierbleiben und Niklas umsorgen. Schließlich hatte sie einen Beruf, ein eigenes Leben. Ganz zu schweigen von all dem Unausgesprochenen, das vor sechzehn Jahren dafür gesorgt hatte, dass sie jeden Kontakt zu Niklas Eschbach verloren hatte und das seither zwischen ihnen stand wie eine unüberwindliche gläserne Mauer.

»Ich möchte dir gern etwas zeigen«, unterbrach Fabio ihre sich überschlagenden Gedanken. Er stand auf der Schwelle zu einem Nebenraum, und Elisa folgte ihm nach kurzem Zögern. Es war eine Art Ausstellungsbereich, in dem die Fasettis vermutlich ihre Kunden empfingen. Eine kleine Sitzgruppe mit ähnlichen Sesseln, wie sie in Niklas' Musikzimmer standen, lud zum Verweilen ein, in edlen Vitrinen waren Instrumente ausgestellt. Ein Cello ruhte in einem Spezialständer auf einem Podest, und bei seinem Anblick erstarrte Elisa. Jedes Detail war ihr vertraut, jede Maserung der Decke, die handgeschnitzte Schneckenform, in die der Hals auslief – ja, es war, als würden sich ihre Hände daran erinnern, wie es sich anfühlte, dieses Instrument zu halten und auf ihm zu spielen. Denn dies war »ihr« Cello, das ihr Großvater ihr, als sie groß genug dafür gewesen war, geschenkt hatte. Das Cello, das sie überallhin begleitete und das sie selbst im Schlaf stets in Reichweite gehabt hatte.

»Erkennst du es?«

Wie hätte Elisa es nicht erkennen können. Ihr Herz schlug heftig bis zum Hals. »Natürlich«, flüsterte sie. »Wie kommt es hierher? Hat Niklas es euch gegeben?«

»Nein«, antwortete Fabio. »Es ist verkauft worden. Sein heutiger Besitzer hat es uns zur Generalüberholung gebracht. Ich habe den Stimmstock erneuert und ein paar andere Kleinigkeiten gerichtet. Jetzt klingt es wieder wie in seinen besten Zeiten.«

Fabio nahm das Instrument von seinem Halter und reichte es Elisa.

»Willst du mal?«

Unwillkürlich machte Elisa einen Schritt zurück. Alles in ihr sehnte sich danach, ihr altes Cello buchstäblich in die Arme zu schließen. Gleichzeitig wurde ihre Kehle eng, und sie hatte das Gefühl, keine Luft mehr zu bekommen. Sie schüttelte den Kopf.

»Warum nicht?«, wollte Fabio wissen. »Dies ist eine einmalige Gelegenheit. Morgen kommt der Besitzer und holt es wieder ab. Das ist auch der Grund, warum ich heute am Sonntag noch daran gearbeitet habe.«

»Wer …« Elisa musste sich räuspern, so belegt klang ihre Stimme, »wer hat es denn gekauft?«

»Er heißt Adrien Dufois.« Elisa zuckte zusammen. Adrien war einmal ihr größter Konkurrent gewesen. Damals hatte sie ihn bei jedem Wettbewerb haushoch geschlagen. Doch dann hatte sie sich selbst ins Aus befördert, und was danach geschehen war, hatte sie nicht mehr verfolgt. Dass ausgerechnet Adrien inzwischen ihr geliebtes Instrument besaß, gefiel ihr jedoch überhaupt nicht. »Kennst du ihn?«

Elisa ignorierte die Frage. Sie zu beantworten hätte eine Menge weiterer nach sich gezogen, und sie hatte keine Lust, über diesen Teil ihrer Vergangenheit zu sprechen. Sie wandte sich ab und betrachtete die Fotografien an der Wand. Es waren eindrucksvolle Schwarz-Weiß-Aufnahmen aus dem Werkstattalltag. Elisa erkannte das charakteristische Profil von Fabios Vater, ihn selbst und – sie konnte es kaum glauben – Danilo, der gemeinsam mit Reno und Fabio vor der Wand voller Geigen stand und in die Kamera lächelte.

»Wer ist das?«, fragte sie dennoch und zeigte auf das Foto.

»Mein Bruder«, knurrte Fabio. Er wirkte nicht gerade so, als sei er gut auf ihn zu sprechen.

Elisas Gedanken überstürzten sich. Danilo war Fabios Bruder? »Ist er etwa auch Instrumentenbauer?«

»Ja, das ist er«, gab Fabio zurück. Er klang verstimmt. »Und zwar ein verdammt guter. Leider reist Danilo lieber durch die Weltgeschichte, als dass er mich hier unterstützt.« Er stellte das Cello zurück auf den Ständer. »Komm, wir wollen meine Mutter nicht länger warten lassen.«

Sie überquerten den Hof und betraten das Hauptgebäude. Es war mit traditionellen Tessiner Möbeln ausgestattet, die Decke bestand aus frei liegendem, vor Alter gedunkeltem Gebälk, und der Fußboden war mit einfachen, glasierten Fliesen aus gebranntem Ton belegt. Fabio führte sie in einen großen Raum, und Elisa erkannte, dass man wohl die Wand zwischen Esszimmer und Küche herausgenommen und nur noch die wichtigsten Deckenstützen stehengelassen hatte. Hier stand ein großer, massiver Tisch, an dem gut und gerne zwölf Menschen

Platz finden konnten. Ein riesiger bunter Blumenstrauß in einem Tonkrug zog Elisas Blick auf sich, er schien alle Farben des Frühlings zu vereinen und duftete nach Wiese und Glück.

Mariella hatte bereits Kaffeebecher und ein Kännchen mit Milch dazugestellt und hantierte mit dem Rücken zu ihnen am Herd. »Nehmt Platz«, sagte sie. »In der Vorratskammer ist noch *torta di pane*. Magst du sie holen, Fabio?«

Elisa ließ ihren Blick durch den großzügigen Wohnraum schweifen. Über einer dunklen Nussbaumkommode hingen noch mehr gerahmte Fotografien, und Elisa konnte nicht anders, sie musste sie sich genauer ansehen. Einige zeigten Mariella mit Reno, die einst ein schönes Paar abgegeben hatten. Auf anderen Bildern waren zwei kleine Jungen zu sehen, offenbar Fabio und Danilo. Elisa dachte daran, was Fabio gesagt hatte, dass sie schon immer sehr unterschiedlich gewesen waren, und fand dies auf den Fotos bestätigt: Fabios glattes, dunkles Haar war kurz geschnitten, dagegen wirkte Danilos Lockenkopf wild und ungestüm. Und während Fabio ernst und verständig dreinschaute, schien Danilo der Schalk aus jeder Pore zu blitzen. Dann entdeckte Elisa ein Bild, auf dem ein glücklich strahlender Fabio einer rothaarigen Schönheit den Arm um die Schulter gelegt hatte und auf dem anderen ein vielleicht dreijähriges Mädchen trug. Elisa hielt Ausschau nach einem ähnlichen Bild, das Danilo mit einer Partnerin zeigte, konnte aber keines finden. Stattdessen fiel ihr Fabios Hochzeitsfoto auf. Das Brautpaar war umrahmt von Menschen, die ihm offenbar nahestanden, und mitten darin erkannte Elisa auch Niklas Eschbach, der über das ganze Gesicht strahlte. Offenbar war er der Familie Fasetti doch enger verbunden, als sie angenommen hatte.

Mariella kam von der Küchenseite herüber, und Elisa fühlte sich ertappt, so als hätte sie kein Recht, sich diese privaten Fotos anzusehen. Und als sie Fabios Mutter nun am Esstisch stehen sah, die Kaffeekanne in der Hand und diesen forschenden Blick aus haselnussbraunen Augen auf sie gerichtet, in sich ruhend und so vollkommen ihrer selbst sicher, wurde Elisa deutlich, dass sie hier nicht dazugehörte. Wohingegen Niklas durchaus ein Teil dieser Welt sein mochte.

»Komm, setz dich zu uns«, sagte Mariella versöhnlich. Fabio hatte inzwischen einen Teller mit Kuchenstücken aus einem Nebenraum geholt. »Das ist *torta di pane*, Brotkuchen«, erklärte seine Mutter. »Ein typisches Rezept unserer Gegend. Früher war es ein Arme-Leute-Gericht, weil man dafür Weißbrotreste verwendet. Heute verfeinert man es mit ordentlich Butter und Eiern, und schon verwandelt es sich in eine Köstlichkeit. Möchtest du probieren?«

»Gern«, antwortete Elisa befangen und betrachtete die hellbraune Kruste des Gebäcks mit den Pinienkernen darauf, das Fabio ihr auf einen Teller lud.

»Und nun wollen wir dir mal erzählen, wie wir alle zueinander stehen«, fuhr Mariella fort und schenkte allen Kaffee ein. »Dein Großvater und mein Mann waren enge Freunde«, begann sie und nahm Platz. »Eigentlich sollte dir das bekannt sein. Dein erstes Cello stammte aus unserer Werkstatt.«

Elisa nickte. »Fabio hat das schon erwähnt. Aber ehrlich gesagt ... ich kann mich nicht daran erinnern, woher mein Kindercello stammte. Auch an die Werkstatt nicht.«

Mariellas Mundwinkel verzogen sich ein wenig. »Du hast immer in deinen eigenen Sphären geschwebt«, sagte sie. »Wenn du bei deinem Großvater warst, hast du dich nie hier blicken lassen. Und ich fürchte, Niklas hatte seinen Anteil daran. Ich habe oft zu ihm gesagt, lass das Mädchen doch mal mit uns zum Baden fahren. Oder auf eine Wanderung mitgehen.« Sie schüttelte den Kopf und nahm einen Schluck Kaffee. »Davon wollte er nie etwas wissen. Du solltest üben. Angeblich hast du das gern gemacht.« Sie machte eine erwartungsvolle Pause.

Elisa zog es vor zu schweigen. Stattdessen nahm sie einen Bissen von dem Kuchen und genoss die sanfte Süße, die sich auf ihrer Zunge ausbreitete.

»Wir sollten zum Wesentlichen kommen«, warf Fabio ein. »Nämlich warum uns Niklas so nahesteht. Weißt du, er ist so etwas wie ein Onkel für mich und meinen Bruder.«

»Er geht bei uns ein und aus«, fuhr Mariella fort. »Man könnte sagen, er ist Teil unserer Familie. Und deshalb kümmern wir uns um ihn. Wir konnten ja nicht ahnen, dass du plötzlich …«

»Natürlich war das zu erwarten«, unterbrach Fabio seine Mutter sanft. »In so einem Fall verständigt eine Klinik immer die Angehörigen.«

»Jetzt sei doch mal ehrlich«, ergriff Mariella erneut das Wort, und Elisa spürte, dass sich die Ältere schon wieder in Rage redete. »Hast du erwartet, dass sie oder ihre Mutter nach all den Jahren tatsächlich hier aufkreuzen würde?«

Elisa legte die Kuchengabel zurück auf den Teller. Der Appetit war ihr vergangen. »Ich möchte gerne etwas klarstellen: Ich bin Ihnen wirklich dankbar dafür, dass Sie sich in den vergangenen Jahren um Niklas gekümmert haben«, sagte sie freundlich. »Aber das gibt Ihnen noch lange nicht das Recht, auf diese Weise über uns zu sprechen.«

»Wie soll man euer Verhalten denn sonst nennen?«, gab Mariella angriffslustig zurück. »Fürsorglich und herzlich? Nach einer Funkstille von so vielen Jahren?«

»Was wissen Sie schon über mich und meine Mutter und die Gründe für unser Verhalten?« Elisa atmete tief durch. »Was zwischen mir und meinem Großvater steht, geht niemanden außer uns etwas an. Auch wenn ihr noch so sehr das Gefühl habt, seine *Familie* zu sein. Das seid ihr nicht.«

»Wenn das so ist, hat der arme Mann gar keine Familie ...«

»Ein solches Urteil steht Ihnen nicht zu, Mariella«, unterbrach Elisa sie mit Nachdruck. »Aber ich bin nicht hergekommen, um mich mit Ihnen zu streiten«, fuhr sie fort. »Und auch nicht, um mich vor Ihnen zu rechtfertigen. Sondern um Ihnen zu sagen, warum ich es für besser hielt, Sie von meinem Großvater fernzuhalten. Denn gestern hat Ihr Besuch dafür gesorgt, dass er beinahe gestorben wäre.«

»Ist das wahr?« Fabio warf seiner Mutter einen alarmierten Blick zu.

»Worüber haben Sie mit ihm gesprochen, dass er so heftig reagiert hat?«, setzte Elisa nach.

Mariella presste die Lippen aufeinander und sah an Elisa vorbei zu der Wand mit den Fotografien.

»Wie geht es Niklas jetzt?«, wollte Fabio wissen

»Heute Morgen wieder besser«, antwortete Elisa. »Er konnte von der Intensivstation entlassen werden. Aber heute Nacht stand es nicht gut um ihn.«

Fabio war bleich geworden. Offenbar ging ihm Niklas' Zustand wirklich zu Herzen.

»Was wollten Sie von ihm?«, hakte Elisa nach.

»Ich hab dir doch schon gestern gesagt, dass er endlich ein paar Dinge regeln muss«, erklärte Mariella. »Ich fand es richtiger, das gemeinsam mit dir zu besprechen. Niklas war anderer Meinung. Wir wissen wohl alle, dass er ziemlich stur sein kann.«

»Und was genau gibt es zu klären?« Elisa war entschlossen herauszufinden, was hinter alldem steckte. »Das können Sie genauso gut mit mir besprechen.«

»Nein, das kann ich nicht«, antwortete Mariella ungehalten. »Es ist an Niklas, das zu tun.«

»Ich versteh nicht, was du meinst, Mutter«, sagte Fabio. »Die Sache mit den Anteilen kann Elisa doch ruhig wissen. Das ist schließlich kein Geheimnis.« Mariella lehnte sich auf ihrem Stuhl zurück und verschränkte die Arme vor der Brust. Es war offensichtlich, dass sie nicht zufrieden damit war, welchen Verlauf das Gespräch nun nahm. »Dein Großvater ist an unserer Firma beteiligt«, erklärte Fabio Elisa. »Ohne ihn hätte mein Vater die Werkstatt schließen müssen. Er hat uns sozusagen gerettet. Und sein internationaler Ruf als Dirigent hat auch dafür gesorgt, dass sich unsere Auftragslage erholt hat.«

»Schön. Und was hat das mit mir zu tun?«, fragte Elisa peinlich berührt. »Es ist seine Sache, wo er sein Geld investiert.« Sie sah Mariella verständnislos an. »Und überhaupt. Ist das ein Grund, ihn beinahe umzubringen?« Auf einmal kochte erneut die Wut in ihr hoch. »Sie haben mit ihm in seinem Zustand doch hoffentlich nicht um Geld gestritten?«

»Herrgott, jetzt tu nicht so, als sei ich eine herzlose Egoistin«, platzte es aus Mariella hervor. »Alles, was ich möchte, ist, dass die Dinge zwischen dir und ihm in Ordnung kommen.«

»Ach wirklich?«, frage Elisa. »Was hab ich denn mit seinen Anteilen an Ihrer Firma zu tun? Nein, Mariella. Ich habe eher den Eindruck, dass Sie etwas vor mir verheimlichen wollen.«

Sie sah der Älteren fest in die Augen, und plötzlich füllten sich diese mit Tränen. Zu Elisas Bestürzung begann Mariella haltlos zu schluchzen, und dieser Anblick erschütterte sie mehr als alles andere.

»*Mamma!*« Fabio sprang auf, um ihr den Arm um die Schulter zu legen, sie von hinten zu umfangen und ihren Kopf sanft an sich zu ziehen. »Nun wein doch nicht. Niklas erholt sich ganz bestimmt wieder.« Mariella schmiegte ihr Gesicht in seine Armbeuge und weinte lautlos weiter. Elisa wusste nicht, wie sie auf diesen unerwarteten Gefühlsausbruch reagieren sollte. Zwar war sie immer noch wütend auf Mariella und fand, dass sie in Rätseln sprach. Ihr Kummer allerdings berührte Elisa, obwohl sie nicht genau verstand, warum ihr Niklas' Zustand so nah ging.

Endlich verebbten Mariellas Tränen.

»Es ist einfach zu viel.« Fabio tätschelte seiner Mutter den Rücken. »Erst Papa. Und jetzt Niklas. Aber er wird nicht sterben. Er ist stark. Du wirst sehen.« Er reichte seiner Mutter ein großes weißes Herrentaschentuch, und Elisa konnte kaum glauben, dass es noch einen Mann auf dieser Welt gab, der so etwas bei sich trug.

Mariella schnäuzte sich und trocknete ihre Tränen. Mehrmals setzte sie zu sprechen an, bis ihr die Stimme wieder gehorchte. »Sei versichert«, sagte sie zu Elisa, »ich bin die Letzte, die Niklas schaden will. Er hat …«, sie musste sich räuspern und tief durchatmen, ehe sie weitersprechen konnte. »Er hat einen besonderen Platz in meinem Herzen. Ich werde alles dafür tun, damit er wieder auf die Beine kommt. Darauf hast du mein Wort.«

Als Elisa zurück in die Villa kam, war Serafina gerade dabei, die Terrasse zu fegen. Sie sang dabei ein Lied und wirkte so eins mit sich und der Welt, dass Elisa sie aus vollem Herzen darum beneidete.

Sie ging direkt in ihr Zimmer und legte sich auf das Bett. Am späten Nachmittag, hatte Schwester Ingrid gesagt, also stellte sie den Handywecker auf vier, und wenig später schlief sie auch schon ein. Dennoch fühlte sie sich kein bisschen ausgeruht, als der Alarm sie weckte.

Pflichtbewusst fuhr sie zur Klinik. Sie war nervös, als sie zu Niklas ins Zimmer trat, gespannt, was sie erwartete.

Er war wach und schien erstaunt, sie zu sehen. »Du bist immer noch da?«, fragte er, und es klang zum ersten Mal nicht spöttisch, sondern fast erfreut.

»Ja, ich bin noch da.« Elisa rückte einen Stuhl ans Bett. »Wie fühlst du dich?«

»Das fragen mich in letzter Zeit alle«, gab Niklas missgelaunt zurück. »Wie soll ich mich schon fühlen. Es ist furchtbar, so herumzuliegen.«

Erleichtert registrierte Elisa, dass er flüssiger sprach, auch wenn seine Stimme noch rau klang. »Dann werd schnell wieder gesund«, sagte sie. »Ich habe vorhin mit Mariella gesprochen«, fügte sie hinzu und bemerkte, wie Niklas' Miene wachsam wurde. »Ist es dir recht, wenn sie dich weiterhin besuchen kommt?«, fragte sie.

»Natürlich ist mir das recht«, gab Niklas schroff zurück. »Sie ist meine Nachbarin. Ihr Mann war mein bester Freund. Worüber habt ihr zwei denn gesprochen?«

»Fabio war auch dabei«, erzählte Elisa und überlegte, was genau sie sagen sollte. »Er hat mir davon erzählt, dass du Anteile an der Werkstatt hältst. Warum auch immer, die beiden glauben, dass ich das wissen muss. Schließlich ist das deine Sache, oder?«

Niklas antwortete nicht gleich. Seine blauen Augen ruhten forschend auf ihr und wirkten plötzlich hellwach. »Warum fragst du mich überhaupt, ob Mariella mich weiterhin besuchen kommen kann?«, wollte er wissen.

»Weil es dir gestern nach ihrem Besuch so schlecht ging«, antwortete Elisa. »Und weil Dr. Fullner dachte ...«

»Ärzte sind Dummköpfe«, fiel ihr Niklas ins Wort. »Du solltest ihm nicht alles glauben. Was hat Mariella noch gesagt?«

»Eigentlich nichts«, log Elisa. »Dass du zu ihrer Familie gehörst, das war ihr noch wichtig.« Sie versuchte in Niklas' Augen zu lesen, ob er das ebenso sah.

»Familie«, wiederholte er und zog das Wort in die Länge. »Für meinen Geschmack wird dieses Wort viel zu sehr strapaziert.« Er machte eine Pause und atmete ein paarmal tief durch. »Ursprünglich kommt es aus dem Lateinischen«, fuhr er zu Elisas Überraschung fort, die gehofft hatte, dass er sich zu seinem Verhältnis zu den Fasettis äußern würde, »und meint alle Personen, die zu einem Hausstand gehören. Also gehört auch Serafina zu meiner Familie, oder nicht? Sie ist hoffentlich nett zu dir?«

»Das ist sie«, antwortete Elisa und merkte, dass ihre Stimme belegt klang. Es war seltsam, was ihr Großvater da sagte. Und doch war es typisch für ihn, auf diese Weise auszuweichen.

»Familie«, wiederholte Niklas und ließ sich zurück ins Kissen sinken. »Im Orchester nennt man alle Blasinstrumente die Bläserfamilie. Und die Streicher ...«

»Ich weiß«, sagte Elisa.

»So gesehen ist deine Crew, mit der du fliegst, eben *deine* Familie, nicht wahr?« Niklas griff nach dem Haltegriff über ihm und verlagerte seinen Oberkörper ein wenig. Elisa beeilte sich, ihm ein Kissen unter den Rücken zu schieben. Sie verzichtete darauf, ihm zu erklären, dass sie fast jeden Flug mit einer anderen Mannschaft absolvieren musste. Dass es Lena und ihr nur mit Mühe gelang, gemeinsame Touren zu bekommen. Mit anderen Worten, dass ihre »Familie«, wie er es nannte, unstet war und ohne Bestand. »Apropos«, fuhr Niklas fort. »Wann musst du eigentlich wieder los?«

»Ich weiß noch nicht«, antwortete Elisa.

»Dir ist hoffentlich klar«, sagte er leise und klang plötzlich erschöpft, »dass du wegen mir nicht bleiben musst. Kranke Menschen sind etwas Schreckliches. Warum tust du dir das an?«

»Du bist mein Großvater«, antwortete Elisa.

»Aus Pflichtgefühl musst du das nicht.« Niklas schloss die Augen.

Im Grunde, dachte Elisa voller Bitterkeit, hat er recht. Auch er war damals nicht zu ihr gekommen, als sie in dieser Klinik war. Nicht einmal aus Pflichtgefühl.

»Freut es dich nicht, dass ich hier bin?« Elisa biss sich auf die Zunge. Warum hatte sie das überhaupt gefragt?

»Ob ich mich freue?« Niklas öffnete die Augen und betrachtete sie forschend. »Dein Anblick hat mir im ersten Moment einen gehörigen Schrecken eingejagt.«

»Einen Schrecken? Wieso das denn?«

»Na ja ... ich dachte ...« Er schien nach Worten zu suchen. Seine Hände irrten auf der Bettdecke herum, als könnten sie dort die Antwort finden. »Ich dachte, dass es wirklich schlimm um mich stehen muss. Dass ich sterben würde. Denn warum sonst ...«

Elisa fühlte, wie ihr die Tränen kamen. Und warum hast *du* mich damals nicht besucht, wollte sie fragen. Warum hast du dich nie bei mir gemeldet? Wieso hast du mir mein Cello weggenommen und es ausgerechnet an Adrien verkauft?

Sie stand auf und wandte sich ab, trat ans Fenster. Die Aussicht auf den See und die Bergkulisse dahinter verschwammen vor ihren Augen. Ihr Großvater hatte sie fallen lassen, nachdem sie versagt hatte. Er hatte sich ihrer so sehr geschämt, dass er nichts mehr mit ihr zu tun haben wollte. Sie hatte geglaubt, dass ihr das heute nichts mehr ausmachen würde. Doch das stimmte nicht. Und das Schlimmste war, dass sie Niklas immer noch liebte. Obwohl er so ein grenzenloser Egozentriker war. Selbst ihren Besuch machte er ihr jetzt zum Vorwurf.

»Und?«, hörte sie ihn fragen, mit jenem ironischen Unterton, den sie so hasste. »Bist du jetzt enttäuscht, dass ich nicht vorhabe zu sterben?«

Mit einem Ruck drehte sie sich um. »Nein«, antwortete sie. »Ich bin froh, dass es dir wieder ausreichend gut geht, um gemein zu sein. Ich geh dann wohl besser. Das ist es offenbar, was

du willst. Mariella scheint sich ja gut um dich zu kümmern.«
Sie griff nach ihrer Handtasche. »Leb wohl, Niklas«, sagte sie.
»Vielleicht wäre es mal an der Zeit zu überdenken, wie *du* dich damals verhalten hast, als es *mir* schlecht ging. Falls das möglich ist in deinem um sich selbst kreisenden Universum.«

Sie hasste sich dafür, dass ihre Stimme zitterte. Rasch verließ sie das Zimmer und eilte davon. Im Treppenhaus blieb sie stehen und hielt sich am Geländer fest, versuchte, ihren Atem unter Kontrolle zu bekommen. Ihr Herz raste. Sie hätte niemals herkommen dürfen. Niklas Eschbach brauchte sie nicht – noch schlimmer: Er wollte sie gar nicht in seiner Nähe haben.

»Ist alles in Ordnung mit Ihnen?«

Elisa schreckte zusammen. Sie hatte die junge Krankenschwester nicht kommen hören. »Alles bestens, danke«, antwortete Elisa.

In diesem Moment klingelte ihr Handy. Wenn das Anna ist, dachte sie, kann sie mir gestohlen bleiben. Auf dem Display erkannte Elisa jedoch, dass es ihr Teamleiter von der Fluggesellschaft war.

»Hallo Marc«, sagte sie und sah der Schwester nach, die auf der Station verschwand.

»Hängst du sehr an deinen Off-Tagen?«, hörte sie ihren Teamleiter fragen. Off-Tage – so nannte man im Flugjargon die Freizeit. »Wenn nicht, hätte ich einen interessanten Einsatz für dich. Eine Anfrage von einer privaten Airline.«

»Eine private Airline?« Elisa war überrascht.

»Ein Freund von mir arbeitet dort. Sie haben einen Engpass bei den Flugbegleitern. Der eine ist krank, die andere in Mutterschutz … du kennst das ja. Sie brauchen kurzfristig jemanden, der einspringt. Und es ist recht gut bezahlt.«

»Ich weiß nicht, Marc.«

»Du würdest mir wirklich sehr helfen«, kam es aus dem

Hörer. »Ich schulde meinem Freund einen Gefallen, weißt du …«

»Wohin geht es denn?«, fragte Elisa.

»Nach Los Angeles. Du bist rechtzeitig zurück für deine neue Schicht.« Elisa überlegte. Im Grunde hatte sie die Pause dringend nötig. »Dafür brauche ich jemanden mit Erfahrung«, fuhr Marc fort, als sie nicht gleich antwortete. »Da dachte ich natürlich an dich.« Elisa verdrehte die Augen. Marc war ein unverbesserlicher Charmeur. »Außerdem bist du in der Nähe, wie ich hörte. Der Flug geht ab Mailand.«

»Wann soll es denn losgehen?«, fragte sie.

»Morgen Nachmittag um 15 Uhr. Du hast also noch ausreichend Zeit.«

Elisas Blick wanderte den Flur entlang. Sie konnte dieses Krankenhaus nicht mehr ertragen. »Na gut, ich mach das.« Sie atmete tief durch. Zurück in ihr altes Leben. Das war vermutlich das Beste.

»Sehr schön. Also, die Details: Du bist die einzige Flugbegleiterin. Es ist eine brandneue kleine Luxusmaschine mit zwölf Sitzen, aber es fliegen nur drei Passagiere mit.«

»Zwischenstopp in Neufundland zum Auftanken?«, fragte Elisa routiniert.

»Nein«, antwortete Marc. »Das ist nicht vorgesehen. Diese neuen Maschinen müssen das nicht mehr. Verrückt, was? Ich würde auch mal gern mit so einer Endurance fliegen.«

»Das wird ein langer Flug«, gab Elisa zurück. »Fünfzehn Stunden, oder?«

»Vierzehn. Man kann die Sitze zu richtigen Betten umbauen«, erklärte Marc, während Elisa langsam die Treppe hinunterging. »Du wirst schlafen können. Und der Kunde spendiert dir sogar zwei Nächte im Hotel, damit du den Rückflug begleiten kannst. Klingt doch wie ein bezahlter Urlaub, findest du nicht?«

Elisa musste schmunzeln. »Du redest schon wie einer meiner Fluggäste.«

Marc versprach ihr, die Details per Mail zu schicken, und sie beendeten das Gespräch. Erst auf dem Parkplatz fiel Elisa ein, dass sie sich eigentlich von Dr. Fullner verabschieden sollte. Nun, das konnte sie telefonisch erledigen.

Du musst das nicht tun, hatte Niklas gesagt. Fehlte noch, dass er ihr ins Gesicht sagte, dass sie gehen sollte. Aber das war nicht notwendig. Sie hatte auch so verstanden. Und nun würde sie wieder in ihre eigene Welt zurückkehren.

4

Turbulenzen

In dieser Nacht hatte Elisa einen Traum. Und als sie erwachte, konnte sie kaum glauben, dass sie im Bett des Gästezimmers der Rosenholzvilla lag, so real hatte er sich angefühlt.

Im Traum hatte sie auf ihrem Cello gespielt, und sein Klang füllte sie noch immer ganz und gar aus. Sie konnte seine Vibrationen in ihrem Brustkorb spüren, als hätte sie wirklich den Bogen über die Saiten geführt, und die Fingerspitzen ihrer linken Hand fühlten sich so an, als hätten sie tatsächlich die Töne gegriffen. Und eine Melodie, die sie vollkommen vergessen hatte, die jedoch tief in ihrer Seele verborgen nur darauf gewartet hatte, sich aus ihr zu erheben, war aus ihr aufgestiegen bis in den Äther …

Nun lag sie wach auf dem Rücken, und auf einmal überkam sie eine so übermächtige Sehnsucht nach ihrem Cello, dass es beinahe körperlich schmerzte.

Sie warf die Decke von sich und stand auf. Alles fühlte sich vollkommen unwirklich an, besonders dieser Ort, der so eng mit ihrer Kindheit verbunden war. Bald würde sie ihn für immer verlassen. Sie würde dann beim Erwachen eine Weile brauchen, um sich zu erinnern, wo sie eigentlich war, in welchem Land, in welcher Stadt. Sie würde keine Vögel mehr singen hören, so wie jetzt. Aber sie würde auch nicht mehr in ihrer Vergangenheit wühlen und sich Anschuldigungen von fremden Menschen und die Gemeinheiten ihres Großvaters anhören müssen.

Dennoch fühlte sie einen großen Frieden, und beim Duschen klang noch immer jene lang verschollene Melodie in ihr nach. Elisa fiel wieder ein, woher sie stammte, nämlich aus einem Stück von Gaspar Cassadó, sie hatte es damals häufig gespielt, vor allem, wenn sie traurig gewesen war oder wütend, denn dieses Solostück drückte einfach alle Emotionen aus.

Sie aß von den Pfannkuchen vom Vortag, Serafina war noch nicht da und würde sie auch nicht mehr zu Gesicht bekommen. Ihre Wäsche hatte Elisa sauber gebügelt und zusammengelegt in ihrem Zimmer vorgefunden. Das Köfferchen war schnell gepackt, nichts hielt sie mehr hier. Um ganz sicherzugehen, rief sie in der Klinik an, hörte, dass Professor Eschbach eine ruhige Nacht gehabt hatte, und ließ Dr. Fullner ausrichten, dass ihr Beruf sie zwang, abzureisen.

Als sie ihr Gepäck im Kofferraum verstaute, stellte sie fest, dass es immer noch viel zu früh war. Kurz zögerte sie, dann schloss sie den Wagen ab und ging, wider alle Vernunft, durch den Park und hinunter zum Haus der Fasettis. Joris, der Berner Sennenhund, lag im Hof in der Morgensonne, hob nur den Kopf, als sie kam, und ließ ihn wieder auf die Pfoten sinken. Es war noch nicht einmal acht, als Elisa an die Tür der Werkstatt klopfte.

Sie erwartete nicht, dass Fabio schon bei der Arbeit war. Doch die Tür öffnete sich, und der Instrumentenbauer strahlte, als er sie sah.

»Tut mir leid, wenn ich ...«

»Wie schön, dich zu sehen«, fiel ihr Fabio ins Wort. »Geht es Niklas gut?«

»Ja, er ist stabil«, antwortete Elisa. »Ich ...« Sie wusste nicht so recht, wie sie mit dem seltsamen Wunsch, den der Traum in ihr geweckt hatte, herausrücken sollte. »Ich wollte mich verabschieden.«

»Du musst schon abreisen? Wie schade!«

»Ja, ich … die Arbeit ruft.« Verlegen trat Elisa von einem Bein auf das andere.

»Willst du reinkommen?«, fragte Fabio. »Hast du überhaupt schon gefrühstückt?«

»Ja, das hab ich«, antwortete Elisa und trat über die Schwelle der Werkstatt. Sie sah in das offene Gesicht des Instrumentenbauers, der sie erwartungsvoll anblickte, und fasste sich ein Herz. »Gestern hast du gesagt, ich könnte mal kurz auf dem Cello spielen.«

»Du meinst dein altes Cello?«, fragte Fabio bestürzt. »Es ist nicht mehr hier. Adrien Dufois hat angerufen, ob er schon früher kommen könnte. Er hat es gestern Abend abgeholt. Ach, das tut mir leid.«

Die Enttäuschung traf Elisa heftiger, als sie es sich hatte vorstellen können. Daran war dieser dumme Traum schuld, der ihr etwas vorgegaukelt hatte, was längst vergangen war. Sie fühlte Fabios besorgten Blick auf sich ruhen und atmete tief durch.

»Ist nicht schlimm«, sagte sie. »War nur so eine Idee.«

»Du kannst gern auf einem meiner anderen Celli spielen, wenn du möchtest«, bot Fabio ihr an. »Solange du willst. Ich hab da ein paar richtig gute Stücke.« Er ging zu einem, dessen Lackierung die Farbe von hellem Honig hatte. »Dieses hier zum Beispiel.«

Elisa schüttelte den Kopf. »Danke«, wehrte sie ab. »Das ist wirklich nett von dir. Aber das ist nicht …« Dasselbe, hatte sie sagen wollen. »Und eigentlich sollte ich jetzt doch besser fahren.«

»Hör mal, Elisa«, sagte Fabio und trat näher an sie heran. »Was hältst du davon, wenn wir unsere Telefonnummern austauschen? Dann kann ich dich auf dem Laufenden halten, was Niklas angeht. Und überhaupt …« Er schien nach Worten zu suchen. »Auch wenn du und meine Mutter nicht gerade den besten Start miteinander hattet – glaubst du nicht, es wäre gut, wenn wir Kontakt halten?«

»Das ist eine gute Idee«, sage Elisa. Sie diktierte ihm ihre Nummer in seine Kontaktliste. Nach wenigen Sekunden läutete ihr Telefon.

»Jetzt sind wir miteinander verbunden«, sagte Fabio und sah sie auf eine Weise an, die ihr wohltat. Sie wusste, dass dieser Mann verheiratet war und offenbar eine kleine Tochter hatte. Seine Freundlichkeit fühlte sich sicher an und angenehm wie ein warmer Sonnentag, und Elisa fand es auf einmal tröstlich, hier an diesem Ort einen Menschen zu kennen, dem sie offenbar vertrauen konnte.

»Ja«, antwortete sie, und auf einmal löste sich die Enttäuschung und das schmerzhafte Gefühl eines endgültigen Verlusts, das sie gerade noch wegen ihres alten Cellos empfunden hatte, in nichts auf. »Das ist schön.« Sie wollte sich zum Gehen wenden, als die Tür zur Werkstatt aufgerissen wurde und jemand hereinstürmte. Elisa erkannte die Frau von dem Hochzeitsbild.

Ihr hübsches Gesicht war verzerrt vor Wut. »Sag bloß, du hast es vergessen!«, fauchte sie Fabio an.

»Romy, um alles in der Welt, was soll ich vergessen haben?«

»Deine Tochter!«, schallte es zurück. »Du hättest sie längst abholen sollen.«

»Heute?!« Fabio sah erschrocken auf das Mobiltelefon in seiner Hand. »Heute ist der elfte. Du hast gesagt, am zwölften ...«

»Ich habe gesagt, am Montag«, fiel ihm seine Frau ins Wort. »Und heute *ist* Montag.«

In der Tür stand ein vielleicht vierjähriges Kind, und bei seinem Anblick schien Fabio jede Widerrede hinunterzuschlucken. Die Morgensonne brachte das rot gelockte Haar der Kleinen zum Leuchten, das Mädchen sah in seinem hellen Kleid aus wie ein Engel mit Gloriole. Es hielt ein Plüschtier, einen Affen, fest an sich gedrückt.

»Mimi, mein Schatz.« Fabio hob das Kind auf seinen Arm und gab ihm einen Kuss. »Ich hab dich nicht vergessen. *Mamma* hat mir nur den falschen Tag …«

»Ach so, jetzt bin ich wieder schuld«, protestierte Romy, und Elisa kamen erste Zweifel, ob die beiden tatsächlich noch verheiratet waren. »Wie auch immer, ich muss los. Bin jetzt sowieso viel zu spät dran. Ich komm dich heute Abend abholen, mein Schatz.« Sie gab der Kleinen einen Kuss auf die Wange und stürmte davon.

Fabio strich seiner Tochter sanft das weich gelockte Haar aus der Stirn. »Tut mir leid, meine Süße!«, sagte er. »Weißt du was? Wir machen uns heute einen ganz besonders schönen Tag.«

»Bauen wir keine Geigen?«

»Heute nicht. Wir machen einen Ausflug. Was hältst du davon?«

»Kommt die Frau mit?« Mit großen Augen musterte das Mädchen Elisa.

»Nein, ich komme nicht mit.« Elisa griff rasch nach ihrer Handtasche, die sie auf die Werkbank gestellt hatte. »Ich muss auch gehen.« Ihr war es mehr als peinlich, diesen Auftritt eben miterlebt zu haben. Und Fabio schien es nicht anders zu gehen.

»Tut mir leid«, sagte er. »Meine Frau und ich …« Mit einem Blick auf Mimi unterbrach er sich.

»Kein Problem.« Elisa hörte selbst, wie unangebracht diese Worte waren. Fabio hatte offensichtlich eine Menge Probleme. »Auf Wiedersehen, Fabio. Wir hören voneinander.« Und damit floh sie beinahe aus der Werkstatt.

Als sie auf der Autobahn Richtung Süden fuhr, war der Traum verblasst. Gut, dass das Cello nicht mehr da war, sagte sie sich.

Gut, dass ich einige Tausend Kilometer zwischen mich und meinen Großvater bringe.

Es hätte nicht viel gefehlt, und sie hätte sich von den Trugbildern der Vergangenheit wieder einfangen lassen, nur um weitere bittere Enttäuschungen zu erleben. Aber damit war jetzt Schluss.

Nur ein Gesicht, das wollte sich nicht beiseiteschieben lassen. Es war das von Danilo, und als ihr auffiel, dass er genau wie sie die Rosenholzvilla und die Geigenbauwerkstatt zu meiden schien, brachte sie das zum Schmunzeln. Wie absurd, dass sie nun die Telefonnummer seines Bruders hatte und ausgerechnet dem Menschen, der sie am meisten interessierte, ihre eigene verwehrt hatte. Sie wusste bereits, was Lena dazu sagen würde, falls sie ihrer Freundin all das überhaupt erzählen würde. »Elisa«, würde sie sagen und den Kopf schütteln, »du bist ein hoffnungsloser Fall.«

Marc hatte nicht zu viel versprochen. Der Privatjet, ein nagelneues Modell der Embraer Legacy-Serie, übertraf alles, was Elisa bislang gesehen hatte. Schon die äußere Silhouette war elegant bis ins letzte Detail. Und die Innenausstattung aus Chrom, Echtholzpaneelen und eierschalenfarbenen Ledersitzen erinnerte mehr an einen Club als an ein Flugzeug. Ein Mitarbeiter der Fluglinie zeigte Elisa, wie sie diese bequemen Sessel in wenigen Handgriffen zu Betten umbauen konnte und was in der perfekt ausgestatteten Bordküche für die Mahlzeiten vorgesehen war.

»Sie wissen, wie man Austern öffnet?«, fragte er sie skeptisch, und Elisa bejahte. »Alles andere ist von unserem Feinkost-Caterer fertig angeliefert worden«, fuhr er fort und reichte ihr eine Menüliste. »Es muss nur noch schonend aufgewärmt werden. Und die Salate sollten nicht zu kalt serviert werden.«

»Natürlich«, antwortete Elisa. Wie es aussah, würde sie wirklich nicht viel Arbeit haben.

»Hier, das sind die Passagiere.« Elisa nahm die kürzeste Liste ihrer bisherigen Laufbahn entgegen, drei Namen standen darauf. »Signora Laura Ranelli leidet hin und wieder unter Flugangst, das ist auch der Grund, warum sie stets mit uns fliegt«, fuhr der Mitarbeiter fort. »Bei uns fühlt sie sich sicher. Sie sitzt am liebsten hier.« Er wies auf den vorderen Sitz am Mittelgang.

Elisa nickte. »Hat sie irgendwelche gesundheitlichen Probleme?«, fragte sie vorsichtshalber.

»Sie sieht nicht mehr gut«, lautete die Antwort. »Deshalb wird sie von ihren Töchtern begleitet.«

Der Mitarbeiter verabschiedete sich, und Elisa machte sich mit allem vertraut. Das Badezimmer mit Toilette und integrierter Dusche blitzte nur so vor Sauberkeit. Zusätzlich gab es noch ein weiteres WC, und im Heck des Flugzeugs sogar einen mit einem Vorhang abtrennbaren Loungebereich mit zwei Sofas und zwei Sesseln. Rasch inspizierte sie die Minibar und verglich den Inhalt mit der Getränkeliste. Es war alles da.

Sie hörte Männerstimmen, vermutlich trafen die Piloten gerade ein, und ging vor zum Cockpit, um sie zu begrüßen. Doch die Worte blieben ihr im Hals stecken, als sie die beiden sah. Denn einer von ihnen war niemand anderes als Eric, ihr Ex-Freund.

Er schob sich die Sonnenbrille über die Stirn und musterte Elisa erfreut. »Na, wen haben wir denn da?«, begrüßte er sie. »Marc hat mir gar nicht verraten, dass du dabei bist.« Er strahlte, als wären sie noch immer die besten Freunde. Und in seinen Augen waren sie das vermutlich auch. »Das ist Elisa, die Perle in unserem Team. Jetzt kann ja nichts mehr schiefgehen.« Sein Blick glitt über Elisas Körper. »Steht dir gut, die Uniform. Solltest du immer tragen.«

Unwillkürlich strich Elisa die figurbetonte Jacke der Airline glatt. Sie war nicht halb so bequem wie die, die sie normalerweise trug, und so eng geschnitten, dass sie dauernd nach oben rutschte.

»Ich bin Thomas«, sagte der andere Pilot freundlich. »Na, dann wollen wir mal. Bist du so eine Maschine schon geflogen, Eric?«

Die beiden begaben sich in die Pilotenkabine, und Elisa wandte sich verärgert ab. Am liebsten hätte sie Marc den Hals umgedreht. Der Teamleiter hatte ihr bewusst verschwiegen, dass Eric mit an Bord sein würde. Denn ihm musste klar sein, dass sie nie und nimmer zugestimmt hätte.

Eine Auswahl der neuesten Illustrierten und Zeitungen wurde gebracht, und Elisa sortierte sie in dafür vorgesehenen Halterungen an den Passagiersesseln ein. Ein Blick auf die Armbanduhr sagte ihr, dass sie noch mindestens eine halbe Stunde Zeit hatte, ehe die Fluggäste kamen. Sie sah ein zweites Mal die Erste-Hilfe-Box durch, dann las sie erneut die Sicherheitsbestimmungen für eine Notlandung. Das alles war ihr so vertraut, dass sie es im Schlaf herbeten konnte. Nachdem sie auch den Gurt für ihren sogenannten Jumpseat auf ihre Größe eingestellt hatte, verließ sie das Flugzeug und blinzelte in die Sonne.

»Was für ein schöner Zufall.« Sie fuhr herum. Hinter ihr stand Eric. »War das deine Idee?«

»Meine Idee?« Elisa glaubte nicht richtig zu hören. »Ganz bestimmt nicht«, entgegnete sie.

Eric lachte. »Du bist mir doch nicht etwa noch böse?« Seine karamellfarbenen Augen ruhten auf ihr.

Elisa konnte kaum fassen, dass sie auf diesen Blick einmal hereingefallen war. »Nein, ich bin dir nicht böse«, antwortete sie ruhig. »Es ist alles gut so, wie es ist.«

»Du meinst, dass der Zufall uns jetzt hier zusammenführt? Das finde ich auch. Warum vergessen wir nicht einfach, was war, und verbringen in Beverly Hills ein paar schöne Tage zusammen? Ich habe läuten hören, dass wir dort zwei Nächte bleiben, um die Dame wieder heil nach Hause zu bringen.«

Elisa starrte ihn ungläubig an. Wie konnte er nur glauben, dass sie auf so einen Vorschlag eingehen könnte?

»Das halte ich für keine gute Idee«, sagte sie so beherrscht wie möglich. Er brauchte nicht zu merken, wie wütend sie allein schon seine Gegenwart machte.

»Aber ...«

»Um es kurz zu sagen: Ich bin nicht interessiert.« Damit wandte Elisa sich ab und stieg die wenigen Stufen der Gangway zurück in das Flugzeug.

Eine Limousine brachte die Passagiere übers Rollfeld. Ihr entstieg eine elegante Frau, die Elisa auf um die dreißig schätzte, und half einer betagten Dame aus dem Wagen, Laura Ranelli. Sie trug eine große Sonnenbrille und einen bequemen Hosenanzug aus weichem Volljersey und war so zierlich, dass sie auf dem Rollfeld ein wenig verloren wirkte.

»Darf ich Ihnen an Bord helfen?«, fragte Elisa und suchte hinter der dunklen Brille nach dem Blick der alten Dame.

»Das wäre nett.« Laura Ranelli reichte ihr den Arm. Ihre Stimme zitterte ein wenig. »Sie müssen wissen, ich sehe fast nichts mehr.«

»Kommen Sie«, sagte Elisa und hakte sich bei ihr unter. »Ich passe für uns beide auf.« Sie führte sie zur Gangway und beschrieb ihr jeden Schritt, sodass Signora Ranelli ohne Probleme ins Flugzeug gelangte, während ihre jüngere Begleiterin den Fahrer beaufsichtigte, der zwei Rollkoffer aus dem Wagen hob und ebenfalls an Bord brachte.

»Warten wir noch auf einen dritten Fluggast?«, fragte Elisa, als Laura Ranelli in ihrem bevorzugten Sessel Platz genommen hatte.

»Nein, leider sind meine beiden Töchter verhindert«, antwortete sie bedauernd. »Zum Glück hat sich meine Enkeltochter bereit erklärt, mich zu begleiten.« Dankbar nickte Laura Ranelli in Richtung der jüngeren Dame, die ihr langes, blondiertes Haar über die Schulter warf, sich gelangweilt auf ihren Sitz auf der anderen Seite des Mittelgangs fallen ließ und zu den Worten ihrer Großmutter die Augen verdrehte. Offenbar hatte sie wenig Lust auf diese Reise. »Angelina ist wirklich ein Schatz«, fuhr ihre Großmutter fort. »Dabei hat eine junge Frau wie sie gewiss Besseres zu tun, als ihre alte *nonna* zu begleiten, nicht wahr, meine Liebe?«

»Ich finde das auch sehr nett«, gab Elisa freundlich zurück und lächelte Angelina zu. »Darf ich Ihnen vor dem Start noch eine Erfrischung bringen? Wir haben noch eine Viertelstunde, bis es losgeht.«

Laura Ranelli bat um ein Glas Wasser, ihre Enkelin lehnte dagegen den Champagner nicht ab, den Elisa anbot. Währenddessen erzählte ihre Großmutter von den Erwartungen, die sie in diese Reise setzte.

»In Los Angeles praktiziert ein Augenarzt, der mir empfohlen wurde«, sagte sie. »Er ist meine letzte Hoffnung.«

»Sicher wird er Ihnen helfen können«, erklärte Elisa mitfühlend.

»Das wäre wirklich schön«, antwortete Laura Ranelli mit einem tiefen Seufzen. »Ich fliege nämlich gar nicht gerne.«

»Es wird alles gut gehen.« Elisa ging ihr beim Anlegen der Sicherheitsgurte zur Hand, räumte die Gläser ab und klappte die Tische hoch.

Der Start erfolgte kurz darauf und verlief reibungslos. Nachdem sie ihre Flughöhe erreicht hatten, brachte Elisa Laura einen koffeinfreien Kaffee und Mandelplätzchen. Sie suchte für sie aus dem umfangreichen Musikprogramm etwas nach ihrem

Geschmack aus und half ihr mit den Kopfhörern. Angelina war über einer Modezeitschrift eingeschlafen.

»Wie sind eigentlich die Wetterbedingungen über dem Atlantik?«, fragte Elisa, als sie den Piloten Kaffee brachte.

Eric tat so, als habe er sie nicht gehört, und Elisa wurde klar, dass er wütend auf sie war. Offenbar nahm er ihr die Zurückweisung übel, und das war typisch für ihn.

»Die neuesten Meldungen erwarten wir in einer Stunde«, antwortete Thomas und trank von dem Kaffee. Er hatte die erste Schicht übernommen und saß am Steuerknüppel, Eric assistierte ihm als Erster Offizier. Später würden sie die Rollen tauschen. »Kannst du uns noch mehr Mineralwasser bringen?«

»Gerne«, antwortete Elisa und griff nach den leeren Flaschen.

»Darauf hätte sie wahrlich auch selbst kommen können«, hörte sie Eric noch zu seinem Kollegen sagen, ehe sie die Pilotenkanzel verließ. Elisa musste grinsen. Offenbar hatte sie ihn in seiner Ehre als unwiderstehlicher Draufgänger verletzt.

Gegen Abend servierte sie Signora Ranelli und ihrer Enkelin einen Caesar-Salat, öffnete ein Dutzend Austern für Angelina und schenkte ihr Champagner nach, während ihre Großmutter lieber Kräutertee trank und mit Elisa plauderte.

»Wären Sie so freundlich, mir aus meinem Koffer das Plaid zu reichen, das obenauf liegt?«, fragte Laura Ranelli.

»Selbstverständlich.« Elisa öffnete vorsichtig das Gepäck und fand ein großes Tuch aus weichem rosenholzfarbenem Material. »Was für ein schönes Stück.« Bewundernd legte sie es der alten Dame über die Knie. »Ist das Seide?«

»Ein Gemisch aus Seide und Wolle«, antwortete Laura Ranelli.

»Mein Vater produziert so was«, erklärte Angelina. »Er besitzt die größte Seidenweberei in ganz Europa.«

»Du irrst dich, mein Liebes«, korrigierte Laura Ranelli sie liebevoll. »Dieses Stück stammt aus einer kleinen Handweberei in Assenza.« Und zu Elisa gewandt fügte sie hinzu: »Mein Sohn leistet wahrlich Großartiges. Aber an die Qualität der Seidenvilla in Assenza reicht seine Ware nicht heran. Das darfst du deinem Vater keinesfalls sagen, Angelina, außer, du möchtest ihn so richtig wütend machen.« Sie lachte leise in sich hinein.

Schließlich wurde es Zeit, die Betten zu richten, und Elisa brachte Laura Ranelli in den Lounge-Bereich, wo sie eine Weile gemeinsam mit ihrer Enkelin Sudokus löste. Da sie in Richtung Westen flogen, folgten sie schon seit Stunden der untergehenden Sonne, und Elisa schloss nun die letzten Fensterblenden, damit ihre Passagierinnen später besser einschlafen konnten.

Mit wenigen Handgriffen hatte Elisa die Sessel in bequeme Liegen umgebaut, und bald wirkte die Kabine so luxuriös wie ein fliegendes Hotelzimmer. Elisa zog diskret die Vorhänge zum vorderen Bereich zu, in dem sich das Cockpit und ihr Jumpseat befanden, jener Platz an dem sie sich im Sitzen ein wenig erholen konnte. Eine Weile war sie noch damit beschäftigt, den Damen aus ihren Koffern Toilettentäschchen und Schlafkleidung zu bringen, dazu Mineralwasser und Ohrstöpsel gegen den Motorenlärm, dann kehrte Ruhe ein. Sie vergewisserte sich, dass die Necessaires wieder sicher verstaut waren, und bat Angelina, die noch ein wenig lesen wollte, ihr Buch vor dem Einschlafen in das dafür vorgesehene Fach zu schließen.

Endlich kam sie dazu, den Piloten ihr Abendessen zu bringen.

»Das ist alles?«, fragte Eric und betrachtete enttäuscht das für ihn bestimmte belegte Baguette. »Ich dachte, das hier ist eine Luxus-Airline.«

»Nicht für die Mannschaft«, erklärte Thomas mit einem Grinsen.

»Immerhin ist das Brötchen mit echtem Wildlachs belegt«, informierte ihn Elisa. »Und wenn du möchtest, kannst du sogar ein zweites bekommen.«

Elisa dachte an all die Köstlichkeiten, die sich im Kühlschrank der Bordküche befanden, und war froh, dass Eric keine Ahnung davon hatte. Sie selbst hatte keinen Appetit auf Austern oder Kaviar, das Brötchen reichte ihr vollkommen. Noch immer war sie müde, der Schlafmangel zehrte an ihr, und sie sehnte sich nach ihrem Ruheplatz.

»Warum legst du dich nicht auf eines der Sofas und versuchst, ein bisschen zu schlafen?«, fragte Thomas sie, als sie die Tabletts abholte. »Du musst keine Bedenken haben, die anderen Flugbegleiter machen das auch.«

»Das geht nicht«, protestierte Eric. »Dort hinten hört sie uns nicht, wenn wir etwas brauchen.« Offenbar gefiel es ihm, sie in seiner Nähe zu wissen. Oder sie ein bisschen zu schikanieren, was viel wahrscheinlicher war.

»Doch, natürlich«, gab Thomas zurück und warf Eric einen irritierten Blick zu. »Wir können sie jederzeit per Funk erreichen.« Und zu Elisa gewandt sagte er: »Bring uns bitte noch ein paar Flaschen Wasser. Mehr brauchen wir die nächsten zwei, drei Stunden nicht. Ruh dich aus, Elisa.«

»In Ordnung.« Sie versorgte die Piloten mit Mineralwasser und brachte beiden noch mal einen Extraportion Kaffee, schnappte sich ihr Köfferchen und zog sich in den Lounge-Bereich zurück.

Laura und Angelina Ranelli schienen tief und fest zu schlafen. Elisa spähte nach dem Buch, konnte es jedoch nirgendwo entdecken, offenbar hatte Angelina es tatsächlich weggeräumt. Im Bad putzte Elisa sich leise die Zähne, zog ihre Kostümjacke aus und holte eine Wolldecke aus einem der Klappfächer. Sie meldete sich kurz über die Funkverbindung bei Thomas, um zu prüfen, dass alles funktionierte. Dann machte sie es sich auf einem der Sofas bequem.

Sie musste auf der Stelle eingeschlafen sein, denn als sie aufwachte, lag sie noch immer genauso da, wie sie sich hingelegt hatte. Es war zwei Uhr in der Nacht, und außer dem gleichmäßigen Dröhnen der Maschine war nichts zu hören. Dennoch stand sie auf, schlüpfte in ihre Jacke und kontrollierte mit ihrem Handspiegel Frisur und Make-up. Leise betrat sie die Passagierkabine, um nach den beiden Frauen zu schauen. Im gedämpften Nachtlicht sah Elisa, dass Laura Ranelli auf dem Rücken lag, die Augen weit geöffnet.

»Signora«, sprach Elisa sie vorsichtig an, um sie nicht zu erschrecken. »Ist alles in Ordnung?«

»Ich hätte gerne einen Schluck Wasser«, antwortete die alte Dame. Ihr Blick wanderte suchend in Elisas Richtung.

»Sofort«, antwortete Elisa und eilte, um das Gewünschte zu holen.

»Sind Sie schon lange wach?«, fragte sie und half ihr auf, damit sie besser trinken konnte.

»Eine Weile«, antwortete Laura Ranelli, nachdem sie das Glas geleert hatte. »Ich habe den Knopf nicht mehr gefunden, auf den ich drücken soll, wenn ich etwas brauche.«

»Das tut mir leid«, antwortete Elisa bestürzt. Die alte Dame war so freundlich, ganz anders als ihre Enkelin, die sich gerade mit einem empörten Schnauben von ihnen wegdrehte. Offenbar empfand sie ihr Gespräch als störend. »Möchten Sie noch ein Glas?«

»Nein«, antwortete Signora Ranelli. »Aber ich muss zur Toilette. Wie machen wir das?«

»Ganz einfach«, erklärte Elisa. »Ich begleite Sie.«

»Eigentlich hab ich für solche Dinge meine Enkelin mitgebracht«, wandte Laura Ranelli unbehaglich ein. »Angelina«, sagte sie etwas lauter. »Bist du wach?«

Zurück kam ein unwilliger Laut.

»Ich mach das sehr gern«, versicherte Elisa und verstaute das Glas in der dafür vorgesehenen Halterung. »Dann kann Ihre Enkelin schlafen. Wollen wir es versuchen?«

»Na schön.«

Elisa half der alten Dame, aufzustehen und in den leichten Morgenmantel zu schlüpfen, den die Fluggesellschaft ihren Gästen zur Verfügung stellte. Dann hakte sie sich bei ihr unter und führte sie zum Badezimmer. »Gleich haben wir es geschafft«, sagte sie beruhigend. »Nur noch zwei Schritte.«

In diesem Moment sackte das Flugzeug so jäh und unvermittelt ab, als befände es sich im freien Fall. Elisa fühlte sich wie in einem Fahrstuhl, dessen Aufhängung gerissen war, und einen Moment lang verlor sie den Boden unter ihren Füßen. Laura Ranelli schrie entsetzt auf und riss sich von ihr los, taumelte rückwärts und geriet in den Vorhang, der den Passagierbereich abtrennte, während Elisa in die entgegengesetzte Richtung und gegen die Kunststoffverschalung der Kabinenwand geschleudert wurde.

»Setzen Sie sich hin«, schrie sie der alten Dame über den Lärm hinweg zu und beeilte sich, ihr zu Hilfe zu kommen. Doch dann stoppte die Abwärtsfahrt des Flugzeugs ebenso abrupt, wie sie begonnen hatte, worauf die Tür zum Badezimmer von allein aufsprang und Handtücher, Toilettenrollen, sogar der Föhn durch den Raum segelten. Elisa streckte gerade die Arme in Signora Ranellis Richtung aus, als sich die Welt um sie zu verlangsamen schien: Wie in Zeitlupe sah Elisa, wie Laura Ranelli sich den Kopf an der hin und her schwingenden Badezimmertür anschlug, sah sie zu Boden stürzen, sah ihr schmerzverzerrtes Gesicht und das Blut, das aus einer Platzwunde am oberen Rand der Stirn strömte, sah, wie sich ihr Mund zu einem Schrei öffnete – doch seltsamerweise drang kein Laut mehr zu Elisa durch, nur ein seltsames gluckerndes Geräusch, eine Art Meeresrauschen tief aus ihrem Innern erfüllte ihren Kopf, und dann schien sie auf einmal zu schweben, versuchte vergeblich, sich dagegen zu wehren, sich zu der verletzten Frau hinunterzubeugen und ihre Wunde zu versorgen, ihr aufzuhelfen und sie zurück zu ihrem Schlafplatz zu führen – ihr Körper gehorchte ihr nicht mehr. Und da erinnerte Elisa sich daran, dass sie das schon einmal erlebt hatte, damals auf der Bühne der Carnegie-Hall mitten in ihrem wichtigsten Konzert. Auch da war die Welt um sie verstummt, etwas Unerklärliches hatte den Klang des Orchesters verschluckt und ihr nur noch dieses Rauschen gelassen, das sie ausgefüllt und gelähmt hatte für eine gefühlte Ewigkeit, von der sie bis heute nicht wusste, wie lange sie eigentlich gewährt hatte.

Angelina Ranelli kam durch den Vorhang getaumelt, entdeckte ihre Großmutter am Boden, starrte Elisa an und ihr Gesicht verzog sich zu einer ungläubigen, dann hasserfüllten Grimasse. Dass die Frau sie anschrie, konnte Elisa nicht hören, aber sehen, und auch sich selbst erkannte sie plötzlich in der noch immer auf und zu schwingenden, von innen verspiegelten Toilettentür.

Sie kauerte auf dem Boden wie ein verängstigtes Tier.

Vor ihr Spiegelbild schoben sich zwei Männerbeine in der Uniform der Piloten. Es war Eric, den Angelina vermutlich geholt hatte. Er ging vor ihr in die Hocke, packte sie an den Schultern und schüttelte sie, und auf einmal löste sich die Benommenheit und der Höllenlärm der Maschine kehrte mit solcher Heftigkeit zurück, dass Elisa sich instinktiv die Ohren zuhielt. Doch jemand packte sie an den Handgelenken und zerrte an ihr.

»Reiß dich endlich zusammen«, schrie Eric sie an, und Angelina kreischte hinter ihm: »Das wird Sie teuer zu stehen kommen! Sehen Sie nur, was Sie angerichtet haben!«

Mühsam richtete Elisa sich auf. Alles tat ihr weh, vor allem der Kopf. Ihre Glieder waren schwer wie Blei, und auch daran konnte sie sich erinnern, mit diesem Gefühl war sie damals von der Bühne geflohen …

»Mach endlich deine Arbeit«, hörte sie Eric zischen, der sie unsanft auf die Beine zog.

Das Flugzeug hatte sich wieder stabilisiert und flog dahin, als sei nie etwas geschehen. Elisa atmete tief durch, und trotz ihrer Benommenheit griff sie nach einem der Handtücher, die überall verstreut lagen, kniete sich neben Signora Ranelli, schob es ihr unter den Kopf und kontrollierte ihren Puls.

»Alles gut«, sagte sie zu der alten Dame. »Es waren Turbulenzen, mehr nicht.«

»Mir geht es aber gar nicht gut«, hörte sie die alte Dame angstvoll wimmern, und Elisa wollte sie beruhigen, doch dann sagte Eric, der noch immer hinter ihr stand und auf sie niederblickte: »Ich kann es nicht fassen. Zwei Passagiere. Und nicht einmal damit kommst du zurecht?«

5

Beurlaubt

»Hast du wirklich auf dem Boden gesessen und nichts getan?«

Elisa stöhnte innerlich und betrachtete unbehaglich ihren Teamleiter, der in den Papieren vor sich blätterte. »Das behauptet jedenfalls ihre Enkelin. Was ist da passiert, Elisa?«

»Ich hab es doch schon mehrfach geschildert«, antwortete sie erschöpft. »Kurz nach zwei Uhr nachts musste die ältere Dame zur Toilette. Auf dem Weg dorthin gab es plötzlich erhebliche Turbulenzen, ohne dass das Cockpit uns vorgewarnt hat. Du kannst dir nicht vorstellen, wie heftig das war, so was hab ich in meiner gesamten Laufbahn noch nicht erlebt. Die Passagierin wurde von mir weggerissen und ist gestürzt. Das alles ging so schnell...«

»Ja, ja«, unterbrach Marc sie gereizt. »Das weiß ich alles. Aber warum hast du ihr keine Hilfe geleistet?«

Elisa schwieg. Sie fühlte sich entsetzlich. Eric hatte sie vor den beiden Ranelli-Damen dermaßen zur Schnecke gemacht, dass sie gar nicht wusste, wo ihr der Kopf stand. Und damit nicht genug: Er hatte nicht gezögert, ihren »Ausfall«, wie er es nannte, unverzüglich der privaten Airline und natürlich auch ihrem Vorgesetzten zu melden. Mit dem Ergebnis, dass man sie sofort nach ihrer Ankunft in Los Angeles ersetzt und mit der nächstmöglichen Maschine zurück nach Deutschland beordert hatte. Das Allerschlimmste allerdings war, dass sie sich selbst nicht erklären konnte, was da vor vier Tagen mit ihr passiert war.

»Die Enkelin sagt, du hättest mit offenen Augen einfach dagesessen und keinen Finger gerührt.« Marc klappte den Ordner zu. »Und Eric ...«

»Eric hätte besser dafür gesorgt, dass wir gar nicht erst in eine solche Situation kommen«, begehrte Elisa auf.

»Du weißt so gut wie ich, dass solche Clear-Air-Turbulenzen meistens vollkommen unerwartet auftreten. Man kann sie nicht erkennen, weil bei dem Phänomen keine Wolken beteiligt sind. Klare Luft kann man nicht sehen. Und ein anderes Flugzeug war nicht in der Nähe, das die Piloten hätte warnen können. Außerdem geht es darum überhaupt nicht. Sondern um den Vorwurf der unterlassenen Hilfeleistung. Die Enkelin der verletzten Frau will die Fluglinie verklagen, und wenn sie das tut, hat das Konsequenzen für dich.«

Elisa schwieg. So desinteressiert Angelina Ranelli an ihrer Großmutter anfangs auch gewesen sein mochte – nach dem Zwischenfall war sie zur Höchstform aufgelaufen, als es darum ging, Elisa zu beschimpfen. Man hätte sie wecken sollen, behauptete sie jetzt, denn selbstverständlich hätte sie niemals ihre Großmutter mit dieser unfähigen Flugbegleiterin zur Toilette gehen lassen. Aber nein, man hatte sie schlafen lassen und so sei sie erst, als das Unglück bereits passiert war, dazugestoßen. Von Anfang an habe sie wenig Vertrauen zu Elisa gehabt, und sie mache sich die größten Vorwürfe, vor dem Abflug nicht eine andere Serviceperson oder zumindest eine zweite Flugbegleitung verlangt zu haben.

Während alldem hatte Elisa Laura Ranellis Verletzung behandelt, hatte sich auf das besonnen, was sie in den regelmäßigen Erste-Hilfe-Schulungen gelernt hatte, und so hatte sie trotz ihrer Benommenheit die kleine Platzwunde am Haaransatz über der Stirn recht ordentlich geklammert und der alten Dame ein Schmerzmittel verabreicht.

»Sei endlich still«, hatte Laura Ranelli zu ihrer Enkelin gesagt. »Kein Wort möchte ich mehr von dir hören«, doch wer nicht hörte, war Angelina Ranelli, und am Ende war Elisa erleichtert gewesen, sie endlich los zu sein.

»Elisa, du weißt, wie sehr ich dich schätze«, holte Marc sie in die Gegenwart zurück. »Aber die Airline verlangt eine Erklärung für dein Verhalten. Die Aussage des Fluggastes allein wiegt schon schwer. Dass einer unserer besten Piloten ihre Vorwürfe bestätigt, ist nicht gut. Also sag mir, was los war. Denn nur so kann ich dir möglicherweise helfen.«

Elisa zögerte. Wie sollte sie erklären, was mit ihr passiert war? Doch Marc hatte recht. Wenn sie nicht ihren Job verlieren wollte, brauchte sie jemanden, der auf ihrer Seite stand.

»Ich hab auf einmal nichts mehr gehört. Und war irgendwie … benommen.«

Als sie Marcs Befremden bemerkte, bereute sie augenblicklich ihre Worte.

»Du warst … benommen?«

»Ich konnte mich nicht bewegen«, erläuterte Elisa und hatte das Gefühl, sich immer mehr in Schwierigkeiten zu bringen. Jetzt war es zu spät. »Ich hörte nur noch ein Rauschen.«

Es war sehr still im Raum geworden. Elisa betrachtete Marcs verwirrte Miene und ihr wurde klar, dass er mit ihrer Erklärung überhaupt nichts anfangen konnte.

»Ein Rauschen?«, fragte Marc. »Und du konntest dich nicht bewegen? Sag mal, du warst doch bei allen Routineuntersuchungen, oder? Vielleicht gibt es ein Problem mit deinen Ohren?«

»Selbstverständlich war ich bei den Untersuchungen«, antwortete Elisa verzweifelt. »Erst letzten Monat. Wie immer war alles in Ordnung.« Es war genau wie damals, dachte sie. Keiner konnte sich erklären, was während des Konzerts mit mir geschehen war.

»Vielleicht hat sich das inzwischen geändert«, mutmaßte Marc. »In einem Monat kann viel passieren.«

Elisa nickte. Natürlich würde sie zum Arzt gehen. Schließlich wollte sie selbst wissen, was mit ihr los war.

»Sicher«, sagte sie. »Hör zu, Marc, ich bin seit vielen Jahren Flugbegleiterin und habe mir nie, nicht ein einziges Mal, irgendein Versäumnis zuschulden kommen lassen. Jeder, der mich kennt, weiß, dass ich nicht mitten in einer Krisensituation einfach so auf dem Boden sitze und nicht Hilfe leiste. Mir ist irgendetwas zugestoßen, ich weiß nur nicht, was, und das kann man mir nicht zum Vorwurf machen.« Ihr Teamchef nickte, wirkte jedoch wenig überzeugt. »Und noch etwas«, fuhr Elisa fort. »Du hättest mir vorher sagen müssen, dass Eric mit von der Partie sein wird.«

Marcs Blick wurde kühl. »Wenn du denkst«, entgegnete er verärgert, »dass ich verpflichtet bin, auch noch auf eure Privatangelegenheiten Rücksicht zu nehmen, hast du dich getäuscht. Es war ein lukratives Angebot, und du hast es angenommen. Profis fliegen mit jeder Mannschaft, egal, ob man sich mal zerstritten hat.«

»Marc, es waren meine freien Tage, und ich hätte genauso gut ablehnen können«, wandte Elisa ein. »Du hast erwähnt, dass du dem Leiter der Airline einen Gefallen schuldig warst. Du hast mich gebraucht, Marc. Und jetzt brauche ich dich.«

Einige Sekunden lang hielt Marc ihrem Blick stand, dann wandte er ihn ab.

»Ich glaube, du überschätzt meinen Einfluss«, sagte er. »Der Vorfall wurde bereits der Direktion gemeldet. Tut mir leid, Elisa. Wenn ich gefragt werde, unterstütze ich dich selbstverständlich. Ich fürchte nur, das wird nicht der Fall sein.«

»Und wie geht es jetzt weiter?«, fragte Elisa, als ihr die Tragweite von Marcs Worten bewusst wurde.

»Du bist vorläufig vom Dienst freigestellt«, erklärte Elisas Teamchef. »Ruh dich aus, Elisa. Offenbar hast du dich in letzter Zeit ein bisschen übernommen.«

Wie in Trance verließ Elisa das Flughafengebäude und ging zur S-Bahnstation. Unterwegs klingelte ihr Handy, und sie erkannte Lenas Nummer. Erfreut nahm sie den Anruf an.

»Hallo Lena!«

»Hey«, hörte sie ihre Freundin sagen. »Wie geht es dir?«

»Na ja, es ging mir schon besser.«

Kurz war es ganz still in der Leitung.

»Bist du krank?« Zu Elisas Befremden klang Lena kein bisschen besorgt. Eher neugierig. »Ich hab Marc gebeten, uns mal wieder zusammen einzuteilen. Da hat er gesagt, dass du eine Weile nicht fliegen wirst und ...« Sie stockte, und als Elisa nicht gleich antwortete, brach es aus ihr heraus: »Stimmt das, was Eric erzählt?«

Elisa hielt kurz die Luft an. Bestürzt begriff sie, dass Lena weniger aus Sorge angerufen hatte als aus Sensationslust.

»Was erzählt er denn?« Elisa biss sich auf die Zunge. Denn eigentlich wollte sie das gar nicht wissen.

»Er sagt ... Aber das kann ja nicht sein. Ich meine ...«

Elisa war es, als hörte sie wohlbekannte Stimmen im Hintergrund.

»Lena?«, fragte sie alarmiert. »Bist du allein?«

»Sabrina ist bei mir«, kam die Antwort. »Und Daniela. Sie fragt, ob es stimmt, dass du einen Nervenzusammenbruch hattest?«

In diesem Moment konnte Elisa die Szene lebhaft vor sich sehen. Lena, umringt von den anderen, die unbedingt wissen wollten, ob an dem neuesten Tratsch etwas dran war. Und Eric, wie er im Kreis ihrer atemlos lauschenden Kolleginnen und Kollegen seine Version des Vorfalls von sich gegeben hatte.

»Weißt du, was?«, sagte sie. »Ich erzähl es dir ein anderes Mal. Jetzt muss ich leider ...«

»Gehst du zum Arzt?«, bohrte Lena nach. »Das fragen wir uns alle. Denn was Eric sagt, klingt echt nicht gut.«

»Danke für dein Mitgefühl«, entgegnete Elisa unangenehm berührt. »Ich melde mich wieder. Mach's gut.« Damit beendete sie das Gespräch.

Sie brauchte einen Moment, um sich zu fassen. Dann betrat sie den S-Bahnhof und löste eine Fahrkarte. Inmitten der vielen Menschen, die gemeinsam mit ihr in den Waggon strebten, mit Rucksäcken, Koffern, Taschen beschwert, kam sie sich einsam und verlassen vor. Die Sitzplätze waren alle belegt, und Elisa stellte sich mit dem Rücken zu einer Trennwand. Dabei gab sie sich alle Mühe, ihre Enttäuschung über Lena, die sie für eine Freundin gehalten hatte, auszublenden.

Bei der nächsten Station füllte sich der Waggon noch mehr, und Elisa wurde gegen die Trennwand gedrängt. Sie schloss die Augen und zwang sich, an das zu denken, was jetzt für sie wichtig war.

Was hatte Marc gesagt? Dass sie sich ausruhen sollte. Weil sie sich übernommen hatte. Das war damals auch die Meinung ihrer Mutter gewesen. Als sie sich in ihrem Zimmer in Berlin vergraben und sich geweigert hatte, es außer zu den Mahlzeiten zu verlassen, hatte man sie in diese Klinik gebracht, damit sie »darüber hinwegkam« und »das Ganze verarbeiten« sollte. Und wenn sie nach ihrem Cello gefragt hatte – was sie oft getan hatte, zumindest zu Beginn –, hieß es, Niklas habe es an sich genommen, und ohnehin sei es besser, das Cellospielen zu lassen, schließlich sei sie nur deshalb in diese Situation geraten, weil sie nichts anderes getan hatte als Üben. Außerdem müsse das viele Reisen ein Ende haben, stattdessen solle sie einen soliden Schulabschluss machen und auf den Boden der Tatsachen zurückkommen.

In ihrer kleinen Ein-Zimmer-Wohnung ließ sich auf die Couch fallen. Ein Gefühl überkam sie, als könnte sie nie wieder aufstehen. Auch das war vertraut. Aber inzwischen war sie nicht mehr sechzehn, sondern zweiunddreißig Jahre alt und sehr wohl in der Lage, sich um sich selbst zu kümmern.

Sie hatte geglaubt, dass der Zwischenfall im Konzert ein einmaliges Ereignis gewesen war. Und sie hatte nach und nach die Ansicht ihrer Mutter zu ihrer eigenen gemacht, nämlich dass Niklas an allem schuld gewesen war. Dabei war sie sich immer darüber bewusst gewesen, dass ihr Großvater sie keineswegs zum Cellospiel genötigt hatte, es war ihr eigener Wunsch gewesen. Sie hatte ihr Cello geliebt, das ihr im Lauf der Jahre wie ein Teil von ihr selbst vorgekommen war. Es war zu ihrer zweiten Natur geworden, Cello zu spielen, nur wenn sie das Instrument im Arm hielt, hatte sie sich vollständig gefühlt. Doch nicht nur ihre Mutter, auch die verschiedenen Therapeuten, die ihr helfen sollten, wieder gesund zu werden, hatten das ebenfalls bedenklich gefunden.

»Du bist auch ohne ein Instrument ein vollständiger Mensch«, hatten sie zu ihr gesagt. Und Elisa hatte es irgendwann zu ihrem eigenen Glaubenssatz gemacht. Ohnehin gab Niklas, der sie niemals, nicht ein einziges Mal besucht hatte, ihr Cello nicht mehr heraus, das streng genommen natürlich sein Eigentum gewesen war. Es war ein altes, ausgesprochen wertvolles Instrument, und er hatte es Elisa im Gegensatz zu dem Kindercello nicht geschenkt. Inzwischen wusste sie, an wen er es verkauft hatte.

Elisa stand jäh von der Couch auf. Die Erinnerung an jene

Zeit brannte noch immer schmerzhaft in ihrem Herzen. Doch was nützte es, sich mit dieser alten Geschichte aufzuhalten? Wenn sie nicht erneut alles verlieren wollte, was sie sich in den vergangenen Jahren aufgebaut hatte, musste sie handeln.

Sie rief in der HNO-Praxis an, in der die regelmäßigen Routineuntersuchungen des Flugpersonals stattfanden, und hatte Glück. Ein anderer Patient hatte abgesagt, und wenn sie sich beeilte, konnte sie den Termin direkt übernehmen.

Eine Stunde später saß sie im Behandlungszimmer des Arztes. Der Spezialist saß an seinem Computer und studierte die Linien und Kurven des differenzierten Tests, dem sich Elisa soeben unterzogen hatte.

»Alles in bester Ordnung«, sagte er zu ihrem Erstaunen.

»Sind Sie sicher?«, fragte sie nach und schilderte ihm, was passiert war.

Der Arzt lauschte, dann widmete er sich erneut den Testergebnissen.

»Nach unseren Messungen sollten Sie nicht nur kein Problem mit dem Hören haben«, erklärte er, »ganz im Gegenteil. Sie hören ausgesprochen gut. Das ist mir schon bei den letzten Untersuchungen aufgefallen. Hier, überzeugen Sie sich selbst.« Er drehte den Bildschirm zu Elisa. »Die blaue Linie bildet die Leistung eines durchschnittlich guten Gehörs ab. Die rote Linie ist Ihre. Sie liegt weit darüber.«

»Ich weiß«, gab Elisa frustriert zurück. Auch früher war bei diesen Untersuchungen nichts herausgekommen, außer, dass sie sehr gut hörte. »Aber ich habe nunmal dieses Problem. Sie wissen, dass ich als Flugbegleiterin arbeite. Und solche Ausfälle kann ich mir einfach nicht leisten. Wir müssen die Ursache dafür finden.«

»An Ihrem Gehör liegt es nicht«, antwortete der Arzt. »Dafür stelle ich Ihnen gern ein ärztliches Gutachten aus. Vielleicht ist es ein neurologisches Phänomen.« Elisa seufzte. Dasselbe hatte man damals auch gesagt. Und ein Attest, das bestätigte, dass sie keinerlei Probleme hatte, half ihr gegenüber der Airline kein bisschen weiter. »Ich kann Ihnen einen Kollegen in Berlin empfehlen«, fuhr der Arzt fort, dem ihre Ratlosigkeit offenbar nicht entgangen war. »Er ist einer der besten Neurologen in Deutschland. Wenn Sie möchten, ruft meine Assistentin ihn an, damit sie bald einen Termin bekommen.«

Wenig später hielt sie die Überweisung und einen Zettel mit einer Terminvereinbarung schon am Montag der folgenden Woche in Händen. Sie wusste, dass sie unglaubliches Glück hatte, normalerweise musste man sich auf eine wochenlange Wartezeit einstellen. Dennoch war sie fürchterlich niedergeschlagen, als sie die Praxis verließ.

Elisa war schon beinahe zu Hause, als es in Strömen zu regnen begann. Der heftige Schauer brachte das noch zarte Laub der wenigen Bäume ihres Viertels zum Erzittern, im Nu war die Luft erfüllt von dem herben Duft nach Asphalt. Es dauerte nicht lange, und Elisa war völlig durchnässt. Ihr Haar klebte am Kopf, und ein paar Regentropfen schafften es sogar, in den Kragen ihrer leichten Jacke zu rinnen.

In der Wohnung angekommen, zog Elisa fröstelnd die feuchten Kleider aus, schlüpfte in ihren Bademantel und beschloss, ein Bad zu nehmen. Sie hatte den Wasserhahn an der Wanne schon aufgedreht, als ihr Telefon klingelte. Als sie die Schweizer Nummer sah, erschrak sie. Ihr erster Gedanke galt Niklas.

»*Ciao* Elisa«, hörte sie eine klangvolle Männerstimme. »Wie geht es dir?«

»Mit wem spreche ich denn?«, fragte sie verwirrt.

»Mit Fabio«, gab der Anrufer zurück, und Elisa fiel zunächst ein Stein vom Herzen. Doch augenblicklich machte sie sich erneut Sorgen.

»Ist etwas mit Niklas?«, fragte sie alarmiert.

»Nein, nein«, versuchte Fabio sie zu beruhigen. »Er scheint sich langsam zu erholen. Ich wollte einfach fragen, wie es dir geht.«

Elisa starrte in den Badezimmerspiegel, der langsam beschlug. Was sie sah, war kläglich: bleiche Wangen, dunkle Ränder unter den Augen und um den Mund neue Linien, die sie gar nicht an sich kannte. Aber wieso rief Fabio an, um zu fragen, wie es ihr ging? Hatte sie ihm ihre Nummer nicht deshalb gegeben, damit er sie wegen ihres Großvaters auf dem Laufenden hielt? »Ich hatte einfach das komische Gefühl, dass etwas nicht in Ordnung ist«, fuhr Fabio verlegen fort, als sie nicht antwortete »Entschuldige, wenn ich …«

»Nein, nein«, beeilte Elisa sich zu sagen. »Es ist nett, dass du an mich denkst. Es … es geht mir wirklich gerade nicht so gut. Ich hatte …« Himmel, wie sollte sie das ausgerechnet Fabio erklären?

»Du kannst mir gern erzählen, was passiert ist, wenn du möchtest«, hörte sie seine mitfühlende Stimme. »Du hattest doch keinen Unfall oder so was? Was ist das eigentlich für ein Geräusch im Hintergrund?«

Elisa bemerkte, dass das Wasser in der Wanne fast überlief, und stellte den Hahn ab. »Nein«, sagte sie. »Ich hatte keinen Unfall, und ich bin so weit … gesund. Das heißt, ich werde nach Berlin fahren und mich dort … ein wenig ausruhen.« Sie brachte es nicht über sich, ihm von der bevorstehenden Untersuchung zu erzählen. *Ich habe einen Termin bei einem Neurologen* – wie das schon klang. So als wäre man kurz vor dem Durchdrehen, fand sie. »Erzähl mir von Niklas«, bat sie stattdessen. »Macht er Fortschritte?«

»Ich war gestern bei ihm«, sagte Fabio. »Es geht langsam aufwärts. Ihm natürlich viel zu langsam. Meine Mutter tut ihr

Bestes, damit er sich nicht vorzeitig selbst entlässt. Du kennst ihn ja.« Er lachte leise, und Elisa zog sich das Herz zusammen. Vermutlich kannten Fabio und Mariella ihren Großvater weit besser als sie.

»Das ist gut«, antwortete sie mit fester Stimme, damit Fabio ja nicht hörte, wie nah ihr das ging. »Danke, dass ihr nach ihm seht.«

»In Berlin lebt deine Mutter, nicht wahr?« Offenbar war es Elisa nicht gelungen, Fabio von ihrer eigenen Situation abzulenken.

»Ja, das stimmt.« Anna wusste noch gar nichts, Elisa hatte noch keine Zeit gehabt, sie zu fragen, ob ihr Besuch gelegen kam oder nicht. Aber sie kannte die Antwort: Mein Haus ist dein Haus, pflegte Anna zu sagen, auch wenn ihr »Haus« eine zweihundert Quadratmeter große Altbauwohnung im Stadtteil Wilmersdorf war. »Wir haben uns lange nicht gesehen. Ich freu mich auf sie.«

»Das ist gut«, hörte sie Fabio sagen. »Bei ihr wirst du dich erholen können.«

Da war Elisa sich nicht so sicher. Anna stand immer unter Strom, und es war gut möglich, dass ihre Mutter irgendwo in der Welt unterwegs war, auf einer Modemesse in Mailand oder London. Für diesen Fall hatte Elisa einen eigenen Schlüssel zur Berliner Wohnung. Doch das brauchte Fabio nicht zu wissen. Stattdessen brannte eine ganz andere Frage in ihrem Herzen. »Ist eigentlich dein Bruder von seiner Reise zurück?« Zu spät fiel ihr ein, dass Fabio gar nicht wissen konnte, dass sie Danilo kannte.

»Mein Bruder?«, klang es entsprechend erstaunt aus dem Hörer.

»Nun ja«, beeilte Elisa sich, ihrer Frage einen glaubhaften Grund zu geben. »Du hattest ja gesagt, dass er in der Werkstatt fehlt. Und dass …«

»Wie nett von dir, dass du daran denkst«, erklärte Fabio, und es war deutlich zu hören, wie sehr er sich darüber freute. »Nein, Danilo ist noch nicht zurück. Und ich fürchte, selbst wenn er wieder in der Gegend sein sollte, führt ihn sein erster Weg nicht direkt zu uns nach Hause.« Er schwieg, und Elisa bereute ihre unüberlegten Worte. »Wir sind sehr verschieden«, fuhr Fabio schließlich fort. »Er ist ein ausgezeichneter Instrumentenbauer. Was ihm fehlt, ist Verantwortungsgefühl.« Auf einmal klang Fabios Stimme hart, und Elisa bemerkte, dass sie sich über seine Worte ärgerte. »Aber das braucht dich ja überhaupt nicht zu bekümmern, Elisa. Hab eine gute, erholsame Zeit mit deiner Mutter. Pass auf dich auf.«

»Mach ich«, gab Elisa zurück. »Danke für deinen Anruf. Und für alles, was ihr für Niklas tut.«

Sie wechselten noch ein paar freundliche Floskeln, dann beendete Elisa das Gespräch. Was für ein anhänglicher Mensch. Und so feinfühlig. Hatte er womöglich gespürt, dass es ihr nicht gut ging? Nur dass er über Danilo so schlecht sprach, gefiel ihr gar nicht. Sie hatte schon mehrmals nach Cosmas Visitenkarte gesucht, um sich bei ihr zu melden. Und zwar weniger, um mit ihr in Kontakt zu bleiben, wie sich Elisa beschämt eingestand, sondern um ihr ihre eigene Nummer mitzuteilen für den Fall, dass sich Danilo tatsächlich bei ihr melden wollte. Doch die Karte war spurlos verschwunden.

Elisa ließ ein wenig von dem Badewasser ab und stieg seufzend in die Wanne. Wie gut das tat. Ihre Lider wurden schwer und senkten sich, unzählige Bilder flirrten durch ihren Kopf, bis sie Danilos kaffeebraunen Lockenkopf vor sich sah, so, wie er an der Bar des Restaurants gestanden und sich zu ihr umgewandt hatte, sie fühlte wieder das Kribbeln im Bauch, als sie sich an den intensiven Blick aus seinen ungewöhnlichen Augen erinnerte, die die Farbe von poliertem Mahagoni hatten, ein warmes Goldbraun, wie sie es noch nie zuvor gesehen hatte, und immerhin kam sie in ihrem Job mit Tausenden von Menschen zusammen.

Falls sie diesen Job überhaupt noch hatte.

Sie öffnete die Augen. Mit der Ruhe war es vorbei. Elisa merkte, wie sehr sich das Badewasser inzwischen abgekühlt hatte und stieg aus der Wanne. Es wurde Zeit, ihre Mutter anzurufen und den Flug nach Berlin zu organisieren.

»Du hast zu viel gearbeitet«, lautete Annas Urteil, und Elisa hatte nichts anderes erwartet, nachdem sie ihrer Mutter das Herz ausgeschüttet hatte. »Es ist gut, dass du eine Weile frei hast. Ein paar Wochen Ruhe, dann geht es dir bestimmt besser.«

Sie selbst hatte allerdings wenig Zeit. Auch du arbeitest zu viel, hatte Elisa auf der Zunge, als ihre Mutter von ihrem vollgestopften Terminkalender erzählte. Aber am Sonntag, wenn Elisa in Berlin landete, würde sie sich freinehmen, versprach Anna. »Dann können wir endlich mal wieder so richtig reden.« Schon am Tag darauf würde sie mit einer neuen Kollektion zu einem Kunden nach Paris reisen müssen.

Als Elisa zwei Tage später im Ankunftsbereich des Berliner Flughafens nach ihrer Mutter Ausschau hielt, entdeckte sie Anna sogleich in der Menge. Sie war fast einen Meter achtzig groß und überragte damit die meisten Menschen um sie herum, es war das einzige Erbe, das Niklas ihr mitgegeben hatte, jedenfalls betonte sie das oft. Ansonsten war sie das Ebenbild ihrer berühmten Mutter, der italienischen Sängerin Paulina Conti, eine südländische Schönheit mit großen tiefbraunen Augen, einem sinnlichen Mund und langem, dunklem Haar, das Anna heute noch, im Alter von fünfzig Jahren, dicht bis auf die Schultern fiel.

Sie trug einen lässig fallenden weißen Hosenanzug, den sie

vermutlich selbst entworfen hatte, und zog viele Blicke auf sich. Elisa kam sich neben ihr stets wie ein unscheinbares Wesen vor, bleich und blond, wie sie war, äußerlich das pure Gegenteil von ihrer Mutter. Früher hatte sie sich oft gefragt, wie ihr Vater wohl aussah, über den Anna hartnäckig schwieg, nie war es Elisa gelungen, ihr auch nur eine einzige Andeutung über diesen Mann zu entlocken. Das Einzige, was Anna stets auf Elisas bohrende Fragen geantwortet hatte, war: Er spielt einfach keine Rolle. Als Kind hatte Elisa das nicht begreifen wollen. Später, als sie erwachsen wurde, geriet die Frage nach ihrem Vater allmählich in den Hintergrund, und sie machte sich ernüchtert klar, dass sie vermutlich das Ergebnis eines One-Night-Stands war. Ohnehin hatte Niklas mehr und mehr die Vaterrolle in ihrem Leben übernommen, eine Tatsache, die ihrer Mutter gar nicht recht gewesen war ...

Jetzt hatte Anna sie gesehen, steckte das Smartphone weg, in das sie eben noch aufgeregt hineingesprochen hatte, und kam ihrer Tochter mit offenen Armen entgegen. »Da bist du ja, mein Schatz!«, rief sie aus und zog damit erst recht die Aufmerksamkeit der Umstehenden auf sich. »Hast du den Flug gut überstanden, nach allem, was passiert ist?«

»Ja, alles bestens«, antwortete Elisa und ließ sich von ihrer Mutter umarmen.

»Gut, dass du das gleich abklären lässt«, fuhr Anna fort, während sie in Richtung Ausgang gingen. »Bist du hungrig?«, fragte sie und zog eine Papiertüte aus ihrer eleganten Umhängetasche. »Ich hab dir ein Franzbrötchen von Bäcker Lehmann mitgebracht. Die isst du doch so gern.« Strahlend drückte Anna ihr die Tüte in die Hand.

Elisa seufzte innerlich. Es stimmte. Früher war sie nach diesem Plundergebäck nahezu süchtig gewesen. Dass dies seit Jahren nicht mehr der Fall war, hatte Anna jedoch noch immer nicht realisiert. Und war es nicht gleichgültig? Anna hatte ihr eine Freude machen wollen, und das allein zählte. »Danke.« Sie steckte die Tüte ein. »Wie lieb von dir.«

»Sag mal«, fuhr Anna fort, »macht es dir etwas aus, wenn wir noch kurz im Atelier vorbeischauen? Ich fliege ja morgen nach Paris und müsste noch ein paar letzte Dinge klären. Das dauert bestimmt nicht lange.«

»Das können wir gerne machen.«

»Warst du überhaupt schon einmal dort seit der Renovierung? Du wirst staunen, wie es sich verändert hat.«

Annas Atelier befand sich am anderen Ende der Stadt. Als Elisa noch klein gewesen war, hatten sie dort auch gewohnt. Nachdem Anna mit siebzehn schwanger geworden war, hatte sie alles hingeschmissen und in Mailand eine Modeschule besucht – und dabei ihre Berufung gefunden. Nach ersten Erfahrungen als angestellte Designerin hatte sie den Sprung nach Berlin gewagt und dort ihr eigenes Atelier in einer ehemaligen Handschuhfabrik eröffnet. Hier war Elisa quasi zwischen Stoffbahnen und Stecknadeln aufgewachsen. Zum Cello-Üben hatte sie sich in eines der früheren Büros zurückgezogen, in dem sie auf einer Matratze am Boden schlief. Als Niklas das hörte, schickte er umgehend Geld für richtige Betten, von dem Anna, die damals jeden Pfennig in der Hand umdrehen musste und alles, was sie erübrigen konnte, in ihr kleines Modestudio investierte, neue Nähmaschinen gekauft hatte. Niklas war wütend gewesen, doch Elisa hatte nichts dagegen gehabt, auf einem zusammengezimmerten Lattenrost aus Paletten zu schlafen. Und das Surren der Nähmaschinen, auf denen Annas Prototypen für ihre Kollektionen entstanden, gehörten ebenso zu ihrem Leben wie die Musik.

Inzwischen hatte ihre Mutter durch jahrelange harte Arbeit längst den Sprung in die Liga der besten Modeschöpfer geschafft. Ihr erstes vielversprechendes Label hatte sie für viel Geld an ein weltberühmtes Modeunternehmen verkaufen können und entwarf seither nur noch im Auftrag anderer Marken, und das so erfolgreich, dass sie inzwischen einen ganzen Stab an Angestellten beschäftigte.

Während der Fahrt zum Atelier fiel Elisa auf, wie sehr sich das gesamte Viertel verändert hatte. Brachliegende Industriebauten waren abgerissen und durch schicke Neubauten ersetzt worden. Und als sie Annas Reich betraten, war sie beeindruckt. Ihre Mutter hatte recht: Sie erkannte ihr früheres Zuhause kaum wieder.

Fasziniert beobachtete sie, wie Anna gemeinsam mit ihrer Assistentin Modell für Modell der neuen Kollektion inspizierte, hier noch letzte Änderungen anordnete und nach kurzem Nachdenken den einen und anderen Prototyp aussortierte. »Die sind noch nicht so weit«, urteilte sie, und Elisa entging die Enttäuschung in so manchem Gesicht der Jungdesigner nicht, die seit Wochen daran gearbeitet haben mochten. »Das nächste Mal vielleicht. Alles andere bitte sorgfältig verpacken, Aylin, kümmerst du dich darum? Morgen um sechs geht es los. Hat jeder sein Ticket? Wir treffen uns am Flughafen. Und bitte seid pünktlich.«

Elisa überlegte derweil, wo vor dem Umbau ihr Zimmer gewesen war. Anna hatte Wände herausnehmen und neue ziehen lassen.

»Elisa-Schatz, bitte probiere dieses hier mal an.« Anna hielt ihr ein Kleid hin. Es bestand aus mehreren Schichten Chiffon in drei unterschiedlichen zarten Rosétönen und wirkte leicht und zart wie eine Blüte. »Ich hab beim Entwerfen an dich gedacht. Also los, zieh es an.«

Elisa stöhnte innerlich. Jedes Mal, wenn sie sich trafen, versuchte ihre Mutter, ihr einen Kleidungsstil aufzuzwingen, in dem Elisa sich überhaupt nicht wohlfühlte. »Mama«, sagte sie. »Du weißt doch, dass ich fast nichts anderes als meine Uniform trage.«

»Das ist ja das Schlimme.« Anna musterte die Jeans und die Hemdbluse, die Elisa darüber trug, mit kritischen Augen. »Und was du sonst so anziehst, ist auch nicht wirklich kleidsam, verzeih mir meine Offenheit.« Sie lachte entschuldigend, und ihre Zähne blitzten. Dann wurde sie ernst. »Ohnehin wirst du eine Weile keine Uniform tragen«, sagte sie. »Und der Inhalt deines Kleiderschranks wurde seit Jahren nicht erneuert, hab ich recht? Jedenfalls solltest du diese Bluse zur Altkleidersammlung geben.«

»Mir gefällt sie«, protestierte Elisa. »Deine Entwürfe sind großartig, nur ... für mich einfach zu ...« ... extravagant, wollte sie sagen, aber sie ließ es sein. Es hatte ja sowieso keinen Sinn. Anna wedelte auffordernd mit dem Kleid vor ihren Augen, bis sie danach griff und mit ihm hinter einem der Paravents verschwand.

Sie streifte das Kleid über und hatte das Gefühl, überhaupt nichts anzuhaben, so leicht war der Stoff. Als sie hinter dem Paravent hervortrat, blickte ihr von den vielen Spiegeln eine völlig andere Elisa entgegen. Verlieh ihr die Uniform stets eine gewisse Strenge, vor allem, wenn sie ihr langes Haar perfekt aufgesteckt trug, so kam ihr dieses Wesen in dem Chiffonkleid engelhaft zart und um Jahre jünger vor.

»Wusste ich es doch.« Anna musterte sie zufrieden. »Solche Sachen solltest du tragen.«

»Ist es nicht viel zu kurz?«, fragte Elisa und drehte sich vor dem Spiegel, worauf die oberste Schicht des Chiffons spielerisch um ihre Knie schwang.

»Nein, es ist genau richtig«, gab Anna zurück.

»Ich habe keine passenden Schuhe dazu«, wandte Elisa ein.

»Und ob du die hast.« Anna holte einen Karton aus einem

Schrankfach. »Glaubst du, ich entwerfe ein Kleid für dich und sorge nicht für die richtigen Sandalen dazu? Hier. Wir haben ja dieselbe Größe, also müssten sie passen.« Sie reichte Elisa eine hinreißende Sandalette aus ineinander verwobenen Lederriemchen in exakt denselben Rosétönen, die auch im Kleid vorkamen. »Niedriger Absatz. Angenehmes Fußbett.« Anna lächelte Elisa zu. »Ich weiß schließlich, worauf du Wert legst«, fügte sie liebevoll hinzu.

Die Sandaletten passten wie angegossen. Fasziniert und dennoch voller Zweifel betrachtete Elisa sich im Spiegel. »Das bin so gar nicht ich«, sagte sie leise mehr zu sich selbst.

»Doch«, widersprach Anna, die es trotzdem gehört hatte. »Das bist du, Elisa. Hinreißend schön. Kleid und Schuhe sind ein Geschenk. Ich hoffe, du findest viele Gelegenheiten, sie zu tragen.«

Den Abend verbrachten sie in Annas Lieblingsrestaurant, einem der wenigen Italiener, die vor ihren Augen Gnade fanden.

»Du hast abgenommen«, tadelte sie ihre Tochter und riet ihr zu den handgemachten *Mezzelune all'Astice*, halbmondförmigen, mit Hummer gefüllte Teigtaschen in einer Safransauce. Für sich selbst bestellte sie Wolfsbarsch mit Salat und schob den Korb mit frischen Pizzabrotstücken entschlossen zu Elisa hinüber. »Ich dagegen sollte abnehmen.« Sie grinste. »Aber jetzt erzähl mir mal, wie es dir geht, mein Schatz. Was genau ist in dem Flugzeug eigentlich passiert?«

»Ich hab es dir schon gesagt«, antwortete Elisa niedergeschlagen. »Es war genau wie damals.« Annas dunkle Augen ruhten sorgenvoll auf ihr, und Elisa wusste, dass ihre Mutter auch dieses Mal keinen Trost für sie hatte. Keiner hatte den. Woher auch. »Ich habe wirklich geglaubt, das würde nie wieder geschehen«, fuhr sie fort und nippte an ihrem Wein.

»Vielleicht findet der Neurologe etwas heraus.« Anna faltete gedankenverloren ihre Leinenserviette, als müsste sie einen Plissee-Rock für eine Puppe kreieren. »Sicher liegt es an der Überlastung.«

»Ich arbeite nicht mehr als Tausende meiner Kollegen«, protestierte Elisa. Sie war diese Gespräche leid, denn sie führten zu nichts. »Und sieh dir doch mal *deinen* Terminkalender an. Der ist doppelt, nein, dreifach so voll wie meiner.« Sie schüttelte den Kopf. »Irgendetwas stimmt nicht mit mir. Und wenn das so ist, dann war es damals vollkommen unnötig ...« Sie stockte. Dieser Gedanke war ihr gerade erst gekommen. Dass es damals vollkommen unnötig gewesen war, ihr das Cellospielen zu verbieten.

»Was meinst du?«, fragte Anna alarmiert. »Was war unnötig?«

»Dieser Klinikaufenthalt«, brach es aus Elisa hervor. »Die endlosen Gespräche mit den Psychologen. Ich hätte so gerne wieder Musik gemacht. Aber alle haben es mir ausgeredet. Alle.«

Ihre Mutter sah sie erschrocken an. Bestürzt erkannte Elisa, dass sich Annas Lidränder leicht röteten, so als würde sie gleich anfangen zu weinen.

»Ich habe es gut gemeint«, sagte ihre Mutter leise. »Niklas ist maßlos in allem, was er tut und von anderen fordert. Er glaubt, dass alle so unverwüstlich sind wie er. Ich hätte niemals erlauben sollen, dass er dich von Auftritt zu Auftritt zerrt und sich mit deinen Erfolgen schmückt. Denn im Grunde kam es ihm ja nur darauf an: Du solltest leuchten und seinen Ruhm vergrößern. Und was dabei herauskam, das wissen wir ja.« Die letzten Sätze hatte Anna hart und unversöhnlich herausgestoßen. Jetzt griff sie nach ihrem Weinglas, ihre Hand zitterte, als sie daraus trank.

Elisa schloss kurz die Augen. Sie hätte nicht davon anfangen sollen. Solche Sätze, ja, ganze Vorträge über Niklas Eschbachs Egozentrik kannte sie in- und auswendig. Bislang hatte sie das alles geglaubt. Heute jedoch leuchtete ihr diese Begründung nicht mehr ein.

»Ich habe jetzt seit sechzehn Jahren kein Cello mehr angerührt«, gab sie zu bedenken, obwohl sie wusste, dass es besser wäre, das Thema ruhen zu lassen. »Und trotzdem ist mir das wieder passiert. Also muss etwas anderes der Grund dafür sein.«

Anna wollte heftig widersprechen, doch der Kellner brachte gerade ihre Bestellungen. Danach knüpften weder Anna noch Elisa an das Gespräch an. Schweigend widmeten sie sich dem Essen.

»Wie geht es ihm eigentlich?«, fragte Anna, als sie das Besteck weglegte, und Elisa verstand sofort, dass sie Niklas meinte.

»Ich dachte schon, du fragst überhaupt nicht mehr«, entfuhr es ihr. »Er ist auf dem Weg der Besserung. Ich hoffe, er erholt sich von dem Schlaganfall.« Sie dachte an die Gestalt ihres Großvaters, der wie ein gefällter Baum in dem Klinikbett gelegen hatte.

»Es ist wirklich schön, dass du dich so um ihn kümmerst.«

»Seien wir ehrlich, wir kümmern uns nicht wirklich um ihn«, erwiderte Elisa. Mariellas harte Worte kamen ihr in den Sinn. »Es sind seine Nachbarn, die das tun«, berichtete sie. »Niklas war zum Glück gerade bei ihnen, als er den Schlaganfall hatte. Ihnen ist zu verdanken, dass er so schnell in die Klinik gebracht wurde. Wer weiß, wie die Sache sonst ausgegangen wäre.«

Der Kellner kam, um ihre Teller abzutragen, und fragte nach weiteren Wünschen. Anna bestellte einen Espresso, als Elisa das Vibrieren ihres Handys aus der Handtasche wahrnahm, das sie leise gestellt hatte. Als sie es endlich gefunden hatte, war das Brummen verstummt. Auf dem Display erkannte sie eine Schweizer Nummer.

»Das war die Klinik!« Alarmiert drückte sie die Rückruftaste. Sogleich meldete sich Dr. Fullner. »Gut, dass Sie zurückrufen«, hörte sie ihn sagen. »Ihr Großvater hat einen weiteren Schlaganfall erlitten. Einen erheblich schlimmeren. Wann können Sie hier sein?«

6

Das Wiedersehen

»Das ist völlig unmöglich«, rief Anna aus. »Ich kann den Termin morgen nicht absagen.« Sie standen vor dem Restaurant und warteten auf das Taxi, das ihnen der Kellner bestellt hatte. Schon fuhr es vor, und sie stiegen hastig ein. »Und du kannst jetzt auch nicht ins Tessin reisen«, fügte sie hinzu, nachdem sie dem Fahrer ihre Adresse genannt hatte. »Hast du deinen Termin beim Neurologen vergessen? Denk an deine berufliche Zukunft.«

Elisa stöhnte auf. »Zum Neurologen kann ich später auch noch gehen«, gab sie zurück. »Hier geht es um Leben und Tod, Mama. Und du hast versprochen, wenn es ernst ist, kommst du mit.«

»Ich komme nach«, erklärte Anna. »Gleich übermorgen. Herrgott, wir haben ein halbes Jahr an dieser Kollektion gearbeitet.«

»Dann wird dein Kunde durchaus ein paar Tage länger warten können.« Elisa war selbst überrascht. Noch nie hatte sie ihre Mutter derart angefahren. Aber nun gab es kein Zurück. »Was ist dir wichtiger? Ein paar Kleider oder dein Vater? Bist du wirklich so böse auf ihn, dass du das Risiko eingehen willst, ihn nicht mehr lebend wiederzusehen?«

Anna starrte sie an, dann senkte sie den Blick, während Elisa auf ihrem Smartphone die nächste Reisemöglichkeit checkte. Sie hatte Glück. Wenn sie sich beeilte, konnte sie noch am selben Abend einen Flug nach Locarno erwischen. Von dort würde sie in einer knappen Stunde in Lugano sein. In Wilmersdorf angekommen, bat Elisa den Taxifahrer, auf sie zu warten, sie wollte nur rasch die wenigen Sachen, die sie bereits ausgepackt hatte, in ihre Reisetasche legen und sofort wieder aufbrechen.

Anna stand im Flur, als Elisa sich von ihr verabschieden wollte, neben ihr der Koffer, den sie vermutlich bereits für Paris gepackt hatte. »Also gut, ich komme mit«, sagte sie.

»Wirklich?«, fragte Elisa. Anna nickte. Elisa erkannte die Angst in ihren Augen, die Unsicherheit, die feinen Falten, die sich von den Mundwinkeln hinauf zu der wohlgeformten Nase zogen, den Flor von Müdigkeit an ihren Schläfen. Zum ersten Mal sah Elisa ihrer stets so jugendlich wirkenden Mutter ihr wahres Alter an.

»Lass uns gehen.« Anna atmete tief durch. »Sonst verpassen wir das Flugzeug womöglich noch.«

Im Taxi telefonierte Anna ununterbrochen. Elisa rief Fabio an. Als er hörte, dass sie gemeinsam mit ihrer Mutter noch in derselben Nacht kommen würde, bot er an, sie in Locarno abzuholen.

»Bist du dir sicher?«, fragte Elisa verlegen. »Es ist mitten in der Nacht.«

»Das macht nichts«, antwortete Fabio. »Um die Uhrzeit bekommst du sowieso keinen Mietwagen mehr.«

»Wie geht es Niklas?«

»Meine Mutter ist in der Klinik. Die Ärzte bereiten einen endovaskulären Eingriff vor.«

»Was ... was bedeutet das?« Elisas Magen zog sich angstvoll zusammen. Sie legte eine Hand auf das andere Ohr, um Annas laute Stimme auszublenden, die mit ihrer Assistentin sprach.

»Das heißt, dass sie mit einer Art Katheder durch eine Vene zu den betroffenen Blutgefäßen im Gehirn vorstoßen und dort versuchen, das Blutgerinnsel aufzulösen«, antwortete Fabio, und Elisa fröstelte bei dieser Vorstellung. »Jedenfalls habe ich das so verstanden. Ein Schlaganfall ist ja eigentlich so ähnlich wie ein Herzinfarkt, nur an anderer Stelle.«

»Klingt ziemlich gefährlich«, antwortete Elisa.

»Dr. Fullner hat uns beruhigt«, hörte sie Fabio sagen. »Medizinisch ist heutzutage Unglaubliches möglich. Und die Klinik, in der Niklas liegt, soll in der gesamten Schweiz für diese Art von Eingriffen berühmt sein. Hoffen wir einfach das Beste.« Fabio machte eine Pause, und als Elisa nicht antwortete, sagte er: »Habt einen guten Flug. Bis später.«

Elisa musste sich zusammenreißen, um dem Taxifahrer nicht zu mehr Eile anzutreiben, dabei fuhr er schon so schnell, wie er konnte.

Endlich war auch Anna fertig mit Telefonieren, sank stöhnend in die zerschlissene Lehne des Taxis und steckte ihr Handy weg.

»Mein Team wird ohne mich reisen.« Sie klang vorwurfsvoll, so als könnte Elisa etwas dafür. »Und ich komme so bald wie möglich nach.«

Elisa nickte zerstreut und teilte dem Taxifahrer mit, von welchem Terminal sie abfliegen würden.

»Wir werden rennen müssen.« Sie sah auf ihre Armbanduhr. »Ich hoffe, dein Koffer ist nicht zu schwer. Wenn wir uns nicht beeilen, schaffen wir es nicht mehr an Bord.«

Anna verdrehte die Augen, doch sie sagte nichts. Sie drückte dem Taxifahrer einen großen Schein in die Hand und wartete nicht einmal auf das Wechselgeld.

Sie bestiegen das Flugzeug in letzter Minute, und Elisa fühlte die vorwurfsvollen Blicke ihrer Kollegen auf sich. Sie konnte sie nur zu gut verstehen, spät eintreffende Passagiere bedeuteten immer eine Menge Unruhe.

»Wer ist der Mann, der uns abholen wird?«, fragte Anna, nachdem sie ihre Flughöhe erreicht hatten.

»Niklas' Nachbar«, erklärte Elisa. »Er heißt Fabio.«

»Ach, die Nachbarn, die sich so rührend um ihn kümmern.«

Elisa warf ihrer Mutter einen raschen Seitenblick zu. Hatte sie sich den ironischen Unterton nur eingebildet? Sie beschloss, nicht weiter darauf einzugehen.

Als die Flugbegleiterinnen mit dem Getränkewagen durchkamen, orderte Anna einen Cognac. »Willst du auch einen?«, fragte sie.

Elisa schüttelte den Kopf. Mit Befremden sah sie, dass Annas Hand zitterte, als sie nach dem Plastikbecher griff.

»Auf Niklas und seine großartigen Nachbarn«, sagte sie und nahm einen großen Schluck.

»Hör mal, was soll das denn?«, fragte Elisa irritiert. »Wir können froh sein, dass er nicht ganz alleine dastand ...«

»Wir?«, fiel ihr Anna ins Wort. »*Er* kann froh sein.«

Elisa schluckte eine Entgegnung hinunter. Das Letzte, was sie jetzt wollte, war Streit. Sie musterte Anna, um herauszufinden, welcher Teufel sie gerade ritt, und sah, dass ihre Unterlippe bebte.

»Was ist los mit dir?«, fragte sie überrascht. »Bist du etwa nervös?«

Ihre Mutter nahm noch einen Schluck von dem billigen Cognac, dann stellte sie den Becher angewidert ab.

»Natürlich bin ich nervös«, räumte sie kleinlaut ein. »Wer wäre das an meiner Stelle nicht!« Sie zog eine Schlafmaske aus ihrer Handtasche und setzte sie auf. »Lass uns ein bisschen ruhen«, sagte sie und stellte den Sitz nach hinten. »Ich hab das Gefühl, dass wir dazu nicht so bald mehr Gelegenheit haben werden.«

Ob es ihr tatsächlich gelang oder ob sie nur so tat – Elisa hatte keine Ahnung. Sie selbst machte jedenfalls kein Auge zu. Was, wenn Niklas es dieses Mal nicht schaffen würde?

Warum hatte sie ihn eigentlich nicht schon viel früher besucht? Sie wusste keine Antwort darauf. Sicher, sie war zutiefst verletzt gewesen. Er hatte sie im Stich gelassen. Aber war das nicht schon viel zu lange her, um ernsthaft böse miteinander zu sein? Damals war sie ein Kind gewesen mit ihren sechzehn Jahren. Inzwischen war sie längst erwachsen. Die Wahrheit war, dass sie die Meinung ihrer Mutter zu der ihren gemacht hatte, das war einfacher gewesen, als den schwierigen Schritt einer Annäherung zu tun. Und da war noch mehr: Im Grunde wusste sie, dass Niklas ihre Berufswahl missbilligte, dazu kannte sie ihn zu gut. »Bedienungspersonal«, hatte er auf einem der gemeinsamen Flüge die Flugbegleiterinnen abwertend genannt und Elisa erklärt, dass er jede Servicekraft in einem richtigen Restaurant für qualifizierter hielt als diese »fliegenden Hostessen«. Und diese Schmähung wollte sie sich nicht auch noch antun.

Sie schloss die Augen und lehnte sich zurück. Doch das quälende Gedankenkarussell wollte einfach nicht still stehen. Was, wenn man sie ganz vom Dienst suspendierte? Wenn der Neurologe etwas feststellte, was sie als Flugbegleiterin gesundheitlich untauglich machte? Vielleicht stellte er auch überhaupt nichts fest, und man kündigte ihr gerade deswegen, weil sie aus unerklärlichen Gründen versagt hatte? Ihr wurde flau im Magen. Es war, als würden kalte Finger in ihren Eingeweiden wühlen. Sie kannte das Gefühl nur zu gut. Mühsam kämpfte sie es nieder und versuchte, an etwas Schönes zu denken. Danilos Gestalt stand ihr plötzlich vor Augen, wie er am Flügel saß und spielte, und auf einmal glaubte sie sogar, die Melodie zu hören, den warmen Klang der Gadulka und die perlenden Töne des Flügels.

Die Kälte in ihrer Magengegend verschwand. Sie dachte an Danilos warme Stimme, an die Blicke, die er ihr zugeworfen hatte. Warum um alles in der Welt hatte sie ihm ihre Nummer nicht gegeben? Was wäre schon dabei gewesen? Und warum hatte sie nichts dabei gefunden, sie Fabio anzuvertrauen? Ganz einfach, sagte eine leise Stimme in ihr. Weil Fabio zwar nett ist, aber dein Herz nicht dazu bringt, aus dem Takt zu schlagen. Außerdem ist er verheiratet und hat eine kleine Tochter. Fabio ist vollkommen ungefährlich. Danilo hingegen ... Elisa musste leise lachen. Als ob Danilo gefährlich wäre. Dabei war das kein bisschen lustig. Denn das war ein weiteres »Problem«, über das sie nicht gern sprach: ihre Scheu, sich jemandem mit Haut und Haaren anzuvertrauen. Ihr Herz zu verschenken. Denn wie weh es tat, wenn es nicht gut behandelt wurde, darin kannte sie sich nur allzu gut aus.

Endlich fühlte sie, wie das Flugzeug an Höhe verlor und die Crew den Landeanflug vorbereitete. Elisa sah aus dem Fenster und erblickte ein schimmerndes Lichterband, das sich in einer dunklen Wasserfläche reflektierte. Umrahmt von hohen, teils schneebedeckten Bergen lag der Lago Maggiore unter ihnen wie ein sichelförmiger schwarzer Spiegel. In der Ferne erkannte Elisa einen weiteren See, es war der von Lugano. Dazwischen erhob sich der mächtige Rücken des Monte Ceneri, der die beiden Gewässer voneinander trennte und jahrtausendelang eine natürliche Barriere zwischen dem nördlichen und dem südlichen Tessin gebildet hatte, ehe in den 1980er Jahren ein Tunnel durch den Berg getrieben worden war.

Das alles hatte ihr Niklas vor langer Zeit erzählt, und Elisa bemerkte staunend, wie aus den Untiefen ihres Gedächtnisses nun mehr und mehr Erinnerungen auftauchten. Zum Beispiel jene Geschichte von dem letzten Postkutschenüberfall im 19. Jahrhundert, als die Reise noch ein Abenteuer gewesen war. Hätten sich die Menschen damals vorstellen können, dass eines Tages Flugzeuge die schwindelerregenden Berge einfach überfliegen würden?

Sie wandte sich zu ihrer Mutter, um sie auf den spektakulären Blick hinzuweisen, der sich aus dem Fenster bot, doch Anna schien an ihrer Seite zu schlafen wie ein Murmeltier. Elisa konnte nicht umhin, sie dafür zu bewundern. Erst als sie ein wenig unsanft auf der Landebahn aufsetzten, schreckte ihre Mutter auf.

»Sind wir schon da?«, fragte sie verwirrt und sah auf ihre Armbanduhr.

»Willkommen in der Schweiz«, erklang es aus dem Lautsprecher.

»Mein Gott«, fuhr Anna auf. »Ich habe nicht einmal Franken in der Tasche.«

Der Flughafen war winzig und lag mitten im Grünen, einige Kilometer von Locarno entfernt.

»Und wo fliegen all die berühmten Gäste ein, wenn hier das Filmfestival stattfindet?«, fragte Anna verwundert, während sie über die Landebahn in Richtung des unscheinbaren Gebäudes gingen. »Glaubst du, Harrison Ford und Jacqueline Bisset sind auch hier angekommen?«

Elisa zuckte mit den Schultern. »Vielleicht mit Privatjets«, antwortete sie und fühlte, wie sich bei dem Gedanken an ihren letzten Flug ihre Nackenhaare aufstellten. »Vielleicht sind sie aber auch in Mailand gelandet und haben sich mit einer Limousine herfahren lassen.«

In der Ankunftshalle erkannte sie Fabio sofort. Seine Augen leuchteten auf, als er sie entdeckte, dann blieb sein Blick staunend an Anna hängen. So war das immer, wenn sie gemeinsam reisten. Man hielt ihre Mutter für ein Filmschauspielerin, auf deren Namen man einfach nicht kam, oder zumindest für ein Model.

Fabio jedoch wandte sich sogleich wieder ihr zu. »Willkommen, Elisa«, sagte er und nahm sie sacht in die Arme, um ihr Küsse auf die Wangen zu drücken, wie es hier üblich war. »Ich wünschte, wir würden uns unter glücklicheren Umständen wiedersehen.«

»Darf ich dir meine Mutter vorstellen?« Elisa wandte sich zu Anna. »Das ist Fabio Fasetti. Niklas' Nachbar.«

»Wie schön, Sie kennenzulernen.« Fabio reichte Anna die Hand. »Ich hätte Sie auch ohne Elisas Begleitung sofort erkannt. Sie sehen ihrer verstorbenen Mutter unglaublich ähnlich.«

Anna stutzte kurz. Dann schüttelte sie Fabios Hand. »Es ist wirklich unglaublich nett von Ihnen, uns um diese nachtschlafende Zeit abzuholen«, sagte sie aufrichtig und in jenem Ton, der normalerweise jeden für sie einnahm.

Fabio nickte nur und nahm ihrer beider Gepäck. »Das ist doch selbstverständlich«, antwortete er und wandte sich zum Gehen. »Wollen wir?«

Anna nahm bereitwillig auf der Rückbank Platz, und Elisa setzte sich auf den Beifahrersitz. Während der Fahrt erzählte Fabio von Niklas' Zustand.

»Er hat den Eingriff gut überstanden. Die Ärzte sind hoffnungsvoll.«

»Welchen Eingriff?«, fragte Anna und beugte sich ein wenig vor.

Fabio erklärte es ihr und Elisa, die im Außenrückspiegel Annas Gesicht sehen konnte, sah, dass sie ganz bleich geworden war. »Ist er bei Bewusstsein?«, fragte Anna nach.

»Nein«, antwortete Fabio. »Jedenfalls war er es nicht, als ich losgefahren bin. Für diesem Eingriff braucht es zwar keine tiefe Narkose. Aber ich denke, er wird sich einfach noch ausruhen müssen. Er ist ja nicht mehr der Jüngste.«

»Dann hat es wohl wenig Sinn, in die Klinik zu fahren«, ließ Anna sich von hinten vernehmen.

Fabio und Elisa wechselten einen kurzen Blick.

»Wenn du dich lieber hinlegen möchtest«, erklärte Elisa in ruhigem Ton in Richtung ihrer Mutter, »kannst du das gerne tun. Ich möchte bei Niklas sein, wenn das möglich ist.«

Es wurde still im Wagen. Die folgenden zehn Minuten sprach keiner ein Wort. Elisa war, als könnte sie die Vorbehalte, die Fabio ihrer Mutter gegenüber hegte, mit Händen greifen. Auch Anna musste das spüren.

Endlich erreichten sie die Außenbezirke der Stadt, passierten den in der großen Pandemie pleite gegangenen Flughafen im Vorort Agno, nahmen schließlich die Ausfahrt Lugano Süd und gelangten wenig später in den Ortsteil Paradiso, in dem die Klinik lag.

Auf dem Parkplatz hielt Fabio Anna einen Schlüsselbund hin. An dem Anhänger in Form einer Violine erkannte Elisa ihn, es waren die Schlüssel zur Rosenholzvilla.

»Wenn Sie möchten, rufe ich Ihnen gerne ein Taxi«, sagte er. »In der Villa kennen Sie sich ja sicher noch aus. Serafina hat das Gästezimmer für Sie vorbereitet.«

Anna reagierte nicht gleich. Ihr Blick glitt an der Fassade der Klinik entlang. Hinter einigen Fenstern brannte Licht, andere waren dunkel. Von den Bäumen wehte ein betörender Duft herüber und erinnerte Elisa an jenen Abend, den sie mit Danilo, Dante und Cosma verbracht hatte. Die Nacht war mild und lud dazu ein, am See entlangzuschlendern und das Eis zu essen, das sie damals abgelehnt hatte, als Danilo es ihr vorschlug. Wie dumm sie doch gewesen war …

»Ich bleibe«, sagte Anna zu Elisas Freude und ging zum Kofferraum.

»In diesem Fall lassen wir das Gepäck besser im Wagen«, erklärte Fabio.

»Kommst du mit zu Niklas?«, fragte Elisa.

Er schüttelte den Kopf und reichte ihr nicht nur die Schlüssel zur Villa, sondern auch den zu seinem Auto. »Ihr könnt meinen Wagen haben«, erklärte er. »Ich fahre mit meiner Mutter zurück. Sie ist gerade bei Niklas und wartet auf die Ablösung. Ich komm noch mit rein.« Er berührte Elisa kurz an der Schulter, dann ging er zielstrebig zum Klinikportal.

Als sie die Intensivstation betraten, kam ihnen ein wahrer Hüne von einem Krankenpfleger entgegen. Seine weiße Berufskleidung bildete einen starken Kontrast zu seiner dunklen Haut.

»Wie geht es unserem Patienten, Signor Botma?«, fragte Fabio sofort.

»Bitte nennen Sie mich Amadou«, gab der Pfleger mit einem großen Lächeln zurück und musterte Elisa und Anna erfreut. »Dem Professor geht es gut. Demnächst wird er aufwachen und ein ordentliches Frühstück verlangen, schätze ich.« Amadou lachte, und seine ebenmäßigen Zähne blitzten auf.

»Das heißt, er hat den Eingriff gut überstanden?«, fragte Elisa.

»Ja, das hat er.« Als er sah, wie Elisa aufatmete, fügte er hinzu: »Wir bringen ihn schon wieder auf die Beine, Signorina. Sie sind die Enkeltochter, nicht wahr?«

»Ja«, antwortete Elisa. »Ich bin Elisa. Und dies ist meine Mutter.«

Amadou nickte zufrieden. »So soll es sein. Die Familie ist in solchen Fällen die beste Medizin, sagt man bei uns zu Hause im Senegal. Jetzt, wo Sie da sind, wird alles gut, glauben

Sie mir. Kommen Sie mit mir, ich gebe Ihnen die Schutzkleidung.«

»Was für ein freundlicher Pfleger«, sagte Anna leise zu Elisa, während sie ihm folgten. Auch Elisa fühlte sich durch Amadous warmherzige, zuversichtliche Art beruhigt.

In dem Vorraum zogen sie beide die Einweg-Kittel über, verstauten ihr Haar unter der Haube und legten den Mund-Nasen-Schutz an. Elisa warf ihrer Mutter einen besorgten Blick zu. Sie war so weiß wie die Wand im Gesicht geworden. Vorsichtig griff sie nach ihrer Hand, und Anna erwiderte den sanften Druck.

»Wann brauchst du den Wagen?« fragte Elisa Fabio.

Er winkte ab. »Mach dir darüber keine Gedanken«, antwortete er. »Ich habe immer noch den meiner Mutter. Lasst euch die Zeit, die ihr braucht.« Er berührte Elisa erneut sanft an der Schulter, und einen irritierenden Moment lang hatte sie den Eindruck, er wollte sie umarmen, doch zu ihrer Erleichterung wandte er sich ab.

»Bis morgen«, sagte Elisa. »Und danke für das Auto.«

Fabio machte erneut eine Geste, als sei das nicht der Rede wert.

Der Anblick des mit technischen Apparaten vollgestopften Raumes rund um das Bett des Kranken war Elisa inzwischen vertraut. Mariella erhob sich von dem Stuhl, auf dem sie gesessen hatte, und kam ihnen entgegen. Sie nickte Elisa zu, maß Anna mit einem prüfenden Blick und verließ wortlos den Raum.

»Wer war das?«, wisperte Anna.

»Mariella. Fabios Mutter«, raunte Elisa zurück.

»Ah, die freundliche Nachbarin«, machte Anna spöttisch und verdrehte die Augen.

Elisa ging nicht darauf ein, sie trat an Niklas' Bett. Seine

Lider waren geschlossen. Eine Atemmaske verdeckte die untere Hälfte seines Gesichts. Elisa betrachtete sein volles, grau meliertes Haar, unter dem sich das Unheil in Form von Blutpfropfen zusammengeklumpt hatte. Nun war es hoffentlich beseitigt worden. Niklas war bis zum Kinn zugedeckt, nur der rechte Arm lag auf seiner Brust. In der Vene des Handrückens steckte eine Kanüle. Elisa zog einen Stuhl heran und fuhr sanft über die angeschwollenen Finger. Sie fühlten sich kalt an. Bildete sie es sich ein, oder hatten seine Lider soeben ein wenig gezittert?

»Wenn du möchtest, kannst du dich auf seine andere Seite setzen«, schlug Elisa ihrer Mutter leise vor und wies auf den freien Stuhl.

Nach kurzem Zögern folgte Anna ihrem Rat. Wie gebannt sah sie in Niklas' halb verdecktes Gesicht, und Elisa kannte sie gut genug, um zu begreifen, wie aufgewühlt sie war.

Wie beim letzten Mal kam es Elisa nach einer Weile so vor, als löse sich in diesem Raum die Zeit einfach auf. Die vielfältigen Geräusche der Maschinen verschmolzen zu einem nervtötenden Klangteppich, der sich in ihren Ohren einnistete und jedes vernünftige Denken unmöglich machte. Ob es Anna ähnlich ging? Elisa hatte keine Ahnung, ob das Gehör ihrer Mutter ähnlich sensibel war wie ihres. Laut Niklas hatte auch Anna einst eine vielversprechende Karriere als Geigerin vor sich gehabt. Ehe sie mit Elisa schwanger wurde, war sie bereits während ihrer Schulzeit Meisterschülerin eines der berühmtesten Virtuosen seiner Zeit gewesen. Elisa fragte sich, was nach all den Jahren wohl im Kopf ihrer Mutter vor sich gehen mochte, die stocksteif am Bett ihres Vaters saß und in sein Gesicht starrte, als erwarte sie jeden Moment, dass er die Augen öffnen und mit ihr zu zanken beginnen würde. Es war schon immer schwierig zwischen Niklas und Anna gewesen, nach Elisas verpatztem Konzert hatten sich die beiden dann restlos zerstritten.

Irgendwann kam Amadou mit einem Klemmbrett unter dem Arm ins Zimmer, sah nach dem Patienten, kontrollierte die Apparate, trug ein paar Daten in eine Tabelle ein, nickte zufrieden und wandte sich Anna und Elisa zu. »Er schläft«, sagte er. »Das Schlimmste hat er hoffentlich überstanden.«

»Hat der Infarkt Gehirnregionen beschädigt?«, fragte Anna.

»Das kann man noch nicht wissen«, antwortete er freundlich. »Aber selbst wenn gewisse Hirnareale gelitten haben sollten, können sie sich wieder regenerieren. Hoffen wir das Beste.« Er steckte den Kugelschreiber in die Brusttasche seines weißen Kittels. »Möchten Sie vielleicht einen Kaffee? Oder lieber Tee? Ich habe gerade frische marokkanische Minze aufgebrüht, die belebt Körper und Geist.«

»Ein Kaffee wäre wundervoll«, antwortete Anna.

»Ich würde gerne den Minztee probieren«, erklärte Elisa.

Kurze Zeit später erfüllte der Duft von Kaffee und Minze den Raum.

»Bitte läuten Sie, wenn er aufwacht«, sagte der Pfleger, dann ließ er sie allein.

Elisa legte ihre Maske ab und nippte an ihrer Tasse und hielt mit der anderen Hand weiter Niklas' Finger. Das süßlich frische Aroma der Minze hellte ihre Stimmung augenblicklich auf, genau wie der Pfleger gesagt hatte. Hauptsache, Niklas hatte den Eingriff gut überstanden und die Gefahr war gebannt. Alles Weitere würden sie schon sehen.

Auf einmal bewegten sich Niklas' Finger in Elisas Hand. Es war wie das kurze Aufflattern eines Schmetterlings, dann war es vorüber. Elisa überlegte noch, ob sie Anna davon erzählen sollte, als seine Lider zuckten und sein Kopf sich auf dem Kissen hin und her bewegte.

»Sollen wir nicht lieber läuten?«, fragte Anna erschrocken.

Die Klingel befand sich auf Elisas Seite, doch sie zögerte.

Noch war Niklas nicht wach. Gut möglich, dass er weiterschlief, und das Letzte, was sie wollte, war, ihn zu wecken. Und tatsächlich, Niklas tat einen tiefen, pfeifenden Atemzug unter seiner Sauerstoffmaske und versank erneut in tiefen Schlaf.

So vergingen die nächsten Stunden. Als hätte ein heimlicher Dirigent das Zeichen dazu gegeben, stimmte vor dem Fenster ein ganzes Vogelorchester seinen Morgengesang an, und die erste Morgendämmerung färbte den Himmel in ein leuchtendes Tintenblau. Elisa ließ vorsichtig Niklas' Hand los, streckte die schmerzenden Glieder und erhob sich. »Ich geh mal rasch zur Toilette«, sagte sie zu Anna und verließ leise das Zimmer.

Draußen merkte sie erst, wie müde sie war, und als sie das Gäste-WC gefunden hatte, erschrak sie über ihr blasses Gesicht und die vor Erschöpfung geröteten Augen. Sie ließ eine Weile kaltes Wasser über ihre Handgelenke fließen in der Hoffnung, dass dies ihren Kreislauf in Schwung bringen würde.

Auf dem Weg zurück kam sie beim Aufenthaltsraum für das Klinikpersonal vorbei, dessen Tür nun weit offen stand. Amadou war im Gespräch mit einer Kollegin. Als er Elisa bemerkte, hielt er inne.

»Darf ich Ihnen Isabelle vorstellen? Sie wird mich jetzt ablösen«, erklärte er. »Meine Schicht geht gleich zu Ende. Wir sehen uns heute Abend wieder.«

Er schenkte Elisa ein dermaßen zuversichtliches Lächeln, dass sie direkt fühlte, wie ihr Mut zufloss. Sie begrüßte Isabelle, die neben Amadou wirkte wie ein zierliches Kind, so groß war er, verabschiedete sich von dem Pfleger und kehrte zum Zimmer ihres Großvaters zurück.

Erst auf den zweiten Blick wurde ihr klar, was dort gerade Ungeheuerliches vor sich ging: Niklas hatte die Augen weit geöffnet und betrachtete fasziniert seine Tochter. Anna hatte ihre Maske heruntergezogen, und er schien völlig verzaubert von ihrem Anblick, so als habe er noch nie jemanden so Wundervolles gesehen. Sein Atem unter der Maske ging rascher, und es klang, als wollte er etwas sagen. Oder war es nur ein unartikulierter Laut des Staunens?

Elisa fiel ein, dass sie das medizinische Personal verständigen sollten, sobald ihr Großvater aufwachte, doch sie zögerte. Der Moment zwischen Anna und Niklas erschien ihr so kostbar, so zerbrechlich. Betroffen bemerkte sie, dass seine Augen feucht geworden waren. Anna liefen Tränen über die Wangen. Sie hatte endlich die Hand ihres Vaters ergriffen, und er klammerte sich an sie wie ein Ertrinkender.

Elisa hielt den Atem an. Nach all den Jahren hatte sie mit vielem gerechnet, nur nicht mit diesen überwältigenden Emotionen auf beiden Seiten. Sicher, Anna war temperamentvoll und durchaus in der Lage, ihre Gefühle zu zeigen. Aber Niklas? Elisa konnte sich nicht erinnern, den stets überlegenen und beherrscht wirkenden Stardirigenten, der sein Seelenleben gern hinter beißender Ironie verbarg, derart aufgewühlt zu sehen.

Eine unsagbare Erleichterung stieg in Elisa auf. Erst jetzt wurde ihr bewusst, wie groß ihre Anspannung gewesen war. Und nicht nur während der vergangenen Stunden, seit sie mit Anna unterwegs zu Niklas' Krankenbett gewesen war – schon seit vielen Jahren lasteten die unausgesprochenen Vorwürfe und der tiefe Groll zwischen ihnen dreien auf ihr. Nun aber begann sich dieses Gewicht zu lösen. Würde jetzt endlich alles gut werden?

Auf einmal stand Isabelle im Zimmer, offenbar wollte sie sich zu Beginn ihrer Schicht ein Bild von dem Patienten machen. Auch sie verharrte kurz vor dem Bett, bemerkte den intimen Moment zwischen Vater und Tochter. Behutsam nahm sie die Atemmaske von Niklas' Gesicht und ersetzte sie durch einen Sauerstoffschlauch, befeuchtete seine Lippen mit einem nassen Tuch und wischte die Tränen ab, die ihm über die Wangen liefen. »Schön, dass Ihre Tochter gekommen ist, Herr Professor, nicht wahr«, sagte sie leise.

Ein Ruck lief durch Niklas' Körper, und seine Augen weiteten sich, wie vor Entsetzen. Als hätte er sich verbrannt, entzog er Anna seine Hand und legte seine andere darauf, wie um sie zu schützen. »Paulina?«, kam es heiser aus seinem Mund. Dann schien er das Ausmaß seines Irrtums zu begreifen, presste die Lider zusammen und drehte mit einem Ausdruck größten Kummers seinen Kopf in die andere Richtung.

Anna saß da wie erstarrt, den Kopf zwischen die Schultern gezogen, als hätte er ihr einen Schlag versetzt. »Er hat gedacht …«, flüsterte sie tief verletzt und schlug sich die Hand vor den Mund. Sie atmete ein paarmal tief durch, fasste sich wieder, zog ihre Maske über Mund und Nase und stand auf.

»Was ist denn passiert?«, fragte Isabelle erschrocken und wandte sich bestürzt einem der Apparate zu, dessen Ton-Frequenz sich erhöht hatte.

»Er hat mich mit meiner verstorbenen Mutter verwechselt«, erklärte Anna, als spräche sie über jemand anderen, und Elisa konnte sehen, wie sich der Schutzpanzer, den sie all die Jahre lang getragen hatte, wieder über sie legte. »Ich sehe ihr leider sehr ähnlich.« Sie warf Elisa einen raschen Blick zu, in dem alles enthalten war, was sie gerade fühlte – Schmerz und Enttäuschung, aber auch Resignation, als wollte sie sagen: Siehst du? Ich habe es ja schon immer gewusst. »Tut mir leid, Papa, dass nur ich es bin.« Ihre Stimme zitterte, und Elisa wusste, dass sie sich dafür hasste. Niklas zeigte mit keiner Regung, ob er sie hörte oder nicht, doch Elisa war überzeugt davon, dass er angestrengt lauschte. »Und keine Sorge. Ich lasse dich in Ruhe, da dir mein Anblick so unangenehm ist.«

Langsam wandte Niklas Eschbach seinen Kopf und sah seine Tochter an. In seinen Zügen lag unaussprechlicher Schmerz.

»Anna ...«, kam es mühsam aus seinem Mund. Das Atmen fiel ihm sichtlich schwer, und Isabelle legte ihm sanft die Atemmaske wieder über Mund und Nase. Tief sog er den Sauerstoff in seine Lunge.

»Bitte, Frau Eschbach.« Isabelle sah Anna besorgt an. Sie sprach leise und eindringlich. »Sie sollten nichts von alldem persönlich nehmen. Ihr Vater ist soeben aus der Narkose erwacht, seine Reaktionen ...«

»... ich habe schon verstanden«, warf Anna ein. »Seine Reaktionen sind unkontrolliert und deswegen umso ehrlicher.«

»Er darf sich nicht aufregen«, beharrte die Schwester. »Geben Sie ihm Zeit. Natürlich freut er sich, dass Sie hier sind.« Sie warf einen Blick auf ihren Patienten. »Aber jetzt wäre es besser, er ruht sich aus.« Anna nickte. Sie griff nach ihrer Handtasche und wandte sich zur Tür.

»Anna.« Niklas hatte die Sauerstoffmaske von seinem Mund geschoben. »Fahr nicht weg.«

Elisa konnte ihrer Mutter ansehen, welcher Kampf in ihr tobte. Schließlich kehrte sie an das Bett ihres Vaters zurück.

»Wir schlafen jetzt besser beide ein bisschen«, sagte sie, und Elisa, deren Herz bis in den Hals hinauf klopfte, ahnte, wie viel Überwindung sie diese Worte kosteten. »In ein paar Stunden komme ich wieder.« Niklas Hand bewegte sich auf der Zudecke, als suchte sie nach etwas. Auch Anna bemerkte es und griff nach ihr, drückte sie und bettete sie behutsam unter die Decke. »Bis später, Papa.«

Dann verließ sie mit Elisa das Zimmer.

Der Morgen brach an, als sie schweigend zur Rosenholzvilla fuhren. Elisa steuerte Fabios Wagen über die Uferstraße, die sie dieses Mal spontan gewählt hatte. Sie führte direkt am See entlang, parallel zu den Schienen des Nahverkehrszugs. Auf der anderen Seite der Fahrbahn stieg an vielen Stellen fast senkrecht die Flanke des Monte San Salvatore auf, der die Stadt im Süden wie ein riesiger Monolith überragte.

Im Osten flammte der Himmel in leuchtenden Rottönen und färbte die teilweise noch immer schneebedeckten Gipfel der umliegenden Berge in rosige Farben. Der seidige Spiegel des Sees wirkte wie aus Rotgold gegossen, das jeden Moment seine Nuancen veränderte.

Während Elisas Blick immer wieder wie magisch angezogen über die Wasserfläche wanderte, hatte Anna kein Auge für die Schönheit dieser frühen Stunde. Stumm kauerte sie auf dem Beifahrersitz und schien tief in Gedanken versunken. Und Elisa hütete sich, das Schweigen zu brechen. Sie konnte sich lebhaft vorstellen, wie enttäuschend Niklas' Reaktion für ihre Mutter gewesen sein musste, als er begriff, dass er Anna vor sich hatte und nicht seine verstorbene Frau. Die Art und Weise, wie er sich schmerzerfüllt abgewandt hatte – selbst Elisa hatte das entsetzlich gefunden. Da ließ sich nichts beschönigen: Er freute sich nicht darüber, seine Tochter zu sehen, im Gegenteil. Und dass Anna unter diesen Umständen tatsächlich bereit war, ihn später noch einmal zu besuchen, grenzte in Elisas Augen fast an ein Wunder.

Elisa warf einen Blick auf ihre Armbanduhr, es war kurz vor sechs. Sie durchquerten das kleine Städtchen Melide und folgten weiter dem Ufer, bis sich anstelle der Stadtbahngleise traumhafte Seegrundstücke wie Perlen aneinanderreihten, auf denen man hinter hohen Hecken und wehrhaften Zäunen verborgene Anwesen mehr erahnen als sehen konnte. Dann bog die Straße zu dem Dorf ab, über dem am Hang die Rosenholzvilla thronte, und nach einigen Serpentinen erreichten sie die Einfahrt.

»Da wären wir«, sagte Elisa überflüssigerweise, doch noch

immer rührte Anna sich nicht. Sie hatte mit Fabio verabredet, seinen Wagen vor dem Tor zu parken und den Schlüssel hinter der Sonnenblende zu verstecken, damit er ihn abholen konnte. Und erst als Elisa das schmiedeeiserne Tor öffnete, schien ihre Mutter aus ihrer Erstarrung zu erwachen.

Sie stieg ebenfalls aus und sah sich um, als wäre dieser Ort vollkommen fremd für sie. Tatsächlich konnte Elisa sich kaum daran erinnern, wann Anna das letzte Mal hier gewesen sein könnte. Sicher, als Elisa noch klein gewesen war, hatte ihre Mutter sie in den Ferien begleitet, war zumindest die ersten paar Tage geblieben. Lange hatte sie es nie ausgehalten und Elisa erst kurz vor Schulbeginn wieder abgeholt. Elisa hatte sie kaum vermisst, im Gegenteil, es war eine Erleichterung gewesen, wenn nach den zermürbenden Tagen voller Streitigkeiten zwischen Niklas und Anna endlich Frieden eingekehrt war und sie ihren Großvater für sich allein hatte. Hier konnte sie Cello spielen, wann immer sie Lust danach verspürte, auch spät am Abend oder sofort nach dem Aufstehen. Hier gab es eine Schallplatten- und CD-Sammlung, die jede Aufnahme der Welt zu enthalten schien, und Niklas nahm Elisa ernst, machte sie mit den unterschiedlichen Spielweisen großer Virtuosen bekannt, diskutierte mit ihr die Interpretation der Sinfonien und anderer Orchesterwerke, die er selbst gerade für eine Aufführung vorbereitete. Und er nahm sie mit, wohin immer ihn ein Engagement führte, sie saß in der ersten Reihe oder bei ihm auf der Bühne hinter einem Vorhang verborgen, in einer Loge und war ihm und seiner Musik stets so nah wie möglich. Er hatte sie verwöhnt, das wurde Elisa jetzt klar, während sie ihre Reisetasche ins Haus trug und ihrer Mutter das Gästezimmer zeigte, die so tat, als kenne sie sich kein bisschen aus. Ja, Niklas hatte Elisa als Kind auf Händen getragen, ihr jeden Wunsch erfüllt, war mit ihr zu den großen italienischen Geigenbauern gefahren, damit sie lernte, wie man das Instrument baute, das sie so liebte. Bis sie es schließlich in- und auswendig kannte und nicht nur seine äußere Form, seinen spezifischen Klang und die Farbe, sondern auch sein Innenleben, das so schlicht wie geheimnisvoll war, wo jedes noch so unscheinbar wirkende Hölzchen seine Bedeutung und Funktion hatte, und wo der Bruchteil eines Millimeters, der Hauch eines Lacks oder Firnisses, oder die kleinste Unebenheit einen entscheidenden, hörbaren Unterschied machen konnte.

»Das bist ja du.« Anna wies auf die Fotos, die im oberen Flur zwischen den Schlafzimmertüren hingen. »Dass er das immer noch aufhängt …«

Elisa sagte nichts dazu. Ja. Auch sie hatte sich gewundert. Mehr noch, es war ein Schock für sie gewesen, sich auf diesen Bildern wiederzubegegnen. Doch auf einmal waren da andere Gefühle, die in ihr aufstiegen, als sie die Fotos betrachtete. Stolz. Und Neugier. Eine seltsame Form von Erwartung. Worauf sie allerdings wartete – Elisa hatte keine Ahnung.

Da ihre Mutter das Gästezimmer bezog, blieb Elisa nichts anderes übrig, als sich in ihrem früheren Kinderzimmer einzurichten, und an diesem Morgen machte es ihr nichts mehr aus. Serafina hatte den großen weißen Teddy auf den Schrank verbannt, die roséfarbene Tagesdecke war zurückgeschlagen und ließ die blütenweiße Bettwäsche sehen. Jacqueline du Pré schien von dem großen Poster das Zimmer mit ihrem unnachahmlichen Lachen zu erfüllen, während sie den Bogen über die Saiten ihres Cellos zog, und durch das Fenster fielen die ersten goldenen Strahlen der aufgehenden Sonne herein.

Es war eine Erleichterung, die Kleider abzulegen, das Nachthemd überzuziehen und unter die Decke zu schlüpfen. Elisa schloss die Augen und sank sofort in tiefen Schlaf.

7

Die Mühle

Gegen Mittag wurde Elisa wach. Sie hatte tief und traumlos geschlafen, und es brauchte eine Weile, bis ihr einfiel, dass Montag war. Seufzend dachte sie daran, dass sie an diesem Nachmittag eigentlich beim Neurologen in Berlin sein sollte. Sie wählte die Nummer der Praxis, um den Termin zu verschieben, und erfuhr von einer genervten Arzthelferin, dass in diesem Jahr keine Konsultation mehr möglich war, sondern erst im Januar des folgenden. Frustriert notierte sich Elisa das Datum. Über ein halbes Jahr sollte sie in dieser Ungewissheit leben? Kurz erwog sie, auf der Stelle nach einer Möglichkeit zu suchen, doch noch kurzfristig nach Berlin zurückzufliegen. Sie sah auf die Uhr. Es blieben ihr weniger als fünf Stunden. Eigentlich durchaus zu schaffen. Etwas in ihr sträubte sich dagegen. Nein, sie hatte keine Lust, sich schon wieder auf den Weg zu machen.

Sie beschloss, die Idee aufzugeben, und zog sich an. Dann klopfte sie am Zimmer ihrer Mutter, erhielt jedoch keine Antwort. In der Küche traf sie Serafina an, die ihr berichtete, die Signora sei bereits zur Klinik gefahren.

»Wie das?«, fragte Elisa überrascht, denn mit Sicherheit hatte Fabio seinen Wagen inzwischen abgeholt. »Hat sie einen Mietwagen geordert?«

»Nein«, entgegnete Serafina und klang ein kleines bisschen empört. »Sie hat einfach den Jaguar des Professors genommen.

Ich sollte ihr die Schlüssel heraussuchen. Dabei weiß ich nicht, ob ihm das recht wäre.«

Elisa musste lächeln. Sie sah Anna förmlich vor sich, wie sie mit der Selbstverständlichkeit einer Grande Dame in Niklas' Auto stieg und davonbrauste. »Ich nehme an, das ist in Ordnung«, sagte sie, obwohl sie keine Ahnung hatte, was Niklas dazu sagen würde.

Auf dem Herd köchelte etwas vor sich hin, was köstlich duftete, und Elisa lief das Wasser im Mund zusammen.

»Soll ich Ihnen Pfannkuchen machen? So wie neulich?«, fragte Serafina. Dann bemerkte sie offenbar, wie sehnsüchtig Elisa zu dem Topf sah. »Oder möchten Sie lieber von der Minestrone? Die Signora hat sich die gewünscht.«

»Sehr gern«, antwortete Elisa. Wenig später saß sie vor einem dampfenden Teller dieser köstlichen italienischen Gemüsesuppe und tunkte frisches Weißbrot in die Brühe.

Nach dem Essen wusste sie zuerst nicht so recht, was sie mit sich anfangen sollte. Sie hatte keine Ahnung, wie lange Anna bei Niklas bleiben würde. Eine halbe Stunde? Oder den ganzen Tag? Alles war möglich.

Zurück in ihrem Zimmer versuchte sie, ihre Mutter anzurufen, doch Annas Handy war ausgeschaltet. Gut so, dachte sie. Vielleicht können die beiden endlich ein paar Dinge miteinander klären.

Da sie sich nun zum Bleiben entschlossen hatte, öffnete Elisa ihre Reisetasche und verstaute die wenigen Kleidungsstücke, die sie für ihren Berlinaufenthalt eingepackt hatte, im Schrank. Nachdenklich betrachtete sie die kleine weiß lackierte Kommode, in der sie früher ihre persönlichen Sachen aufbewahrt hatte. Ob Niklas den Inhalt entsorgt hatte? Oder war womöglich alles noch da? Ein paar Atemzüge lang stand sie unschlüssig vor dem grazilen Möbelstück. Dann zog sie eine der Schubladen auf.

Sie fand ein Döschen mit einigen alten Brocken Kolophonium darin, und ihre Finger fühlten das über die Jahre spröde gewordene Harz, mit dem man die Pferdehaare des Cellobogens einrieb. Sie schloss das Döschen und griff nach dem weichen Tuch, das sie zum Reinigen der lackierten Oberflächen des Instruments von Staub und dem Abrieb des Kolophoniums benutzt hatte, ein Ritual, das sie nach dem Spielen jedes Mal gewissenhaft vollzogen hatte, auch die Stange des Bogens hatte sie stets sorgfältig gepflegt. Ganz hinten in der Schublade lagen je ein Sommer- und ein Wintersteg, jene kleinen Holzstücke, über die die Saiten liefen, damit sie Abstand zum Korpus hielten. Elisa erinnerte sich daran, wie Niklas sie angeleitet hatte, jedes Jahr im Frühling und Herbst die Stege auszuwechseln, um den Saitenabstand richtig einzustellen, weil das Holz sich mit der Temperatur veränderte. Und natürlich lagerte in der Schublade neben einem Papiertütchen mit Ersatzsaiten ihr altes Metronom, mit dem sie trainiert hatte, im Takt zu bleiben und nicht im Tempo zu schwanken.

Nachdenklich ließ Elisa sich auf die Knie nieder und öffnete die beiden Türchen unterhalb der Schubladen. Ein Stapel Notenbücher lag dort sauber aufeinandergeschichtet, und Elisa wandte den Blick ab, wollte die Namen der Komponisten und der Stücke nicht lesen. Rasch griff sie nach einem in dunkelblaue Seide gebundenen Notizbuch, in dem sie vor über sechzehn Jahren Sätze notiert hatte, die sie für bemerkenswert gehalten hatte. Sie schlug es irgendwo in der Mitte auf und las:

»Es ist das Größte, jederzeit bereit zu sein, das aufzugeben, was wir sind, um das zu werden, was wir sein können. Jacky.«

Elisa ließ das Buch sinken und blickte zu dem Poster auf. Sie hatte ihr großes Vorbild in Gedanken immer Jacky genannt, genau wie deren persönlichen Freunde, und hatte so getan, als gehörte sie dazu. Dabei war Jacqueline du Pré vier Jahre vor Elisas

Geburt gestorben. Im Alter von achtundzwanzig Jahren war sie an Multipler Sklerose erkrankt und hatte bald darauf ihre Karriere aufgeben müssen. »Sie war wie eine Kerze, die von beiden Seiten brannte«, hatte Elisas Großvater einmal gesagt, der sie noch persönlich kennengelernt hatte. »So voller Schöpferkraft und Lebensfreude.« Das eine Konzert, das er gemeinsam mit dieser Ausnahmekünstlerin geben konnte, hatte er immer als eine der Sternstunden seiner Laufbahn bezeichnet. Elisa, die es unendlich bedauerte, Jacky nie begegnet zu sein, blieben ihre Aufnahmen, die sie bald in- und auswendig kannte. »Du hat das Zeug, ihr Erbe anzutreten«, hatte Niklas damals gesagt. »Wenn du es nur willst.«

Sofort brannte das altbekannte Gefühl wieder in ihrer Brust, das Gefühl, vor Niklas und der ganzen Welt versagt zu haben. Und vor allem, jenen Menschen so abgrundtief enttäuscht zu haben, der so viel für sie getan hatte: ihren Großvater. Würde das jemals aufhören wehzutun?

Hastig schlug sie das Buch zu und legte es an seinen Platz zurück. Dann griff sie nach ihrer Strickjacke und verließ das Zimmer, rannte die Treppe hinunter und hinaus in den Park. Erst im Rosengarten hielt sie inne, sah aufgewühlt ins Tal hinunter auf den glitzernden See und versenkte ihre Hände tief in den Taschen ihrer Jacke. Auf einmal spürte sie etwas zwischen ihren Fingern, ein Stück festes Papier. Verwundert zog sie es heraus.

Cosma Damiani, las Elisa. Studio veterinario. Es war die Visitenkarte, nach der sie überall gesucht hatte. Jetzt erinnerte sie sich wieder, dass sie diese Jacke an jenem Abend getragen hatte. Sie rechnete nach. War das wirklich erst neun Tage her?

Kurz entschlossen ging sie zurück ins Haus und tippte Cosmas Nummer in ihr Handy ein.

Die Tierärztin meldete sich nach dem fünften Läuten und

schien kein bisschen überrascht. »Ich wollte gerade Mittagspause machen«, erzählte sie gut gelaunt. »Lass uns etwas essen gehen! Warum nicht im Ristorante Posta? Du kennst ja den Weg.«

»Leider habe ich kein Auto«, gab Elisa betreten zurück.

»Wo bist du denn?« Elisa erklärte es ihr. »Ach! Das muss ganz in der Nähe der Fasettis sein. Weißt du was? Ich hole dich ab. In einer Viertelstunde bin ich bei dir.«

Elisa stand vor dem Tor, als Cosma mit ihrem Van um die Kurve brauste. Bei ihrem Anblick legte die Tierärztin eine Vollbremsung hin und kam direkt vor Elisa zum Stehen.

»Hier ist das?«, fragte sie, als Elisa einstieg, und reckte den Kopf, um einen Blick in die Einfahrt zu werfen. »Ich habe mich schon oft gefragt, wer eigentlich in diesem verwunschenen Anwesen wohnt.«

»Mein Großvater«, antwortete Elisa. »Im Augenblick ist er im Krankenhaus.«

»Das tut mir leid«, gab Cosma mitfühlend zurück und legte den ersten Gang ein. Ehe sie jedoch nach dem Grund fragen konnte, erkundigte Elisa sich schnell nach Cosmas Arbeit. »Heute Morgen habe ich einem Wurf Labradore auf die Welt geholfen. Das hättest du sehen sollen. Sieben quietschfidele Welpen.« Cosma strahlte. Kein Zweifel, sie liebte ihren Beruf.

»Wie geht es deinem Bruder?«, fragte Elisa und hätte doch viel lieber gleich nach Danilo gefragt. Allerdings war er ja erst vor acht Tagen abgereist, und Elisa fand es unwahrscheinlich, dass er von seiner Norwegenreise schon zurück war.

»Dante geht es prächtig«, erzählte Cosma. »Noch jedenfalls.« Sie warf Elisa einen vielsagenden Blick zu. »Er hat sich nämlich mal wieder verliebt.«

»Das ist doch großartig«, gab Elisa zurück.

»Sicherlich«, stimmte Cosma ihr zu. »Das Problem ist nur, dass Dantes Beziehungen bislang nie von Dauer waren. Wir kennen das Muster: himmelhoch jauchzend und kurz darauf zu Tode betrübt.« Sie atmete bedauernd aus. »Leider gilt dasselbe für mich. Wenn das keine Geschwisterähnlichkeit ist?«

»Irgendwann finden wir alle die einzig wahre große Liebe«, hörte Elisa sich zu ihrem eigenen Erstaunen sagen, und es klang nicht einmal ironisch.

Cosma zog eine belustigte Grimasse. »Ach herrje«, rief sie und riss die Augen auf. »So eine Romantikerin bist du also? Tut mir leid. Mir ist der Glaube an die große Liebe schon lange abhandengekommen. Das sind doch Märchen, eine Erfindung der Schmuckindustrie und der Floristik. Blumen zum Valentinstag und den Brillantring zum Antrag – das ist einfach lächerlich. Ich kenne jedenfalls keine Beziehung, in der alles so läuft wie in diesen amerikanischen Filmen. Und eh ich einen Kerl zu Hause sitzen habe, der mich am Ende nur nervt, bleibe ich lieber allein mit meinen Tieren. Da weiß ich wenigstens, was ich habe.«

Elisa lachte nur halbherzig mit, Cosmas Worte machten sie traurig. Denn auch sie kannte kein Paar, auf das ihre Vorstellung von der »einzig wahren großen Liebe« zutraf. Möglicherweise auf Niklas und Paulina? Nach seiner Reaktion beim Aufwachen zu urteilen, mussten die beiden sehr glücklich miteinander gewesen sein. Allerdings war Elisas Großmutter jung gestorben, bei Annas Geburt im Alter von vierundzwanzig Jahren. *Er hat mir das nie verziehen,* hatte Anna gesagt. Und dass Niklas Paulina viel mehr geliebt habe, als sie, seine Tochter. *Ist ja kein Wunder. Schließlich war ich schuld an ihrem Tod.* Elisa hatte das nie recht glauben können. Und selbst, wenn das wirklich stimmen sollte – wie sich die Beziehung ihrer Großeltern über die Jahre entwickelt hätte, das wusste heute keiner. Es ist einfach, eine Liebe zu verklären, wenn der andere nicht mehr da ist, dachte

Elisa. Immerhin hatte Niklas das Glück gehabt, jemanden zu finden, mit dem er so gut harmonierte.

»Wir könnten auch in einem Grotto eine Kleinigkeit essen«, schlug Cosma gerade vor. »Was hältst du davon?«

»Was ist ein Grotto?«

»Eine für unsere Gegend typische Gartenwirtschaft«, erklärte Cosma. »Sag bloß, dein Großvater hat dich noch nie in ein Grotto eingeladen? Na, da hast du was verpasst. Dort gibt es meist nur ein paar regionale Gerichte, die sind einfach, aber lecker.«

»Also nichts wie hin«, gab Elisa zurück. Im Ristorante Posta hätte sie doch nur unentwegt an Danilo denken müssen. Sie lehnte sich zurück, und es gelang ihr, sich ein wenig zu entspannen. Cosma erzählte ihr begeistert von den kleinen Labradorwelpen, während sie den Van durch zahlreiche Kurven bergan steuerte, bis Elisa völlig die Orientierung verloren hatte. Längst hatten sie die letzten Ansiedlungen hinter sich gelassen und fuhren durch verzauberte Haine aus Esskastanien und Steineichen, deren Laub vom Sonnenlicht grüngolden schimmerten. Nach einer Weile lichtete sich der Wald, und vor ihnen lagen Weinberge, darin eine Art Gehöft, ein uraltes Gebäude aus von Wetter und Sonne dunkel gefärbtem Holz mit einem ausladenden Balkon an der nach Süden ausgerichteten Fassade. Auf einem geschotterten Platz daneben standen einige Fahrzeuge.

»*Eccoci*«, sagte Cosma. »Da wären wir. Ich habe einen Bärenhunger. Du auch?«

»Nun ja«, antwortete Elisa mit einem Lachen. »Ich hatte zwar erst vor einer Stunde einen Teller Minestrone, aber eine Kleinigkeit probiere ich gern.«

Viele der Tische unter einer bewachsenen Pergola waren besetzt. Sie fanden einen freien Platz direkt bei dem Bauerngarten, in dem bereits die ersten goldgelben Arnikablüten zwischen königsblauen Flockenblumen ihre Köpfe der Sonne entgegenreckten. Eine weiße Glyzinie rankte sich an der Hauswand bis zum Balkon hinauf, ihre Blütentrauben schimmerten in der Sonne wie aus purem Silber.

»Hmmm«, machte Cosma nach einem Blick auf die handgeschriebene Speisekarte, die mit einem glitzernden Feuerstein beschwert auf dem Tisch lag. »Heute gibt es frische Bergbachforellen.«

Sie bestellten das beide und orderten Limonade, die hier, wie man ihnen versicherte, mit eigenem Rhabarber und frischer Minze aus dem Garten zubereitet wurde.

»Jetzt erzähl mal von deinem Großvater«, bat Cosma, nachdem sie wieder allein waren. »Was fehlt ihm denn?« Elisa berichtete von den Schlaganfällen, und Cosma hörte aufmerksam zu. »Du schilderst ihn als einen Menschen von robuster Natur. Ich habe einmal gelesen, dass der Beruf des Dirigierens ungeheuer gesund sein soll. Wahrscheinlich liegt das an der ständigen Bewegung im Takt der Musik. Es soll ein bisschen sein wie Tanzen, nur hauptsächlich mit den Armen.« Sie mussten beide lachen. »Dirigenten werden jedenfalls überdurchschnittlich alt und erfreuen sich meist bis zuletzt guter Gesundheit, so stand es in dem Artikel. Und jetzt, da du und deine Mutter hier bei ihm seid, wird es ihm bestimmt bald besser gehen.«

»Ich weiß nicht«, entfuhr es Elisa. Cosma sah sie erstaunt an, und Elisa bereute ihre Worte. »Es ist kompliziert.«

»Ihr habt euch zerstritten?«, half Cosma ihr aus der Verlegenheit. »Ich kenne das. Kommt in den besten Familien vor. Ich habe auch wenig Kontakt zu meinen Eltern.« Sie rollte vielsagend mit den Augen. »Dann ehrt es dich umso mehr, dass du Urlaub nimmst, um Zeit bei ihm zu verbringen. Und das ist vermutlich gar nicht so einfach als Flugbegleiterin.«

»Wenn du wüsstest, wie einfach das gerade für mich ist«,

platzte es aus Elisa heraus. »Ich habe gar keinen Urlaub nehmen müssen, man hat mich beurlaubt.« Ihre Stimme klang rau, und einen Moment lang fürchtete sie, ihr könnten die Tränen kommen.

»Beurlaubt?«, wiederholte Cosma und runzelte die Stirn. »Wieso das denn? Hast du die silbernen Tabletts der Fluggesellschaft mitgehen lassen?«

Elisa fasste zusammen, was auf dem Sonderflug passiert war, bis hin zu dem verschobenen Termin beim Neurologen. »Im Januar nächsten Jahres ist erst wieder etwas frei«, schloss sie.

Cosma zischelte etwas, das wie ein unterdrückter Fluch klang. »Hätte deine Mutter nicht allein kommen können?«

»Sie wollte zunächst überhaupt nicht herfliegen.«

»Oje, so schlimm steht es?«

»Schlimmer, als du es dir vorstellen kannst.«

»Und warum?«

Elisa holte tief Luft. »Das ist eine lange Geschichte«, antwortete sie. Fast war sie froh, dass die Bedienung in diesem Moment ihre Bestellung brachte, denn sie fühlte sich außerstande, nach der Schilderung des schrecklichen Flugs auch noch von der Sache mit dem Konzert zu erzählen.

Eine Weile waren sie damit beschäftigt, die fangfrischen Forellen zu genießen, die ausgezeichnet schmeckten. Dabei plauderte Cosma von ihrer Arbeit, und Elisa gewann mehr und mehr den Eindruck, einem vollkommen glücklichen Menschen gegenüberzusitzen. Ihr wurde klar, dass sie selbst niemals so begeistert von ihrem Beruf als Flugbegleiterin sprach. Sie übte diesen Beruf gerne aus. Aber leidenschaftlich? Nein. Und wieder zog und zerrte es in ihrer Herzgegend. Es war lange her, dass sie bei irgendeiner Tätigkeit solche Gefühle gehabt hatte. »Was steht denn heute Nachmittag auf deinem Programm?«, fragte sie Cosma, um sich von diesen Gedanken abzulenken.

»Ich muss einen Hund abholen, der ausgesetzt wurde.« Cosmas Miene hatte sich verdüstert.

»Bringst du ihn ins Tierheim?«

Cosma antwortete nicht gleich. Sie winkte der Bedienung, um Kaffee für sie beide zu bestellen. »Die Heime in der Gegend sind hoffnungslos überfüllt«, sagte sie schließlich. »Ich bin mit allen gut bekannt, die Mitarbeiter dort rufen mich oft, weil ich die Tiere unentgeltlich behandle. Ihre Mittel sind knapp, und die meisten machen das ohnehin ehrenamtlich. Vor einer Weile habe ich deshalb beschlossen, ein eigenes Tierasyl aufzumachen.«

»Wirklich?« Elisa war ehrlich überrascht. »Das ist bestimmt viel Arbeit. Hast du Mitarbeiter?«

»Nein, leider nicht«, gab Cosma zurück. »Das könnte ich mir auch noch gar nicht leisten. Ich kann nun mal nicht mit ansehen, wie diese armen Kreaturen zugrunde gehen. Nach Weihnachten und vor den Sommerferien ist es besonders schlimm. Nicht jedes Kind kümmert sich um das süße kleine Schoßhündchen, das es unter dem Christbaum findet. Die einen Familien setzen die Tiere gleich im Januar oder Februar wieder aus, die anderen warten bis zu den großen Sommerferien. Da will man verreisen, und der Vierbeiner stört.« Sie schwieg verärgert. Dann sah sie Elisa an. »Magst du Tiere?«

»Ja, ich glaube schon«, antwortete Elisa. »Ich hatte wenig Gelegenheit, das herauszufinden. Bei meinem unsteten Leben ist kein Platz für ein Haustier.«

Plötzlich grinste Cosma. »Keine Angst. Ich will dir keines vermitteln.«

»Ist das denn sonst dein Ziel?«, fragte Elisa. »Suchst du ein neues Zuhause für die Tiere?«

»Grundsätzlich schon. Sobald sie wieder fit und gesund sind«, gab Cosma zurück. »Aber einer Flugbegleiterin würde ich niemals eine Fellnase anvertrauen. Die ist einfach nie zu Hause.«

»Stimmt«, antwortete Elisa und fragte sich, ob sich das für sie womöglich bald ändern würde. Vielleicht würde man sie fortan beim Bodenpersonal einsetzen, was sie schon immer für sich ausgeschlossen hatte. Tag für Tag am Schalter zu sitzen und Fluggästen beim Boarding das Ticket elektronisch abzulesen – nein. Das wäre nichts für sie.

»Hey!«, riss Cosma sie aus ihren Gedanken. »Willst du mitkommen? Wir holen den Schäferhund ab, und dann zeig ich dir mein kleines Reich.« Als Elisa zögerte, fügte sie hinzu: »Oder soll ich dich besser bei der Klinik absetzen?«

»Weißt du, was? Ich ruf mal eben dort an. Entschuldigst du mich einen Moment?«

»Aber klar.«

Elisa erhob sich und ging ein paar Schritte in Richtung der Weinberge, während sie zunächst Annas Nummer wählte. Wieder meldete sich nur die Mailbox. Sie bat ihre Mutter, kurz Bescheid zu geben, wie es ihr und Niklas ging und ob Elisa sie ablösen sollte. Danach rief sie im Krankenhaus an.

»Ihrem Großvater geht es den Umständen entsprechend gut«, sagte Schwester Ingrid zu Elisas großer Erleichterung. »Ihre Mutter war bei ihm.«

»Ist sie denn nicht mehr da?«

»Nein, sie ist vor ungefähr einer Viertelstunde gegangen.«

»Dann schaue ich jetzt bei ihm vorbei, damit er nicht alleine ist.«

»Wenn ich ehrlich sein darf«, erwiderte Schwester Ingrid behutsam, »wäre es besser, er hat heute keinen Besuch mehr. Professor Eschbach braucht Ruhe. Morgen ab elf können Sie gerne vorbeikommen. Ist das in Ordnung für Sie?«

Elisa schluckte. »War der Besuch meiner Mutter ... ich meine ... hat es ihn zu sehr aufgeregt?«

»Es geht im gut«, erklärte die Schwester mit Nachdruck.

»Machen Sie sich keine Sorgen. Bitte sprechen Sie sich wegen der Besuchszeiten untereinander ab, auch mit Signora Fasetti. Die habe ich vorhin leider nach Hause schicken müssen. Übrigens hat jemand von der Presse angerufen.«

»Von der Presse?« Ein Schreck durchfuhr Elisa. Daran hatte sie noch gar nicht gedacht. Aber natürlich. Niklas war weltberühmt.

»Der Herr hat sich als Kulturjournalist vorgestellt. Selbstverständlich haben wir ihm mitgeteilt, dass wir keinen Patienten namens Niklas Eschbach bei uns haben.«

»Das … das ist gut.« Elisa atmete erleichtert auf. »Vielen Dank für Ihre Fürsorge und Diskretion. Ich spreche mit Signora Fasetti.«

Sie verabschiedete sich von Schwester Ingrid und atmete tief durch. Hoffentlich fand die Presse nicht die Privatadresse ihres Großvaters heraus. Elisa wusste aus eigener Erfahrung, wie penetrant die Journalisten sein konnten. Ein ganzes Heer hatte damals die Klinik belagert, in der sie untergebracht gewesen war. Nicht auszudenken, wenn dasselbe vor der Rosenholzvilla der Fall sein würde. Zum Glück hatte Niklas immer viel Wert auf Diskretion gelegt und seine Korrespondenz stets über das Managementbüro laufen lassen, das Mariella ja dankenswerterweise verständigt hatte. Einigermaßen beruhigt kehrte sie zu ihrem Tisch zurück.

»Ich habe heute Nachmittag Zeit«, sagte sie zu Cosma. »Lass uns diesen Schäferhund abholen. Aber eines musst du wissen: Ich bin nicht die Mutigste, was Hunde anbelangt.«

»Keine Sorge«, beruhigte Cosma sie und trank ihren Kaffee in einem Zug aus. »Der Ärmste ist garantiert viel zu schwach, um dich anzufallen.«

»Du weißt, dass Schäferhunde mit Macke nicht zu vermitteln sind.« Der Mann sah Cosma an mit einem Blick, als sei sie nicht recht bei Trost. Er zog die Uniformhose hoch, die über seinen Bauch gerutscht war. Unter den Achseln zeigte sein hellblaues Hemd dunkle Schweißränder.

»Danke, dass du mich angerufen hast«, gab Cosma freundlich zurück, so als hätte sie nicht gehört, was der Beamte gesagt hatte, und wandte sich dem Hund zu. Sie trug Handschuhe, in einer Hand hielt sie eine Leine und noch etwas anderes, von dem Elisa nicht wusste, was es war.

Das Tier kauerte in einer Ecke des Zwingers und leckte sich hektisch die Vorderpfoten. Es war unglaublich mager und sein Fell struppig und stumpf. Als Cosma sich näherte, hob der Hund wachsam den Kopf, zog die Lefzen hoch und ließ ein gefährliches Knurren hören, sodass sich Elisa die Härchen auf ihren Armen aufstellten.

»Ist ja gut, alter Freund«, sagte Cosma leise und ließ den U-Laut lange klingen. »Alles gut. Du kommst jetzt nach Hause.« Sie schob den Riegel zurück und betrat den Zwinger, was Elisa dazu brachte, die Luft anzuhalten.

Das Knurren wurde lauter, doch als Cosma einen Meter vor dem Tier in die Hocke ging und beruhigend weitersprach, verstummte der Schäferhund und sah ängstlich zu ihr auf. Fasziniert beobachtete Elisa, wie Cosma dem Hund ihre Hand hinhielt und er seine Nase vorsichtig witternd nach vorne streckte. Da legte Cosma einige Stückchen Trockenfutter auf den Boden, und nach kurzem Zögern verschlang der Schäferhund sie gierig. Während er noch kaute, legte Cosma ihm in einer fließenden Bewegung einen Maulkorb über, der Hund schien zu verdutzt, um sich zu wehren. Er war damit beschäftigt, Cosmas Geruch durch seine Nüstern zu ziehen. Als sie ihm mit der Hand sanft über den Rücken strich, erzitterte er.

»Alles gut, mein Bester.« Cosma tätschelte ihm die Flanke, dann kraulte sie ihn zwischen den Ohren. »Und jetzt gehen wir nach Hause.« Sie stand auf, und auch der Hund erhob sich. Mühsam humpelnd folgte er Cosma aus dem Zwinger.

»Nochmals danke«, sagte Cosma zu dem Uniformierten. »Und ruf mich bitte wieder an, wenn du so einen Streuner aufgreifst, ehe du ihn zur Tötungsstation gibst.«

»Klar.« Der Beamte lächelte schief und hob die Schultern. »Wann gehst du endlich mit mir aus, Cosma?«

»Niemals«, antwortete sie mit einem entwaffnenden Lächeln. »Das weißt du doch. Aber trotzdem. Ruf mich an. Ja?«

Der Mann nickte und grinste resigniert. »Man müsste schon ein halb toter Köter sein, damit du dir etwas aus einem machst, oder? Viel Glück mit dem hier.« Er wies mit dem Kinn auf den hinkenden Schäferhund, der angstvoll von ihm zu Cosma schaute, hob zum Abschied die Hand und wandte sich ab.

»Wie machst du das?«, wollte Elisa wissen, als sie im Van saßen. Hinter ihnen lag der große Hund in dem mit einem Gitter abgetrennten Heck. Sie konnte ihn hecheln hören.

»Was meinst du?«

»Hattest du keine Angst?«

Cosma warf ihr einen Blick von der Seite zu. »Angst? Der Hund hatte eine Scheißangst, nicht ich. Hast du nicht gesehen, wie er hinkt? Ich muss mir das nachher in Ruhe angucken. Ich vermute, man hat ihn mit einem Stock geschlagen. Hoffentlich ist nichts gebrochen.«

»Und … er wäre tatsächlich getötet worden?«

»Ja, das wäre er. Es muss schon eine Weile her sein, dass er ausgesetzt wurde, so abgemagert, wie er ist. Streunende Hunde in diesem Zustand werden getötet. Was denkst *du* denn, was mit ihnen geschieht?«

Elisa schwieg. Damit hatte sie sich noch überhaupt nie auseinandergesetzt. Sie sah aus dem Fenster. Den See hatten sie längst hinter sich gelassen, nun fuhren sie in Richtung Mendrisio, durchquerten ein ernüchterndes Industriegebiet und bogen in Richtung der die Autobahn flankierenden Hügel ab.

»Ich lebe im äußersten Zipfel der Schweiz«, erklärte Cosma. »Schon fünf Kilometer hinter der Mühle beginnt Italien.«

»Du wohnst in einer Mühle?«

»Lass dich überraschen.«

Auf einem Straßenschild las Elisa den Hinweis M<small>ONTE</small> S<small>AN</small> G<small>IORGIO</small>. Während sie in vielen Kurven zwischen Rebgärten und verstreut liegenden Wohnhäusern aufwärtsfuhren, erzählte Cosma von dem altehrwürdigen Berg, seinen uralten Weilern und dem etruskischen Dorf, das Archäologen ausgegraben hatten.

Schließlich steuerte Cosma den Van auf eine unbefestigte Straße, dieses Mal für ihren Fahrstil auffallend vorsichtig. Sie gab sich viel Mühe, Schlaglöcher zu umfahren, damit, wie sie sagte, ihr neuer Schützling nicht in Panik geriet. Nach einigen hundert Metern erreichten sie ein großes Anwesen mit einem Hauptgebäude und mehreren Bauten, die aussahen wie Werkstätten oder Schuppen.

»Willkommen in meinem Reich.« Cosma parkte unter einer uralten Eiche, die fast den gesamten gepflasterten Hof überdachte.

»Das gehört alles dir?«, fragte Elisa überrascht und stieg aus.

»Alles meins«, antwortete Cosma stolz und öffnete die Hecktür, wo sich der Schäferhund mühsam erhob. »Aber der Anschein trügt, es ist ein altes, marodes Anwesen, das nur durch meinen festen Willen zusammengehalten wird.« Cosma zog die Handschuhe über.

»Legst du ihm wieder den Maulkorb an?«, fragte Elisa besorgt.

»Nein«, gab Cosma zurück. »Der war nur zur Beruhigung für den Beamten. Ein Maulkorb ist nichts, womit man das Vertrauen eines Tieres gewinnen kann. Du brauchst keine Angst zu haben, dieser Bursche tut keinem etwas zuleide. Und wenn du ein paar Meter Abstand zu mir hältst, kann er dich sowieso nicht erreichen.«

Aus sicherer Entfernung verfolgte Elisa gespannt, wie Cosma dem Schäferhund ein paar Brocken Trockenfutter gab. Während er sie hastig hinunterschlang, hakte sie ihm die Leine am Halsband fest und half ihm mit geübten Griffen aus dem Wagen. Als Elisa erkannte, wie schwer der Hund sich mit dem Gehen tat, erschien ihr ihre Furcht geradezu lächerlich. Sie folgte den beiden zu einem der Nebengebäude, aus dem plötzlich vielstimmiges Gebell ertönte.

»Am besten wartest du hier«, rief Cosma in ihre Richtung und sprach beruhigend auf den Schäferhund ein, den die Laute seiner Artgenossen offenbar einschüchterten, sodass er vor der Schwelle verharrte. Endlich überwand er seine Scheu und verschwand mit Cosma in dem Gebäude.

Elisa sah sich um. An dem zweistöckigen Hauptgebäude rankte Efeu empor und verdeckte einen großen Teil der aus grauem Stein gemauerte Fassade. Haustür und Fensterläden waren wohl einst in einem kräftigen Blau gestrichen worden, inzwischen waren sie zu einem verwaschenen Graublau verblichen. Elisa fragte sich gerade, wo denn die Mühle gewesen war, als sie sich auf einmal beobachtet fühlte. Sie bemerkte drei schwarze Katzen, die mit erhobenem Schwanz auf sie zukamen, so als müssten sie kontrollieren, was diese Fremde hier wollte. Die größte von ihnen hatte nur ein Auge, das andere war vernarbt. Einer Gefährtin fehlte ein Lauf, und Elisa war überrascht, wie geschmeidig sie sich trotz dieses Handicaps bewegte. Die dritte schien gesund, sie begrüßte Elisa mit einem lauten Miau und strich an ihren Beinen entlang, die Einäugige schnupperte an ihren Sandalen und wandte sich dann dem Nebengebäude zu, aus dem noch immer vereinzeltes Bellen ertönte.

Unter der Eiche stand eine verwitterte Holzbank, und Elisa beschloss, dort zu warten. Zu gerne hätte sie das Gelände weiter erkundet, doch sie fand es unhöflich, hier herumzustreunen, während Cosma ihrem Beruf nachging und den Schäferhund behandelte. Kaum saß sie, nahm sie aus den Augenwinkeln eine Bewegung am Boden wahr. Sie entdeckte eine Schildkröte, die gemächlich von einer Seite des Hofs zur anderen wanderte, vermutlich angelockt von einem leuchtend grünen Rasenstück. Amüsiert sah Elisa sich genauer um. Hier schien eine Menge Leben zu sein, das man erst auf den zweiten Blick wahrnahm. Und tatsächlich entdeckte sie noch eine weitere Katze, die allerdings misstrauisch Abstand wahrte und einen großen Bogen um sie machte.

Ein völlig neues Gefühl breitete sich in Elisa aus. Sie sah der Schildkröte zu, wie sie bedächtig und in aller Ruhe ihren Weg zurücklegte, und es kam auch ihr so vor, als würde sich ihr Denken wohltuend verlangsamen. Ihr wurde bewusst, dass ständig Gedanken durch ihren Kopf jagten, Sorge um Niklas, Ärger über ihren verpassten Arzttermin, die Frage, warum sich ihre Mutter überhaupt nicht bei ihr meldete und über allem die Anspannung, die ihre Beurlaubung in ihr ausgelöst hatte. Und das war noch längst nicht alles. Tief in ihren Gedanken hatte sich Danilo eingenistet und die Frage, ob sie ihn wiedersehen würde. Warum hatte sie Cosma nicht schon längst nach ihm gefragt?

»Tut mir leid«, hörte sie die Tierärztin sagen und schreckte hoch. Cosma setzt sich neben sie und streckte die Beine von sich. »Wie unhöflich von mir, dich hier einfach warten zu lassen. Aber ich hab erst nach dem Schäferhund sehen müssen.«

»Das ist doch selbstverständlich«, antwortete Elisa. »Wie geht es ihm?«

»Er hat eine Verletzung am linken Hinterlauf«, erklärte Cosma. »Vielleicht ist er von einem Auto angefahren worden. Zum Glück ist nichts gebrochen. Ich hab die Wunde vernäht und ihm ein sanftes Beruhigungsmittel gegeben. Willst du ihn sehen?« Cosma warf ihr einen prüfenden Blick zu, und Elisa nickte tapfer. »Er ist im Behandlungszimmer und döst. Du brauchst also keine Angst zu haben.«

»Ich hab keine Angst«, beteuerte Elisa und stand entschlossen auf. »Außerdem ist es wunderschön hier. Und langweilig ist mir nicht geworden.« Sie wies auf die Schildkröte.

Cosma lachte. »Ah, du hast die Bekanntschaft von Heraklit gemacht? Sehr gut. Na, dann komm mal mit zu den Hunden.«

Es war erstaunlich licht in dem ehemaligen Stall, und Elisa erkannte sogleich, warum. Das lang gestreckte Gebäude war in mehrere kleine Abschnitte eingeteilt, vermutlich waren hier früher Pferde untergebracht gewesen. Cosma hatte Gittertüren an den ehemaligen Boxen anbringen lassen, nach hinten waren die Zwinger jedoch zum Garten hin geöffnet worden, sodass die Tiere Auslauf ins Freie hatten. Die Außenbereiche waren großzügig eingezäunt.

»Ich habe einfach jeweils eine Tür herausbrechen lassen«, erklärte Cosma. »Hunde leben in Rudeln, und nicht alle verstehen sich gut miteinander. Da gibt es klare Hierarchien, und die muss man respektieren. Hier kann ich vier verschiedene Gruppen aufnehmen. Nachts oder wenn das Wetter schlecht ist, ziehen sie sich ins Haus zurück. Ansonsten haben sie jede Menge Auslauf.«

Ein Pinscher kam angeschossen und begann, Elisa hinter der Gittertür erbittert zu verbellen.

»Jetzt ist es aber gut«, rief Cosma streng. »Das ist Elisa. Gib Ruhe.« Zu Elisas Erstaunen gehorchte der kleine Hund mit dem schönen schwarzbraunen Fell und reckte neugierig seine feuchtglänzende Nase zu ihr auf. Sein Schwanz begann heftig zu wedeln. »Das ist Jockel«, sagte Cosma. »Leider überschätzt er sich gern. Ich fürchte, er hält sich für einen Schäferhund oder so etwas in der Größe. Er stammt von einem Hof, an dem ein Wanderweg vorbeiführt, und er hat es einfach nicht lassen können, die Touristen in Waden und Knöchel zu beißen. Deshalb sollte er eingeschläfert werden.« Cosma seufzte. »Dabei ist er ein lieber Kerl. Nur Fremde mag er nicht.«

»Dann halte ich mich besser im Hintergrund«, schlug Elisa vor.

»Du bist bald keine Fremde mehr«, beruhigte Cosma sie. »Schon jetzt weiß er, dass du meine Freundin bist. Das heißt, du bist Teil des Rudels und wirst von nun an verteidigt. Ach, und hier kommt der Rest der Meute.« Sie lachte. »Jeder will dir Guten Tag sagen.«

Sechs weitere Hunde jeglicher Größe und Couleur kamen aus dem Freigehege angerannt und sprangen an den verschiedenen Gittertüren hoch, die einen bellend, die anderen winselnd, und Elisa wich einen Schritt zurück.

»Komm, ich zeig dir unseren Neuankömmling«, rief Cosma über dem Durcheinander. »Hier entlang.«

Erst jetzt bemerkte Elisa die Tür auf einer Seite des Hundegeheges, das offenbar nicht die gesamte Breite des Gebäudes einnahm. Sie führte zu Cosmas Behandlungsraum, dessen weiß gestrichene Wände Klarheit und Ruhe ausstrahlten.

»Warst du schon einmal bei einem Tierarzt?«, fragte Cosma.

Elisa schüttelte den Kopf. »Sieht aber kaum anders aus als bei einem Arzt für Menschen«, meinte sie.

Cosma lachte. »Bis auf die Transportschachteln und Hundekörbchen.« Sie wies auf eine große Kunststoffschale, in der auf einer Decke der Schäferhund lag und sie aus schläfrigen Augen anblinzelte. »Du glaubst nicht, was für eine Riesenportion der Gute verschlungen hat. Er war regelrecht ausgehungert.« Die Tierärztin kontrollierte die Wasserschale, die neben dem Hundekorb stand, und füllte sie nach. »Wenn er etwas mehr bei Kräften ist, werde ich ihn entwurmen und ihm ein paar Impfungen verpassen. Jetzt muss er sich erst mal ausruhen. Lassen wir ihn in Frieden.«

Sie verließen das Hundehaus, und Cosma schloss die Eingangstür zum Hauptgebäude auf.

Elisa bewunderte die schlichten blaugrauen Steinfliesen im Flur, die sich auch in der gemütlichen Wohnküche fortsetzten, in die Cosma sie führte. »Wie bist du zu diesem Anwesen gekommen?«, fragte sie.

»Das war ein Glücksfall«, antwortete Cosma, griff nach zwei Gläsern und einer Flasche Mineralwasser und öffnete eine Glastür, die auf eine Holzveranda auf der Rückseite des Gebäudes führte. »Die alte Mühle hat lange leer gestanden und war in einem desolaten Zustand. Dante hat sie entdeckt, und ich hab mich sofort in den Ort verliebt. Du kannst dir nicht vorstellen, wie es hier ausgesehen hat. Alles war von Efeu überwuchert, es war ein gewaltiges Stück Arbeit, bis man das Haus bewohnen konnte. Komm, ich zeig dir den Garten.«

Von der Veranda führten ein paar Stufen auf eine Wiese, an deren Rändern Azaleen und Rhododendren in allen Lila- und Rosatönen blühten, sanft beschattet von einzelnen Kastanien- und Walnussbäumen. Elisa folgte ihrer Gastgeberin über einige in der feuchter werdenden Wiese verlegte Steinplatten und hörte ein sanftes Plätschern. Gelbe Sumpflilien markierten den Saum des Wasserlaufs. Eine große, blau schimmernde Libelle schwirrte knapp an Elisas Kopf vorüber und verschwand im Grün.

»Wie schön es hier ist«, erklärte sie hingerissen, als sie den Bach erreichten. Eine einfache Holzbrücke führte darüber.

»Siehst du das dort unten?« Cosma wies auf die Reste eines hölzernen Gebäudes ein Stück weiter flussabwärts. »Hier befand sich früher die eigentliche Mühle. Von ihr ist nicht mehr viel übrig, sie wurde schon vor langer Zeit aufgegeben.«

Elisa verharrte kurz auf der Brücke und blickte in das strudelnde, dunkle Wasser unter sich. Auf der anderen Uferseite stand eine Bank, und Cosma nahm darauf Platz. Während Elisa sich neben sie setzte, dachte sie daran, wie weit entrückt dieser Ort von allem zu sein schien, obwohl nur eine halbe Stunde Autofahrt ihn von den lebhaften Städten Lugano und Como trennte.

»Willkommen an meinem Lieblingsplatz«, sagte Cosma. »Hier kann ich wieder so richtig zu mir kommen, egal, was der Tag gebracht hat.«

»Das kann ich mir gut vorstellen«, gab Elisa zurück. »Überhaupt bin ich voller Bewunderung, wie du das hier alles so ganz alleine stemmst.« Sie nahm dankend das Glas Mineralwasser entgegen, das Cosma ihr reichte. »Es ist wunderschön hier. Trotzdem. Ist es dir nicht manchmal zu einsam?«

»Ich bin nicht einsam«, erwiderte Cosma, und ein trotziger Zug erschien auf ihrem Gesicht. »Schließlich hab ich meine Tiere. Aber du hast schon recht. Es ist viel Arbeit, und mein Tag hat auch nur vierundzwanzig Stunden.«

»Hast du jemanden, der dir zur Hand geht?«

»Eine Zeit lang kam ein junges Mädchen aus der Gegend und hat mir mit den Tieren geholfen. Inzwischen hat sie die Matura gemacht und studiert in Bern. Es ist nicht einfach, jemanden zu finden, der mit meinen Schützlingen umgehen kann. Einen gut erzogenen Hund Gassi führen kann jeder. Leider haben die meisten Tiere hier irgendeine Macke.« Cosma seufzte. »Es braucht Charakterstärke, damit sie dich akzeptieren. Die hat nicht jeder. Nun ja, irgendwann finde ich schon wieder jemanden.« Sie nahm einen großen Schluck Mineralwasser. »Was ist mit dir? Bleibst du jetzt länger hier?«

Elisa atmete tief aus. »Ich weiß noch nicht«, gestand sie. Der Gedanke, in ihrer Münchener Wohnung abzuwarten, wie es mir ihr weitergehen sollte, war nicht besonders verlockend.

»Wenn du möchtest, kann ich mich umhören, ob es nicht auch hier einen guten Neurologen gibt«, schlug Cosma vor. »Einen, bei dem du noch dieses Jahr die Chance hast, untersucht zu werden.«

Noch bevor Elisa antworten konnte, begann ihr Handy in ihrer Tasche zu vibrieren. Es war Anna.

»Wo steckst du denn?«, überfiel sie Elisa. »Ich versuche seit einer Stunde, dich zu erreichen.«

»Und ich warte den halben Tag darauf, dass du dich meldest«, gab Elisa zurück.

»Hör zu«, fuhr Anna ungerührt fort. »Ich bin schon auf dem Weg nach Mailand. Von dort fliege ich direkt nach Paris.«

»Was?« Elisa konnte es nicht glauben. »Du bist schon unterwegs?«

»Was heißt hier *schon*? Das wird verdammt knapp mit dem Flug. Und meinen Kunden kann ich unmöglich länger vertrösten. Ich hatte gehofft, du könntest mich nach Mailand bringen. Nun hab ich eben ein Taxi genommen.«

»Aber ... Was ist mit Niklas?«, fragte Elisa, nachdem sie sich gefasst hatte. »Habt ihr gestritten?«

»Er ist auf dem Weg der Besserung«, wich Anna ihrer Frage aus.

»Kommst du nach deinem Termin in Paris wieder zurück?«

»Nach Lugano?« Anna klang, als hätte Elisa ihr vorgeschlagen, zum Mond zu reisen. »Nein, mein Schatz. Ich habe mir wirklich alle Mühe gegeben und viel Zeit mit Niklas verbracht. Aber glaub mir, länger will er mich gar nicht dahaben.« Elisa sank das Herz. Offenbar hatte sie sich vergeblich eine Aussöhnung herbeigewünscht. »Ich muss jetzt Schluss machen, jemand versucht mich anzurufen. Mach es gut, mein Liebes. Genieß das schöne Tessin und ruh dich vor allem aus.«

Ehe Elisa antworten konnte, hatte Anna die Verbindung schon unterbrochen. Ein paar Sekunden lang starrte Elisa noch auf das Display. Sie konnte nicht fassen, dass ihre Mutter so mir nichts, dir nichts abgereist war, noch dazu ohne ihr genauer zu berichten, was zwischen ihr und Niklas vorgefallen war.

Irgendwann nahm sie den Bildschirmschoner wahr, es war immer noch ein gefühlt uraltes Foto, auf dem sie in ihrer Flugbegleiter-Uniform vor einer schneckenförmigen Flugzeugturbine posierte. Eric hatte es aufgenommen. Höchste Zeit, es zu ersetzen.

Sie blickte auf und hatte das friedvolle Bild der Brücke über dem Flussufer vor sich, die gelb leuchtenden Sumpflilien und das Sonnenlicht, das auf dem Wasser schimmerte. »Darf ich ein Foto von deinem Garten machen?«, fragte sie Cosma spontan.

»Natürlich«, antwortete diese überrascht.

Elisa beugte sich vor und machte ein Bild. Sie erwischte sogar eine Libelle im Flug. »Sieh mal, wie schön«, sagte sie und zeigte Cosma ihren neuen Handyhintergrund. »Jetzt trage ich deinen Lieblingsplatz immer mit mir.«

»Du kannst jederzeit wiederkommen«, entgegnete Cosma mit einem großen Strahlen im Gesicht. »Es gibt nichts Besseres, als hier zu sitzen und auf das Fließen des Bachs zu schauen, wenn man die Nase so richtig voll hat von allem. Aber jetzt muss ich leider noch mal los. Ich habe gerade die Nachricht bekommen, dass das Pferd einer Kundin Koliken hat.« Sie erhob sich. »Bei der Gelegenheit kann ich dich gleich bei der Rosenholzvilla absetzen. Tut mir leid, aber so ist das eben in meinem Beruf.«

»Das muss dir nicht leidtun«, entgegnete Elisa und stand ebenfalls auf, erstaunt darüber, wie vertraut sie und Cosma bereits miteinander waren. Mit Lena hatte sich das in all den Jahren nicht so herzlich angefühlt. Bislang hatte sie auch gar nicht das Bedürfnis gehabt, sich bei ihrer Kollegin zurückzumelden. »Danke, dass du mich an diesen schönen Ort gebracht hast.«

»Jederzeit wieder«, sagte Cosma.

Zurück im Hof wandte sie sich plötzlich zu Elisa um. »Wer weiß, vielleicht entdeckst du ja deine Liebe zu Tieren. Du wärst nicht die Erste, die sich in die Rasselbande verliebt. Jemanden wie dich könnte ich gut gebrauchen.«

»Sachte, sachte«, gab Elisa mit einem verlegenen Lachen zurück. »Deine Schildkröte könnte ich vielleicht hüten. Aber mit den Hunden …«

»Keine Sorge, ich habe nur Spaß gemacht«, erklärte Cosma amüsiert und schloss den Van auf.

8

Der Steinbruch

Es war schon kurz vor sechs, als Elisa das schmiedeeiserne Tor hinter sich schloss und zur Villa ging. Sie sah sich um, doch zum Glück war weit und breit kein Journalist zu sehen. In der Einfahrt stand Niklas' cremefarbener Jaguar. Anna hatte sich nicht die Mühe gemacht, ihn zurück in die noch immer offen stehende Garage zu stellen, so überstürzt musste sie aufgebrochen sein.

Elisa seufzte, und da der Autoschlüssel steckte, ließ sie sich in die bequemen Polster gleiten und parkte den Wagen ein. Sie würde Niklas fragen, ob es in Ordnung war, wenn sie ihn benutzte. Falls nicht, würde sie schon eine Lösung finden.

In der Villa umfing sie Stille. Das war nicht immer so gewesen, früher hatte Musik das Gebäude erfüllt. Kurz war sie versucht, ins Musikzimmer zu gehen und ein bisschen auf dem Flügel zu spielen. Aber ehe die Erinnerungen sie erneut einholen würden, ging sie lieber rasch auf ihr Zimmer. Dort legte sie sich aufs Bett und schloss die Augen.

Sogleich sah sie wieder Cosmas verwunschenen Garten vor sich. Und dachte daran, wie liebevoll sie mit dem armen Schäferhund umgegangen war. Cosma hatte ihren Platz im Leben gefunden und brannte für ihre Aufgabe, und dabei war es durchaus kein einfacher Weg, den sie gewählt hatte. Allein dort draußen an der Flanke des Monte San Giorgio zu leben, verlangte eine Menge Mut, fand Elisa. Sie stand auf, als sie bemerkte, dass sie schläfrig wurde. Es war viel zu früh, um ins Bett zu gehen, besser sie hielt sich noch ein paar Stunden wach, auch wenn die vergangene Nacht kurz gewesen war. Ihr fiel ein, was Schwester Ingrid gesagt hatte, nämlich dass sie sich wegen der Besuche bei Niklas mit Mariella absprechen sollte, und sie beschloss, dies gleich zu erledigen. In der Küche fand sie einen Rest Minestrone und wärmte ihn auf. Während des Essens nahm sie sich fest vor, freundlich und unverbindlich zu Mariella zu sein und sich auf keine Auseinandersetzung mit ihr einzulassen.

Sie betrat den Hof, und Joris, der Berner Sennenhund, hob diesmal nur kurz den Kopf, dann widmete er sich wieder seiner Pfotenpflege, so als gehöre Elisa längst dazu. Sie klopfte an der Haustür, doch niemand antwortete, auch Fabio schien nicht in der Werkstatt zu sein. Schließlich sah sie hinter dem Haus nach und fand Mariella zwischen den Gemüsebeeten eines Gartens, der am Hang angelegt worden war. Zwischen üppig blühenden Pfingstrosen reckten verschiedene Pflanzen bereits ihre hellgrünen Triebe aus der braunen Erde und der Sonne entgegen.

Als Mariella Elisa bemerkte, wischte sie sich ihre erdigen Hände an der Schürze ab und kam zu ihr an den Staketenzaun. Ohne ein Lächeln im Gesicht blickte sie hinter den Holzstäben auf Elisa herab. »Du bist noch hier?«, fragte sie, und diese steile Falte, die Elisa bereits kannte, bildete sich zwischen ihren Brauen. »Ich dachte, ihr wärt abgereist?«

»Meine Mutter musste abreisen«, erklärte Elisa und fühlte, wie schon wieder Ärger in ihr aufstieg.

»Ach so? Und du bleibst noch?«

Elisa entschied, nicht darauf einzugehen. Und sich auf keinen Fall provozieren zu lassen. »Ich wollte Sie fragen, wann Sie zu meinem Großvater möchten«, entgegnete sie. »Schwester

Ingrid sagte mir, wir sollten uns besser absprechen. Zu viel Besuch an einem Tag hält sie für zu anstrengend.«

Mariellas Blick ging über Elisa hinweg in Richtung der Rosenholzvilla, sie atmete stoßartig durch die Nase aus, es klang wie ein Schnauben. »Das glaube ich gern, dass sie ihn angestrengt hat.« Elisa wollte empört antworten, doch Mariella ließ ihr keine Gelegenheit dazu. »Geh ruhig zu deinem *nonno*. Solange du hier bist und dir Zeit für ihn nimmst.«

Elisa presste kurz die Zähne zusammen. Was fiel Mariella eigentlich ein, so herablassend mit ihr zu sprechen? »Gut«, sagte sie. »Ich besuche ihn morgen gegen elf. Und Sie am Tag darauf?« Mariella nickte. »Einen schönen Abend noch.« Elisa wandte sich abrupt um und ging zurück in den Hof. Wieso schaffte es diese Frau eigentlich jedes Mal, sie wütend zu machen? Dabei war das überhaupt nicht ihr Naturell. Elisa hasste Konfrontationen, aus diesem Grund hatte sie sich bei Niklas ja auch so lange nicht blicken lassen. Was diese Mariella Fasetti nicht das Geringste anging. Elisa nahm sich vor, so wenig wie möglich mit ihr zu tun zu haben.

Sie wollte gerade wieder den Fußweg hinauf zum Park der Rosenvilla nehmen, als Fabios Auto in den Hof fuhr. Er winkte ihr zu, und Elisa blieb stehen, um ihn zu begrüßen. Fabio konnte ja nichts für das Verhalten seiner Mutter. Wie war es nur möglich, dass eine derart spröde Frau einen so netten Sohn hatte?

»Wie schön, dich zu sehen.« Mit einem Strahlen kam Fabio auf sie zu, kaum, dass er ausgestiegen war. »Ich dachte schon, du wärst mit deiner Mutter gefahren.« Seine Augen leuchteten vor Freude. »Bist du denn jetzt ganz allein in der Villa? Falls du gerne Gesellschaft hättest … wir könnten gemeinsam zu Abend essen. Es gibt ein sehr nettes Lokal in Gandria, das ist ein Dorf am Nordostarm des Sees. Man erreicht es mit dem Boot. Was hältst du davon?« Er sprühte nur so vor Unternehmungslust.

»Das klingt wirklich toll.« Wie nett von ihm, daran zu denken, dass sie sich womöglich einsam fühlen könnte. »Aber weißt du, ich habe in der vergangenen Nacht kaum geschlafen und möchte heute früh zu Bett gehen. Wollen wir das auf ein andermal verschieben?«

»Natürlich«, antwortete Fabio rasch. Ob er enttäuscht war? Nein, das bildete Elisa sich bestimmt nur ein. »Dass ich daran nicht gedacht habe. Du musst todmüde sein. Bleibst du denn länger hier?«

»Ich weiß noch nicht«, gab Elisa zurück. »Ein paar Tage sicherlich. Es ist alles so … na ja, einfach nicht planbar, weißt du?« Sie dachte an ihre Freistellung und fühlte, wie ihr die Hitze ins Gesicht stieg.

»Du hast recht«, kam ihr Fabio verständnisvoll zu Hilfe. »Wir müssen abwarten, wie es sich mit Niklas entwickelt. Auch wenn die Umstände schwierig sind – ich finde es schön, dass du hier bist.« Er zögerte kurz, fügte dann aber lediglich hinzu: »Ich wünsche dir gute Ruhe heute Nacht. *Ci vediamo.*«

»Ja, wir sehen uns.« Nach der kalten Dusche von Mariella war Fabios Freundlichkeit eine wahre Wohltat. Sie schmunzelte bei dem Gedanken, dass sie sich früher immer einen Bruder gewünscht hatte. Und der hätte so sein sollen wie dieser Fabio: fürsorglich und verständnisvoll.

Die Abendsonne schickte ihre letzten goldenen Strahlen über den Monte Arbòstora und brachte die Baumkronen zum Erglühen, als Elisa durch den Park zurück zur Villa ging. Würziger Duft stieg von den Pflanzen auf, und die Luft im Rosengarten war erfüllt von Süße. Der Ausblick über den See und auf die gegenüberliegenden Berge erschien Elisa beinahe zu schön um wahr zu sein, eine Filmkulisse, die sie früher kaum wahrgenommen hatte. Als Kind hatte sie den Zauber dieser Landschaft als gegeben betrachtet, ja, wenn sie es sich recht überlegte, war sie in ihrer Welt damals selbst ein Teil dieses Zaubers gewesen. Vermutlich ging es allen Kindern so, sie nahmen ihre Umgebung als etwas Selbstverständliches hin.

Nachdenklich ging sie ins Haus. Zum Schlafengehen war es noch immer zu früh, und im Gegensatz zu vorhin war sie jetzt hellwach. Sie holte sich ein Buch aus Niklas' Musikzimmer, eine Biografie über Daniel Barenboim, den Ehemann ihres großen Idols Jacqueline du Pré, die sie vor langer Zeit schon einmal gelesen hatte, und nahm es mit auf ihr Zimmer.

Es war schon nach neun, als es an der Tür läutete. Elisa schrak zusammen, sie hatte völlig vergessen, dass die Klingel der Rosenholzvilla wie eine große Kirchenglocke klang, ein skurriler Scherz ihres Großvaters, den das ungeheuer belustigt hatte, als er die Elektronik vor vielen Jahren hatte installieren lassen.

Hastig sprang Elisa aus ihrem Sessel und überlegte, wer das sein konnte. Allerhand unwahrscheinlicher Möglichkeiten gingen ihr in Windeseile durch den Kopf. Sorge befiel sie, ihre Mutter könnte einen Unfall gehabt haben und die Polizei stünde nun vor der Tür. Oder war es womöglich ein Journalist?

Auf Strümpfen lief sie die Treppe hinunter und verharrte kurz vor der Eingangstür, ehe sie sie einen Spalt weit öffnete. In der Abenddämmerung erkannte sie die Silhouette eines Mannes.

»Ach je, jetzt hab ich dich erschreckt.«

Elisas Herz setzte kurz aus, um dann in rasendem Tempo weiterzuschlagen. »Danilo?« Sie musste sich räuspern, so belegt klang ihre Stimme. Im schwindenden Licht erkannte sie sein von dunklen Locken umrahmtes Gesicht.

»Ich wollte dir keinen Schrecken einjagen.« Er klang besorgt. »Tut mir leid ich ... vielleicht sollte ich besser wieder gehen?«

»Nein, nein. Es ist nur ... Ich dachte, du bist noch in Norwegen.«

»Ich bin vor zwei Stunden zurückgekommen«, erklärte Danilo. »Und als ich von Cosma gehört habe, dass du hier bist ...« Er fuhr sich verlegen durchs Haar. »Vermutlich war es keine gute Idee.«

»Möchtest du nicht reinkommen?« Elisa schlug das Herz noch immer bis zum Hals. Das Letzte, was sie wollte, war, dass Danilo gleich wieder verschwand. Denn im Grunde hatte sie die ganze Zeit irgendwo in einem Winkel ihres Herzens ständig an ihn gedacht.

»Eigentlich wollte ich dich fragen, ob du Lust auf einen kleinen Ausflug hast.«

»Auf einen Ausflug?«, wiederholte Elisa überrascht. »Wann?«

»Na, jetzt«, antwortete Danilo fröhlich. »Sozusagen eine Nachtwanderung. Oder eher ein Spaziergang. Ich würde dir gern etwas zeigen.« Seine Augen blitzten. »Aber wenn du zu müde bist, dann ... dann können wir das auch ein anderes Mal machen.« Er sah sie erwartungsvoll an.

»Nein, ich bin nicht müde«, entgegnete Elisa schnell. Ein prickelndes Gefühl der Abenteuerlust stieg in ihr auf. Das alles war vollkommen verrückt. Wann hatte sie das letzte Mal etwas Verrücktes unternommen? Sie konnte sich nicht erinnern. »Wo willst du denn mit mir hin? Ich habe keine Wanderschuhe.«

»Die brauchst du nicht«, versicherte Danilo. »Gute Turnschuhe reichen vollkommen.«

»Alles klar. Ich zieh mich nur kurz um«, sagte sie.

»Ich warte bei den Rosen auf dich. Jetzt in der Dämmerung duften sie so intensiv.« Und schon verschwand er um das Haus. Verblüfft lauschte Elisa seinen sich im Kies entfernenden Schritten.

Sie schloss die Tür und nahm zwei Stufen auf einmal hinauf zu ihrem Zimmer, zog drei T-Shirts übereinander. Unschlüssig griff sie nach ihrer leichten, eleganten Jacke, die sie für Berlin eingepackt hatte. Die würde wohl kaum warm genug sein, falls Danilo mit ihr wirklich in die Berge fahren wollte. Egal, eine andere hatte sie nicht. Elisa schlang sich noch ihr Seidentuch um den Hals und verließ die Villa.

Sie sah Danilos Gestalt schon von Weitem, die sich vor dem samtigen Blau des Abendhimmels abhob. Er stand zwischen zwei Rosensträuchern und blickte über den See, in dem sich der fast volle Mond spiegelte. Alles fühlte sich vollkommen unwirklich an, die Luft war schwer vom Duft der Rosen.

»Es kann losgehen«, sagte sie, als sie neben ihm stand.

»Wunderbar.« Das Mondlicht schimmerte in Danilos Augen.

»War deine Reise nach Norwegen denn erfolgreich?« Sie gingen gemeinsam zur Einfahrt.

»Ja, das war sie. Sogar sehr. Ich habe etwas mitgebracht, was ich dir unbedingt zeigen möchte. Aber nicht hier.« Er musterte sie von der Seite.

»Du machst mich neugierig«, entgegnete Elisa mit einem Lachen. »Meinst du, diese Jacke reicht?« Sie hielt sie hoch. »Eine andere habe ich leider nicht dabei.«

»Vollkommen«, beruhigte Danilo sie. »In meinem Wagen liegt immer eine Ersatzjacke bereit, die kannst du überziehen, falls es dir kühl wird.«

Kurz danach saßen sie in Danilos altem Citroën Berlingo und fuhren durch die einbrechende Nacht. Sie überquerten den Seedamm bei Melide und schlugen dann die südliche Richtung ein.

»Hier irgendwo wohnt Cosma«, brach Elisa das Schweigen.

»Das stimmt«, antwortete Danilo. »In einem Seitental.«

»Willst du mir nicht verraten, wohin wir fahren?«

»Meine Familie besitzt hier am Monte San Giorgio ein kleines Rustico«, erklärte Danilo.

»Was ist ein Rustico?«, fragte Elisa.

»Das sind traditionelle Bauernhäuser in den Tessiner Bergen«, erklärte Danilo. »Sie sind winzig und aus Naturstein gebaut. Nur mit dem Nötigsten ausgestattet. Da ich mich im Augenblick nicht so gut mit meiner Mutter verstehe, wohne ich lieber dort. Ganz in der Nähe gibt es einen Steinbruch. Es wird dir bestimmt gefallen.«

Also hatte nicht nur sie Probleme mit Mariella. Erleichterung durchflutete Elisa. Ihr war, als hätte sie Danilo schon immer gekannt, so vertraut schien er ihr.

Inzwischen fuhren sie durch einen dichten Laubwald. Die Straße führte in engen Kurven bergauf. Einmal leuchteten zwei helle Punkte am Straßenrand auf, und Danilo trat auf die Bremse. Ein Füchslein lief eilig über die Fahrbahn und verschwand im Gebüsch.

»Hier sagen sich also Fuchs und Hase Gute Nacht«, scherzte Elisa, und Danilo stimmte in ihr Lachen ein.

»Wir sind gleich da.« Ein paar Meter weiter drosselte er das Tempo und bog in einen Waldweg ab. »Hier wurde jahrhundertelang ein wunderschöner Marmor abgebaut«, erklärte er und brachte den Wagen bei ein paar riesigen Blöcken zum Stehen. »Man findet ihn in vielen großartigen Bauwerken, im Dom von Mailand zum Beispiel. Und sogar in der Fassade der Rosenholzvilla. Heute rentiert sich der Steinbruch nicht mehr. Aber du wirst staunen, was vom Abbau übrig geblieben ist.« Elisa stieg aus dem Wagen und sah sich um. Der Mond brach zwischen den lichten Ästen hindurch und beschien den bunt geäderten Felsklotz. »Das letzte Stück müssen wir zu Fuß gehen«, erklärte Danilo. »Ist dir kalt? Hier nimm.« Er reichte Elisa eine leichte, wattierte Jacke, und Elisa schlüpfte hinein. Das etwas zu große Kleidungsstück legte sich wie eine Umarmung um sie, und Elisa versenkte verstohlen die Nase in den hochgeschlossenen

Kragen, um Danilos Duft tief in sich aufzusaugen. Sie sah zu, wie er einen unförmigen Rucksack aus dem Kofferraum holte und aufsetzte.

»Was ist denn da drin?«, fragte sie.

»Ich zeig es dir gleich«, gab Danilo zurück und warf ihr einen Blick zu wie ein Kind, das eine Überraschung vorbereitet hat. »Wenn wir angekommen sind.« Er nahm wie selbstverständlich ihre Hand. In der anderen hielt er eine Stablampe, mit der er den Weg vor ihnen beleuchtete. Seine Finger fühlten sich warm an und ein bisschen rau, und Elisa durchlief ein wohliger Schauer. »Ich möchte nicht, dass du fällst«, sagte er, als bräuchte es eine Erklärung. »Kannst du genug sehen?«

»Ja«, antwortete Elisa und fügte in Gedanken hinzu: *So könnte ich mit dir bis ans Ende der Welt wandern.*

Sie gingen schweigend, unter ihren Füßen knackte hin und wieder ein Zweig, sonst war es still. Allmählich nahm Elisa die Geräusche des Waldes wahr, den Wind in den Wipfeln, das Fallen von irgendwelchen Zapfen oder Eicheln, die Rufe eines Nachtvogels. Immer mehr rückte diese sanfte Geräuschkulisse in den Fokus ihrer Wahrnehmung, und auf einmal war da noch viel mehr: ein Wispern und Rascheln im Gebüsch am Wegesrand, das Flattern von Vogelschwingen dicht über ihren Köpfen, einige heisere Laute, die an das Bellen eines Hundes erinnerten.

»Das ist ein Fuchs«, raunte Danilo leise neben ihr, und seine Finger hielten ihre eine Spur fester. »Siehst du die beiden Augen dort oben?« Er deutete auf einen Baum vor ihnen. »Eine Eule.«

Kurz erhaschte Elisa ihren starren grünlich schimmernden Blick, dann erlosch er, und das Sirren von Schwingen erfüllte die Luft.

»Ich habe noch nie eine Eule gesehen«, flüsterte Elisa.

»Man trifft sie selten an«, kam die Antwort. »Du hast Glück.«

Ja, das habe ich, dachte Elisa und atmete tief ein und wieder aus. Danilos Nähe, dieser Nachtspaziergang – alles kam ihr vor wie ein Traum. Aber es war kein Traum, und Danilo führte sie mit einer Selbstverständlichkeit durch diesen Märchenwald, als wäre es das Natürlichste von der Welt. War es auch für ihn etwas Besonderes? Oder brachte er häufig Frauen an solche wildromantischen Orte? Eilig verscheuchte Elisa den Gedanken. Nein, sie wollte sich diese Nacht nicht verderben, indem sie sich an ihre schlechten Erfahrungen erinnerte. Sie wollte im Hier und Jetzt sein und diese Stunden einfach nur genießen.

»Da vorne ist es.« Danilo hob die Stablampe. In ihrem Schein sah Elisa, dass der Wald sich öffnete. Das Licht tanzte über einige große, quaderförmige Felsblöcke. »Meine Waldbühne«, ergänzte er.

Nach wenigen Schritten glaubte Elisa, ihren Augen nicht zu trauen. Vor ihr im Mondlicht lag eine riesige Lichtung, die von einer enormen Felswand begrenzt war. In einem perfekten Halbrund umschloss sie eine Art Naturbühne.

»Hier hat man den Stein abgebaut«, erklärte Danilo. »Und dabei ist diese Arena entstanden.« Er wies auf das leicht erhöhte Plateau direkt vor der halbkreisförmigen Felswand. »Die Akustik ist fantastisch.«

»Wirst du mir etwas vorsingen?«, fragte Elisa scherzhaft.

Danilo schüttelte grinsend den Kopf. »Ich weiß etwas viel Besseres«, gab er zurück und stellte seinen Rucksack auf einen der oben abgeflachten Steine, wie sie hier zahlreich herumlagen, als seien sie für ein imaginäres Publikum absichtlich verteilt worden. »Ich werde dir *vorspielen*.« Danilo öffnete den Verschluss. Er zog einen Gegenstand heraus, der in ein großes Wolltuch eingewickelt war. Als er es aufschlug, kam ein kleines Saiteninstrument zum Vorschein.

»Was ist das?«, wollte Elisa interessiert wissen. »Eine Gadulka?«

»Nein«, antwortete Danilo. »Es ist ein … sagen wir mal, es ist ein Versuch.«

»Hast du das selbst gebaut?«

»Ja. Das ist das Ergebnis meiner vielen Reisen. Ich war auf der Suche nach etwas Neuem. Einem ganz bestimmten Klang. Und in Norwegen hab ich bei einem Freund endlich umgesetzt, was ich die ganze Zeit schon im Kopf hatte.« Er hielt Elisa das Instrument hin. Es war deutlich größer als eine Geige, jedoch viel kleiner als ein Kindercello.

»Wie nennst du es?«, fragte Elisa und griff vorsichtig danach. Der Hals war schmal und lag gut in der Hand. Die äußere Form wich von den klassischen Streichinstrumenten ein wenig ab. Außer den üblichen vier Saiten waren noch zahlreiche weitere über den Korpus gespannt, ganz ähnlich wie bei der Gadulka.

Danilo zuckte mit den Schultern. »Es hat noch keinen Namen«, gab er zurück. »Vielleicht brauchen wir auch keinen. Wenn du mir sagst, dass es nichts taugt, probiere ich was anderes aus. Oder ich geb die Sache auf.«

»Wenn *ich* es sage?«, fragte Elisa konsterniert. »Wieso ausgerechnet ich?«

»Weil du das Mädchen mit dem Cello bist«, gab Danilo ernst zurück. »Es hat ein bisschen gedauert. Dann ist mir endlich eingefallen, woher ich dich kenne: von den Fotos in der Villa. Du bist nicht irgendeine Elisa. Du bist Elisa Maria Eschbach. ›Das Mädchen mit dem Cello‹. So haben wir dich immer genannt.«

Um ein Haar hätte sie das zierliche Instrument fallen lassen, so sehr schockierte es sie, ihren vollen Namen zu hören, den sie schon lange nicht mehr benutzte. »Bitte nenn mich nicht so«, entfuhr es ihr.

Er musterte sie überrascht. »Warum denn nicht?«

»Weil …« Sie konnte nicht weitersprechen, etwas schnürte

ihr die Kehle zu. »Weil ich das nicht mehr bin«, fuhr sie endlich fort.

»Aber du bist hier«, entgegnete Danilo. »Sitzt neben mir. Oder spreche ich mit einem Gespenst?«

Elisa lachte traurig auf. »Nein, ich bin kein Gespenst«, erklärte sie. »Aber das von früher, das ist längst vorbei. Ich bin nicht mehr das Mädchen mit dem Cello. Ich habe seit Jahren kein Cello mehr angerührt. Also solltest du besser jemand anderes fragen, ob die Kleine hier«, sie deutete auf das Instrument, »etwas taugt.«

Eine Weile war es still zwischen ihnen, und Elisa wünschte sich ganz weit weg. Der Zauber, den sie bis eben noch gefühlt hatte, war einer schmerzhaften Ernüchterung gewichen. Was für ein Missverständnis, dachte sie. Danilo hatte sie für jemand völlig anderen gehalten. Für jemanden, der sie nicht mehr war, und nun war er sicher enttäuscht.

»Darf ich dir trotzdem vorspielen?« Danilos Stimme klang weich. »Oder hasst du die Musik inzwischen?«, ergänzte er vorsichtig.

Elisa schüttelte heftig den Kopf. »Nein, natürlich hasse ich sie nicht. Und ich würde dieses Instrument ohne Namen sehr gerne hören. Nur erwarte bitte nicht ...«

»Ich erwarte nichts, Elisa«, fiel Danilo ihr sanft ins Wort. »Sag mir einfach, ob es dir gefällt oder nicht. Mehr möchte ich gar nicht.«

Er nahm ihr das Instrument aus der Hand, holte einen Bogen aus dem Rucksack und ging hinüber auf das erhöhte Plateau vor der geschwungenen Felswand. Dort setzte er sich auf einen Stein und klemmte sich den zierlichen Klangkörper zwischen die Knie. Sanft zupfte er die Saiten an und stimmte sie ein wenig nach.

Elisa schloss die Augen. In ihr tobte ein Aufruhr der Gefühle.

Sie hatte nicht damit gerechnet, dass Danilo ihre Vergangenheit kannte. Sie hatte geglaubt, dass sich niemand mehr an damals erinnerte. Und jetzt war alles wieder so präsent.

Ein Ton hallte durch die Nacht, gefolgt von einem zweiten. Überrascht öffnete Elisa die Augen. Was sie hörte, erinnerte sie an die hohen Partien ihres Cellos. Und doch war der Klang ein anderer, er war viel weicher, voller, so als entstammte er nicht einem einzigen Instrument, sondern mehreren. Nein, das traf es nicht ganz. Es war, als hätte man den Klangraum eines üblichen Saiteninstruments erweitert, wie, das konnte Elisa sich nicht erklären. Ob das die besondere Akustik des Steinbruchs bewirkte? Auch das erschien Elisa keine plausible Erklärung.

Nach den ersten lang gezogenen Tönen begann Danilo eine getragene Melodie zu spielen, und Elisa war, als würde in ihrer Brust etwas schmelzen. Was sie hörte, war so zauberhaft, dass es ihr die Tränen in die Augen trieb. Sie betrachtete Danilo dort drüben auf dem Felsen, der voller Hingabe spielte. Sie wusste genau, wie es sich anfühlte, solche Klänge zu erzeugen und auf einmal war ihre Sehnsucht, das endlich selbst wieder zu spüren, so übermächtig, dass sie am liebsten aufgesprungen wäre und ihm das Instrument aus der Hand genommen hätte. Aber nein, was dachte sie denn da. Weglaufen wollte sie. Fort von diesen Klängen, die in ihre Seele eindrangen und längst Vergessenes zutage förderten.

Und dann lösten sich diese widersprüchlichen Gedanken einfach auf. Sie hob den Kopf und betrachtete den inzwischen nächtlichen Himmel über ihr, den das Licht des Mondes erhellte. Nur am äußersten Rand des Horizonts über dem Steinbruch behaupteten sich ein paar kräftigere Sterne gegen seinen silbernen Schein. Sie sind alle da, die vielen Sterne, dachte Elisa. Man sieht sie nur nicht, weil der Mond so hell leuchtet. So wie ihre alte Sehnsucht nach dem Verschmelzen mit Musik. Die war noch immer da. Auch wenn sie noch so sehr versuchte, sie mit anderem zu überstrahlen.

Irgendwann verhallte der letzte Ton, und Stille kehrte ein. Eine Weile blieb Danilo dort drüben einfach sitzen, so als lauschte er der Musik hinterher. Elisa wusste, dass die Stille nach der Musik immer etwas Besonderes war, in der das Gehörte nachklang und sich in jeder einzelnen Körperzelle niederließ. Schließlich stand Danilo auf und kam zu ihr zurück.

Er setzte sich neben sie, das Instrument auf seinen Knien. »Und?«, fragte er und wirkte plötzlich unsicher. »Soll ich es in die Tonne treten?«

»Nein!«, gab Elisa erschrocken zurück und griff instinktiv nach dem Instrument. »Das darfst du nicht.«

»Also hat es dir gefallen?«

Elisa nickte. Wieder war ihre Kehle wie zugeschnürt. So vieles hätte sie Danilo gerne gesagt, aber sie brachte keinen einzigen Ton hervor.

Da öffnete er die Arme, und mit einem Schluchzen ließ Elisa sich hineinfallen. Und auf einmal weinte sie, als hätten sich Schleusen aufgetan. Sie hatte keine Ahnung gehabt, wie viele Tränen in ihr nur darauf gewartet hatten, endlich fließen zu dürfen. Nun ließ sie ihnen freien Lauf, und Danilo hielt sie sanft, sprach kein Wort, war einfach für sie da.

Der Mond war hinter der Kante des Steinbruchs verschwunden, als Elisa sich wieder einigermaßen gefasst hatte. Ein kühler Wind wehte und brachte sie zum Schaudern. Es war nun tiefe Nacht, und der Weg zurück zum Wagen erschien ihr viel weiter als vorhin. Sie war erschöpft und fühlte sich leer, und mehr als einmal wäre sie fast über eine Wurzel gestolpert, hätte Danilo sie nicht gehalten. Sie fror.

»Sollen wir zum Rustico fahren und einen heißen Tee

machen, damit dir warm wird?«, fragte er, als sie bei dem kleinen Kastenwagen angekommen waren. »Oder möchtest du lieber gleich nach Hause?«

»Ich möchte gerne sehen, wo du wohnst«, antwortete Elisa, die sich unter einem »Rustico« noch immer nichts vorstellen konnte. Und der Gedanke, mit dem Aufruhr in ihrem Herzen in der großen Villa allein zu sein, erschien ihr unerträglich.

»Es ist nicht weit von hier.« Danilo öffnete Elisa die Beifahrertür.

Keine zehn Minuten später erreichten sie die trutzige Steinhütte, die sich unter einer ausladenden Eiche in die Mulde eines Hangs zu ducken schien. Einstmals war sie wohl auf einer Weide errichtet worden, inzwischen hatte sich der Wald die Fläche rund um das Rustico zurückerobert.

»Da sind wir.« Danilo schloss die niedrige Eingangstür auf. »Ein Palast ist es nicht gerade. Aber ich bin gern hier. Pass auf deinen Kopf auf, damit du ihn dir nicht anschlägst.«

Vorsichtig trat Elisa ein. Zunächst dachte sie, das Häuschen würde aus einem einzigen Raum bestehen, dann sah sie zwei Türen in der rückwärtigen Wand. Im Schein der Petroleumlampe, die Danilo anzündete, betrachtete Elisa den gemauerten Herd, der offenbar mit Holz befeuert wurde. Er strahlte eine angenehme Wärme ab, Danilo musste seit seiner Rückkehr aus Norwegen schon eingeheizt haben. Unter einem Fenster neben der Eingangstür stand ein Tisch mit zwei Stühlen. An der Wand dem Herd gegenüber eine einfache Bettstatt, über die eine bunt gewobene Decke gebreitet war.

»Da drüben gibt es noch eine Schlafkammer.« Danilo hob die Lampe hoch, damit Elisa besser sehen konnte. »Und die andere Tür führt zu einer kleinen Werkstatt.«

Er füllte Wasser aus einem Kanister in einen Kessel und stellte ihn auf den Herd, öffnete die Feuerklappe und warf einige Holzscheite in sein Inneres. Elisa sah den Widerschein der auflodernden Flammen auf seinem Gesicht, ehe er die Klappe schloss.

»Ist dir sehr kalt?« Er griff nach ihren Händen, um sie zu wärmen.

»Es geht schon wieder.« Sie hörte selbst, wie heiser ihre Stimme klang.

»Komm setz dich und zieh deine Schuhe aus.« Danilo führte sie zum Tisch. Während sie ihre Sneakers abstreifte, holte er aus einer einfachen Kommode neben dem Bett ein Paar Wollsocken hervor und reichte sie ihr. »Hier. Zieh die an. Dann wird dir bald warm.«

Behagliche Wärme breitete sich in Elisa aus. Ihre Augen brannten vor Müdigkeit, und doch konnte sie den Blick nicht von Danilo wenden, der Kräuter in eine tönerne Teekanne gab und zwei Becher auf den Tisch stellte. Der Wasserkessel begann zu summen, und wenig später füllte Danilo die beiden Becher mit herb duftendem Tee.

»Was ist damals eigentlich passiert?«, fragte er, nachdem er sich zu Elisa an den Tisch gesetzt hatte. »Wieso hast du mit der Musik aufgehört? Darüber wurde bei uns nie gesprochen.«

Elisa holte tief Luft. »Das ist eine lange Geschichte«, sagte sie.

»Du musst sie mir nicht erzählen, wenn du nicht möchtest«, gab Danilo zurück. »Aber ich kann sehen, wie sehr es dich bedrückt. Vielleicht wird dir leichter, wenn du darüber sprichst?«

»Im Grunde ist alles ganz einfach.« Elisa blies auf ihren dampfenden Becher und vermied es, Danilo in die Augen zu sehen. »Ich habe versagt, das ist alles.« Sie fühlte Danilos Blick auf sich ruhen, und schon rührte sich reflexhaft ihre Abwehr. Doch vorhin im Steinbruch war etwas geschehen, was sich nicht mehr rückgängig machen ließ.

»Ich war sechzehn«, begann sie, »als Niklas der Meinung war, dass es Zeit würde, mich der internationalen Kritik zu stellen. Es gelang ihm, dafür die Carnegie Hall in New York zu gewinnen.« Sie stockte. Es fiel ihr so unsagbar schwer, diese Zeit wieder heraufzubeschwören. »Ich habe keine Ahnung, wie er das geschafft hat, es kamen wirklich alle namhaften Musikkritiker aus aller Welt zu diesem Anlass. Von Agenten und Schallplattenproduzenten ganz zu schweigen.« Elisa nahm einen Schluck von dem Tee. Er schmeckte bitter und süß gleichzeitig und rann wohltuend ihre Kehle hinunter. »Es hätte mein Durchbruch werden sollen. Aber ich habe es versaut.«

Sie blickte auf und direkt in Danilos mahagonibraune Augen. Er wirkte keineswegs so entsetzt, wie sie gedacht hatte.

»Das kommt vor«, sagte er nun. »Jeder Künstler hat mal einen schlechten Tag.«

»Du verstehst nicht, was ich meine«, gab Elisa verzweifelt zurück. »Es war das Ende.«

»Warum denn?« Danilo sah sie verständnislos an. »Das war doch nur ein einziges Konzert. Und wenn man fällt, steht man auf und macht weiter.«

Elisa schüttelte nur den Kopf. So einfach war es nicht. Und der Schmerz darüber brannte in ihrem Herzen.

»Erzähl mir, was genau geschehen ist«, bat Danilo und griff über den Tisch hinweg nach Elisas Hand. Erst wollte sie sie ihm entziehen, dann ließ sie seine Berührung zu. Und sie tat ihr unendlich wohl.

»Es war, als ob eine ungeheure Welle mich überspült hätte«, versuchte sie leise zu beschreiben, was doch unbeschreiblich war. »Ich konnte nichts mehr hören, und das mitten in einem Konzert, stell dir das mal vor. Gleichzeitig war ich wie benommen, ich konnte mich nicht bewegen. Und als das endlich aufhörte, war es zu spät.«

»Was meinst du mit ›zu spät‹?«

Elisa suchte nach Worten, um es zu erklären und fand sie nicht. Nachdem sie wieder Herrin über ihre Sinne gewesen war, war sie panisch von der Bühne gestürzt und in der Garderobe zusammengebrochen. An mehr erinnerte sie sich nicht.

»Ist dir das denn noch öfter passiert?«, fragte Danilo nach. »Ich meine, das mit der Welle?«

»Ja, erst neulich.« Elisa schluckte. Die altbekannte Furcht stieg in ihr auf, irgendwie krank zu sein. Und alles zu verlieren. »Während eines Fluges.«

»Du hast dich damals bestimmt untersuchen lassen«, forschte Danilo sanft weiter in ihr.

»Natürlich. Meine Mutter hat mich von Pontius zu Pilatus geschleppt.«

»Und?«

»Man konnte keine körperliche Ursache feststellen«, berichtete Elisa und fühlte eine abgrundtiefe Müdigkeit in sich aufsteigen. Sie konnte kaum noch die Augen offen halten. »Und weil man der Meinung war, das sei alles rein psychisch bedingt, habe ich viele Monate in einer Klinik verbracht.«

»Und die Musik?«

Elisa schüttelte den Kopf. Auf einmal war der alte Schmerz übermächtig. Mehrmals setzte sie an, um etwas zu sagen, aber sie konnte nicht.

»Hast du deshalb nicht mehr Cello gespielt?«, fragte Danilo nach.

»Er hat es mir ja weggenommen«, brach es aus Elisa hervor.

»Wer? Niklas?«, fragte Danilo ungläubig.

Elisa nickte und schlug die Hände vors Gesicht. »Er hat mich aufgegeben.«

»Das kann ich nicht glauben.«

»Aber so war es.« Wieder kamen ihr die Tränen. Schluchzend

sprach sie weiter. »Er hat mich kein einziges Mal besucht, weder in der Klinik noch zu Hause. Ich habe ihm einen Brief geschrieben, in dem ich mich dafür entschuldigt habe, ihn so tief enttäuscht zu haben. Er hat mir nicht geantwortet. Er hat mich fallen gelassen, Danilo. Mein Cello hat er meinem größten Konkurrenten gegeben. Wir haben uns viele Jahre lang weder gesehen noch gesprochen.« Danilo war aufgestanden und zu ihr um den Tisch gekommen, neben ihr in die Hocke gegangen und hatte seinen Arm um sie gelegt. »Jetzt heule ich dir schon wieder was vor«, stammelte sie.

»Schhhh«, machte er, zog sie an seine Brust und strich ihr sanft über den Rücken. Sonst sagte er gar nichts, sondern wiegte sie, bis sie sich beruhigte.

»Ich bin todmüde.« Sie wischte sich über die verschwollenen Augen.

»Dann leg dich einfach ein bisschen hin«, schlug Danilo vor. »Du kannst auch gern über Nacht hierbleiben.« Er wies auf das Bett. »Es ist frisch bezogen. Manchmal schläft Dante hier, weißt du …«

»Aber …«

»Kein Aber«, unterbrach er sie sanft. »Ich hab mein Bett in der Kammer. Und morgen früh sehen wir weiter.«

»Ist das denn in Ordnung?«

»Absolut.« Danilo erhob sich und holte ein Handtuch aus der Kommode. »Ein Badezimmer gibt es leider nicht. Wir waschen uns draußen am Brunnen.« Er grinste. »Morgen früh, schlage ich vor. Brauchst du noch etwas?«

Elisa sah ihn verwirrt an. Sie hatte nichts dabei, weder Zahnbürste noch Pyjama. Aber das war ihr in diesem Moment völlig gleichgültig. Alles, was sie wollte, war sich ausstrecken und schlafen.

»Nein«, sagte sie. Danilo nickte und ging zur Tür, die zur

Kammer führte. »Danilo?«, rief sie ihm nach. Er drehte sich um und sah sie so liebevoll an, dass ihr das Herz wieder leichter wurde. »Danke.«

Sein Lächeln brachte etwas in ihr zum Klingen, was sie lange nicht mehr gespürt hatte.

»Schlaf gut«, sagte er. »Und wenn etwas sein sollte – du weißt, wo du mich findest.«

Er schloss die Tür hinter sich, und Elisa blieb noch einen Moment lang regungslos sitzen, so als könnte ein Zauber brechen, wenn sie sich jetzt bewegte. Aber er brach nicht, als sie sich erhob, Jeans und Pullover auszog und in ihrer Unterwäsche unter die bunt gewobene Decke schlüpfte.

Ein Nachtvogel rief, im Gebälk über ihr knackte es. Dann schlief sie ein.

9

Das Versprechen

Als sie erwachte, wusste Elisa zunächst nicht, wo sie sich befand. Ein Geräusch hatte sie geweckt, vielleicht der Gesang der Vögel. Ihr rechter Arm war eingeschlafen, weil sie auf ihm gelegen hatte. Sie drehte sich auf den Rücken, und ihr schlaftrunkener Blick wanderte über dunkle Deckenbalken und graue Natursteinwände. Durch ein Fenster fielen erste Sonnenstrahlen herein. Ein warmes Gefühl durchrieselte sie bei der Erinnerung an den vergangenen Abend. Offenbar hatte Danilo nach seiner Rückkehr keine Zeit versäumt, um sie zu sehen. Empfand er dasselbe für sie wie sie für ihn? Denn dass sie sich in ihn verliebt hatte, daran gab es keinen Zweifel mehr.

Sie hatte keine Ahnung, wie spät es war. Ihr Schlaf war tief und traumlos gewesen, und sie fühlte sich ausgeruht wie schon lange nicht mehr. Sie betrachtete die Tür, hinter der Danilo offenbar noch schlief. Wie liebevoll er am Abend zuvor gewesen war. So einfühlsam. Und wie gut es ihr getan hatte, endlich jemandem zu erzählen, was sie so lange schon bedrückte!

Auf einmal verspürte sie den Wunsch, zu ihm zu gehen und sich an ihn zu schmiegen. Ihn sanft zu wecken und …

Sie zögerte, und sofort meldeten sich Bedenken. Als sie an die tränenreiche Szene vom Abend zuvor dachte, stieg Verlegenheit in ihr auf. War er lediglich aus Mitgefühl so liebevoll zu ihr gewesen? Besonders verführerisch konnte sie nicht gewesen sein, verheult und voller Selbstmitleid. Und so verschwitzt, wie sie nach einer Nacht in ihrer Unterwäsche war, konnte sie unmöglich zu ihm unter die Decke schlüpfen.

Sie sah auf ihre Armbanduhr, es war kurz nach sechs. Eine heiße Dusche wäre jetzt genau das Richtige gewesen, aber die gab es hier ja nicht. Draußen plätscherte der Brunnen. Sollte sie sich dort ein wenig frisch machen? Angestrengt lauschte sie, ob aus der Kammer Geräusche zu ihr drangen. Alles war still, bis auf das vielstimmige Gezwitscher der Vögel draußen in den Bäumen.

Leise stieg sie aus dem Bett und legte sich Danilos wattierte Jacke um die Schultern, sog tief seinen Duft in sich ein. Sie griff nach dem Handtuch und ging nach draußen.

Den Brunnen fand sie seitlich neben dem Haus. Elisa überzeugte sich davon, dass die schmale Zufahrt, die zum Rustico führte, hier endet. Es stand also nicht zu befürchten, dass jemand zufällig vorbeikam, zumal nicht zu so früher Stunde. Entschlossen legte sie die Jacke ab und ließ die Träger ihres Unterhemds über ihre Schultern gleiten. Das Wasser, das aus einem alten Bronzehahn in den Steintrog lief, war furchtbar kalt, Elisa hielt dennoch tapfer beide Arme unter den Strahl und wusch sich Brust und Achseln. Ihre Haut färbte sich krebsrot, trotzdem spritzte sie sich das Wasser auch ins Gesicht. Sie hatte gerade das Handtuch um ihren Oberkörper geschlungen, als plötzlich ein Auto aus dem Wald bog und direkt vor dem Rustico zum Stehen kam. Elisa wollte noch ins Innere des Hauses flüchten, doch es war zu spät. Sie erkannte den Wagen. Er gehörte Fabio. Und genau der stieg nun aus und starrte sie an, als wäre sie eine Erscheinung.

»Was machst *du* denn hier?«, fragte er. Sein Blick wanderte an Elisa hinunter und ihr wurde bewusst, dass sie nichts weiter trug als ihren Slip und das Handtuch um die Brust.

»Ich ...«

»*Ciao*, Fabio«, hörte sie Danilos ruhige Stimme hinter sich. »Wie geht's?«

Der Anblick seines Bruders brachte Fabio vollkommen aus der Fassung. Er sah von Danilo zu Elisa und wieder zurück und wurde kreidebleich. »Du bist zurück?«, fragte er, und Elisa nutzte die Gelegenheit, um sich ins Rustico zurückzuziehen.

»Wie du siehst«, hörte sie Danilo sagen. Er hatte das Fenster geöffnet, und nun konnte Elisa das Gespräch der beiden mitanhören. Besonders herzlich schienen die Brüder nicht miteinander umzugehen.

»Warst du überhaupt weg?«, fragte Fabio. »Oder drückst du dich nur vor der Arbeit zu Hause?«

Elisa, die gerade in ihre Jeans schlüpfen wollte, zuckte zusammen. In diesem Ton hatte sie ihn noch nie reden hören. Hastig zog sie ihr T-Shirt über und sah sich vergeblich nach einem Spiegel um. Mit den Fingern versuchte sie, ihr langes Haar zu entwirren, denn eine Bürste hatte sie nicht. Vermutlich sah sie furchtbar aus. Aber war das jetzt wichtig?

»Bist du wegen des Klangholzes gekommen?«, fragte Danilo gerade mit ruhiger Stimme. Mit keinem Wort war er auf Fabios provokante Bemerkung eingegangen. »Ich helfe dir gern, es einzuladen.«

»Was macht Elisa hier?« Fabios Stimme klang gepresst. »Woher kennt ihr euch überhaupt?«

»Sie hat hier übernachtet«, gab Danilo zurück. »Hätte ich dich deswegen um Erlaubnis bitten müssen?«

Elisa holte tief Luft und beschloss, dass sie dieses Scharmützel nicht Danilo überlassen sollte, denn schließlich sprachen die beiden über sie. Sie trat vor die Tür und ging auf Fabio zu. »Hey«, sagte sie freundlich. »Gestern Abend war ich zu müde, um ...«

»Schon klar«, fiel ihr Fabio ins Wort, und in seinen Augen las Elisa, wie tief verletzt er war. »Du warst ja auch zu müde, um mit mir essen zu gehen. Allerdings nicht, um mit meinem Bruder ...« Er stockte und wandte sich von Elisa ab. Stapfte um das Haus herum und verschwand.

»Lass ihn«, sagte Danilo leise zu Elisa. »Tut mir leid, aber wir verstehen uns nicht besonders. Ich helfe ihm jetzt mit dem Holz, okay?«

Elisa nickte und sah zu, wie Danilo seinem Bruder folgte. Ein paar Atemzüge lang blieb sie stehen, unsicher, was sie tun sollte. Dass der stets so freundliche Fabio derart heftig auf ihre Anwesenheit im Rustico reagierte, erfüllte sie mit Bestürzung. Sie mochte ihn gern, er war der Erste hier gewesen, der nett zu ihr gewesen war.

Konnte es sein, dass er eifersüchtig war? Natürlich musste er denken, dass sie und Danilo eine Liebesnacht miteinander verbracht hatten, als er sie halb nackt am Brunnen antraf. Und tatsächlich war es genau das, woran Elisa beim Aufwachen gedacht hatte. Wie schön es wäre, sich nackt an Danilos Körper zu schmiegen.

Hastig wandte sie sich ab und ging zurück ins Haus, füllte, wie Danilo am Abend zuvor, Wasser in den Kessel und versuchte vergeblich, das Feuer wieder zu entzünden. Sie hörte ein Rumpeln hinter der anderen Tür, dort, wo sich laut Danilo die Werkstatt befand, und gleich darauf sah sie die beiden Brüder schwere Bretter zu Fabios Wagen tragen. Offenbar lagerten die Fasettis hier das wertvolle Klangholz, aus dem die Instrumente gebaut wurden. »Haselfichte und Ahorn«, hörte sie Niklas' Stimme in ihrem Kopf, »liefern das beste Ergebnis. Die Hölzer müssen gut abgelagert sein, erst dann entfalten sie ihre Eigenschaften optimal. Die Bäume aus höheren Regionen eignen sich besonders, denn dort wachsen sie wegen der schwierigen

Bedingungen langsam. Schau«, hatte er mehr als einmal gesagt, »die Jahresringe sind dünn, das macht das Holz stabil und verleiht ihm die notwendige Härte, damit es die Schwingungen der Saiten aufnimmt und verstärkt.« Das richtige Holz war eines der Geheimnisse eines perfekten Klangs, neben vielen anderen Details. Elisa brannte darauf, Danilo nach der Herkunft ihrer Bestände zu fragen.

Sie beobachtete, wie Fabio den Kofferraum schloss, und gab sich einen Ruck. Sie mochte Fabio und wollte nicht, dass er so von ihnen schied, also ging sie zu ihm. »Bis bald«, sagte sie freundlich.

Fabio wich ihrem Blick aus. »Wenn du lieber hier herumhängst, kann ja auch meine Mutter heute Niklas besuchen.«

»Ich hänge hier nicht herum«, entgegnete Elisa so ruhig wie möglich. »Und selbstverständlich besuche ich meinen Großvater wie besprochen.«

»Lass ihn«, sagte Danilo verärgert. »Ich entschuldige mich für meinen Bruder. Er weiß offenbar nicht, was sich gehört.« Und damit drehte er sich um und ging ins Haus.

»Fabio, ich …«, setzte Elisa in versöhnlichem Ton an.

»Ist schon gut«, fiel ihr Fabio ins Wort. »Nur eines solltest du wissen: Mein Bruder ist alles andere als zuverlässig. Er kommt und geht, wie es ihm gerade passt. Und die Frauen, die er bislang unglücklich gemacht hat …«

»Danke«, unterbrach Elisa ihn. »Es ist nett, dass du dich um mich sorgst. Aber ich bin erwachsen und kann meine Entscheidungen selbst treffen.«

Fabio presste die Lippen aufeinander. »Natürlich«, sagte er und stieg in seinen Wagen. Er hob die Hand zum Gruß, wendete und fuhr davon.

»Tut mir leid«, sagte Elisa.

Danilo hatte gerade Feuer unter dem Herd angemacht und drehte sich überrascht zu ihr um. »Was tut dir leid?«

»Dass ich für schlechte Stimmung zwischen dir und deinem Bruder gesorgt habe«, erklärte Elisa.

Danilo lachte auf. »Das ist nicht deine Schuld«, entgegnete er. »Fabio und ich ... wir brauchen keinen Anlass, um uns zu streiten. Wir sind wie Feuer und Wasser. Das war schon immer so. Er ist gerade mal anderthalb Jahre älter als ich. Von Anfang an hat er alles besser gewusst. Mein Bruder ist der Musterknabe, und ich bin das schwarze Schaf. So ist das nun mal.« Danilo stellte den Kessel auf die Flamme und drehte sich zu Elisa um. »Er hält uns für ein Liebespaar, weißt du?« Sanft strich er ihr eine Strähne aus der Stirn, und die Berührung seiner Fingerkuppen ließ sie erschauern.

Elisa schloss die Augen. Sie spürte bereits die Wärme seines Körpers, obwohl sie sich noch nicht berührten, von diesen zärtlichen Fingerkuppen einmal abgesehen, die nun an ihrem Ohr entlang und die Linie ihres Halses nachfuhren.

»Ist dir das unangenehm?«

»Nein«, sagte sie leise. »Das ist mir kein bisschen unangenehm.« Als sie fühlte, wie ihre Brüste seinen Oberkörper streiften, überfiel sie eine derartige Sehnsucht nach ihm, dass ihr die Knie weich wurden. Sie öffnete die Augen und sah sein Gesicht ganz nah vor ihrem, spürte seinen Atem. Er beugte sich zu ihr, und seine dichten dunklen Wimpern streiften ihre Wange, ehe seine Lippen die ihren berührten, federleicht, fast wie ein Schmetterling. Und dann war sie nur noch Begehren, all die Wenns und Abers, die ständig ihr Denken beherrschten, verloren jede Bedeutung, und mit einem Aufseufzen schmiegte sie sich an ihn, umfing ihn mit ihren Armen und versenkte ihr Gesicht in der Kuhle zwischen seinem Hals und der Schulter.

»Ich habe jede Minute in Norwegen an dich gedacht«, flüsterte ihr Danilo ins Ohr. »Jede Sekunde. Nachts konnte ich nicht schlafen, und die Tatsache, dass ich nicht wusste, wie ich dich wiederfinden sollte, hat mich fast um den Verstand gebracht. Ich bin verrückt nach dir, Elisa. Schon vom ersten Moment an, als ich dich an dem Tisch im La Posta gesehen habe.« Er umschloss mit seinen Händen zärtlich ihren Kopf und küsste sie voller Leidenschaft.

Sie zog ihn an sich.

Danilo hob sie hoch und trug sie zum Bett, legte sie behutsam darauf und kniete sich vor sie hin. Ließ seine Hände über ihren Körper wandern, streichelte ihre Brüste, ihren Bauch, knöpfte schließlich ihre Jeans auf und half ihr, sie auszuziehen. Sie legte das T-Shirt ab, und mit einem Seufzen liebkoste er sie, drückte viele kleine Küsse auf ihre Haut, fand ihre Brustwarzen und umfing sie sanft mit seinen Zähnen.

»Zieh dich aus«, bat sie leise, und das tat er, dann streifte er ihr den Slip ab, bis sie vollkommen nackt vor ihm lag, das lange blonde Haar auf dem Kissen ausgebreitet wie ein Fächer.

»Du bist so unglaublich schön«, hörte sie ihn sagen. Sie erschauerte unter seiner Berührung, schlang die Arme um ihn und spreizte die Beine, um ihn zu umfangen und fest an sich zu ziehen.

Es war, als hätten sie sich schon immer geliebt. Mit tausend Sinnen schien Danilo zu erfassen, was sie brauchte, noch ehe sie es selbst wusste. Ihr wurde klar, dass sie das noch nie erlebt hatte, mit ihren zweiunddreißig Jahren kam sie sich vor wie eine Anfängerin in der Liebe, und doch bewegte sie sich im perfekten Gleichklang mit ihm, als hätten sie nie etwas anderes getan. Es war wie ein gemeinsamer Tanz, der sich fortsetzte ins Unermessliche, und sich jedes Mal, wenn sie dachte, dass es nun nicht mehr weitergehen konnte, noch steigerte, bis Elisa das

Gefühl hatte, sich aufzulösen und mit Danilo zu verschmelzen in einer unbeschreiblichen Kaskade aus Lust.

Als sie ins Hier und Jetzt zurückkehrten und die Schwerkraft wieder fühlten, sah Elisa auf die Uhr und erschrak. »Wie lange brauche ich von hier bis zur Klinik in Lugano?«, fragte sie und setzte sich auf.

»Ich fahr dich hin«, erklärte Danilo und zog sie wieder in seine Arme. »Aber erst, wenn du mir sagst, ob du glücklich bist.« Er streichelte ihre Schulter und betrachtete sie mit einer Mischung aus Hoffnung und Besorgnis.

»Ja, das bin ich«, antwortete Elisa zärtlich. »Ich war schon eine Ewigkeit nicht mehr so glücklich.« Sie schmiegte sich an ihn und küsste ihn, ehe die Angst sich in ihr ausbreiten konnte, dass dieses Glück so schnell vergehen konnte, wie es gekommen war.

»Ich liebe dich, Elisa«, hörte sie Danilo sagen, als er ihr Gesicht unter seinen Locken vergrub.

»Ich glaube, ich liebe dich auch«, antwortete sie.

»Du glaubst es nur?« Er löste sich von ihr und sah sie forschend an.

»Ich habe so etwas noch nie erlebt«, versuchte Elisa zu erklären. »Das sind einfach große Worte für mich. Und ich meine es ernst damit. Ich sage das nicht so dahin …«

»Ich auch nicht«, entgegnete er, und ihr wurde bewusst, wie verletzend ihre Antwort geklungen haben musste.

»Ich bin einfach vorsichtig geworden.« Sie atmete tief durch. »Weißt du, ich hatte nie viel Glück mit Männern.«

Er betrachtete sie schweigend, und Elisa bekam es mit der Angst zu tun, ihre Worte könnten all das zerstört haben, was gerade noch zwischen ihnen gewesen war.

»Es tut mir leid, ich …«, begann sie, doch Danilo legte sanft einen Finger auf ihre Lippen.

»Ich verstehe, was du meinst«, sagte er. »Auch ich hatte bislang nur ... sagen wir mal, enttäuschende Beziehungen. Aber wir dürfen nicht zulassen, dass die Vergangenheit unser Glück überschattet. Oder?«

»Nein«, antwortete Elisa erleichtert. »Das darf nicht sein.«

Sie staunte nicht schlecht, als ihr Niklas im Flur der Klinik entgegenkam, mühsam auf zwei Krücken gestützt und mithilfe von Amadou, der ihn professionell stabilisierte.

»Starr mich nicht so an«, keuchte er unter der Anstrengung. Es war ihm deutlich anzumerken, dass er sich ihr nicht gerne in diesem Zustand präsentierte.

Elisa jedoch freute sich unbändig darüber, dass ihr Großvater schon das Bett verlassen konnte. Auch seine Aussprache war deutlich besser. »Nun«, gab sie mutig zurück, »ich hab dich schon eleganter gehen sehen. Aber nach allem, was passiert ist, halte ich das hier für eine großartige Leistung.«

Niklas brummte etwas Unverständliches, während Amadou Elisa vielsagend ansah und die Brauen hob.

»Ich weiß, Professor«, sagte er. »Es ist eine schreckliche Unsitte dieses Krankenhauses, einen armen alten, frisch am Gehirn operierten Mann einfach so aus dem Bett zu zerren. Aber das ist nun einmal das Beste für Sie. Und deshalb muss es sein.«

»Kein Wunder jagen sie dich fort«, stöhnte Niklas und warf dem Pfleger einen vorwurfsvollen Blick zu.

»Was soll das heißen?«, fragte Elisa alarmiert. »Wer jagt hier wen fort?«

»Ach, Signorina«, gab Amadou betrübt zurück. »Darüber regt der Professor sich schon den ganzen Morgen auf. Mich jagt keiner fort. Mein Vertrag endet. Das ist alles.«

»Und er wird nicht verlängert«, polterte Niklas, so gut er

konnte. »Ein Skandal ist das.« Er blieb erschöpft stehen. »Ich will mich hinlegen«, verlangte er.

»Noch ein paar Meter, Professor. Bis zur nächsten Tür und zurück. Das schaffen Sie noch. Sie wollen doch wohl jetzt nicht kneifen?«

Besorgt sah Elisa zu, wie Niklas sich stöhnend weiterquälte.

»Muss das denn sein?«, fragte sie Amadou leise.

»Ja, das muss sein«, antwortete der Pfleger fröhlich. »Wenn der Kreislauf in Schwung kommt, wird es ihm gleich viel besser gehen. Der Lebenssaft muss richtig fließen, das hat schon meine Großmutter immer gesagt.«

»Er immer mit seiner Großmutter«, knurrte Niklas genervt.

»Sie war eine sehr weise Frau«, belehrte Amadou seinen Patienten ungerührt. »Meine *Suma Mam* hat viele Menschen gesund gemacht.«

So ging es weiter hin und her zwischen den beiden, bis Niklas vollkommen erschöpft in seinem Bett lag.

»Ich dachte, du bist mit Anna weggefahren«, sagte er, als er sich ein wenig erholt hatte.

»Nein«, antwortete Elisa. »Ich bleibe noch.«

»Musst du nicht fliegen?«

Elisa schüttelte den Kopf. »Ich habe frei. Und es gefällt mir hier.«

Niklas helle Augen ruhten auf ihr, und eine Weile lang schwiegen sie beide. »Das heißt, du kommst wieder her?«, fragte er schließlich.

»Ich wechsle mich mit Mariella ab«, erklärte Elisa und hoffte inständig, dass er sie nicht wieder wegschicken würde. »An einem Tag kommt sie, am anderen ich.«

Ihr Großvater ließ sie nicht aus den Augen. Sein Blick ging Elisa durch und durch, doch sie hielt ihm stand. Und auf einmal sah sie, dass er lächelte. Erleichtert lächelte sie zurück.

Elisa blieb den ganzen restlichen Tag in der Klinik. In den Zeiten, wenn Niklas sich ausruhte oder versorgt wurde, ging sie in die Cafeteria und im Park spazieren. Wenn sie an seinem Bett saß, ließ sie sich auf seinen ruppigen Tonfall ein und hoffte, dass sie sich das Lächeln nicht nur eingebildet hatte. Ob es wirklich ein Zeichen einer Annäherung war, wagte sie noch nicht zu entscheiden.

Außerdem schweiften ihre Gedanken ständig zu Danilo und dem, was zwischen ihnen geschehen war. Noch immer war sie wie benommen vor Glück. Er hatte sie vor der Klinik abgesetzt und versprochen, sie am frühen Abend wieder abzuholen. Natürlich brauchte sie bald einen eigenen fahrbaren Untersatz, wenn sie länger hierblieb. Mit Niklas' Jaguar den holperigen Fahrweg zum Rustico hinaufzufahren wäre einfach absurd.

Am Nachmittag hatte sie Gelegenheit, mit Dr. Fullner zu sprechen, und erfuhr, dass der Eingriff erfolgreich verlaufen war und Niklas, wenn er sich weiter so rasch erholte, bald in eine Rehaklinik überstellt werden sollte.

»Das Problem ist, dass er sich strikt dagegen wehrt.« Der Arzt wirkte besorgt. »Dabei weiß er, dass er mit der richtigen Therapie die Chance hat, viele seiner Körperfunktionen zurückzuerlangen.« Er suchte ihren Blick. »Wenn Sie ihn davon überzeugen könnten, sich auf eine entsprechende Kur einzulassen, wäre das gut.«

Elisa versprach es.

An diesem Tag jedoch vermied sie es, ihn mit Fragen zu bedrängen. Sie verzichtete auch darauf, sich zu erkundigen, wie die Begegnung mit Anna verlaufen war. Elisa war viel zu glücklich und mit ihren eigenen Gefühlen und Gedanken beschäftigt, und Niklas zu erschöpft, für solche heiklen Themen. Ohnehin bezweifelte sie, dass Niklas auf sie hören würde.

»Du hast dich verändert«, sagte er, als sie sich gegen sechs Uhr verabschiedete.

»Na ja«, gab sie verlegen zurück, »ich bin älter geworden.«

»Das meine ich nicht«, entgegnete ihr Großvater. »Seit du das letzte Mal hier warst. Irgendetwas ist passiert.«

Elisa fühlte, wie ihr heiß wurde. Sah Niklas ihr tatsächlich an, dass sie sich verliebt hatte? Oder sogar noch mehr? Sie schluckte, dann entschloss sie sich, ehrlich zu sein.

»Ja.« Sie drückte seine Hand. »Es ist etwas passiert. Etwas Schönes.«

Danilo lehnte an seinem Berlingo und schien tief in Gedanken versunken. Als er Elisa kommen sah, lief ein Strahlen über sein Gesicht.

»Wie geht es ihm?«, fragte er, und Elisa berichtete von Niklas' ersten Gehversuchen und der Notwendigkeit einer Reha zur Wiederherstellung seiner physischen Beweglichkeit. Danilo lachte, als er davon hörte. »Du glaubst auch nicht, dass er sich darauf einlässt?« hakte sie nach.

»Kannst du dir Niklas zwischen anderen siechen Menschen vorstellen?«

Elisa schüttelte den Kopf. »Vielleicht bringt deine Mutter ihn dazu. Sie scheinen ja ein besonderes Verhältnis zueinander zu haben.« Forschend sah sie Danilo an.

Der zuckte mit den Schultern. »Sie kennen sich schon seit einer Ewigkeit«, erklärte er. »Niklas und Papa waren sehr eng befreundet. Ich finde, meine Mutter übertreibt es manchmal mit ihrer Fürsorge. Bist du hungrig?«, wechselte er das Thema.

»Und wie!«, antwortete Elisa. »Ich hab in der Cafeteria nur ein Brötchen gegessen.«

»Lust auf ein kleines Abenteuer?«

»Warum nicht!«

»Dann habe ich eine Überraschung für dich.« Danilo öffnete den Kofferraum und nahm seinen Rucksack heraus. Er schien prall gefüllt.

»Machen wir wieder eine Wanderung?«

»Nein«, antwortete Danilo mit einem verschmitzten Grinsen. »Aber ein paar Schritte müssen wir schon gehen.«

Er führte sie ein paar Straßen weiter in Richtung des steil aufragenden Berges Monte San Salvatore, der sich über die Stadt erhob. Als Elisa den Kopf in den Nacken legte, sah sie zwei rote Kabinen, die sich wie Spielzeugwaggons gemächlich an der fast senkrechten Flanke des Berges entlangbewegten, die eine auf- und die andere abwärts.

»Was ist das?«, fragte sie fasziniert. »Sind das Gondeln?«

»Eine Standseilbahn«, erklärte Danilo und betrachtete sie gespannt. »Wir nennen sie *funicolare*. Was meinst du: Hast du Lust, mit mir dort hochzufahren, oder macht dir das Angst?«

Elisa war begeistert. »Natürlich will ich mit dir dort hoch!«

»Dann hol ich uns mal *biglietti*.«

»Gerne. Was ist eigentlich da drin?« Elisa deutete auf seinen Rucksack. »Ein neues Instrument?«

Danilo lachte aus vollem Halse. »Nein, so schnell geht das nicht. Hier drin ist unser Abendessen«, erklärte er. »Dort oben gibt es zwar ein Restaurant. Unter der Woche hat es aber um diese Jahreszeit noch nicht geöffnet.«

»Was bedeutet eigentlich ›Standseilbahn‹?«, erkundigte sich Elisa Minuten später, während sie auf den Waggon warteten.

»Also, die beiden Gondeln sind durch ein stählernes Zugseil miteinander verbunden, und stell dir vor, das ist rund eineinhalb Kilometer lang. Wird der eine Wagen durch sein Gewicht heruntergezogen, steigt der andere nach oben.«

»Das klingt unglaublich bei dieser Länge.« Elisa sah nach

oben, wo sich die beiden Gondeln bewegten, die eine auf- und die andere abwärts. »Vor allem, weil die Kabinen ja unterschiedliche Steigungen überwinden müssen, wenn ich das richtig sehe?«

»Das stimmt.« Danilo folgte ihrem Blick den Berghang hinauf. »Der zweite Abschnitt ist bedeutend steiler als der erste, und schon der hat es in sich. Deshalb verläuft die Seilbahn auch in zwei Abschnitten. Man muss auf halber Höhe umsteigen. Wenn du genau hinsiehst, erkennst du, dass der eine Wagen immer zwischen dem Gipfel und der Mittelstation hin und her pendelt. Der andere fährt dagegen vom Tal zur Mittelstation und zurück.« Beeindruckt sah Elisa zu, wie sich ihnen die eine rote Gondel näherte und in der Talstation zum Stehen kam. Gemeinsam mit anderen Besuchern passierten sie die Kontrolle, zeigten ihre Fahrkarten und stiegen ein.

»Komm, wir setzen uns ganz nach vorn«, schlug Danilo vor und Elisa folgte ihm. Die Sitze waren gegen die Fahrtrichtung angebracht, sodass man abwärts blicken konnte.

Es dauerte ein paar Minuten, bis sie sich mit einem Rattern gemächlich in Bewegung setzte. Zunächst fuhr sie durch bewohntes Gebiet und überquerten auf Brücken einige Straßen, es dauerte eine Weile, bis sie die Stadt, die sich bis zu den Hängen unterhalb des Monte San Salvatore ausgedehnt hatte, hinter sich ließ. Zu beiden Seiten der Trasse befanden sich nun Gärten, Weinberge und vereinzelte Villen, dann arbeitete sich die Bahn an der Flanke des Bergs immer weiter empor.

Danilo griff nach ihrer Hand, und Elisa wagte kaum zu atmen vor Glück. Noch vor vierundzwanzig Stunden hatte sie sich gefragt, ob sie diesen Mann irgendwann in ihrem Leben wohl wiedersehen würde, und jetzt saß er neben ihr. Sie spürte die Wärme seines Körpers und den sanften Druck seiner Finger. Aber das größte Wunder war, dass er ihre Gefühle erwiderte.

Sie hätte ewig so sitzen mögen, staunte über jeden neuen Ausblick auf die langsam immer kleiner werdende Stadt und freute sich, wenn sie ab und zu den blauen Spiegel des Sees zu sehen bekamen. Schließlich fuhren sie in die Mittelstation ein, und der Wagen hielt an.

»Hier müssen wir umsteigen.« Danilo wies aus dem Fenster. Auf der anderen Seite einer Art Bahnsteig kam von oben gerade die andere Gondel an und hielt genau gegenüber.

»Jetzt wird es erst recht steil«, warnte Danilo Elisa vor, als sie hinübergingen und sich dort wieder den Platz in der ersten Reihe sicherten. »Die Steigung beträgt nun an manchen Stellen mehr als 60 Prozent. Aber keine Angst, diese Bahn fährt seit 1888, und noch nie ist etwas passiert.«

»Ich habe keine Angst«, behauptete Elisa tapfer und zuckte trotzdem zusammen, als der Waggon anfuhr und sie die Schwerkraft spürte, die sie nach vorne zog.

»Falls doch, kannst du dich jederzeit an mir festhalten«, bot Danilo mit einem liebevollen Grinsen an und legte den Arm um ihre Schultern. »Stell dir vor, wir sind zwei Raupen und klettern an einem steilen Grashalm hinauf«, flüsterte er ihr ins Ohr.

»Mit dem Unterschied«, raunte Elisa zurück, »dass eine Raupe kein Stahlseil hat, das sie hinaufzieht. Wie dick ist so ein Seil eigentlich?«

»Stark genug nehme ich an«, antwortete Danilo, holte sein Smartphone aus der Tasche und tippte mit einer Hand darauf herum. »Hier steht es. 33 Millimeter.«

»Das klingt nicht besonders viel«, meinte Elisa, und als sie nach unten blickte und bemerkte, dass sie gerade über einen aufgemauerten Damm fuhren, und wie tief der Abgrund unter ihnen war, wurde ihr doch ein wenig flau im Magen. Unwillkürlich drückte sie sich näher an Danilo heran.

»Darauf habe ich spekuliert«, murmelte er ihr zufrieden ins Ohr. »Komm ruhig noch ein bisschen näher.«

»Und wenn wir stürzen, fallen wir beide.«

»Wir fallen schon nicht«, entgegnete Danilo. »Mit uns beiden geht es immer weiter aufwärts.« Er beugte sich über sie und gab ihr einen langen Kuss. »Beruhigt dich das?«, fragte er.

»Hm, ich glaube, ich brauche noch mehr davon«, flüsterte Elisa glücklich.

Sie verließen die Gipfelstation, und das Erste, was Elisa wahrnahm, war der kühle Wind. Sie zogen ihre Jacken über, und Danilo nahm ihre Hand. Er führte sie zu einer kleinen Kirche, neben der seitlich eine Treppe noch höher auf eine Plattform führte – und Elisa verschlug es angesichts der Aussicht die Sprache. Sie drehte sich einmal um sich selbst und war überwältigt. Hier oben eröffnete sich ihr ein Rundumblick, wie sie ihn noch nie gesehen hatte, obwohl sie schon an viele berühmte Orte gereist war.

»Von hier kannst du die höchsten Berge der Schweiz sehen.« Danilos Augen strahlten. »Wir haben Glück, die Sicht ist ausgezeichnet. Dort hinten am Horizont ist das Matterhorn. Und ein Stück weiter der Dom und die Dufourspitze.«

Andere Touristen drängten sich an die Stelle, wo eine halbrunde Metallscheibe die berühmten alpinen Gipfel und deren Höhe angab.

»Lass uns einen kleinen Spaziergang machen«, schlug Danilo mit Blick auf die anderen Besucher vor. »Ich kenne da ein wunderschönes Plätzchen für unser Picknick.«

Sie folgten ein Stück einem Wanderweg, der, wie Danilo ihr erklärte, bis fast zu dem Dorf führte, an dessen Rand die Rosenholzvilla stand. Schon nach wenigen Hundert Metern wichen sie von ihm ab. Zwischen einzelnen Felsbrocken fand

Danilo mühelos einen Pfad, der weiter nach oben führte, wobei er darauf achtete, dass keiner der Touristen sie beobachtete.

»Es ist nicht gut, wenn Ortsunkundige den ausgeschilderten Weg verlassen.« Umsichtig half er Elisa über einige Felsen. »Aber ich kenne mir hier aus.«

Nach kurzer Zeit erreichten sie eine Stelle, an der sich ihnen erneut der Panaromablick nach allen Seiten eröffnete. Die Felsen gaben die Wärme der Sonnenstrahlen ab und machten den Wind erträglich, der hier wehte. Danilo setzte den Rucksack ab und lehnte ihn gegen ein paar Steine, die sich zu einer kleinen schützenden Arena gruppiert hatten.

»Hier fühlt man sich wie Gott.« Elisa schlang sich das leichte Tuch, das sie stets bei sich hatte, um den Kopf und bewunderte die herrliche Landschaft.

»Christus soll an dieser Stelle eine kurze Zwischenetappe eingelegt haben, als er in den Himmel aufstieg«, erzählte Danilo. »Ich wette, es tat ihm leid, die Erde verlassen zu müssen. Sie ist ein wundervoller Ort.«

Elisa lachte. »Heißt der Berg deswegen San Salvatore?«

Danilo nickte. »Ja, nach unserem Retter. Dort hinten liegt übrigens Italien.« Er wies in südliche Richtung. »Am Horizont kann man die Poebene erahnen.«

»Und welcher See ist das da drüben?«

»Der Lago Maggiore«, antwortete Danilo. »Und hinter den Bergen auf der östlichen Seite liegt der Comer See.«

Er ging zum Rucksack und zog ein flaches Sitzkissen heraus, und legte es auf einen Stein zwischen den Felsen. Dann begann er auf einem anderen Stein, der wie ein Tisch geformt war, ein kleines Büfett aufzubauen. Elisa kletterte zu ihm in die Mulde.

»Nimm Platz«, forderte Danilo sie auf und wies auf das Kissen. »Dein Thron ist bereitet.«

Elisa war gerührt von seiner Fürsorge und setzte sich. Als sie die Köstlichkeiten sah, lief ihr das Wasser im Mund zusammen. Da waren verschiedene Käsesorten auf einem hübschen Holzbrett, ein Becher voller Radieschen und ein anderer mit Oliven, dazu eine Rispe Kirschtomaten. Gerade schälte er ein ordentliches Stück Wurst aus einem Papier.

»Das ist *salame*«, erklärte Danilo. »Ich hab sie von dem Vater eines Freundes, der sie selbst herstellt. Das Fleisch wird mit Gewürzen und Rotwein vermischt und mehrere Monate getrocknet. Das muss auf einer bestimmten Höhe in den Bergen geschehen, behauptet Livio, sonst wird sie nichts.« Er zuckte mit den Schultern und zog ein Klappmesser aus der Tasche. »Probier mal«, sagte er und schob Elisa eine Scheibe hin.

Sie ließ sich nicht zweimal bitten. Die Wurst hatte ein ganz besonderes Aroma, und Elisa griff gleich nach einer weiteren Scheibe, während Danilo einen Beutel aus dem Rucksack holte, in dem sich große, unförmige Stücke befanden, die Knäckebrot ähnelten.

»Das hab ich aus Norwegen mitgebracht.« Er reichte ihr ein Stück. »Willst du probieren? Dort nennen sie es *Flatbrød*. Ich habe selbstverständlich auch hiesiges Brot dabei. Typisches Tessiner Brot.« Er zog einen länglichen, hellen Laib aus dem Rucksack, der aussah, als wären viele rechteckige Brötchen in zwei Reihen aneinandergeklebt.

»Ich probiere gern von beidem«, antwortete Elisa. Die Brote passten perfekt zu Salami und Käse. Elisa naschte von den Oliven und den Radieschen. Sie konnte sich kaum erinnern, wann sie etwas Feineres gegessen hatte.

»Sag mal«, begann Danilo, nachdem sie ihren größten Hunger gestillt hatten. »Was lief da eigentlich zwischen dir und Fabio?«

Elisa hätte sich beinahe an einer Kirschtomate verschluckt.

»Zwischen mir und Fabio?«, fragte sie überrascht. »Was soll da gelaufen sein? Überhaupt nichts.« Nachdenklich musterte sie Danilo. »Wieso fragst du das?«

»Weil mein Bruder sich aufführt, als hätte er ältere Rechte.«

»Wie bitte?« Elisa traute ihren Ohren nicht. »Er hat mir die Werkstatt gezeigt und mich und meine Mutter mitten in der Nacht vom Flughafen abgeholt. Das war ziemlich nett von ihm. Ich hätte nie gedacht, dass er daraus schließen würde … Moment mal«, fiel es Elisa ein. »Was hat er denn genau gesagt? Und wann habt ihr eigentlich über mich gesprochen? Ich denke, ihr geht einander aus dem Weg?«

Danilo spießte ein Stück Käse mit seinem Messer auf. »Ich war heute zu Hause und hab ihm geholfen«, sagte er. »Das hab ich ihm am Morgen versprochen, als er das Holz geholt hat. Es stimmt, was er gesagt hat, ich habe ihn lange hängen lassen. Ganz allein kann er die Werkstatt auf Dauer wirklich nicht halten. Ich habe jetzt mit ihm abgemacht, dass ich zehn Celli bauen werde, das liegt mir, Fabio ist mehr auf Geigen spezialisiert. Und ich habe mit ihm ausgehandelt, dass ich nebenher meine eigenen Instrumente bauen kann. Ich habe ja sonst keine Werkstatt. Die im Rustico ist viel zu klein.« Er brach ein Stück von dem *Flatbrød* ab und aß es mit Käse.

Elisa nickte. »Ich finde es gut, wenn ihr euch wieder vertragt«, sagte sie. »Aber er hat keinen Grund zu denken, ich würde in ihm mehr sehen als einen Nachbarn.«

»Er hat sich offensichtlich in dich verliebt«, gab Danilo zurück und bedachte sie mit einem schwer zu deutenden Blick. »Und das kann ich ihm nicht verdenken. Dabei sind wir alle der Meinung, er sollte Romy endlich verzeihen und zu ihr zurückkehren. Schon allein wegen Mimi.«

Elisa dachte an das entzückende rothaarige Mädchen und deren Sorge, Elisa könnte ihr den Tag mit ihrem Vater verderben, indem sie sich ihnen anschloss. »Was hat Romy denn so Schlimmes verbrochen?«, fragte sie.

»Sie hatte eine Affäre«, verriet Danilo. »Mit einem ziemlichen ... nun ja, ich möchte das A-Wort nicht benutzen, aber ich glaube, du verstehst, was ich meine. Und sie bereut es zutiefst. Es war ein Ausrutscher, sagt sie. Ein großer Irrtum. Leider ist Fabio da ziemlich altmodisch. Er will unbedingt die Scheidung.« Danilo schüttelte verständnislos den Kopf. Elisa legte das Stück *Flatbrød* beiseite, das sie noch in der Hand hielt. Auf einmal hatte sie keinen Appetit mehr. Hielt Danilo einen Seitensprung für eine Lappalie? War Treue für ihn nicht so wichtig? »Dabei sind die beiden wie füreinander geschaffen«, sprach Danilo weiter. »Auch geschäftlich. Romy ist Bogenmacherin, weißt du? Sie macht die besten Bögen für Streichinstrumente diesseits und jenseits der Alpen. Wenn sie irgendwann beschließen sollte, nicht mehr mit uns zu arbeiten, haben wir ein echtes Problem.«

»Aber solche privaten Dinge kann man doch nicht mit dem Geschäftlichen vermischen«, wandte Elisa ein. »Soll Fabio bei ihr bleiben, nur damit ihr weiterhin ihre Bögen verkaufen könnt?«

Danilo sah überrascht auf. »Nein, natürlich nicht«, beeilte er sich zu sagen. »Ich bin allerdings überzeugt, dass mein Bruder Romy immer noch liebt. So was kann man nicht einfach abstellen, nur weil der andere einem wehgetan hat. Er will seine wahren Gefühle nur nicht zulassen. Er ist ...« Er seufzte tief auf und nahm einen Schluck Wasser. »Mein Bruder ist so grauenvoll korrekt«, erklärte er schließlich. »Bei ihm muss alles nach Vorschrift und Regel gehen. Er selbst ist ein Musterknabe, und dass das schwer erträglich ist ... na ja, ich hab es dir ja schon gesagt. Ich behaupte nicht von mir, perfekt zu sein. Ich habe mich schon viele Male in meinem Leben getäuscht. Damit habe ich anderen Menschen wehgetan, und glaub mir, Elisa, ich bin nicht stolz darauf. Aber auf diese Weise habe ich viel vom Leben gelernt und diese Erfahrungen, wenn sie auch schmerzlich waren, möchte ich nicht missen. Von uns Brüdern bin ich der unberechenbarere, das musst du wissen. Wenn es dir darauf ankommt, dass du dir genau ausrechnen kannst, wie dein weiteres Leben verlaufen wird, ist Fabio der bessere Partner für dich.«

Elisa stockte der Atem, als sie ihn so reden hörte. Sie sah Danilos aufgewühlte Miene, nahm den besorgten und doch entschlossenen Ausdruck in seinen Augen wahr, so als hätte er Angst davor, wie sie reagieren würde. Und tatsächlich schnitten ihr seine Worte mitten ins Herz, denn es war ja genau das, was sie sich wünschte: Verlässlichkeit. Sie war einmal von einem geliebten Menschen von einem Tag auf den anderen im Stich gelassen worden, von Niklas, und so eine Erfahrung wollte sie nie wieder machen. Und auf einmal kam ihr ein weiterer Gedanke: War womöglich diese schlimme Erfahrung der Grund, warum ihre Beziehungen in der Vergangenheit nie länger als einige Monate gehalten hatten? Hatte sie instinktiv selbst dafür gesorgt, dass sie zu Ende gingen? Oder hatte sie sich womöglich unbewusst stets Männer ausgesucht, die sich am Ende genauso verhielten wie Niklas? Erst fordernd und dann enttäuscht davon, dass sie nicht diejenige war, die sie in ihr gesehen hatten? »Was du sagst, macht mir Angst«, gestand sie. »Aber eines steht fest: Ich bin kein bisschen in Fabio verliebt. Er ist wirklich nett, und in seiner Gegenwart habe ich mich jedes Mal sehr wohlgefühlt. Er ist nicht mehr für mich als eine Art ... wie soll ich sagen? Wie ein Bruder. Obwohl er *dein* Bruder ist. Und es tut mir leid, dass er das offenbar falsch verstanden hat.« Sie blickte auf und sah, wie Danilos Anspannung nachließ.

»Du brauchst keine Angst zu haben.« Er griff nach ihrer Hand. »Ich liebe dich, Elisa. Und das Letzte, was ich möchte, ist dich zu verletzen. Es ist nur so ... falls du dir ein geordnetes Leben wünschst, wirst du mit mir nicht glücklich werden. Das hab ich dir schon bei unserer ersten Begegnung gesagt: Ich bin noch immer auf der Suche. Ich möchte Instrumente bauen, die mehr können, als passgenaue Klangfarben für ein Symphonisches Orchester beizusteuern. Was mich schon seit Jahren reizt ist Musik, deren Klang die Menschen wirklich berührt. Deswegen bin ich durch die halbe Welt gereist auf der Spur von alten Instrumenten, die dazu noch in der Lage sind, Menschen in ihrer Seele berühren. Und seit gestern wage ich zu hoffen, dass du verstehst, was ich meine.«

Elisa dachte an das, was sie im Steinbruch empfunden hatte, als Danilo spielte. Wie sich ihr Herz geöffnet hatte, ganz gegen ihren Willen, und sie ihre Trauer endlich zulassen konnte. Sie nickte. »Ich weiß, was du meinst«, sagte sie. »Und ich würde niemals wollen, dass du diese Suche aufgibst, um irgendetwas anderes zu tun.«

»Auch wenn das heißt, dass ich dir keine Sicherheiten versprechen kann?«

»Du musst mir gar nichts versprechen«, antwortete Elisa. »Außer einer Sache.«

»Welche?«, fragte Danilo vorsichtig.

»Lass uns immer ehrlich zueinander sein«, bat Elisa. »Mach mir niemals etwas vor, was du später nicht halten kannst.«

Danilo sah sie an, und seine Augen glänzten. »Das verspreche ich dir«, sagte er und drückte ihre Hand. »Lass es uns einander versprechen.«

»So soll es sein«, antwortete Elisa und atmete tief durch.

10

Die Einladung

Sie blieben auf dem Berg, bis sich die Sonne verabschiedete und den Himmel mit einem zarten Rosarot überzog. Die letzte Bahn brachte sie hinunter ins Tal, und an den steilsten Stellen hatte Elisa das Gefühl, kopfüber in die reale Welt katapultiert zu werden. Danilo hielt sie fest umfangen.

Beim Wagen angekommen stellte keiner von ihnen die Frage, wohin sie fahren würden. Den Weg zum Rustico kannte Elisa nun, und während der Fahrt hielten sie einander immer wieder an der Hand.

Obwohl das Bett, in dem Elisa die vorige Nacht geschlafen hatte, nicht besonders breit war, so fanden sie doch eng aneinandergeschmiegt Platz, denn in der Kammer stand nur ein altes Stockbett aus Metall mit durchgelegenen Rosten, was keine wirkliche Alternative war. Sie liebten sich sanft und voller Zärtlichkeit, und Elisa schlief mit einem verwunderten Lächeln auf den Lippen ein, denn noch immer konnte sie ihr Glück kaum fassen.

Am Morgen riss sie das Klingeln von Danilos Wecker aus dem Schlaf, der sein Versprechen, seinem Bruder zu helfen, ernst nahm und wenig später nackt am Brunnen stand, um den Schlaf aus Körper und Hirn zu vertreiben. Elisa gesellte sich zu ihm, und das Ganze endete in einer fröhlichen Wasserschlacht, an deren Ende sie alle beide hellwach waren.

»Wo soll ich dich hinbringen?«, fragte Danilo, als sie das

einfache Frühstück, das aus den Resten des Picknicks bestand, beendeten.

»Nimm mich mit zur Rosenholzvilla«, bat Elisa. »Ich werde mir heute einen Wagen besorgen, damit du mich nicht ständig chauffieren musst.«

»Ruf Dante an«, riet Danilo ihr. »Er kennt alle Autovermieter der Gegend und hilft dir sicher gern.«

»Das ist eine gute Idee«, antwortete Elisa. »Irgendwo muss ich noch seine Visitenkarte haben …«

»Ich geb dir seine Handynummer«, bot Danilo an und diktierte sie ihr ins Smartphone. »Da geht er auf jeden Fall ran.« Er grinste vielsagend. »Cosma hat mir nämlich erzählt, dass er eine neue Freundin hat. Da stellt er schon mal den Klingelton seiner Geschäftsnummer auf stumm.«

Auf der Rückfahrt fiel Elisa die Abzweigung wieder auf, die zu Cosmas alter Mühle führte. Was sie wohl dazu sagen würde, wenn sie erfuhr, dass Danilo und sie ein Paar waren? Ein Paar … bei diesem Gedanken wurde ihr ganz heiß, teils aus Freude, teils aber auch aus einem Gefühl, das verdächtig an Panik erinnerte. Eric fiel ihr ein, und das Gefühl verstärkte sich. Unsinn, sagte sie sich. Danilo und Eric waren so verschieden wie Tag und Nacht.

»Was ist?«, fragte Danilo und legte seine rechte Hand auf die ihre. »Ist alles in Ordnung?«

»Alles gut«, antwortete sie und zwang sich, ruhig zu atmen.

»Du hast an etwas Unangenehmes gedacht«, insistierte Danilo. »Ich hoffe, es hatte nichts mit mir zu tun.«

»Nein«, gab Elisa zurück. »Ich habe … nun ja, ich hab an den Mann gedacht, mit dem ich zuletzt zusammen war. Ein Pilot. Auf den das A-Wort passen würde, das du gestern nicht aussprechen wolltest.«

»Von jetzt an wollen wir solche Menschen nicht mehr in unserem Leben dulden. Was hältst du davon?«

Sie fühlte, wie er ihre Finger sanft drückte und sie nur losließ, um den Wagen um eine Kurve zu steuern. Seine Berührung beruhigte Elisa.

»Einverstanden.« Sie atmete erleichtert auf. Danilo hatte recht. Eric sollte keine Macht mehr über sie haben, weder in der realen Welt noch in ihren Gedanken.

Dante ging erst beim fünften Läuten ans Telefon, und Elisa fürchtete kurz, ihn zu belästigen. Doch seine Freude über ihren Anruf schien echt.

»Cosma hat mir schon erzählt, dass du zurück bist«, sagte er. »Du brauchst ein Auto? Das heißt, du bleibst länger – wie schön! Ein Mietwagen ist kein Problem. Aber falls du etwas Besonderes möchtest, kann ich dir auch einen frisch hergerichteten Fiat Cinquecento leihen. Wäre das etwas für dich?«

»Wunderbar«, antwortete Elisa. »Was kostet der?«

»Für Freunde nichts.«

»Im Ernst?«

»Ganz im Ernst!«, antwortete Dante fröhlich.

»Vielen Dank! Das ist total nett!« Elisa nahm sich vor, sich für den Wagen auf andere Weise zu revanchieren, sie würde schon herausfinden, wie sie Dante eine Freude machen konnte.

»Sehr gerne. Allerdings bietet er ziemlich wenig Komfort.«

»Das macht mir nichts aus«, erklärte Elisa.

»Komm vorbei und sieh ihn dir an.«

»Hier liegt das Problem«, erwiderte Elisa. »Ich sitze in der Villa meines Großvaters fest.«

»Ich hol dich ab«, schlug Dante vor. »Gegen elf kann ich vorbeikommen, wenn du mir verrätst, wo das ist.«

Dante war begeistert, als er die Rosenholzvilla sah, und erkundigte sich sofort, ob Niklas nicht vielleicht einen Teil davon zu Ferienwohnungen umbauen lassen wollte.

»Das ist doch viel zu groß für einen alleinstehenden Mann«, fand er. »Von so etwas träumen meine Kunden aus dem Ausland.« Elisa nahm ihm jedoch schnell jede Hoffnung.

»Erzähl mir nicht, dass dein *nonno* kein Auto hat.« Dante musterte die freistehende Garage. Als er sah, wie Elisa errötete, fügte er eilig hinzu: »Lass mich raten: Hinter diesem Tor steht ein Rolls Royce, mit dem du lieber nicht jeden Tag ausfahren möchtest.«

»Ein Jaguar«, korrigierte Elisa ihn. »Aber mit allem anderen hast du recht. Ich will auf keinen Fall an einer Schramme in Niklas' Heiligtum schuld sein.«

Dante lachte schallend. »Nun, der Cinquecento ist sozusagen das absolute Gegenteil von einem Jaguar, egal welches Modell dein Opa fährt. Und Schrammen hat er auch schon. Also komm, ich fahr dich hin. Hast du etwas dagegen, wenn ich mir unterwegs noch rasch eine Pizza hole?«

Dagegen hatte Elisa nichts einzuwenden. Die Pizza, die Dante bei einem kleinen Imbiss in der Nähe seines Büro erstand, duftete köstlich. Als er ihr auf dem Parkplatz dahinter den pinkfarbenen Fiat zeigte, machte Elisa dennoch große Augen. Es war keineswegs das neue Modell, das ihre Kollegin Lena mit großer Begeisterung fuhr. Sondern einer seiner Vorgänger. Und auf einmal erinnerte sie sich. Als sie noch ganz klein gewesen war, lange bevor sie nach Berlin gezogen waren, da hatte Anna so einen Wagen gefahren. Sofort stieg ein warmes Gefühl in Elisa auf.

»Was du hier siehst, ist ein Modell aus dem Jahr 1991«, erklärte Dante stolz. »Der Motor ist generalüberholt, die Bremsen neu und die Kupplung ebenfalls. Du brauchst dir also keine

Sorgen zu machen, der Kleine lässt dich nicht im Stich.« Er musterte sie. »Na, was meinst du?«

»Meine Mutter fuhr früher so einen Wagen.« Elisa ging fasziniert um den Fiat herum. »Der war allerdings himmelblau.«

»Die Farbe ist der Knaller, oder?« Dante strahlte über das ganze Gesicht. »Es gab nicht viele Modelle in dieser Lackierung.«

»Er sieht aus wie ein Himbeerbonbon auf Rädern. Und ist exakt so alt wie ich.«

»Derselbe Jahrgang?« Dante lachte gutmütig. »Na, das passt doch. Möchtest du ihn?«

»Gerne. Ich hoffe, ich kann angemessen mit ihm umgehen.« Elisa musterte den Wagen genauer. »Muss ich beim Fahren irgendetwas beachten?«

»Er hat eine Schaltkupplung mit fünf Gängen«, erklärte Dante, »und beschleunigt aus dem Stand in sagenhaften 18 Sekunden auf Tempo 100. Du musst ihn allerdings nicht unbedingt so quälen.« Er grinste. »Ansonsten ist alles wie bei einem modernen Auto. Natürlich musst du das Fenster mechanisch herunterkurbeln, und es gibt keine elektronische Zentralverriegelung. Dieses Modell stammt noch aus einer anderen Zeit.« Dante seufzte, und Elisa wurde klar, dass er eine nostalgische Ader hatte. »Komm steig ein, ich zeig es dir.« Sie setzten sich in den Wagen, und Dante steckte den Schlüssel ins Zündschloss. Mit einem satten Brummen sprang der Fiat an. »Siehst du?«, fragte er. »Es ist ein Auto. Kein Himbeerbonbon.« Er wies aufs Handschuhfach. »Hier drin sind alle Papiere und die Nummer der Versicherung, für den Fall, dass etwas sein sollte. Meine Nummer hast du ja. Aber falls du dich mit ihm nicht wohlfühlst und lieber ein richtiges Auto willst«, er zwinkerte ihr zu, »scheu dich nicht, es mir zu sagen. Dann besorge ich dir einen Golf oder etwas Vergleichbares.«

»Danke«, sagte Elisa. »Ich probiere das jetzt einfach aus. Ich muss sagen, er gefällt mir, der Kleine.«

»*Brava*«, lobte Dante sie und stieg aus. »Hab viel Freude mit ihm. Tut mir leid, ich muss jetzt los. Ich habe einen Termin mit einem Kunden.«

Elisa gewöhnte sich rasch an den Cinquecento. Im Straßenverkehr kam sie sich zwar vor wie ein Kleinkind zwischen all den viel größeren Autos, doch der Wagen zog immer wieder Blicke auf sich und zauberte den meisten Menschen ein Lächeln ins Gesicht. Selbst Elisa hatte das Gefühl, als würde der Wagen sie nicht nur von einem Ort zum anderen bringen, sondern außerdem gute Laune verbreiten.

Sie fuhr in die Stadtmitte und besorgte sich ein paar T-Shirts, eine zweite Hose und Wäsche, denn sie hatte eindeutig zu wenig eingepackt für ihren ungeplanten längeren Aufenthalt im Tessin, und das Kleid, das ihre Mutter ihr samt Sandalen geschenkt hatte, erschien ihr weder für ihre Klinikbesuche noch für die Werkstatt passend. In der Villa angekommen, traf sie Serafina dabei an, wie sie nach Annas Abreise das Gästezimmer saubermachte und die Bettwäsche abzog. Sie wollte wissen, ob Elisa an diesem Tag zum Mittagessen da sei. »Mögen Sie Lasagne?«, fragte sie, und Elisa bejahte erfreut.

Sie nahm ein Bad und wusch sich die Haare, machte es sich auf der Terrasse auf einem Liegestuhl bequem. Kaum hatte sie die Augen geschlossen, schlummerte sie auch schon ein. In ihre Träume wob sich ein verführerischer Duft nach Tomatensauce und überbackenem Käse. Und auf einmal fühlte sie, wie ein Schatten auf sie fiel. Sie öffnete die Augen und sah Danilo auf sie herablächeln.

»Ich hoffe, ich hab dich nicht geweckt, *cara*.« Er beugte sich über sie und gab ihr einen Kuss.

»Eigentlich wollte ich gar nicht einschlafen«, flüsterte Elisa noch ganz benommen.

»Hier riecht es lecker«, meinte Danilo und sog genießerisch die Luft ein.

»Serafina macht Lasagne«, erklärte Elisa und setzte sich auf. »Möchtest du mit mir essen?«

»Da sag ich nicht Nein. Vor allem, da meine Mutter bei Niklas in der Klinik ist und Fabio mit Mimi heute einen Ausflug macht. Am Abend ist er bei Romy. Ich hoffe sehr, sie versöhnen sich wieder.« Danilo reichte Elisa die Hand, um ihr vom Liegestuhl aufzuhelfen. »Ich esse also gerne mit. Aber nur, wenn genug von der Lasagne da ist.«

Danilo zog sie in seine Arme, und über seine Schulter hinweg sah Elisa, dass Serafina auf die Terrasse kam. Als die Haushälterin Danilo erkannte, riss sie überrascht die Augen auf. »Wir haben heute einen Gast zum Mittagessen«, sagte Elisa zu ihr und löste sich sanft aus Danilos Umarmung. »Ist das in Ordnung?«

»Es riecht einfach göttlich«, schob Danilo hinterher und schenkte Serafina sein charmantestes Lächeln.

»*Naturalmente.*« Errötend strich Serafina ihr widerspenstiges Haar zurück. »Es ist genug da. Möchten Sie bei dem schönen Wetter hier draußen essen?«

»Du bist heute also allein in der Werkstatt?«, fragte Elisa, als sie sich die Lasagne schmecken ließen.

»Ja, und das ist mir auch lieber so«, antwortete er. »Gestern hatte mein Bruder grauenhafte Laune, so kenne ich ihn eigentlich gar nicht. Du scheinst mächtig Eindruck auf ihn gemacht zu haben.«

»Ach, hör auf«, wehrte Elisa verlegen ab.

»Meine Mutter hat uns beide übrigens zum Abendessen eingeladen. Sie möchte dich kennenlernen.«

Elisas Gabel, die sie gerade zum Mund führen wollte, stockte in der Luft. »Sie will mich kennenlernen?«, fragte sie irritiert. »Wir kennen uns bereits.«

Danilo sah sie erstaunt an. »Wirklich?«

»Ja, und es sieht nicht danach aus, als könnte sei mich besonders gut leiden.«

Danilo legte sein Besteck ab. »Wie seltsam! Sie hat sich riesig gefreut, als ich erzählt habe, dass wir jetzt zusammen sind. Ganz im Gegensatz zu Fabio.« Er zog eine kleine Grimasse. »Aber der kriegt sich schon wieder ein.« Er betrachtete Elisa nachdenklich. »Meine Mutter hat eine raue Schale, sie kann wirklich schwierig sein. Ich wohne nicht umsonst lieber im Rustico als mit ihr unter einem Dach. Also wenn du nicht hinmöchtest, sag ich einfach ab.«

Elisa dachte nach. Sie musste sich ohnehin mit Mariella irgendwie zusammenraufen, schon um Niklas' Willen. Außerdem war sie Danilos Mutter, und auch dies war ein Grund, es noch einmal zu versuchen. »Wir sollten die Einladung annehmen«, sagte sie schließlich.

»Bist du sicher?« Danilo sah sie forschend an.

»Einen Versuch ist es wert, oder?«

»Weißt du, was?« Danilo legte seine Hand auf die ihre. »Sollte es tatsächlich unangenehm werden, verabschieden wir uns einfach.«

Elisa seufzte. Sie hasste Konfrontationen. Ausnahmsweise würde sie es darauf ankommen lassen.

»Einverstanden«, sagte sie. »Sollen wir Serafina fragen, ob sie uns Kaffee macht?«

Später, nachdem Danilo in die Werkstatt zurückgekehrt war, zerbrach sich Elisa den Kopf, was sie Mariella mitbringen könnte. Blumen erschienen ihr angesichts des prächtigen Gartens, den sie gesehen hatte, fehl am Platz. Und etwas Süßes zum Nachtisch zu kaufen kam ihr ebenfalls falsch vor, wenn sie an den leckeren Kuchen dachte, den sie bei Mariella gekostet hatte.

Sie beschloss, einen Spaziergang ins Dorf zu machen, was sie schon lange vorhatte, dort würde sie sicher ein geeignetes Mitbringsel finden. Sie bummelte durch die pittoresken, mit unregelmäßigen Steinplatten gepflasterten Gassen, von denen manche durch enge, überwölbte Passagen zwischen den aneinandergeschmiegten Häusern hindurchführten, bewunderte die üppig blühenden Pflanzen, die in Trögen das Grau der Natursteinmauern farbenprächtig auflockerten. An einem hübschen Platz mit einem plätschernden Brunnen vor einer Kirche mit eindrucksvollem Glockenturm fand sie eine Vinothek und kaufte eine Flasche Prosecco, von der der Händler schwor, dass sie so etwas Gutes noch nie getrunken habe, und kehrte schließlich in die Villa zurück.

Dort las sie ein wenig in Daniel Barenboims Biographie, doch ihre Gedanken wanderten immer wieder zu der überraschenden Einladung, und sie fragte sich, was dieser Abend wohl bringen würde. Sie hoffte sehr, dass sie zu einem freundlichen Umgang miteinander finden würden. Auf jeden Fall musste sie mit Mariella über Niklas' Zukunft sprechen, darüber, wie es weiterging, wenn er aus der Klinik entlassen wurde. Und einmal mehr fragte sie sich, in welchem Verhältnis die beiden zueinander standen. Gründete es auf der langen Freundschaft zwischen Niklas und Mariellas verstorbenem Mann? Fühlte ihr Großvater sich verantwortlich für die Instrumentenbauerfamilie? Hatte er sich Mariella und den Söhnen angeschlossen, weil sie und Anna sich von ihm abgewandt hatten? Waren die Fasettis seine Ersatzfamilie geworden?

Elisa sah auf die Uhr und stellte fest, dass es Zeit wurde, sich für den Besuch fertig zu machen. Was auch immer Mariellas

Rolle war, sie selbst würde sich keinesfalls zwischen sie und Niklas stellen.

Als Elisa schließlich über den Weg durch den Park im Hof der Fasettis ankam, war es viel zu früh. Auf der Suche nach Danilo klopfte sie an der Werkstatt, und als sie sein »Komm ruhig rein«, hörte, wurde ihr wieder leicht ums Herz. Die Spätnachmittagssonne fiel schräg durch die Fenster und brachte sein Haar zum Leuchten, in diesem weichen Licht wirkten seine Locken fast ein wenig rötlich.

Auf der Werkbank entdeckte Elisa einen noch rohen Celloboden, daneben ringelten sich feine, duftende Späne. Danilo arbeitete gerade mit einem scharfen Hobel die sanften Wölbung aus dem Brett heraus, denn ein Celloboden war niemals plan, sondern hatte einen kleinen, aber für den Klang umso wichtigeren »Bauch«.

Auf der anderen Werkbank lag das Instrument, das Danilo bei seinem Freund in Norwegen gebaut hatte. Elisa ging dorthin und zupfte nachdenklich an den Saiten.

»Hast du schon einmal ausprobiert, wie es mit Silbersaiten klingen würde?«, fragte sie. Früher hatte sie mit Silber ummantelte Saiten benutzt, die einen ganz besonderen Klang entfalteten.

Danilo sah überrascht auf. »Nein«, antwortete er. »Ist eine gute Idee.«

»Oben in der Villa hab ich noch welche gefunden«, fuhr Elisa fort. »Wenn du willst, testen wir das morgen mal.« Ganz in Gedanken nahm sie das Instrument und setzte sich auf einen Hocker. Sie stimmte die vier Grundsaiten nach dem Gehör, nahm den Bogen und setzte ihn an. Als der erste Ton unter ihren Händen erklang, war es wie ein tiefes Einatmen. Erstaunt setzte sie ab.

»Spiel weiter«, bat Danilo leise. »Irgendwas. Ein paar Töne.«

Elisa fühlte, wie ein Prickeln durch ihren Körper lief, so als erwachte etwas in ihr, was lange geschlafen hatte. Sie schloss die Augen und versuchte, nicht an früher zu denken, einfach gar nicht zu denken, und begann von Neuem.

Die Finger ihrer linken Hand mussten sich erst an das kleinere Griffbrett gewöhnen, die Töne lagen viel enger beieinander als beim Cello. Der Bogen lag gut in ihrer Rechten, und die Saiten sprachen unter seiner Berührung bereitwillig an. Das kleine Ding in ihrem Arm war außergewöhnlich, das hatte sie bereits im Steinbruch bemerkt, aber es war kein Cello, und das war unendlich beruhigend. Immer unbefangener erkundete sie die Möglichkeiten von Danilos Instrument vom tiefsten Ton bis zu den höchsten Höhen, erforschte seine Stärken und die Schwachstellen.

»Hier.« Sie hielt eine hohe Note lange aus. »Das könnte weicher und voller klingen. Und in dieser Lage«, sie glitt ein paar Intervalle tiefer, »ist ein flirrender Beiton. Hörst du das?«

Erst nach einer Weile bemerkte sie den freudig überraschten Blick, mit dem Danilo sie ansah.

»Stimmt«, sagte er. »Jetzt wo du es sagst ... Wir werden gemeinsam daran arbeiten. Hilfst du mir?«

»Ach, hier seid ihr!« Elisa und Danilo fuhren herum. In der Tür stand Mariella und musterte sie mit einem schwer zu deutenden Blick. Dann hatte sie das Instrument in Elisas Händen entdeckt. »Was ist denn das?«

»Ein Experiment«, antwortete Danilo. Er nahm es Elisa rasch aus der Hand und schob es in das Futteral.

Mariellas Miene versteinerte. »Arbeitest du immer noch an diesem Unsinn?«, rief sie ungehalten aus.

»Sollen wir zum Essen kommen?«, erwiderte Danilo, so als hätte sie nichts gesagt.

Seine Mutter sah sich in der Werkstatt um, und als sie das angefangene Cello entdeckte, entspannten sich ihre Züge.

»Ich hoffe, du hast verstanden, dass wir deine Hilfe dringend brauchen«, sagte sie. »Und dass keine Zeit ist für …«

»*Mamma*«, unterbrach Danilo sie freundlich, aber bestimmt. »Ich habe gehofft, *du* hättest verstanden, dass solche Reden nur eines zur Folge haben: Dass ich wieder verschwinde. Also lass mich die Arbeit auf meine Weise tun.«

Beklommen sah Elisa von ihm zu Mariella. Das fing ja gut an. Da wandte sich Danilos Mutter zu ihr. Überraschend sanft sagte sie: »Vielleicht kannst du ihn ja zur Vernunft bringen. Und nun kommt zum Essen.«

Im Haus schlug ihnen der köstliche Duft eines Schmorgerichts entgegen. Der Tisch war liebevoll gedeckt und mit Blumen aus dem Garten geschmückt. Mariella nahm dankend den Prosecco entgegen und schien dabei nicht recht bei der Sache. Elisa fand, dass sie ihren jüngeren Sohn beobachtete, als wäre er ein unberechenbares Kind, das im nächsten Augenblick irgendwelchen Unsinn anstellen könnte. Während Mariella als Vorspeise einen Wildkräutersalat mit Ziegenkäse aus der Gegend servierte, herrschte beklommenes Schweigen, und Elisa fragte sich, warum Danilos Mutter sich überhaupt die Mühe gemacht hatte, sie einzuladen. Doch dann sah sie, wie Mariella beim Öffnen der Weinflasche die Hände zitterten, und sie begriff auf einmal, dass sie nervös war. Aber warum?

»Wie war es heute in der Klinik?«, brach Elisa das Schweigen und rang sich ein unverbindliches Lächeln ab.

»Niklas geht es recht gut«, antwortete Mariella, die erleichtert schien, dass Elisa das Gespräch in Gang brachte. »Er soll nächste Woche in die Reha entlassen werden.«

»Nächste Woche schon? Ist er denn damit inzwischen einverstanden?«, fragte Elisa gespannt.

Mariella schüttelte den Kopf. »Nein, er wehrt sich mit

Händen und Füßen. Ich fürchte nur, es wird ihm nichts anderes übrig bleiben. Die Stationsschwester hat mir ein paar Einrichtungen genannt. Wenn du möchtest, können wir die Liste nachher miteinander durchsehen.«

»Ja gerne.« Elisa war angenehm überrascht davon, wie Mariella sie in ihre Überlegungen um Niklas einbezog. »Aber kann er gegen seinen Willen dorthin überwiesen werden? Ich fürchte, das ist nicht möglich.«

»Wir müssen ihn einfach davon überzeugen«, erklärte Mariella entschlossen. Ihr Blick wanderte zu Danilo. »Du könntest ihn auch mal besuchen.« Ihre Stimme klang schon wieder vorwurfsvoll. »Fabio war schon mehrfach bei ihm.«

Danilo blickte auf, und Elisa erschrak über den wütenden Ausdruck in seinen Augen. »Ich werde Niklas nicht in der Klinik besuchen«, erklärte er heftig. »Und weißt du, warum? Weil er es hasst, in diesem Zustand der Schwäche gesehen zu werden, mir würde es genauso gehen an seiner Stelle. Es reicht, wenn du und mein Musterbruder ihm auf die Pelle rückt und ihn zu Dingen zu überreden versucht, die er nun mal nicht will.«

Mariella wurde bleich. »Jemand muss sich schließlich um ihn kümmern«, gab sie verletzt zurück.

»Das stimmt«, pflichtete Danilo ihr bei und schob seinen leeren Salatteller von sich. »Und das erledigst du ja schon. Höflichkeitsbesuche darüber hinaus sind das Letzte, was Niklas wünscht. So gut solltest du ihn kennen.«

Mariella öffnete den Mund, um ihm, ihrer Miene nach zu urteilen, heftig zu entgegnen, doch dann ließ sie es sein. Auf einmal wirkte sie müde, und wider Willen empfand Elisa Mitleid mit ihr. Warum nur war das Verhältnis zwischen ihr und Danilo so verfahren?

Mariella erhob sich, um die leer gegessenen Salatteller abzuräumen. Elisa widerstand dem Impuls, ihr dabei zur Hand zu gehen. Sie war hier zu Gast und sollte sich entsprechend verhalten, auch wenn es ihr schwerfiel, sich von Mariella bedienen zu lassen und ihr die angespannte Stimmung auf den Magen schlug.

Um den Abend halbwegs erträglich hinter sich zu bringen, verwickelte sie Mariella in ein Gespräch über den köstlichen, in Rotwein mit Gemüse gegarten Rinderbraten, den es zur Hauptspeise gab, und erfuhr, dass dieser *Brassato di Manzo* eine typische Tessiner Spezialität war. Und als Mariella beim Nachtisch erneut auf die Notwendigkeit hinwies, Niklas die beste Nachbehandlung in einer guten Rehaklinik zu gewährleisten, brach Danilo endlich sein hartnäckiges Schweigen.

»Warum sucht ihr nicht einen fähigen Therapeuten? Jemanden, der ihn zu Hause betreut?« Er blickte fragend von Mariella zu Elisa. »Statt ihn zu etwas zu zwingen, was er wirklich nicht will, solltet ihr nach anderen Lösungen suchen, die seinem Naturell entsprechen.«

»Das ist eine gute Idee«, antwortete Elisa begeistert.

»Er soll in der Villa betreut werden?« Mariella sah sie skeptisch an. »Niklas kann kaum laufen. Wie soll er die Treppe hochkommen?«

»Wir könnten ihn im Musikzimmer einquartieren«, überlegte Elisa. »Da hält er sich sowieso am liebsten auf.«

»Und der Gartensalon könnte zum Trainingslager werden«, schlug Danilo vor.

»Aber...« Mariella runzelte die Stirn. »Braucht es nicht eine Menge medizinischer Geräte?«

»Vielleicht kann man die ausleihen.« Elisa gefiel die Idee immer besser. »Und wenn nicht, schafft er sie sich einfach an.« Sie zweifelte keinen Moment daran, dass ihr Großvater sich diese Investitionen leisten könnte. Allein der Jaguar war eine Menge Geld wert.

»Also bräuchte er nur noch einen Therapeuten, der es mit ihm aushält.« Zum ersten Mal, seit er sich zu Tisch gesetzt hatte, lächelte Danilo.

»Ich weiß nicht …«

»Wir fragen ihn einfach«, unterbrach Elisa Danilos Mutter. »Danilo hat vollkommen recht. Wenn Niklas nicht in eine Rehaklinik will, können wir ihn nicht dazu zwingen. Außerdem sollten wir keinesfalls sinnlose Diskussionen mit ihm führen, die ihn nur aufregen. Ich spreche morgen mit ihm, dann wissen wir, was er davon hält.«

Elisa fand Niklas' Zimmer leer vor, als sie am folgenden Morgen nach ihm sehen wollte.

»Der Professor ist im Park«, informierte Schwester Ingrid sie zu ihrer Überraschung.

Elisa verließ das Klinikgebäude durch eine rückwärtige Tür im Erdgeschoss und betrat den von uralten Bäumen beschatteten Garten. Einige Patienten standen rauchend beisammen, manche zogen den Ständer mit ihrer Infusion hinter sich her. Elisa ließ ihren Blick suchend weiterschweifen. Auf Parkbänken saßen hier und dort Menschen in Trainingsanzügen oder Hausmänteln. Ihr Großvater war nicht darunter.

Sie folgte einem der mit Steinplatten belegten Wege und fragte sich, wie um alles in der Welt Niklas hierhergelangt sein könnte. Auf einmal entdeckte sie Amadou unter einem mächtigen Rosenholzbaum. Er stand entspannt da und schien im Gespräch mit jemandem, den Elisa noch nicht sehen konnte. Nach kurzem Zögern verließ sie den Weg und ging über die Wiese auf den Pfleger zu.

Er sprach mit einem ebenfalls groß gewachsenen Mann, der in einem Rollstuhl saß, der viel zu klein für ihn schien. Es war Niklas, und es sah ganz so aus, als wäre er erbost.

»Ah«, machte er, als er Elisa sah. »Da kommt die nächste Nervensäge. Ich sage dir gleich, dass ich nicht in so eine Rehaklinik gehen werde.« Er blinzelte kämpferisch zu ihr empor.

»Hallo Niklas«, antwortete sie und konnte sich ein Lächeln nicht verkneifen. »Ich freu mich auch, dich zu sehen.«

»In diesem Fall kann ich mich ja verabschieden«, erklärte Amadou und warf Elisa einen vielsagenden Blick zu. »Sie bringen diesen Dickschädel sicher gerne wieder zurück in sein Bett?« Und als er Elisas erschrockene Miene bemerkte, fügte er hinzu: »Rufen Sie einfach auf der Station an, wenn Sie genug von ihm haben, dann holen wir ihn ab.« Und damit wandte er sich um und stapfte davon.

»So ein Flegel«, knurrte Niklas und zog die buschigen Augenbrauen noch enger zusammen. »Ich weiß gar nicht, warum ich mir das alles bieten lasse.« Er heftete seinen Blick auf Elisa und sagte: »Sie hätten mich besser sterben lassen sollen.«

»Aber nein!«, gab Elisa entsetzt zurück.

»Sieh mich doch an«, polterte Niklas los. »Ich bin ein Krüppel. Und alle denken, sie können über mich entscheiden.« Er wandte schnaubend den Kopf ab, seine Kieferknochen malmten.

»Können wir irgendwohin gehen, wo auch ich mich hinsetzen kann?«, fragte Elisa. »Zum Beispiel da drüben?« Sie wies auf eine freie Bank unter einer ausladenden Zeder. Dort wären sie vor neugierigen Blicken geschützt, denn es war offensichtlich, dass Niklas sich am liebsten irgendwo verkriechen wollte.

»Tut mir leid, den Gefallen kann ich dir nicht tun«, presste Niklas hervor. »Wenn ich gehen könnte, wäre ich längst nicht mehr hier.«

»Darf ich dich im Rollstuhl zu der Bank schieben?«, fragte Elisa geduldig. Ihr war klar, dass sie besser nicht einfach die Initiative ergriff, sondern Niklas' Erlaubnis einholte, ehe sie ihn irgendwohin brachte.

»Von mir aus«, brummte er.

Es war nicht einfach, den Rollstuhl über die Wiese zu bewegen, doch irgendwann hatten sie die Bank erreicht. Elisa platzierte ihren Großvater so, dass er seitlich vor der Bank zum Stehen kam, und ließ sich erschöpft nieder. Niklas hielt noch immer den Blick abgewandt, und Elisa schnitt es ins Herz, als sie den zutiefst unglücklichen Ausdruck auf seinem Gesicht sah.

»Was würdest du am liebsten tun, wenn man dich nächste Woche entlässt?«

»Sterben«, antwortete Niklas wie aus der Pistole geschossen, und Elisa hielt kurz den Atem an.

»Und am zweitliebsten?«, fragte sie und gab sich alle Mühe, sich nicht anhören zu lassen, wie sehr Niklas' Verzweiflung sie aus der Fassung brachte.

Er drehte den Kopf zu ihr und sah sie misstrauisch an. »Jedenfalls will ich nicht in so eine Klinik.«

»Das hab ich inzwischen verstanden«, gab Elisa freundlich zurück. »Was möchtest du stattdessen?«

Niklas starrte sie an, dann wandte er sich wieder ab. Minuten verstrichen, und keiner von ihnen sprach. Elisa hörte eine Amsel im Geäst der Zeder singen, eine andere antwortete etwas weiter entfernt. Das Sirren von Flügeln erklang, und zwei Waldtauben flogen auf und verließen den Baum über ihnen. Ein Schmetterling kam angesegelt, umschwirrte sie beide und setzte sich unvermittelt auf Niklas' Hand. Er schien es nicht zu bemerken, sein Blick ging in die Ferne. Als der Schmetterling wegflog, hätte Elisa am liebsten diese Hand in die ihre genommen, doch sie wagte es nicht. Noch nie hatte sie ihren Großvater so verletzlich erlebt, er kam ihr vor wie ein Adler mit gebrochenen Schwingen.

»Am liebsten möchte ich nach Hause«, sagte er schließlich leise. »Aber das geht wohl nicht.«

»Vielleicht doch«, entgegnete Elisa sanft. Überrascht sah Niklas sie an. »Es war Danilos Idee«, fuhr sie fort. »Was, wenn wir alles, was du in der Reha machen würdest, in die Villa holen?«

»Wie sollte das gehen?«, fragte Niklas barsch.

Elisa erzählte ihm von ihren Überlegungen. »Die Villa ist groß genug. Ich könnte mir vorstellen, dass das klappt.«

»Du willst die Rosenholzvilla in eine verdammte Rehaklinik verwandeln?« Niklas musterte sie zornig. »Bist du verrückt geworden?«

Elisa sank das Herz. Sie hatte wirklich geglaubt, eine Lösung gefunden zu haben, die seine Zustimmung fand. »Nun, etwas anderes fällt mir gerade nicht ein«, sagte sie. »Vielleicht hast du einen besseren Vorschlag?«

Niklas starrte sie böse an. »Wieso bist du überhaupt hier?«, fragte er. »Warum lebst du nicht dein eigenes Leben, so wie du es immer wolltest?«

Elisa beschloss, sich nicht von ihm provozieren zu lassen. Es war seltsam, seit sie mit Danilo zusammen war, hatte eine ungewohnte Gelassenheit von ihr Besitz ergriffen. »Könnte es sein, dass du Hilfe brauchst?«, fragte sie freundlich.

Zunächst wollte Niklas aufbegehren, dann sank er in sich zusammen und wandte den Kopf ab. Es sah so aus, als betrachtete er eingehend den Rosenholzbaum, unter dem Elisa ihn mit Amadou angetroffen hatte. So saßen sie schweigend eine lange Weile. Und auf einmal erkannte Elisa am leisen Zucken seiner Schultern, dass Niklas weinte.

11

Glockenblume

»Das darf doch nicht wahr sein!,« schimpfte Cosma und hob eine der beiden Schildkröten behutsam hoch, während die andere wütend nach ihr schnappte. »Da ist euer Revier so groß, und trotzdem müsst ihr miteinander kämpfen?« Elisa trat erschrocken näher. Niemals hätte sie geglaubt, dass zwei so friedfertig wirkende Tiere derart aneinandergeraten konnten. »Es sind zwei Männchen«, erklärte Cosma. »Ich hatte gehofft, dass sie sich aus dem Weg gehen würden. Aber das ist jetzt schon das dritte Mal, dass ich die beiden trennen muss. Sieht so aus, als könnte nur einer von beiden hierbleiben.« Sie bückte sich und pflückte ein paar Löwenzahnblätter. »Lass uns ins Behandlungszimmer gehen«, fuhr sie fort. »Ich fürchte, Heraklit hat ihn am Hals erwischt.«

»Und was machst du jetzt?«, fragte Elisa und folgte ihr ins Gebäude.

»Ich könnte natürlich für jeden ein Revier abstecken«, antwortete Cosma und setzte die Schildkröte vorsichtig auf dem Untersuchungstisch ab. »Für so etwas hab ich allerdings keine Zeit. Hier ist jede Menge Platz, und ich habe wahrlich genug um die Ohren ...« Auf einmal sah sie Elisa an, und ihre Augen leuchteten auf. »Ich hab's«, sagte sie. »Du hast doch neulich gesagt, dass du gerne eine Schildkröte hättest.«

»Ich?« Elisa riss verblüfft die Augen auf. »Das hab ich niemals gesagt.«

»Aber so etwas Ähnliches«, beharrte Cosma. »Dass du auf Schildkröten aufpassen könntest. Im Ernst: Du würdest mir einen Riesengefallen tun, wenn du dieses hübsche Tier mit zur Rosenholzvilla nehmen würdest. Der Park ist ideal. Nur im Winter, da muss der Gute in den Kühlschrank.«

»Wie bitte?« Elisa glaubte, sich verhört zu haben.

»Am besten kauft dein Großvater einen kleinen Kühlschrank nur für das Tier«, erklärte Cosma. »Ich kann mir schlecht vorstellen, dass er es amüsant findet, seinen Champagner direkt neben unserem Freund hier aufzubewahren.« Sie kicherte, und Elisa musterte verblüfft das Tier auf dem Behandlungstisch, das seinen Kopf in den Panzer zurückgezogen hatte und vorsichtig daraus hervorlugte. »Außerdem stört es ihn, wenn man andauernd die Tür auf und zu macht.«

»Schildkröten müssen im Winter wirklich in einen Kühlschrank?«, fragte Elisa ungläubig. »Du nimmst mich auf den Arm.«

»Nein, überhaupt nicht.« Cosma lockte das Tier mit einem Löwenzahnblatt, und tatsächlich machte es den Hals lang. Blitzschnell tupfte Cosma mit einem Wattestäbchen Creme auf die winzige Verletzung. »Von November bis März gehen diese Reptilien in Winterstarre. Erst im Frühling kommt wieder Leben in die Tiere, wobei das natürlich nicht der richtige Ausdruck ist, sie sind ja nicht tot, sondern ihr Stoffwechsel wird im Winter einfach nur heruntergefahren.« Sie setzte das Tier in ein großes Terrarium und legte die restlichen Löwenzahnblätter dazu. »Ich kann dir helfen, ein passendes Frühbeet für das Tier zu installieren, als Rückzugsort und Wärmespeicher. Ansonsten lässt du ihn einfach im Park umhermarschieren. Du wirst sehen, Schildkröten machen kaum Arbeit. Und um die medizinische Versorgung kümmere ich mich. Versprochen.«

Elisa betrachtete die Schildkröte, die vorsichtig das Terrarium erkundete. »Cosma, ich weiß nicht.«

»Im Terrarium kann er nicht bleiben, das ist viel zu klein«, sagte Cosma. »Und da draußen? Ich fürchte, Heraklit macht ihn das nächste Mal kalt.«

»Was fressen die denn?«

»Wildkräuter«, erklärte Cosma. »Brennnessel, Spitzwegerich, Gänseblümchen, Taubnessel. Davon gibt es bestimmt jede Menge in eurem Park.«

»Ich glaube kaum, dass Niklas begeistert sein wird«, wandte Elisa ein.

»Er wird ihn überhaupt nicht zu Gesicht bekommen. Bis dein Großvater im Park spazieren gehen kann, wird es ja leider noch eine Weile dauern.« Cosma sah Elisa bittend an. »Und das mit dem Kühlschrank ... Darum könnte sich doch eure Haushälterin kümmern. Wirklich, Elisa. Du würdest mir einen Riesengefallen tun.«

»Na schön«, seufzte Elisa. »Vorausgesetzt, Serafina ist damit einverstanden. Besser wir machen das, bevor mein Großvater aus der Klinik entlassen wird.«

Es war ein hartes Stück Arbeit gewesen, aber irgendwann war Niklas zur Vernunft gekommen und hatte dem Plan zugestimmt, die Reha zu Hause durchzuführen. Seitdem waren Elisa und Mariella damit beschäftigt, seine Versorgung zu organisieren und die wenigen Hindernisse zu beseitigen, die sich in der unteren Etage der Villa einem Rollstuhl boten.

»Wie geht es ihm eigentlich?«, fragte Cosma, und Elisa seufzte.

»Wenn man bedenkt, was er hinter sich hat, geht es ihm eigentlich ziemlich gut«, erzählte sie. »Das Problem ist, dass er nie zuvor krank gewesen ist und es einfach nicht akzeptieren kann, dass er jetzt Hilfe braucht. Ich glaube, er war immer der

Meinung, dass kranke Menschen sich einfach nur gehen lassen. Ich habe ja am eigenen Leib zu spüren bekommen, wie er darüber denkt.«

»Dann ist es eine wichtige Lernerfahrung für ihn«, fand Cosma.

Elisa lachte auf. »Ja, das ist es. Und für uns alle anderen ebenfalls.«

Die größte Herausforderung schien es, das passende Pflegepersonal zu finden. Und das nicht wegen eines Mangels an ausgebildeten Kräften, Elisa hatte bereits eine Liste von Agenturen von der Klinik erhalten, die Therapeuten für die Privatpflege vermittelten. Das Problem war, dass Niklas äußerst wählerisch war, um nicht zu sagen schwierig. Zwei Männer mit ausgezeichneten Referenzen hatte er bereits abgelehnt. Elisa war es glücklicherweise gelungen, die Klinikleitung davon zu überzeugen, Niklas noch eine weitere Woche zu behalten, damit sie und Mariella alles vorbereiten konnten. In vier Tagen würde Niklas allerdings endgültig entlassen werden. Bis dahin mussten sie jemanden finden.

»Also lass uns gleich zur Rosenholzvilla fahren«, schlug Elisa vor, »und Serafina fragen, ob sie mit der Schildkröte einverstanden ist. Um fünf stellt sich nämlich noch eine Physiotherapeutin vor. Wenn Niklas die auch ablehnt, weiß ich nicht mehr, was ich tun soll.«

Zu Elisas Erstaunen bekam Serafina beim Anblick der Schildkröte ganz große Augen und einen zärtlichen Blick. »Eine *tartaruga*«, rief sie aus. »Und was für eine schöne!«

»Es ist ein Männchen«, erklärte Cosma und warf Elisa einen hoffnungsvollen Blick zu. »Und es hat noch keinen Namen.«

»Wir nennen ihn Michelangelo«, erklärte Serafina und nahm Cosma den Korb mit dem Reptil behutsam aus den Händen.

»So hat meine Großmutter die Schildkröte genannt, mit der bin ich aufgewachsen. Nach ihrem Tod hab ich sie zu mir genommen. Leider ist Michelangelo letztes Jahr gestorben. Raten Sie mal, wie alt er geworden ist.« Sie sah Elisa und Cosma erwartungsvoll an.

»Keine Ahnung«, antwortete Cosma. »Achtzig Jahre?«

»Dreiundneunzig«, gab Serafina andächtig zurück und betrachtete Michelangelo II gerührt. »Wissen Sie, wie alt dieser hier ist?«

»Der ist noch ein Jungspund«, antwortete Cosma sichtlich erleichtert über den Verlauf des Gesprächs. »Ich schätze ihn auf höchstens fünfunddreißig Jahre.«

»Dann bleibt er mir noch eine Weile erhalten«, erklärte Serafina erfreut.

»Das heißt, Sie kennen sich aus mit Schildkröten?«, erkundigte sich Cosma. »Und füttern ihn nicht mit Obst und Gemüse, sondern ausschließlich mit Kräutern?«

»*Naturalmente*«, antwortete Serafina. »Obwohl ein kleines Stück Apfel ab und zu sicher nicht falsch ist.« Auf einmal trübte sich ihre Miene. »*O Dio*, das hab ich ganz vergessen. Mein Onkel hat das Gartenstück, auf dem Michelangelo gelebt hat, inzwischen verkauft. Das heißt, ich weiß nicht, wo ich ihn halten kann.«

»Warum nicht hier?« Cosma machte eine weite Bewegung mit den Armen, die die Villa und den Park miteinschloss.

Serafina warf Elisa einen skeptischen Blick zu. »Würde der *Professore* das denn erlauben?«

»Wir fragen ihn einfach gar nicht«, erklärte Elisa in einem Anflug von Trotz. Cosma hatte recht. Der Park war riesig. »Wenn wir das Frühbeet oder wie das heißt in einem der hinteren Winkel des Parks anlegen, ist es ziemlich unwahrscheinlich, dass mein Großvater davon überhaupt etwas mitbekommt. Nur eines müssen Sie mir versprechen, Serafina. Das mit dem Kühlschrank im Winter, das regeln Sie auch. Einverstanden?«

»*Ma sì, certo*«, antwortete Serafina eifrig. »Zu Hause im Keller ist sogar noch der, in dem Michelangelo immer den Winter verbracht hat. Ich hab auch sein kleines Glashaus aufgehoben. Wenn Sie wollen, bringe ich morgen alles mit.«

Elisa beobachtete schmunzelnd, wie Cosma mit Serafina die letzten Details klärte. Es war klar, dass die Tierärztin alles genau inspizieren und Michelangelo II nur hierlassen würde, wenn sie überzeugt davon war, dass er artgerecht gehalten wurde.

Als Elisa kurz vor fünf zu Niklas aufs Zimmer kam, war die Physiotherapeutin bereits bei ihm. Auf den ersten Blick erfasste Elisa, dass zwischen der Frau und Niklas dicke Luft herrschte.

»In welchem Ton reden Sie eigentlich mit mir?«, hörte sie ihn sagen. »Ich bin doch kein kleines Kind. Wissen Sie, was? Sie können gleich wieder gehen.«

»Kein Problem«, erklärte die Therapeutin beleidigt und griff nach ihrer Tasche. »Es gibt genügend Anfragen. Wenn Sie nicht mit mir arbeiten wollen, dann ist das vollkommen in Ordnung.«

»Warten Sie...«, versuchte Elisa die Situation zu retten.

»Lass sie«, fiel ihr Niklas ins Wort. »Ich bin empört darüber, was für Leute du mir schickst! Glaubst du, von so einer lass ich mich schikanieren?«

Die Therapeutin war bereits an der Tür. Elisa folgte ihr. »Bitte«, sagte sie auf dem Flur zu ihr. »Lassen Sie uns nicht so schnell aufgeben. Mein Großvater macht gerade eine schwierige Zeit durch und ...«

»Hören Sie mal!« Die Frau drehte sich zu ihr um und stemmte die Hände in die Hüften. »Ich habe tagtäglich mit Menschen zu tun, die eine schwierige Zeit durchmachen. Aber so etwas habe ich noch nicht erlebt. Selbst wenn er seine Meinung ändern sollte, *ich* bin es, die keine Lust darauf hat, die nächsten Wochen mit so jemandem zu verbringen. Auf Wiedersehen.«

Mutlos sah Elisa ihr nach, als sie die Station verließ.

Nach dieser niederschmetternden Begegnung hatte sie keine Lust, sich von Niklas anzuhören, warum er nun schon die dritte Fachkraft abgelehnt hatte. Statt zu ihm aufs Zimmer ging sie zu der Sitzgruppe am Ende des Flurs, um sich zu beruhigen und darüber nachzudenken, was sie jetzt am besten tun sollte. Kurz erwog sie, Anna anzurufen, schließlich wäre es eigentlich an ihr, sich um solche Dinge zu kümmern. Aber sie wusste bereits, was ihre Mutter sagen würde. Dass sie keine Zeit hätte. Und dass sie die Letzte wäre, Niklas von irgendetwas zu überzeugen, was er partout nicht wollte.

Sie war noch immer ratlos, als Amadou sich neben sie setzte und ihr einen Becher Kaffee in die Hand drückte.

»Uns geht er allen auch gehörig auf die Nerven«, sagte er. »Trotzdem. Ich mag ihn. Er erinnert mich an meine Großmutter. Die wusste immer ganz genau, was sie wollte.«

»Ich weiß nicht, ob Niklas im Augenblick weiß, was er will«, antwortete sie niedergeschlagen.

»Er ist es gewohnt, dass alle auf seinen Wink hin tun, was er im Kopf hat«, wandte Amadou ein und machte mit den Armen weit ausholende Bewegungen, als würde er dirigieren. »Im Moment sind wir die Flöten, Pauken, Trompeten für ihn, und er muss erst lernen, dass das so nicht läuft.«

»Ich hoffe, er begreift das bald«, gab Elisa zurück. Unwillkürlich hatte Amadou sie zum Lächeln gebracht. Und natürlich hatte er recht. »Sind Sie schon lange in der Schweiz?«, fragte sie. Ihr wurde bewusst, dass sie sich nie Gedanken um die Menschen gemacht hatte, die seit Wochen alles gaben, um ihrem Großvater buchstäblich wieder auf die Beine zu helfen.

»Ich habe hier studiert«, antwortete der Pfleger.

»Studiert?«, fragte Elisa überrascht. »Was haben Sie denn studiert?«

»Alles Mögliche.« Amadou verzog das Gesicht zu einem verlegenen Grinsen. »Medizin. Psychologie. Krankenpflege. Von allem ein bisschen. Deshalb bin ich hier und sitze nicht in einem Büro wie Dr. Fullner.«

»Sie haben keinen Abschluss gemacht?«, fragte Elisa. »Warum nicht?«

»Ach«, gab Amadou zurück. »Das ist eine lange Geschichte. Ich hab immer Geld verdienen müssen. Damit ich in diesem Land überleben konnte. Den Rest hab ich meinen Schwestern geschickt. Sie sollen die Schule besuchen und eine Ausbildung machen. Und ich habe ziemlich viele Schwestern.« Er seufzte.

»Stimmt es, dass Sie nicht mehr lange hier arbeiten?«, fragte Elisa.

Amadou nickte. »Leider«, antwortete er. »Ich vertrete eine Kollegin, die ein Kind bekommen hat. Nächsten Monat kommt sie zurück.«

»Und?«, erkundigte sich Elisa mitfühlend. »Haben Sie schon eine neue Stelle?«

Amadou schüttelte den Kopf. »Ohne Abschluss ist das nicht so einfach«, erklärte er. »Ich fürchte, dass man hier bei meiner Einstellung vor acht Monaten nicht so richtig aufgepasst hat.« Er grinste verschmitzt. »Mit meinem Gehalt konnte ich immerhin zwei meiner Schwestern die Ausbildung finanzieren.«

»Und wie viele Schwestern warten darauf noch?«

»Noch drei.« Amadou trank seinen Kaffee aus und stand auf. »Ich wünsche Ihnen gute Nerven mit dem Professor.« Er hob die Hand zum Gruß und wandte sich ab.

Elisa sah ihm nach, wie seine große, kräftige Gestalt mit

federnden Schritten den Flur entlangging und in einem der Krankenzimmer verschwand. Und auf einmal hatte sie eine Idee. Wenn einer es mit Niklas aufnehmen konnte, dann Amadou.

»Aber er hat keine Ausbildung.« Mariella streifte ihre Gartenhandschuhe ab und ließ sich auf die Bank neben einem Beet fallen, in dem Akeleien in Blau, Rosarot und Violett blühten.

»Keinen Abschluss«, korrigierte Elisa sie und setzte sich zu ihr. »Ausbildungen hat er einige. Und jede Menge Praxis. Das Wichtigste ist, er mag Niklas und versteht, wie er tickt. Und er nimmt kein Blatt vor den Mund. Ich habe mehr als einmal erlebt, wie er mit Niklas fertigwurde und ...«

»Wie er mit ihm fertigwurde?« Mariella klang höchst alarmiert. »Wie redest du überhaupt über deinen Großvater?«

»Du weißt genauso gut wie ich, wie schwierig er ist«, gab Elisa müde zurück. Inzwischen hatte sie sich an das Du zwischen ihr und Danilos Mutter gewöhnt. »Amadou hat das Herz auf dem rechten Fleck. Außerdem haben wir keine andere Wahl. Oder kennst du jemanden, der es ab Montag mit Niklas' Launen aufnehmen kann?« Sie sah Mariella erwartungsvoll an, doch diese schwieg. »Egal, wen du ihm bringst, er wird sie alle vergraulen. Diese Reha wird nicht einfach für ihn werden. Gut möglich, dass er seinen Frust an uns allen ausleben wird. In erster Linie aber an der Person, die ihn täglich antreiben muss, seine Übungen zu machen.«

»Dann wird auch der Pfleger bald aufgeben.«

»Das glaube ich nicht«, entgegnete Elisa geduldig. »Schon allein deswegen nicht, weil er im Gegensatz zu Therapeuten mit jeder Menge Qualifikationen nicht viele Alternativen hat.« Und weil er Niklas mag, fügte sie in Gedanken hinzu.

»Wir wissen ja überhaupt nicht, was dieser Amadou kann«, gab Mariella zu bedenken.

»Er hat über ein halbes Jahr in dieser teuren Privatklinik gearbeitet«, sagte Elisa. »Sie hätten ihn wohl kaum behalten, wenn er nicht gut wäre.« Mariella verschränkte die Arme vor dem Bauch und lehnte sich zurück. Elisa betrachtete sie von der Seite. Diese Frau war fast ebenso stur wie Niklas. Aber wenn es sein musste, würde Elisa diese Sache ohne ihre Hilfe durchbringen. »Du musst ihn doch auch kennengelernt haben«, machte sie einen letzten Versuch, Mariella umzustimmen. »Hat er denn keinen guten Eindruck auf dich gemacht?«

Mariella zögerte. »Versuchen wir es«, gab sie schließlich nach. »Wir werden ja sehen, was daraus wird. Wenn Niklas einverstanden ist ...«

»Ich schlage vor, dass wir ihn gar nicht erst fragen«, erklärte Elisa mit fester Stimme.

»Du willst ihn übergehen?« Mariella starrte sie an.

»Ich halte es für besser«, gab Elisa zurück. »Er kennt Amadou, also konfrontieren wir ihn nicht mit einer unbekannten Person. Und ich habe sogar den Eindruck, dass er ihn irgendwie ... schätzt.« Sie dachte an die Situation im Flur, als Niklas sich darüber beschwert hatte, dass Amadous Vertrag nicht verlängert wurde. Nachdenklich betrachtete sie die vielen Varianten der Akeleien, die sie umgaben. Wenn man genau hinsah, glich keine der anderen. Genau wie bei uns Menschen, dachte sie. Wir sind auch alle vollkommen verschieden. »Wahrscheinlich sagt Niklas in seinem jetzigen Zustand zu allem nein, egal, was wir vorschlagen. Also sollten wir es einfach darauf ankommen lassen. Denn am Montag müssen wir ihn aus der Klinik abholen, es bleibt uns keine Wahl. Ich bin nicht einmal in der Lage, ihm vom Rollstuhl ins Bett zu helfen. Und selbst wenn du sagen würdest, dass du rund um die Uhr für ihn da sein willst – das ist unmöglich.«

»Das stimmt«, räumte Mariella ein. »Er ist so groß und

schwer. Keine von uns könnte ihn heben oder stützen. Von allem anderen, was mit einer Pflege verbunden ist, ganz zu schweigen.«

»So sehe ich das auch«, sagte Elisa erleichtert. »Nun wollen wir nur hoffen, dass Amadou einverstanden ist.«

Der Pfleger zögerte keinen Augenblick. Als Elisa ihm das Angebot unterbreitete, erschien ein großes Lächeln auf seinem Gesicht.

»Ihnen ist klar, dass es nicht einfach werden wird?«, fragte Elisa.

»Nichts ist einfach, wenn man es richtig macht, hat meine *Suma Mam* immer gesagt«, antwortete Amadou. »Es gibt nur ein Problem. Ich muss noch bis Mitte des Monats hier arbeiten.«

Elisa rechnete nach. »Das sind noch acht Tage. Ich werde mit Dr. Fullner sprechen, ob man Sie früher gehen lässt. Am Anfang brauchen wir Sie in der Rosenholzvilla besonders dringend.«

»Wenn das möglich ist?« Amadou schien zu zögern. »Ich möchte die Abteilung nicht im Stich lassen. Wenn ich etwas anfange, bringe ich es auch zu Ende.«

»Das kann ich verstehen«, antwortete Elisa und schloss den Pfleger noch mehr in ihr Herz. »Wir werden eine Lösung finden. Notfalls muss Niklas eben eine weitere Woche hierbleiben.«

Amadou lachte schallend. »Wenn Sie Schwester Ingrid das vorschlagen, lässt sie mich vermutlich auf der Stelle gehen, egal, wie dringend sie mich hier brauchen«, meinte er.

Elisa musste gar nicht zu so drastischen Mitteln greifen. Als Schwester Ingrid hörte, welche Chance sich für Amadou auftat, versprach sie, sich bei der Klinikleitung dafür einzusetzen, dass er früher freigestellt würde.

»Wir alle schätzen ihn sehr«, sagte sie. »Und ich habe mir schon Sorgen um seine Zukunft gemacht. Er ist unglaublich vielseitig, sogar das Mobilisierungstraining beherrscht er gut. Wenn unsere Physioabteilung Engpässe hatte, war er es, der mit den Patienten gearbeitet hat. Offiziell dürfte ich das gar nicht sagen, denn er hat keine vorzeigbaren Qualifikationen. Aber wir alle wissen, dass das nicht alles ist.«

Am Abend vor Niklas' Entlassung aus der Klinik bat Danilo Elisa, zu ihm in die Werkstatt zu kommen. Seit dem Abendessen bei Mariella war sie nicht mehr dort gewesen, und als sie unter den Rosenholzbäumen hinunter zu den Fasettis ging, überlegte sie, warum das so war. Natürlich hatte sie alle Hände voll zu tun gehabt, um die Villa für die Rückkehr ihres Großvaters vorzubereiten. Ein weiterer Grund war, dass sie es vermieden hatte, Fabio zu begegnen. Er schien ihr ebenfalls aus dem Weg zu gehen, weder bei Niklas noch die vielen Male, die sie sich mit Mariella besprochen hatte, hatte sie ihn zu Gesicht bekommen. Und die Aussicht, ihm womöglich jetzt gleich über den Weg zu laufen, gefiel ihr gar nicht. Voller Unbehagen erinnerte sie sich daran, dass er sie vor dem Rustico halb nackt angetroffen hatte, und bemühte sich umsonst, diese Szene aus dem Kopf zu verbannen.

Vielleicht, so sagte sie sich dann, machte sie sich ganz unnötig Sorgen. Womöglich war ihr Fabio nur deshalb nicht mehr begegnet, weil er sich mit Romy aussöhnte. Das wären gute Nachrichten, und Elisa hoffte aufrichtig, dass dies der Fall war.

Sie holte tief Luft, klopfte an der Werkstatttür und trat ein.

»*Ciao* Elisa.« Es war tatsächlich Fabio, der gerade mit einem Handbesen die Sägespäne von seiner Arbeitsplatte fegte. Offenbar wollte er Feierabend machen. »Danilo ist gleich zurück.«

»Hallo Fabio.« Elisa wünschte, sie wäre ein wenig später gekommen. »Wie geht es Mimi?«

Fabio bedachte sie mit einem schwer zu deutenden Blick und wandte sich wieder seiner Arbeit zu. »Gut«, sagte er. »Sie hat angefangen, Geige zu spielen.«

»Wie alt ist sie denn?«

»Vier«, antwortete Fabio.

»Das ist früh«, bemerkte Elisa.

»Sie wollte es unbedingt.« Verbissen fegte Fabio weiter Sägespäne von der Werkbank. »Das muss wohl so sein, wenn man hier aufwächst.«

»Du hast ihr sicher eine wunderschöne Kindergeige gebaut.«

»Klar.« Er schüttete den Inhalt seiner Kehrschaufel in eine große Tonne für Holzabfälle. »Ich geh dann mal. Habt einen schönen Abend.«

Er wandte sich zur Tür, doch einem Impuls folgend, hielt Elisa ihn am Ärmel fest. »Warte, Fabio. Lass uns reden.«

Fabio machte sich vorsichtig los und schien mit sich zu ringen. »Tut mir leid, wenn ich unhöflich wirke«, sagte er schließlich, »aber ich bin müde und nicht in der Stimmung, für Unterhaltung zu sorgen, bis mein Bruder endlich kommt.«

»Das musst du auch nicht«, entgegnete Elisa ernüchtert. »Ich komme allein zurecht. Hab einen schönen Abend.«

Als die Tür hinter Fabio ins Schloss fiel, ließ Elisa alle Luft aus ihrer Lunge entweichen. Nun, mit Fabio hatte sie es sich offenbar gründlich verdorben. Und das bedauerte sie wirklich. Für kurze Zeit hatte sie gedacht, in ihm einen Freund gefunden zu haben.

Wo Danilo nur blieb? Elisa sah sich in der Werkstatt um und entdeckte drei nagelneue Celli, eines schöner als das andere. Als sie sie näher in Augenschein nahm, stellte sie fest, dass eines bereits fertig war, die anderen hingegen noch auf weitere Lackschichten warteten, natürlich waren auch die Saiten noch nicht aufgezogen. Es roch nach Harz und Terpentinöl und nach den

Hölzern, die für die Instrumente verarbeitet wurden, darunter Ahorn für den Boden, Haselfichte für die Decke und Zargen und Ebenholz für das Griffbrett.

Auf der Werkbank, an der Danilo arbeitete, war ein weiteres Cello am Entstehen. Für die geschwungenen Zargen, die Seitenteile des Instruments, hatte Danilo dünne Fichtenbretter feucht über eine entsprechende Schablone gespannt, und Elisa war wie immer fasziniert davon, wie sehr sich Holz biegen ließ, wenn man es richtig anstellte. In der Ecke hinter Danilos Arbeitsplatz entdeckt sie auf einmal ein weiteres Cello. Oder nein, es hatte nicht die typische Silhouette, sondern ähnelte mehr einer … Elisa überlegte, woran sie diese Form erinnerte.

»An eine Glockenblume«, sagte sie laut vor sich hin.

»Du hat es schon entdeckt. Dabei hatte ich es so gut versteckt.« Sie hatte Danilo gar nicht hereinkommen hören. »Was hast du eben gesagt?« Zärtlich zog er sie an sich.

»Die Form erinnert mich an eine Glockenblume«, wiederholte Elisa und erwiderte Danilos Kuss.

»Tatsächlich«, antwortete er. »Du hast recht. Ich suche immer noch nach einem Namen. Aber Glockenblume klingt für ein Instrument irgendwie komisch, oder?«

»Das stimmt.« Elisa lachte. »Was ist das überhaupt?«

»Eine Überraschung«, erwiderte Danilo und gab ihr einen weiteren Kuss, ehe er sie losließ. Er holte das Instrument aus dem Winkel hervor und reichte es Elisa. »Ich habe es für dich gebaut. Es hat die Größe eines Cellos. Und man spielt es genauso. Allerdings gibt es ein paar entscheidende Unterschiede.«

»Die Form«, sagte Elisa.

»Ja. Und vor allem das hier.« Danilo wies auf die vielen Saiten, die parallel zu den vier, auf denen man üblicherweise spielte, über den Korpus gespannt waren.

»Resonanzsaiten.« Elisa legte das Instrument quer auf ihren Schoß und zupfte sie einzeln an. »Es sind zwanzig.«

»Ich hab diesem noch einige mehr verpasst als meinem kleinen Versuchsinstrument. Damit es voller klingt.« Er nahm einen Bogen von einem Haken und reichte ihn Elisa. »Hier. Probier es aus.«

Elisa zögerte. Dann griff sie nach dem Bogen und spannte ihn, richtete das Instrument auf, nahm es zwischen ihre Knie und fixierte den Dorn am Boden. Ihr war seltsam zumute. Dies war etwas anderes als der Prototyp, den Danilo mit in den Steinbruch gebracht hatte. Ihr Herz schlug so stark, dass sie befürchtete, der empfindliche Korpus könnte sein Klopfen verstärken und hörbar machen.

»Es ist kein Cello«, versuchte er, sie zu beruhigen. »Das hat auch mein Bruder gesagt, und der muss es wissen.« Er zog eine lustige Grimasse, Elisa nahm trotzdem seine Anspannung wahr. »Tu mir den Gefallen«, bat er, und Elisa gab sich einen Ruck.

»Ich hab seit sechzehn Jahren nicht mehr gespielt«, sagte sie leise, holte tief Luft und setzte den Bogen an.

Sie schloss die Augen und versuchte, an nichts zu denken. Sie wusste, wenn sie jetzt nach einer Melodie suchte, würde sie gleich wieder aufgeben, denn es war viel zu lange her, als dass sie die Stücke, die sie einst auswendig beherrscht hatte, noch spielen konnte. Und so überließ sie es ihrem Körper, sich zu erinnern, und tatsächlich funktionierte es, so wie neulich, als sie Danilos Versuchsinstrument ausprobiert hatte: Ihre Finger und Arme wussten genau, was sie zu tun hatten, so als hätten sie alles gespeichert und all die Jahre nur darauf gewartet, dass Elisa es endlich abrufen würde. Ihr Körper wusste, wie sie den Bogen führen und die Töne erzeugen musste, Elisa brauchte es nur geschehen zu lassen.

Und da war es, das Gefühl, nach dem sie sich so lange

gesehnt und das sie schließlich vergessen hatte: Das Instrument begann unter ihren Händen zu leben und seine Stimme zu erheben. Aber im Gegensatz zu früher erklangen nun auch die zusätzlichen Saiten, obwohl sie diese überhaupt nicht berührte. Das fein gearbeitete Gehäuse aus Holz geriet mehr und mehr ins Schwingen, und seine Vibration übertrug sich auf Elisa, auf ihren Körper und ihre Seele, verschmolz mit ihr.

Eine lange Weile vergaß sie alles um sich herum, hingegeben dem Fühlen und Hören. Sie hatte niemals geglaubt, dass es einen solchen Klang geben könnte, es schien ihr, als würde die ganze Werkstatt in Resonanz gehen. Dabei war ihr Cello für sie immer wie eine Offenbarung gewesen, und das hatte weit weniger mächtig geklungen. Besonders die lange ausgehaltenen Töne, die entstanden, wenn Elisa den Bogen in seiner vollen Länge über eine Saite zog und die mitschwingenden Saiten genügend Zeit hatten, in Vibration zu geraten, empfand sie als überwältigend. Und auf einmal entstand unter ihren Händen auch jene Melodie wieder, von der sie unlängst geträumt hatte, aus welchem Winkel ihrer Erinnerung sich dieses Stück erhoben hatte und unter ihren Fingern zum Erklingen kam, war ihr ein Rätsel. Aber spielte das eine Rolle? Was allein zählte, war das zu tun, was sie schon immer hatte tun wollen – spielen.

Draußen brach die Dämmerung an, als Elisa endlich den Bogen sinken ließ. Erschöpft lehnte sie den Kopf auf das Instrument, für das sie noch keinen Namen hatten.

»Siehst du«, sagte Danilo nach einer Weile. »Du kannst es noch. Du hast es immer gekonnt. Es ist alles noch da.«

Die alte Elisa wollte sofort widersprechen. Dass sie längst nicht mehr so virtuos spielte wie damals. Dass ihre Finger die Geläufigkeit verloren hatten und sie einfach nur zum Erklingen gebracht hatte, was ihr in den Sinn gekommen war. Und dennoch war sie glücklich. Ihr fiel wieder ein, dass sie bei ihrer ersten Begegnung mit Danilo in jenem Club genau das so fasziniert hatte. Weil die Musik, die Bogdan und Danilo gemacht hatten, aus ihren Herzen gekommen und aus dem Augenblick entstanden war. Es war das eine, Kompositionen anderer, so schwer sie auch sein mochten, wiederzugeben. Man beurteilte solche Künstler nach ihrer Fähigkeit, dem Original so nahe wie möglich zu kommen und diese im Grunde fremde Musik zum Leuchten zu bringen. Es war aber etwas anderes, die Musik seines Herzens für andere hörbar zu machen. Und genau das hatte sie gerade zum ersten Mal getan. »Es ist etwas ganz Besonderes, dein Instrument«, sagte sie und wollte es Danilo zurückreichen.

Der schüttelte den Kopf. »Es gehört dir«, sagte er. »Ich habe es für dich gebaut. Und wenn du Freude daran hast, machst du mich zum glücklichsten Menschen.«

12

Die Heimkehr

Das Erste, was Elisa am nächsten Tag beim Aufwachen sah, war das Instrument mit der Form einer Glockenblume, das sich auf einem Ständer an derselben Stelle befand, wo früher ihr Cello gewesen war. Im Morgenlicht leuchtete seine Oberfläche wie dunkles Gold.

Elisa hatte nach längerer Zeit wieder in der Rosenholzvilla übernachtet, um am Morgen mit Serafina noch alles für Niklas' Ankunft zu besprechen. Und da sie die Haushälterin bereits im Erdgeschoss rumoren hörte, stand Elisa auf, nahm eine Dusche und zog sich an.

Als sie die Treppe nach unten ging, merkte sie, dass sie nervös war, wie früher vor einem Konzert. Sie konnte nur darauf hoffen, dass Niklas keinen Ärger machte, sondern die Änderungen im Erdgeschoss guthieß oder zumindest akzeptierte. Elisa verstand, dass es schwierig für ihn war, so viel Kontrolle über sein Leben abzugeben, und doch hoffte sie, dass er irgendwann zur Vernunft kommen und damit aufhören würde, ihnen allen das Leben schwer zu machen. Vor allem hoffte sie, dass er sich mit Amadou arrangierte.

Sie betrat das Musikzimmer, wo Serafina gerade staubsaugte, als ginge es um ihr Leben, dabei hatte sie das am Vortag bereits getan. Von der Sitzgruppe hatten sie nur zwei Ledersessel behalten, um Platz zu schaffen, und die Anrichte mit der integrierten Bar hatte dem Pflegebett weichen müssen. Elisa hatte darauf geachtet, dass Niklas vom Bett aus Paulinas Porträt sehen konnte und zugleich einen Blick auf die Terrasse und den See hatte. Alle Türschwellen waren mit flachen Rollstuhlrampen versehen worden, die wieder entfernt werden konnten, sollte Niklas sie nicht mehr benötigen. Auch draußen hatten Mariella und Elisa alle Hindernisse beseitigen oder überbrücken lassen. Dabei hatten sie sich bemüht, so wenig Eingriffe wie möglich vorzunehmen und der Villa keinesfalls den Anschein einer Klinik zu verpassen. Dennoch waren die Änderungen natürlich nicht zu übersehen, und ein Pflegebett war nun einmal ein Pflegebett, da gab es nichts zu beschönigen.

In der Küche trank Elisa einen Kaffee im Stehen und rollte einen der Pfannkuchen auf, die Serafina für sie warm gestellt hatte. Sie war zu aufgeregt, um am Tisch zu essen, stattdessen öffnete sie die Tür, die von der Küche in den Kräutergarten führte, und setzte sich mit Teller und Tasse auf das Mäuerchen.

»Haben Sie alles, was Sie brauchen?«, fragte Serafina, die zu ihr heraustrat.

»Danke«, antwortete Elisa. »Alles bestens.« Sie betrachtete das Kräuterbeet, und ihr Blick fiel auf eine Bergglockenblume, die sich zwischen Rosmarin und Basilikum eingeschlichen hatte. Sofort musste sie an das Instrument in ihrem Zimmer denken.

»Sagen Sie, Serafina«, begann sie. »Wie heißt diese Blume eigentlich auf Italienisch?« Sie wies auf das blaue Glöckchen.

»*Campanula*«, antwortete die junge Frau, und Elisa konnte sie gerade noch daran hindern, sofort zur Tat zu schreiten und das Pflänzchen auszureißen.

»Lassen Sie sie stehen«, bat sie, und Serafina ließ widerwillig von der Blume ab.

»Sie ist giftig und hat in einem Kräutergarten nichts verloren«, erklärte sie.

»Aber Sie kennen sich doch aus und werden uns keineswegs eine Blüte davon in den Salat geben, oder?«

»Ich kann sie in einen Topf umpflanzen, wenn Sie möchten«, schlug Serafina vor.

»Ja, das wäre nett. Wie geht es eigentlich Michelangelo?«, wechselte Elisa das Thema.

Sofort erhellte ein Strahlen Serafinas Gesicht. »Ausgezeichnet«, antwortete sie. »Man kann ihm ansehen, wie gut es ihm im Park gefällt.«

Elisa schmunzelte. Sie konnte sich nicht vorstellen, wie man einer Schildkröte ansehen sollte, ob sie sich freute oder eher verdrießlich war. Aber wenn Michelangelo Serafina glücklich machte, umso besser. Sie sah auf ihre Armbanduhr. »Ich muss los«, sagte sie und stellte ihre leere Kaffeetasse auf den Teller.

»Hat er sich sehr verändert?«, fragte Serafina scheu.

»Ich denke schon«, antwortete sie. Immerhin hatte sie Niklas nach all den Jahren erst in der Klinik wiedergesehen. »Wir werden alle mithelfen, dass er sich bald erholt.«

»Das werden wir«, erklärte Serafina voller Inbrunst. »Wir werden ihn schon aufpäppeln.«

»Das Zimmer für den Pfleger ist auch bereit, nicht wahr?«

»*Naturalmente*«, gab Serafina zurück. »Ein so schönes Zimmer wird er wohl nirgendwo sonst bekommen. Ich hoffe, er weiß das zu schätzen.«

»Bestimmt«, versicherte Elisa ihr und ging zurück in die Küche.

Als Elisa das Krankenzimmer betrat, saß Niklas bereits vollständig angezogen in seinem Rollstuhl, die gepackte Reisetasche neben sich. Er war bleich und hatte rot geränderte Augen, und Elisa verstand, dass er genauso aufgeregt war wie sie.

»Da bist du ja endlich«, begrüßte er sie, dabei war sie eine Viertelstunde früher gekommen, als mit der Stationsleitung verabredet. »Wo ist Mariella?«

»Zu Hause«, antwortete Elisa. »Sie ist Teil deines Empfangskomitees. Jemand muss ja mit Fähnchen winken, wenn Professor Niklas Eschbach nach Hause kommt.«

Ihr Großvater warf ihr einen vernichtenden Blick zu. »Und wie willst du mich jetzt nach Hause transportieren?«, fragte er mit gerunzelter Stirn. »Wirst du mich im Rollstuhl zur Rosenholzvilla schieben?«

In diesem Moment ging die Tür auf, und Amadou trat mit federnden Schritten und einem großen Lächeln auf dem Gesicht herein.

»Amadou hat alles organisiert«, erklärte Elisa und fragte sich, wann sie Niklas darüber informieren sollte, dass der Pfleger bei ihm bleiben würde.

»Na dann werde ich wohl in einem Buschtaxi chauffiert werden«, knurrte Niklas, und Elisa wurde rot vor Scham über diese unpassende Bemerkung.

»Ganz genau«, antwortete Amadou fröhlich. »Sie werden jede Menge Spaß haben, das verspreche ich Ihnen.« Er zwinkerte Elisa zu und hob die Tasche auf Niklas' Schoß. »Schön festhalten«, wies er ihn an. »Denn jetzt geht es los.« Voller Schwung schob er den Rollstuhl aus dem Zimmer. »Wollen wir noch eine Verabschiedungsrunde machen?« Ohne Niklas' Antwort abzuwarten, steuerte er den Personalraum an und riss die Tür auf. »Unser geliebter Professor verlässt uns jetzt. Letzte Gelegenheit, ihm zu sagen, wie sehr er uns allen auf die Nerven gegangen ist.«

»Alles Gute, Professor Eschbach«, sagte Schwester Ingrid souverän. »Es war uns eine Freude. Lassen Sie sich von diesem Spaßvogel hier bloß nicht zu sehr herumkommandieren.

Wir wünschen Ihnen eine gute Besserung und vor allem eines: Dass es keinen Grund mehr gibt, wieder zu uns zurückzukehren.«

»Glauben Sie mir: Eher sterbe ich«, erwiderte Niklas, griff jedoch nach ihrer ausgestreckten Hand und drückte sie kräftig. Mit der anderen zog er unbeholfen einen Briefumschlag aus der Jackentasche und reichte ihn ihr. »Das ist für Sie und die anderen Drachen. Eine kleine Anerkennung, dass Sie es mit mir aufgenommen haben.« Er grinste schief und gab Amadou ein Zeichen, ihn wegzurollen.

»Danke für alles«, sagte Elisa zu der Stationsschwester und drückte ihr ebenfalls die Hand.

Vor dem Hintereingang der Klinik, den normalerweise nur Zulieferer benutzten – eine Vorsichtsmaßnahme für den Fall, dass Journalisten doch noch von Niklas' Aufenthalt erfahren haben sollten – wartete bereits der Fahrer neben dem Spezialfahrzeug für Krankentransporte, das Amadou in Elisas Auftrag bestellt hatte. Als er Niklas kommen sah, betätigte er den hydraulischen Hubmechanismus, um den Rollstuhl samt Patienten ins Innere des Fahrzeugs zu befördern.

»Na, wie gefällt Ihnen unser Buschtaxi?«, fragte Amadou Niklas und nahm ihm die Tasche vom Schoß. Dieser schien viel zu überrascht, um zu antworten. Kommentarlos ließ er sich an Bord des Wagens bringen, wo der Fahrer den Rollstuhl fachmännisch sicherte.

Erst als Elisa und Amadou eingestiegen waren, schien er seine Sprache wiederzufinden. »Und wieso sitzt der hier im Wagen?«, fragte er Elisa und wies auf Amadou.

»Weil ich Sie so liebgewonnen habe, dass ich mich nicht mehr von Ihnen trennen will«, antwortete Amadou an Elisas Stelle. »Außerdem hat mir Ihre Enkelin von der Villa erzählt.

Wie heißt sie nochmal? Rosenholzvilla. Und da dachte ich mir, ich schau sie mir mal mit eigenen Augen an.«

Niklas starrte ihn verständnislos an.

»Amadou wird eine Weile bei uns wohnen«, erklärte Elisa.

»So? Wird er das?« Niklas sah von ihr zu Amadou und wieder zurück. »Ich fürchte, daraus wird nichts. Die Rosenholzvilla ist kein Wohnheim für arbeitslose Afrikaner.«

»Niklas!«, mahnte Elisa und funkelte ihn entrüstet an. »Hör bitte auf mit diesen ... diesen rassistischen Bemerkungen.«

»Ach, lassen Sie ihn ruhig«, meinte Amadou gelassen. »Ich werde mich schon an ihm rächen. Zum Beispiel mit ein paar ziemlich gemeinen Mobilitätsübungen.«

Niklas schnappte nach Luft, und Elisa bereute es, ihn nicht früher in ihre Planungen eingeweiht zu haben. Auf der anderen Seite hätte er Amadou ganz gewiss abgelehnt. So oder so – sie mussten da jetzt durch.

»Dieser Mann wohnt nicht in meinem Haus«, polterte Niklas los und warf Elisa einen vernichtenden Blick zu. »Noch habe ich das Sagen.«

»Na schön«, antwortete sie, die mit Mariella bereits über diese mögliche Reaktion gesprochen hatte. »In diesem Fall wohnt er eben bei den Fasettis. Aber er wird sich um deine Genesung kümmern. Oder willst du bis an dein Lebensende im Rollstuhl sitzen bleiben?«

»Ich glaube, der Professor hat inzwischen Gefallen daran gefunden, sich von vorne bis hinten bedienen zu lassen«, bemerkte Amadou in ihre Richtung. »Es hat schon seine Vorteile, ein Krüppel zu sein.« Und zu Niklas fügte er trocken hinzu: »Wir können ja einen todschicken Elektrorollstuhl für Sie besorgen. So einen Jaguar unter den Rollstühlen. Dann brauchen Sie nie wieder zu Fuß zu gehen.«

Elisa hielt den Atem an und nahm sich vor, Amadou später

beiseitezunehmen und ihm klarzumachen, dass man so nicht mit ihrem Großvater sprechen durfte. Doch als sie bemerkte, dass Niklas verstummt war und er offensichtlich etwas zum Nachdenken bekommen hatte, fragte sie sich, ob Amadou mit seiner Dreistigkeit nicht die richtige Strategie verfolgte, um ihren Großvater aufzurütteln.

Während der restlichen Fahrt schwieg Niklas und starrte aus dem Fenster hinunter auf den See, wann immer er sich zeigte. Erst als sie das Tor zur Villa passierten, schien wieder Leben in ihn zu kommen, und als er samt Rollstuhl vor der Rampe abgestellt wurde, die die Stufen bis zum Eingangsportal überbrückten, sagte er leise zu Elisa: »Was hast du nur aus meiner schönen Villa gemacht?«

Bevor Elisa antworten konnte, ging die Haustür auf und Mariella kam heraus, gefolgt von Serafina, die befangen auf der Schwelle stehen blieb.

»Willkommen zu Hause«, rief Mariella und küsste Niklas auf beide Wangen. »Du wirst sehen. Jetzt wird alles gut.«

»Deinen Optimismus möchte ich haben«, brummte Niklas und beobachtete, wie Mariella Amadou begrüßte. »Ach so«, schimpfte er. »Ihr steckt also alle unter einer Decke.«

»Jetzt komm erst einmal rein«, gab Mariella zurück. »Serafina hat dein Lieblingsessen gekocht.« Sie nahm dem Fahrer Niklas' Tasche ab und ging mit energischen Schritten voraus ins Haus.

»Na, dann wollen wir mal.« Mit Schwung schob Amadou den Rollstuhl die Rampe hinauf.

Elisa verabschiedete den Fahrer und schloss das Gittertor hinter dem Wagen. Langsam ging sie zur Villa zurück. Schon von Weitem hörte sie Niklas laute, aufgebrachte Stimme und Mariellas, die besänftigend antwortete. Mit einem Seufzen beschloss Elisa, das Schlachtfeld fürs Erste der Nachbarin zu überlassen, und ging um die Villa herum in den Garten. Es war nicht leicht, mit Niklas klarzukommen. Trotzdem hatte sie großes Mitgefühl mit ihm. Wie schwer musste es für ihn sein, sich mit der Situation abzufinden. Wenn er erst einmal zur Ruhe gekommen war, würde er bestimmt alles dafür tun, um seine Beweglichkeit zurückzugewinnen. Jedenfalls hoffte Elisa das.

Sie widerstand der Versuchung, hinunter zur Geigenbauwerkstatt zu Danilo zu flüchten und ihm von ihrer Idee zu erzählen, das neue Instrument Campanula zu nennen. Im Kräutergarten sah sie, dass Serafina die kleine Glockenblume in einen Terrakottatopf gepflanzt hatte, und nahm ihn mit. Sie warf einen Blick in die Küche, wo die Haushälterin besorgt dem Streit im Musikzimmer lauschte, den man bis hierher hören konnte. Während Niklas mit Mariella wegen des Pflegebetts zankte, lief Elisa die Treppe hoch in ihr Zimmer. Dort stellte sie das Töpfchen mit der Glockenblume aufs Fensterbrett und verglich die Form der Blüten mit der des neuen Instruments. Bis auf die Tatsache, dass Danilos Kreation eine engere »Taille« besaß und unten keinen gezackten Rand aufwies wie die Blume, war die Ähnlichkeit frappierend.

Elisa nahm das Instrument vom Ständer und griff nach dem Bogen. Dann begann sie zu spielen, gespannt, wie sich in ihrem Zimmer, das bedeutend kleiner war als die Werkstatt, der Klang entfalten würde. Die Wirkung der zusätzlichen Resonanzsaiten war auch hier enorm.

Wieder ließ sie ihre Hände einfach tun, was sie gerade wollten und erkundete die Höhen und Tiefen des Instruments. Natürlich fehlte ihren Fingern die frühere Geläufigkeit, trotzdem fühlte sie sich heute schon viel sicherer als am Abend zuvor. Nach einer Weile wurde sie ruhiger und beschloss, dass es Zeit wurde, sich dem Sturm dort unten zu stellen. Doch als sie ihr

Zimmer verließ und die Treppe hinunterging, war das Streiten verebbt.

»Was war das?« Niklas saß bereits im Esszimmer am Tisch. »Ich dachte, du rührst kein Cello mehr an?«

»Es ist kein Cello«, gab Elisa zurück.

»Was ist es dann? Es hat sich tatsächlich anders angehört. Voller.«

»Danilo hat es gebaut«, antwortete Elisa und nahm ebenfalls Platz. »Es ist eine Weiterentwicklung des Cellos.«

»Oder ein Rückschritt, wie man es nimmt«, erklärte Mariella, die neben Niklas saß und damit begann, ihm Salat aufzutun. »Er treibt mich damit noch in den Wahnsinn. Statt unseren Betrieb zu unterstützen, bastelt er an diesen Fantasieinstrumenten herum.«

»Hol es her«, befahl Niklas Elisa. »Ich will es sehen.«

»Gerne«, sagte Elisa und hielt Mariella auch ihren Teller hin. »Gleich nach dem Essen.«

»Nein! Jetzt sofort!« Niklas klopfte mit der Gabel auf den Tisch und Mariella öffnete den Mund, um ihn zurechtzuweisen, doch Elisa gab ihr ein beschwichtigendes Zeichen.

»Ich hole es.«

»Bring es ins Musikzimmer«, rief Niklas ihr hinterher. »Ich habe sowieso noch keinen Hunger. Los, junger Mann.« Er sah Amadou auffordernd an. »Schieb mich rüber.«

Als Elisa mit der Campanula ins Musikzimmer trat, erwartete Niklas sie bereits, flankiert von Amadou und Mariella, der der Unmut ins Gesicht geschrieben stand.

»Lasst uns allein«, herrschte Niklas die beiden an, und mit einem Kopfschütteln ging Mariella mit Amadou aus dem Raum. »Zeig mal her.«

Elisa legte das Instrument behutsam waagerecht über die beiden Armlehnen des Rollstuhls. Sogleich ließ Niklas seine

Hände darüber gleiten, zupfte an den vier Hauptsaiten und an den anderen.

»Möchtest du, dass ich spiele?«, fragte Elisa.

»Später«, sagte Niklas und reichte ihr das Instrument zurück. »Setz dich hier her.« Er wies auf einen der Ledersessel, und Elisa kam sich vor wie bei einem Verhör. Vorsichtig legte sie die Campanula seitlich auf ihre Zarge und den Bogen darüber. Dann nahm sie Platz.

»Es wird Zeit, dass wir darüber reden«, begann Niklas, und Elisa bemerkte, dass seine Mundwinkel zuckten. »Seit Wochen schleichen wir wie Katzen um den heißen Brei. Aber jetzt will ich endlich von dir wissen, warum du damals dein Leben weggeworfen hast.«

Elisa war wie vor den Kopf gestoßen. »Was willst du damit sagen?«, fragte sie vorsichtig.

»Du warst ein Ausnahmetalent«, polterte Niklas los. »So eine Begabung gibt es vielleicht zwei oder drei Mal in einem Jahrhundert. Und dann hast du von einem Tag auf den anderen alles aufgegeben. Nur weil du ein einziges Mal versagt hast. Und jetzt will ich endlich wissen, warum.«

Ein Schwindel erfasste Elisa, so als hätte ihr jemand ohne Vorwarnung den Boden unter den Füßen weggezogen. Sie brauchte eine Weile, bis dieses Gefühl verging. Und auf einmal stieg die altbekannte Wut in ihr hoch. »Was sagst du da?«, brach es aus ihr hervor. »Ich hätte alles aufgegeben? Wo warst du denn, als ich dich gebraucht habe? *Du* hast mich doch im Stich gelassen, und ich frage mich bis heute, warum. Weil ich dich vor aller Augen blamiert habe? Weil dir Krankheit schon immer suspekt war und du keine Kliniken betreten wolltest? Glaub mir, das war die schlimmste Zeit meines Lebens. Ich wollte am liebsten sterben, so wie du jetzt. Aber ich hab mich wieder aufgerappelt, auch ohne deine verdammte Hilfe.« Sie atmete schwer und einen Moment lang fürchtete sie, dass es erneut passieren könnte, dass die Welle sie fortreißen und alles Hörbare auslöschen würde. Doch nichts geschah.

»Du redest Unsinn«, hörte sie Niklas sagen. »Ein halbes Jahr lang habe ich jeden Tag mit deiner Mutter telefoniert. Wie oft ich vor dieser verdammten Klinik stand und nicht eingelassen wurde – ich weiß es nicht mehr. Du sagst, ich hätte dich im Stich gelassen? *Du* hast dich geweigert, mich zu sehen. Nicht einmal telefonieren durfte ich mit dir. Und das Cello …« Er stockte, musste husten, und als er in seiner Jackentasche nach einem Taschentuch suchte, zitterte seine Hand so sehr, dass sie den Eingriff nicht gleich fand. »Auch dein Cello hast du abgelehnt.«

»Das ist nicht wahr!« Elisa sprang auf und ging im Zimmer auf und ab. Dann blieb sie anklagend vor ihrem Großvater stehen. »Ich habe Anna angefleht, dich dazu zu bringen, es mir zurückzugeben. Aber du hast es ja lieber Adrien verkauft.« Tränen liefen ihr über die Wangen. »Das war grausam. Du hast mir damit das Herz gebrochen, Niklas. Und jetzt wirfst du mir vor, ich hätte mein Leben weggeworfen? Es blieb mir ja nichts anderes übrig, als mir ein neues aufzubauen.«

Sie starrten einander an, und Elisa hatte mit einem Mal das Gefühl, als bliebe die Zeit stehen. Früher waren sie durch die Musik miteinander wie durch ein unsichtbares Band verbunden gewesen. Und jetzt, nach so langer Zeit, schien es ihr, als verbinde sie nun der gemeinsame Schmerz. Ihr war, als würde sie seinen spüren und als könnte er ihr mit seinen eisblauen Augen direkt ins Herz sehen, so nah waren sie sich plötzlich wieder.

»Das macht alles überhaupt keinen Sinn.« Seine Stimme klang rau. »Natürlich wollte ich dich sehen, mein Kind. Ich wollte bei dir sein, um dir zu erklären, dass so etwas früher oder später einmal passieren musste. Alles andere wäre übermenschlich gewesen. Gut, vielleicht war es nicht die beste Gelegenheit, um ein Konzert zu verpassen. Aber das hat noch lange nicht bedeutet ...« Er stockte, atmete schwer.

Elisa bekam es mit der Angst zu tun. Er durfte sich nicht aufregen, und das, was gerade zwischen ihnen geschah, konnte ihn das Leben kosten. »Lass uns ein anderes Mal darüber sprechen«, sagte sie und kniete sich neben ihn auf den Boden, um auf Augenhöhe mit ihm zu sein.

»Nein, Elisa«, antwortete er mühsam. »Wir haben schon viel zu lange damit gewartet. Hör mir bitte zu. Ich habe alles dafür getan, um bei dir zu sein und dir beizustehen. Aber man hat mich weggeschickt. Deine Mutter. Die Ärzte. Man hat mir gesagt, dass ich an allem schuld sei. Weil ich dich überfordert hätte. Und dass du Ruhe brauchst. Das Cello sei Gift für dich. Und ... und ...«, er schöpfte Atem, »dass du von der Musik und alldem nichts mehr wissen wolltest.« Zu Elisas Bestürzung schwammen Niklas' Augen in Tränen. »Irgendwann hab ich aufgegeben. Anna hat mir versprochen, dir zu sagen, wie sehr ich dich ...« Er schniefte und wischte mit dem Handrücken über seine Augen.

Elisa schlang ihre Arme um seinen Oberkörper und lehnte ihren Kopf gegen seinen, so wie sie es früher oft getan hatte. Nur langsam sickerte die Tragweite dessen, was sie gerade gehört hatte, in ihr Bewusstsein. Wenn es stimmte, was Niklas sagte, dann hatte man sie beide belogen. Das war doch nicht möglich, oder? Hatte sich Anna wirklich zwischen sie und ihren Großvater gestellt? War es am Ende sie gewesen, die ihr das Cello vorenthalten hatte? Das wäre ungeheuerlich.

Die Tür wurde geöffnet und leise wieder geschlossen. Elisa war klar, dass Mariella sich fragte, was zwischen ihr und ihrem Großvater vor sich ging, und war ihr dankbar, dass sie jetzt nicht störte.

Irgendwann beruhigte sich Niklas und befreite sich sanft aus ihrer Umarmung. »Ich weiß bis heute nicht, was damals eigentlich passiert ist.« Seine Stimme klang belegt. »Dass du einen Nervenzusammenbruch hattest – das konnte ich nicht glauben. Vor diesem Konzert ging es dir noch ausgezeichnet, oder nicht?« Elisa dachte nach. Sie waren in Coney Island gewesen. An mehr konnte sie sich nicht mehr erinnern. »Das Einzige, was ich aus Anna herausbekommen konnte, war, dass irgendetwas mit deinem Gehör gewesen sein soll. Stimmt das?« Elisa nickte. »Erzähl es mir«, bat er.

»Es war ... wie eine Welle«, begann Elisa. Stockend berichtete sie, was sie damals erlebt hatte. Als sie geendet hatte und scheu in Niklas' Augen blickte, fand sie weder Verachtung noch Unverständnis in seiner Miene. Eine Weile sagte keiner von ihnen etwas, und Elisa konnte hören, wie Mariella im Nebenzimmer nervös auf und ab ging.

»Da ist noch etwas, was ich nicht verstehe«, brach ihr Großvater das Schweigen. »Warum vergeudest du eigentlich deine Zeit hier bei mir? Warum arbeitest du nicht, wo du deinen Beruf doch so sehr liebst? Jedenfalls behauptet Anna das.« Er musterte sie forschend.

»Es ist mir wieder passiert«, antwortete Elisa bedrückt. »Vor zwei Wochen ungefähr. Während eines Privatflugs. Man hat mich vom Dienst freigestellt.«

»Du hast den Job verloren?«

»Vielleicht«, antwortete Elisa und wunderte sich darüber, wie weit weg sich ihr altes Leben bereits anfühlte. »Das ist noch nicht entschieden.«

»Du solltest einen Arzt aufsuchen«, erklärte Niklas.

Elisa nickte müde. »Glaubst du, ich hätte mich nicht längst untersuchen lassen?«

»Und?«

»Ich höre außergewöhnlich gut«, antwortete Elisa mit einem bitteren Lächeln.

»Natürlich«, gab Niklas ungeduldig zurück. »Du hast ein Jahrhundertgehör. Mit den Jahren hat es sich vielleicht ein wenig verschlechtert, das ist ganz normal. Trotzdem sollte es immer noch außergewöhnlich sein.«

»Ja, und was hilft mir das?«, entgegnete Elisa heftig. »Was fange ich mit einem außergewöhnlichen Gehör an, das mich in entscheidenden Momenten im Stich lässt?«

»Entschuldigt, wenn ich störe.« Elisa und Niklas fuhren herum. Mariella stand in der Tür. »Aber du musst deine Medikamente nehmen und vorher etwas essen. Und du, Elisa, weißt, dass man deinen Großvater nicht aufregen …«

»Wer mich hier aufregt, das bist du«, schrie Niklas und wurde hochrot im Gesicht. »Merkst du nicht, dass du uns in Ruhe lassen sollst?«

»Mariella hat recht«, versuchte Elisa ihn zu beruhigen. »Wir sprechen heute Nachmittag weiter. Das Wichtigste ist im Augenblick, dass du wieder auf die Beine kommst. Wir essen jetzt eine Kleinigkeit und ruhen uns alle aus. Und dann setzen wir beide uns gemeinsam in den Park.« Sie stand auf, doch Niklas griff nach ihrer Hand.

»Du wirst noch da sein, wenn ich nach dem Mittagsschlaf aufwache?« In seinen Augen lag so viel Liebe und Sorge, dass Elisas Herz überfloss.

»Selbstverständlich«, antwortete sie und drückte einen Kuss auf seine Stirn. So wie früher, als noch alles in Ordnung zwischen ihnen gewesen war. »Ich bleibe hier. Lass uns jetzt zu Tisch gehen. Alles andere wäre auch eine Riesenenttäuschung für Serafina.«

Nach dem Essen ruhte Niklas, doch Elisa hielt es im Haus nicht mehr aus. Sie ging hinaus in den Park und schritt unruhig alle

Wege über die drei Terrassen ab. Wenn es stimmte, was Niklas sagte, und sie hatte keinen Grund, daran zu zweifeln, dann hatte Anna sie jahrelang belogen. Bei der Vorstellung, wie sehr sie sich nach ihrem Großvater gesehnt hatte, während er vor den Toren der Klinik versucht hatte, zu ihr gelassen zu werden, schnürte es ihr die Kehle zu. Was war nur in ihre Mutter gefahren, dass sie so gehandelt hatte? Elisa musste das herausfinden. Am liebsten wäre sie auf der Stelle nach Berlin geflogen oder wo Anna sich im Augenblick aufhielt, um sie zur Rede zu stellen.

Aber das musste warten. Niklas brauchte sie. Und auch sie wollte gerade jetzt nirgendwo anders sein, als hier im Tessin. Sie widerstand erneut der Versuchung, zu Danilo in die Werkstatt zu laufen und ihm alles zu erzählen. Dass ihr Leben seit sechzehn Jahren auf einem Irrtum beruhte. Dass es ganz anders verlaufen wäre, hätte man sie nicht von Niklas getrennt.

Wie ein Film lief das Leben, das sie möglicherweise geführt hätte, vor ihrem inneren Auge im Schnelldurchlauf ab. Ihr wurde schwindelig. Sie sah sich nach einer Sitzgelegenheit um und fand sich in der Nähe der Statue mit der Cellospielerin wieder. In Ermangelung einer Bank setzte sie sich ins dürre Laub des Vorjahres, das sich am Boden angesammelt hatte, lehnte sich gegen den Sockel der Skulptur. Sie wäre heute Musikerin und mit ihren zweiunddreißig Jahren möglicherweise auf dem Zenit ihrer Karriere.

Sie schloss die Augen und versuchte, ihren Atem zu kontrollieren. Der brennende Schmerz in ihrer Brust wurde langsam erträglicher. Es nützte nichts, der Vergangenheit nachzuweinen. Aber sie musste herausfinden, warum Anna so gehandelt hatte.

13

Der Rosengarten

»Was haben Sie mit ihm gemacht?«, fragte Amadou, als er sich später am Abend zu Elisa und Danilo im Rosengarten gesellte, das Empfangsgerät der Gegensprechanlage in der Hand, das Niklas abfällig als »Babyfon« bezeichnet hatte. »Er hat heute Nachmittag überhaupt nicht mehr mit mir gezankt.«

»Möchten Sie auch ein Glas Wein?«, fragte Elisa zurück, um von dem Thema abzulenken, doch der Pfleger schüttelte den Kopf. »Ich trinke keinen Alkohol. Dieser Verführung des weißen Mannes bin ich noch nicht erlegen.«

Danilo lachte. Er und Amadou verstanden sich prächtig. Die beiden hatten sich erst am Nachmittag kennengelernt, als Danilo seinen »Antrittsbesuch« bei Elisas Großvater gemacht hatte. Niklas hatte ihn sofort auf die Campanula angesprochen. Zu Elisas Erleichterung teilte Niklas Mariellas Vorbehalte gegen Danilos Interesse an der Weiterentwicklung der Streichinstrumente nicht, sondern schien sich sehr dafür zu interessieren.

»Wenn er weiter so kooperativ ist, wird er vielleicht bald wieder gehen können.« Amadou schnupperte an einem der perlfarbenen Blütenköpfe des Rosenstrauchs neben ihrer Bank. »Schön ist es hier«, sagte er und sah sich aufmerksam um. »Vielleicht erholt der Professor sich auch nur langsam. Dann kann ich länger bleiben.« Er grinste breit.

»Was machen Sie eigentlich, wenn Ihre Schwestern alle eine Ausbildung gemacht haben?«, fragte Elisa.

»Heiraten«, antwortete Amadou wie aus der Pistole geschossen.

»Gibt es denn schon eine Auserwählte?«, erkundigte Danilo sich amüsiert.

Amadou schüttelte den Kopf. »Alles zu seiner Zeit«, sagte er. »Bis meine Schwestern versorgt sind, bin ich sowieso ein alter Mann.«

Sie unterhielten sich noch eine Weile über die Situation im Senegal und wie wichtig es für Frauen war, auf eigenen Beinen stehen zu können, und Amadou erzählte von seiner ältesten Schwester, die ihre kleine Tochter ganz allein großzog und dank ihres Bruders, der die Ausbildung finanziert hatte, als Krankenschwester arbeitete und den nichtsnutzigen Vater des Kindes in die Wüste schicken konnte.

Elisa musste unwillkürlich an ihre Mutter denken. Auch Anna hatte sie allein großgezogen und bis auf den Cellounterricht, das hatte ihre Mutter immer betont, keine finanzielle Hilfe von Niklas angenommen. Wie so viele Male zuvor fragte Elisa sich, wer eigentlich ihr Vater war und warum er keine Verantwortung übernommen hatte. Sie beschloss, Anna auch damit zu konfrontieren. Diese Geheimniskrämereien mussten ein Ende haben.

Niklas hatte an diesem Nachmittag lange geschlafen, und als er wach geworden war, hatte Amadou darauf bestanden, mit ihm Übungen zu machen. Danach war Elisas Großvater völlig erschöpft gewesen und hatte sie gebeten, auf der Campanula zu spielen. Sie wusste nicht, ob er dabei gedöst oder aufmerksam zugehört hatte. Schon früher hatte Niklas ihr oft mit geschlossenen Augen gelauscht. Sie waren nicht mehr dazu gekommen, ihr Gespräch fortzusetzen, und Elisa war froh darüber. Sie musste erst verdauen, was da ans Tageslicht gekommen war.

»Gute Nacht«, verabschiedete Amadou sich gerade. »Besser, ich bin ausgeschlafen, wenn der Professor mich morgen wieder anschreit.«

»Ich glaube nicht, dass er das tun wird«, sagte Elisa.

»Wenn nicht, mache ich meine Arbeit nicht richtig«, gab Amadou schmunzelnd zurück. »Nein, ernsthaft. Die Mobilisierung ist für die Patienten extrem frustrierend. Sie denken, sie bewegen ihre Beine, aber da rührt sich gar nichts. Jemanden wie Ihren Großvater muss das wahnsinnig machen.«

»Glauben Sie, dass es trotzdem wieder werden kann?«, erkundigte Elisa sich ängstlich.

»Ich setze große Hoffnungen in den Professor. Sein Wille ist stark.« Amadou hob die Hand zum Gruß und marschierte davon.

Danilo legte den Arm um Elisas Schultern und zog sie an sich. »Du wirkst so nachdenklich heute Abend.«

Sie spürte, wie er sie von der Seite betrachtete. »Ich habe heute mit Niklas über früher gesprochen«, sagte sie so leise, dass Danilo sein Ohr noch näher zu ihr beugte.

»Du meinst, über das, was damals zwischen euch passiert ist?«, fragte er.

Sie nickte. »Es war alles ganz anders.«

»Das hab ich mir schon gedacht.«

Verwundert wandte Elisa ihm das Gesicht zu. »Du hast das geahnt? Warum?«

»Es passt so gar nicht zu Niklas, jemanden im Stich zu lassen«, sagte Danilo. »Schon gar nicht seine Enkelin, das Mädchen mit dem Cello.«

Auch das musste Elisa erst einmal verdauen. »Warum hast du mir das neulich denn nicht gesagt?«

»Du meinst, als du mir nach dem Steinbruch das Herz ausgeschüttet hast?«

»Natürlich!«

Er sah sie mitfühlend an. »Du warst so durcheinander«, sagte er. »Und das, obwohl schon so viele Jahre vergangen waren. Bestimmt hättest du mir nicht geglaubt.«

Das stimmte. Sie hätte es ja auch Niklas fast nicht geglaubt. »Weißt du, was das alles bedeutet?«, fragte sie.

»Es bedeutet, dass du Niklas verzeihen kannst«, gab Danilo sanft zurück.

»Wenn es stimmt, was er sagt, gibt es nichts zu verzeihen«, entgegnete Elisa. »Dann hat das alles meine Mutter zu verantworten.«

»Vielleicht konnte sie nicht anders«, sagte Danilo.

»Sie konnte nicht anders?«, fuhr Elisa zornig auf. »Sie hat mich angelogen, verstehst du nicht? Sie hat …« … mein Leben zerstört, dachte Elisa, zögerte aber, es auszusprechen. Denn das klang so endgültig, so unwiederbringlich.

»Du weißt, ich bin der Letzte, der Mütter in Schutz nimmt«, flüsterte Danilo an ihrem Ohr. »Aber eines weiß ich. Sie handeln selten aus Boshaftigkeit. Sie mögen sich irren, und das tun sie leider oft. Sie meinen es trotzdem gut mit ihren Kindern.«

Elisa fühlte, wie ihr erneut die Tränen kamen. Ausgerechnet Danilo so reden zu hören überraschte sie. Sie wusste genau, wie schwierig es für ihn war, Mariellas ständige Vorwürfe zu ertragen. Dennoch nahm er sie in Schutz?

So oder so, Anna musste ihr das erklären.

Sie dachte an die Zeit, nachdem sie endlich aus der Klinik entlassen worden war und in Berlin wieder zur Schule ging, um aufzuholen, was sie versäumt hatte. Wegen ihrer vielen internationalen Auftritte war sie vom Unterricht freigestellt gewesen, nun waren ihre neuen Klassenkameraden zwei Jahre jünger als sie. Freundschaften hatte sie bis zum Abitur keine mehr geschlossen, sie galt als seltsam, und die wenigen, die von ihrer

Vorgeschichte wussten, tuschelten über sie. Anna hatte sich während dieser Zeit rührend um sie gekümmert, hatte sie unterstützt, wo sie nur konnte. Das war vor ihrem Durchbruch als Modeschöpferin gewesen, und Elisa fragte sich heute, wie sie das finanziell überhaupt geschafft hatten. Erst als Elisa sich nach ihrem Abitur für eine Laufbahn als Flugbegleiterin entschieden hatte, schienen auch Annas Karriere Flügel gewachsen zu sein …

»Schläfst du heute hier?«, fragte Danilo und drückte ihr einen weiteren Kuss auf die Schläfe.

»Nein«, antwortete Elisa, froh, aus ihren Gedanken gerissen worden zu sein. »Niklas ist bestens versorgt. Nimmst du mich morgen früh mit her? Du fährst doch wieder zur Werkstatt, oder? Wie viele Celli musst du denn noch bauen?«

»Viel zu viele«, antwortete Danilo mit einem Seufzen. »Ein paar Wochen werde ich damit wohl beschäftigt sein. Ach, ich kann es kaum erwarten, mehr Campanulas zu bauen.« Er lachte leise in sich hinein. »Der Name gefällt mir. Ich finde, er passt ausgezeichnet.«

In dieser Nacht konnte Elisa lange nicht einschlafen. Sie lauschte auf Danilos Atem neben sich und den Geräuschen des uralten Hauses. Unter dem Dach raschelte und rumorte es, Danilo hatte ihr erzählt, dass eine Familie von Siebenschläfern dort wohnte und einfach nicht zu vertreiben war.

»Cosma würde mir den Kopf abreißen, wenn ich zu drastischeren Mitteln greifen würde«, hatte er lachend gesagt.

»Nicht nur Cosma«, hatte Elisa geantwortet.

Trotzdem musste sie zugeben, dass diese nachtaktiven Tiere mitunter nervtötend sein konnten. Vor allem, wenn man ohnehin wach lag und sich vergebens bemühte, abzuschalten.

Man hatte Niklas nicht zu ihr gelassen. Dieser Gedanke

ließ ihr keine Ruhe. Er machte sie fassungslos und wütend. Sie verstand es einfach nicht. Wieso hatte man ihn weggeschickt? Warum hatte ihre Mutter verhindert, dass sie ihr Cello zurückbekam? Ganz sicher hätte sie sich schneller erholt, wenn man sie nicht daran gehindert hätte, das zu tun, woran ihr am meisten lag: Musik zu machen. Ihre Erleichterung darüber, dass ihr Großvater offenbar doch nicht der herzlose Erfolgsmensch war, wurde getrübt durch die Erkenntnis, dass ihre Mutter, der sie so vertraut hatte, nicht ehrlich zu ihr gewesen war. Wie sollte sie da schlafen können?

Vorsichtig löste sie sich aus Danilos Umarmung und stand auf. Im silbernen Licht der Sterne, das durch die Fenster hereinfiel, tastete sie sich bis zur Haustür vor und trat hinaus ins Freie. Erleichtert sog sie die frische Bergluft in ihre Lunge ein.

Sie setzte sich auf den Rand des Brunnens und legte den Kopf in den Nacken. Die schmale Sichel des Mondes stand über den Wipfeln des nahen Waldes und wirkte unendlich zerbrechlich. Ein Käuzchen rief, und in der Ferne bellte ein Fuchs, inzwischen hatte sie gelernt, die nächtlichen Geräusche des Waldes auseinanderzuhalten. Einmal mehr versuchte Elisa sich vorzustellen, wie ihr Leben verlaufen wäre, hätte sie sich mit Niklas' Hilfe von der Panne mit dem Konzert erholen können.

Wie seltsam, dachte sie. Bis vor wenigen Tagen hatte sie dieses Konzert als die größte Katastrophe ihres Lebens betrachtet, etwas, woran sie nur mit Scham und Grausen dachte. Was hatte Niklas gesagt? Dass so etwas früher oder später bei jedem Künstler vorkam? Vielleicht nicht so prominent vor der Weltpresse, aber es war nichts, was eine Karriere wie die ihre für immer zerstört hätte. Jetzt allerdings war es zu spät. Sie war zweiunddreißig Jahre alt, für eine Laufbahn als Solistin war der Zug längst abgefahren. Vielleicht war sie deshalb Flugbegleiterin geworden, weil sie ihre Tourneen so genossen hatte? Oder war sie instinktiv aus der Fürsorglichkeit ihrer Mutter geflohen, die es am liebsten gesehen hätte, wenn auch ihre Tochter etwas im Bereich Mode gelernt hätte oder Model geworden wäre.

Anna hat mich an sich gebunden, fuhr es Elisa durch den Kopf. Und ihr war das schon im Alter von zwanzig Jahren zu viel gewesen. Sie liebte ihre Mutter und bewunderte sie. Doch neben ihr kam sie sich selbst heute noch klein und unscheinbar vor. Annas Schönheit war so dramatisch, dass jede andere Frau neben ihr verblassen musste. Jedenfalls empfand Elisa das so.

Sie fröstelte in ihrem dünnen Nachthemd. Die Vorstellung, sich wieder hinzulegen und weiterhin kein Auge zuzutun, war wenig einladend. Und in diesem Moment wurde ihr klar, was sie wirklich am Einschlafen hinderte: Sie musste eine Entscheidung treffen, vorher würde sie keine Ruhe finden. Sollte sie nach Berlin fliegen und Anna mit dem konfrontieren, was sie von Niklas erfahren hatte? Ja, das würde sie tun.

Sie ging leise ins Haus. Auf dem Tisch blinkte ihr Handy, das sie vergessen hatte auszuschalten. Elisa nahm es und sah, dass Anna ihr eine Botschaft geschickt hatte. *Niklas hat zweimal versucht, mich anzurufen und mir komische Sachen auf die Mailbox gesprochen. Jetzt geht er nicht ans Telefon. Ich bin besorgt. Es ist doch hoffentlich alles in Ordnung?*

Elisa schüttelte verständnislos den Kopf. Es war halb drei. Glaubte Anna ernsthaft, Niklas sei noch wach? Und gerade, als sie das Gerät ausschalten wollte, kam noch eine Nachricht herein: *Bin gerade in Mailand. Komme morgen vorbei.*

Elisas Großvater empfing sie am folgenden Vormittag in übelster Laune. Amadou hatte die frühen Morgenstunden genutzt, um mit dem Training fortzufahren, und wie von ihm vorhergesagt, war es äußerst niederschmetternd für Niklas verlaufen.

»Es wird Zeit, dass Sie lernen, sich im Rollstuhl allein vorwärtszubewegen«, sagte der Pfleger zu ihm, doch als Elisa vorschlug, einen mit Elektroantrieb anzuschaffen, wie Amadou es einmal erwähnt hatte, widersprach er vehement. »Da werden die Patienten nur faul«, schimpfte er. »Finden es gemütlich, per Knopfdruck durch die Gegend transportiert zu werden statt auf ihren eigenen zwei Beinen. Außerdem trainiert der mechanische Rollstuhl die Arm- und Schulterpartie, ideal für einen Dirigenten, finden Sie nicht? Sie wollen doch sowieso nicht mehr lange in so einem Ding sitzen, oder?«

»Geh mir aus den Augen, du frecher Kerl«, knurrte Niklas und sah wütend zu, wie Amadou grinsend in die Küche ging, um sich von Serafina ein zweites Frühstück servieren zu lassen. »Ich werde dir nie verzeihen, dass du mir diesen Afrikaner ins Haus gebracht hast«, fuhr er Elisa an.

»Sei nicht immer so unhöflich zu Amadou«, wies Elisa ihn zurecht. »Und überhaupt. Du kannst jederzeit in eine Rehaklinik gehen, wenn dir das lieber ist ...«

»Komm mir nicht so«, unterbrach Niklas sie ungehalten. »Wo hast du dich überhaupt die letzte Nacht herumgetrieben?«

Elisa fühlte, wie ihr heiß wurde vor Ärger. »Hör mir mal zu, Niklas«, begann sie und musste sich zügeln, nicht heftiger zu werden. »Ich bin zweiunddreißig Jahre alt. Mein Privatleben geht dich nichts an. Die Zeiten sind längst vorbei, dass du und Anna über mich bestimmt haben.«

Niklas riss erstaunt die Augen auf. Und begann völlig unvermittelt schallend zu lachen. »Da sagst du endlich mal etwas Wahres, mein Kind«, erklärte er amüsiert. »Deine Mutter hatte dich ja völlig im Griff. Gut zu hören, dass das nicht mehr so ist.«

»Aus welchem Grund hast du Anna gestern versucht anzurufen?«, fragte Elisa zornig.

Niklas' Blick wurde wachsam. »Woher weißt du das?«, wollte er wissen. »Ach ja, sag nichts. Selbstverständlich telefoniert ihr beiden täglich, wenn nicht stündlich miteinander. So viel zu deiner Unabhängigkeit von deiner Mutter.«

»Sie wird heute kommen«, gab Elisa verärgert zurück.

»So, wird sie das? Das ist ja mal ein Zufall. Hast du ihr von unserem Gespräch gestern erzählt?«

»Nein«, entgegnete Elisa und zwang sich, ruhiger zu werden. »Wir hatten noch keine Gelegenheit dazu. Und nur damit du es weißt: Das letzte Mal habe ich Anna vor drei Wochen gesprochen. Zuletzt gesehen hast du sie. Wie war eigentlich eure Begegnung im Krankenhaus?«

Niklas schob die untere Lippe vor, was er schon immer getan hatte, wenn er nicht vorhatte, etwas preiszugeben. »Schieb mich doch mal raus auf die Terrasse«, befahl er. »Und hol mir ein Glas Wasser. Mein Gott, um alles muss man betteln.«

Elisa verdrehte innerlich die Augen und öffnete die Gartentür, um ihren Großvater nach draußen zu bringen. Dann ging sie in die Küche, wo Amadou gerade einen Teller voller Spiegeleier verschlang und dabei Serafina mit seinen Geschichten zum Lachen brachte. Am liebsten hätte Elisa sich zu den beiden gesellt. Stattdessen nahm sie eine Flasche Mineralwasser aus dem Kühlschrank und ein Glas und ging wieder nach draußen.

»Wann kommt Anna?«

»Ich habe keine Ahnung«, antwortete Elisa. »Willst du in den Rosengarten? Die Sträucher stehen in voller Blüte.«

»Von mir aus«, gab Niklas zurück, und Elisa lenkte den Rollstuhl die Rampe, die sie hatte installieren lassen, von der Terrasse hinunter in den Garten. Neben der Bank, auf der sie am Abend zuvor mit Danilo gesessen hatte, blieb sie stehen.

»Weißt du eigentlich«, begann Niklas, nachdem sie sich

gesetzt hatte, »dass es Paulinas Idee war, einen Rosengarten zu haben?«

Elisa sah ihn verwirrt an. »Sie war doch schon lange tot, als du die Villa gekauft hast«, wandte sie ein.

»Natürlich!« Niklas nickte unwillig mit dem Kopf, dass seine ergraute Löwenmähne nur so flog. »Sie starb ja bei der Geburt deiner Mutter. Aber sie hat Rosen über alles geliebt und immer davon gesprochen, dass sie eines Tages einen solchen Garten haben würde.« Er betrachtete den Strauch neben sich. Seine Blüten waren von einem hellen Orangeton wie das Fruchtfleisch von Mandarinen und verströmten einen ganz ähnlichen Duft. Die Luft war erfüllt vom Summen der vielen Bienen, die diese Rose emsig besuchten. »Als ich Reno die Villa abgekauft habe, war hier alles verwildert«, erzählte er und machte eine ausholende Bewegung mit dem Arm. »Zuallererst habe ich dies hier anlegen lassen. Fünfunddreißig Jahre ist das jetzt her.« Er sah sich versonnen um. »Paulina hatte eine Liste angelegt. Mit all den Rosensorten, die sie einmal pflanzen wollte. Alles, was du hier siehst, stand da drauf. Sie hat eine gute Wahl getroffen. Keine einzige ist krank geworden oder eingegangen. Und hier will ich einmal begraben sein.«

Elisa betrachtete die Blütenpracht, die sie umgab, mit völlig neuen Augen. Dass dieser Rosengarten ein Liebesbeweis bis über den Tod hinaus war, hatte ihr Großvater nie erzählt.

»Einmal, als es mir sehr schlecht ging in der Klinik«, fuhr Niklas fort, »da hab ich sie singen hören. Und da war ich mir sicher, dass es endlich so weit war, dass sie gekommen war, um mich abzuholen.« Elisa sah ihn bestürzt an und begegnete seinem wachsamen Blick. »Aber heute denke ich, dass du mir ihren Gesang vorgespielt hast. Hab ich recht?«

Elisa nickte. Ihr Hals war wie zugeschnürt. Sie konnte sich nicht erinnern, wann ihr Großvater ihr je so persönliche Dinge erzählt hatte. Natürlich, über die Musik und wie man sich ihr nähert, darüber hatten sie viel gesprochen. Doch nie über ihre Familie und über Paulina schon gar nicht.

»Ich habe alle ihre Einspielungen auf meinem Handy«, verriet sie ihm. »Und höre sie oft.«

»Das wusste ich nicht. Wann hörst du sie dir denn an?« Niklas betrachtete sie gespannt.

»Wenn ich traurig bin«, antwortete Elisa. »Oder mutlos. Und deshalb dachte ich …«

»Ich danke dir, mein Kind«, sagte Niklas ungewohnt sanft. »Auch wenn ich zunächst geglaubt habe, mein letztes Stündlein hätte geschlagen, so hat mich Paulinas Stimme doch wieder ins Leben zurückgeholt.«

Elisa war so berührt von seinen Worten, dass sie nicht wusste, was sie sagen sollte. Auf einmal fiel ein Schatten über sie, und sie schraken beide zusammen.

»Ach, hier seid ihr!« In ihrem feuerroten Sommerkleid erschien Elisa ihre Mutter noch größer und imponierender als sonst. Forschend sah sie von Niklas zu ihrer Tochter.

»Hallo Mama«, sagte Elisa, ein wenig enttäuscht darüber, dass der Zauber des Augenblicks so unvermittelt gestört wurde.

»Worüber redet ihr denn?«, wollte Anna wissen.

»Über deine Mutter«, antwortete Niklas, und Anna wurde bleich.

14

Schlagabtausch

»Darf ich mich zu euch setzen?«, fragte sie ungewohnt scheu.

»Natürlich«, antwortete Elisa und rückte auf der Bank näher zu Niklas heran. »Schön, dass du kommen konntest.«

Anna zögerte, und Elisa beschlich der Verdacht, dass sie lieber zwischen ihr und Niklas Platz genommen hätte. So wie sie sich immer zwischen sie und ihren Großvater gestellt hatte. Oder übertrieb sie gerade? Sie warf Niklas einen Blick zu, dessen Miene sich wieder völlig verschlossen hatte, die eisblauen Augen schmal wie Schlitze.

»Hast du gewusst«, unterbrach Elisa das befangene Schweigen, »dass Niklas diesen Rosengarten zur Erinnerung an Paulina hat anlegen lassen?«

Verdutzt sah Anna sich um, so als bemerkte sie die blühenden Sträucher erst jetzt. »Nein«, sagte sie und schlug ein Bein über das andere. »Wie sollte ich auch. Ich habe hier ja nie gelebt.« Sie warf Niklas einen provozierenden Blick zu und holte ein Zigarettenetui aus ihrer Handtasche. »Darf ich rauchen?«

»Nein. Hier wird noch immer nicht geraucht«, gab Niklas kurz angebunden zurück.

»Hast *du* eigentlich gewusst«, fuhr Anna an Elisa gewandt fort und nahm eine Zigarette aus dem Etui, als hätte sie Niklas' Einwand nicht gehört, »dass ich direkt nach meiner Geburt zu meiner *nonna* kam? Zu Paulinas Mutter. Schade, dass du sie nicht mehr kennengelernt hast. Sie war eine wunderbare Frau. Heute

Morgen war ich noch an ihrem Grab.« Elisa erinnerte sich vage. Ihre Mutter hatte ihre Kindheit und Jugend in Mailand verlebt. Als Elisa noch ganz klein gewesen war, hatte Anna sie ein- oder zweimal mitgenommen, um Verwandte zu besuchen. Das hatte dann vollkommen aufgehört. Warum eigentlich? »Als *nonna* starb, hat Niklas mich ins Internat gesteckt.« Anna tat so, als sei er überhaupt nicht anwesend. »Da war ich gerade mal zehn Jahre alt.« Sie zündete sich die Zigarette an und blies den Rauch in Richtung der Rosen. »Wie gesagt. Hier habe ich nie gelebt.«

Niklas lachte freudlos auf. Er gab sich offensichtlich große Mühe, nicht zu zeigen, wie sehr ihn Annas Verhalten ärgerte. »Du musst wissen, Elisa«, sagte er und tat nun seinerseits so, als wäre Anna gar nicht da, »deine Mutter hat eine sehr wirksame Strategie. Wenn sie weiß, dass sie etwas verbockt hat, geht sie zunächst in den Angriff und versucht, dem anderen Schuldgefühle einzuflößen. Sehr schlau, in der Tat. Nur leider funktioniert das bei mir nicht.«

»Könnt Ihr beide vielleicht *miteinander* reden, statt euch gegenseitig über mich hinweg anzugreifen?« Elisa war drauf und dran aufzustehen, doch Niklas hielt sie am Arm zurück.

»Lass sie ruhig gehen«, sagte Anna. »Sie hat recht. Das, was wir zu besprechen haben, sollten wir unter vier Augen ...«

»Das würde dir so passen«, fiel ihr Niklas ins Wort. »Du hast Elisa schon viel zu lange belogen. Es wird Zeit, dass sie die Wahrheit erfährt.«

Anna bohrte entrüstet ihre großen schwarzen Augen in die von Niklas, die vor Zorn nur so sprühten.

»Das stimmt«, pflichtete Elisa ihm traurig bei. »Warum hast du mir damals nicht gesagt, dass Niklas mich sehen wollte? Warum hast du mir nicht erlaubt, weiter Cello zu spielen?«

»Du hast nie nach ihm gefragt«, gab Anna überrascht zurück. »Dein Arzt hat gesagt: Wenn sie ihn sehen will, wird sie es sagen. Ansonsten wäre es schädlich, dich mit ihm zu konfrontieren und ...«

»Schädlich?«, donnerte Niklas los, und die Schlagader an seiner Schläfe schwoll an. »Das kann nicht dein Ernst sein. Du hast auf diesen Quacksalber gehört statt auf dein Herz? Hast du überhaupt eines?«

»Niklas«, mahnte Elisa und griff nach seiner Hand. Doch er entzog sie ihr.

»Lass mich!«, fuhr er sie an. »Und überhaupt. Hast du wirklich nie nach mir gefragt?«

Elisa versuchte sich zu erinnern. »Ich glaube, ich habe es nicht gewagt«, sagte sie leise, und der alte Kummer war plötzlich wieder in ihr lebendig, so als wäre alles gerade erst passiert. »Ich dachte, es wäre doch ganz selbstverständlich, dass du kommst. Du warst schließlich immer an meiner Seite, wenn ich dich gebraucht habe. Aber als die Tage vergingen und ich umsonst wartete, nahm ich an, dass du mich nicht sehen willst. Weil ich dich so entsetzlich enttäuscht und blamiert habe.« Eine Träne kullerte ihr über die Wange, die sie ärgerlich wegwischte.

»Siehst du«, bemerkte Anna und nahm einen letzten Zug von ihrer Zigarette, ehe sie sie auf dem Etui ausdrückte und den Stummel in ein extra dafür vorgesehenes Fach legte. »Du hattest sie vollkommen eingeschüchtert. Hast du dir jemals überlegt, welchen Druck du auf sie ausgeübt hast? Sie hatte Angst zu versagen. Oh ja, ich weiß genau, wie du das machst, das hab ich ja am eigenen Leib erfahren. Ich bin gottfroh, dass es mir gelungen ist, mich aus deinen Fängen zu befreien. Was Elisa anbelangt, hätte ich schon viel früher eingreifen müssen, dann wäre es gar nicht erst so weit gekommen.«

»Nein, Mama«, wandte Elisa ein. »Das stimmt nicht. Niklas hat mich nie zu irgendetwas gezwungen. Es war nicht richtig, mir das Cellospielen zu verbieten.«

»Natürlich hat er dich zu nichts gezwungen«, entgegnete Anna. »Er hat viel feinere Methoden der Manipulation. Er sorgt dafür, dass du denkst, du willst das selbst und …«

»Oha«, machte Niklas spöttisch. »Das klingt ja nach einem gerissenen Zaubermeister. Nimm dich vor mir in Acht, Elisa.«

»Genau das sollte sie tun«, brach es aus Anna hervor. »Ich bin froh, dass sie damals gerade noch die Kurve gekriegt hat, bevor …«

»Mama, hast du schon einmal daran gedacht, dass ich das hätte selbst entscheiden sollen?« Kurz wurde es still zwischen ihnen. Anna starrte Elisa verständnislos an. »Ich *wollte* Cello spielen, seit meinem fünften Lebensjahr, keiner weiß das so gut wie du. Und das Grausamste, was mir je widerfahren ist, war nicht das Konzertieren und auch nicht mein Zusammenbruch in New York. Das Grausamste war, mich von Niklas zu trennen und mir mein Cello wegzunehmen.«

»Die Ärzte haben gesagt …«

»Scheiß auf die Ärzte«, fauchte Niklas. »Die Wahrheit ist, dass du weder deiner Tochter noch mir das gegönnt hast. Diese Nähe, die wir hatten. Weil du selbst damals alles hingeschmissen hast, nur weil du schwanger geworden bist. Du wolltest Elisa für dich haben. Da kam dir das verpatzte Konzert gerade recht.«

Elisa stockte der Atem. »War das denn so?«, fragte sie Anna. »Hast du mit der Geige aufgehört, weil ich auf die Welt kam?«

»Nicht *weil*«, korrigierte Niklas sie. »Ein Kind wäre doch kein Hindernis gewesen. Sie hat das als gute Gelegenheit genutzt, um sich zu drücken. Gib es zu, Anna.«

»Ich wollte es einfach nicht mehr«, brauste Anna auf. »Ich hatte keine Lust mehr, zu üben und zu üben, nur damit du mich endlich wahrnimmst. Außerdem war ich nicht gut genug. Für eine Profikarriere hätte es nie und nimmer gereicht.«

»Deine Mutter war mit siebzehn Meisterschülerin bei keinem Geringeren als Milan Storković«, informierte Niklas Elisa. »Sie hatte die besten Voraussetzungen. Und dann hat sie sich von irgendeinem Kerl schwängern lassen und von heute auf morgen alles hingeschmissen.«

Elisa unterdrückte die Bemerkung, dass sie sehr gerne wüsste, wer dieser »Kerl« war, und verschob die Frage auf später. Ohnehin summte ihr der Kopf von alldem, was in dem Schlagabtausch zwischen Niklas und Anna zur Sprache kam.

»Es gibt nur ein Mittel, das Herz deines Großvaters zu gewinnen.« Annas Stimme bebte. »Du musst ein Wunderkind sein. Sonst existierst du für ihn nicht, und er überlässt es anderen Leuten, dich großzuziehen.« Sie schluckte, und ausnahmsweise fiel ihr Niklas nicht ins Wort. »Glaubst du, es war schön für mich, weder Mutter noch Vater zu haben? Niklas war auf der ganzen Welt unterwegs. *Nonna* hat mich oft ihre kleine *orfana* genannt, ihre kleine Waise. Bei ihr war meine Welt ja noch in Ordnung. Aber als sie starb ...« Sie machte eine Bewegung, als wollte sie noch eine Zigarette aus dem Etui nehmen, doch sie ließ es sein, presste die vollen Lippen aufeinander und blinzelte mehrmals heftig, als müsste sie gegen Tränen ankämpfen. »Du warst nicht einmal bei ihrer Beerdigung«, fuhr sie fort und starrte auf eine der Rosen. »Meine Tante brachte mich in das Internat, das du für mich ausgesucht hast.«

»Ein erstklassiges Musikinternat«, warf Niklas ein. »Ich wollte nur das Beste für dich.«

»Das Beste, ja, das hab ich gemerkt«, gab Anna bitter zurück. »Ich hatte schon früh mit dem Violinspiel begonnen. Erst später hab ich erfahren, dass das *dein* Wunsch gewesen war und die Geige von dir stammte. Ich dachte, wenn ich richtig gut werde, holst du mich vielleicht mal zu dir. Doch das ist nie passiert.«

»Ich hab dich besucht, so oft ich in Mailand war«, erwiderte Niklas. »Und mich davon überzeugt ...«

»Ja, ja, ja«, konterte Anna genervt. »Und dann hab ich dir vorspielen dürfen. Aber wie es mir wirklich ging, das hast du mich nie gefragt.« Sie schöpfte Atem, und die Falten um Mund und Augen traten deutlich hervor. »Stellt euch nur mal vor, ich wäre tatsächlich Geigerin geworden. Dann wäre es dir genauso ergangen, Elisa. Dieses Schicksal wollte ich dir ersparen.«

Daraufhin sagte keiner mehr etwas. Der intensive Duft der Rosen war Elisa auf einmal zu schwer. Die Sonne kam hinter den Bäumen hervor und blendete sie. Alles war ihr zu viel, und am liebsten hätte sie sich in ihren himbeerfarbenen Fiat Cinquecento gesetzt und wäre in die Berge gefahren. Zum Rustico. Oder zu Cosma. Aber es wäre falsch, ausgerechnet jetzt wegzulaufen.

Anna erhob sich. »Ich geh besser wieder.«

»Nein«, widersprach Elisa heftig und stand ebenfalls auf. »Wir müssen das zu Ende bringen. Ich will endlich Antworten auf meine Fragen. Und wie es aussieht, habt auch ihr eine Menge miteinander zu klären.«

»Lass sie gehen«, warf Niklas ein. »Wir werden von Anna ohnehin nur Ausflüchte zu hören bekommen.«

»Das sehe ich anders«, erklärte Elisa. »Sie fühlt sich von dir schlecht behandelt. Vermutlich kann ich besser als jeder andere verstehen, wie schlimm es ist, sich von dir verlassen zu fühlen. Ich sehe ein, dass es schwierig war nach Paulinas Tod. Aber Anna so ganz allein zu lassen ...«

»Sie war nicht allein«, protestierte Niklas. »Sie hat es doch selbst gesagt. Bei Paulinas Mutter war sie viel besser aufgehoben als bei mir. Damals hatte ich diese Villa noch nicht. Ich lebte mehr oder weniger aus Koffern. Mein Zuhause waren Hotels. Wie hätte ich einen Säugling mit auf meine Konzerttouren nehmen sollen? Und eine Zehnjährige? Ich hab wirklich getan, was ich konnte, und es gut gemeint.« Wutentbrannt wandte er sich an Anna. »Vielleicht hättest du ja mal früher etwas sagen können, statt fünfzig Jahre damit zu warten. Dass du es wagst, jetzt auch noch Elisa dafür verantwortlich zu machen, dass du keine Karriere als Musikerin gemacht hast, ist ein starkes Stück.«

Serafina erschien auf der Terrasse und winkte zu ihnen herüber. »Das Essen ist fertig«, rief sie fröhlich. »Zur Vorspeise gibt es Minestrone. Das mögen Sie doch so gern.«

»Ich hasse Minestrone«, schrie Niklas zurück, da war Serafina aber schon im Haus verschwunden.

»Sie hat Anna gemeint«, erklärte Elisa. Und zu ihrer Mutter sagte sie: »Bitte bleib noch.«

»Wirklich, Schatz, ich muss …«

»Du kannst nicht herkommen, so ein Fass aufmachen, und dann wieder verschwinden«, gab Elisa verzweifelt zurück.

»Na gut, ich bleib noch zum Essen.« Anna sah auf ihre Armbanduhr. »Danach muss ich wirklich los.«

Bei Tisch herrschte eisiges Schweigen, und Elisa bereute, Anna zum Bleiben überredet zu haben. Ihre Hoffnung, Danilo würde sich zu ihnen gesellen, wie er es ab und zu tat, erfüllte sich nicht, und Amadou aß wie immer in der Küche. Er hatte das selbst gewählt und gesagt, dass er dem Professor wenigstens beim Essen den Anblick seines unnachgiebigen »Quälgeistes« ersparen wollte, und war nicht umzustimmen. Immer wieder hörte man nun Serafinas helles Lachen bis ins Esszimmer, und Elisa hätte etwas darum gegeben, bei ihnen zu sein.

Den Nachtisch lehnte Anna dankend ab und schob ihren Stuhl zurück. »Leb wohl«, sagte sie zu ihrem Vater, und das klang so endgültig, dass es Elisa die Kehle zuschnürte. »Ich gratuliere dir dazu, dass es dir am Ende doch noch gelungen ist, einen Keil zwischen mich und meine Tochter zu treiben.«

»Mama«, mahnte Elisa genervt. »Jetzt bleib bitte auf dem Teppich. Kannst du nicht verstehen, dass ich endlich wissen will, was damals wirklich passiert ist? Niemand treibt irgendwelche Keile zwischen uns.«

»Das sehe ich anders«, gab Anna zurück.

Niklas schürzte die Lippen und sah demonstrativ an seiner Tochter vorbei. Zu einem Abschiedswort konnte er sich offenbar nicht durchringen. Elisa begleitete ihre Mutter noch bis vor die Villa.

Anna hatte bereits die Fahrertür zu ihrem Mietwagen geöffnet, als sie sich noch einmal zu Elisa umwandte. »Wenn ich falsch gehandelt habe«, sagte sie, »tut es mir leid. Ich habe wirklich gedacht, das Richtige zu tun. Du warst sechzehn. Und ich hatte die Verantwortung.«

»Warum hast du mir das alles nicht schon viel früher erzählt?«, fragte Elisa. »Das mit deiner Kindheit. Und dass du wegen mir das Geigespielen aufgegeben hast.«

»Ich wollte sowieso damit aufhören«, erklärte Anna und wirkte erschöpft. »Als ich mit dir schwanger wurde, war ich sehr glücklich, das musst du mir glauben. Und es gab mir die Gelegenheit, einen Schlussstrich unter dieses ganze Theater zu ziehen. Ich bin mit Leib und Seele Modedesignerin, die Musik fehlt mir kein bisschen. Komm her.« Sie wollte Elisa in den Arm nehmen, so wie sie es immer getan hatte, wenn sie Meinungsverschiedenheiten hatten. Doch diesmal wehrte Elisa sie sanft ab.

»Da ist noch immer so vieles, was ich nicht verstehe«, sagte sie. »Warum sagst du mir nicht, wer mein Vater ist? Ist er so ein schrecklicher Mensch? Verschweigst du es mir deshalb?«

»Natürlich nicht«, gab Anna zurück. »Aber du solltest akzeptieren, dass ich darüber nicht sprechen will. Er spielt keine Rolle in deinem Leben, begreif das endlich.«

»Kann ich das bitte selbst entscheiden?«, gab Elisa aufgebracht zurück. »Jeder hat ein Recht darauf zu wissen, wer seine Eltern sind.«

Anna presste die Lippen aufeinander und hatte auf einmal sehr viel Ähnlichkeit mit Niklas. »Tut mir leid«, sagte sie in einem Ton, der keine Widerrede duldete. »Du bist mehr als dreißig Jahre ohne ihn ausgekommen. Du wirst auch weiterhin ohne ihn leben können.« Sie warf der Rosenholzvilla noch einmal einen Blick zu, als hoffte sie, jemanden an einem der Fenster zu sehen, dann stieg sie in ihren Wagen und ließ den Motor an.

Enttäuscht trat Elisa zur Seite und sah zu, wie ihre Mutter wendete und die Auffahrt hinunterfuhr. Beim Kommen hatte sie das Tor wohl offengelassen. Ohne zurückzublicken, fuhr Anna hindurch und davon.

In der Villa war Amadou gerade dabei, Niklas für die Mittagsruhe zu Bett zu bringen.

»So ist sie nun mal, unsere Anna«, sagte ihr Großvater resigniert, während Amadou ihm die Schuhe auszog. »Rauscht daher wie eine Diva, legt einen dramatischen Auftritt hin, und wenn es ernst wird, verschwindet sie wieder. Sie hätte Schauspielerin werden sollen.«

Es tat Elisa weh, ihn so reden zu hören. Sie war selbst enttäuscht darüber, dass sie auch dieses Mal keine Antworten auf ihre drängenden Fragen bekommen hatte. »Weißt *du*, wer mein Vater ist?«, fragte Elisa leise.

Niklas sah sie forschend an. »Nein, das weiß ich leider nicht. Glaub mir, den Jungen hätte ich mir vorgeknöpft. Wenn man ein Kind in die Welt setzt, muss man Verantwortung übernehmen.«

Elisa schluckte und dachte an das, was Anna über ihre Kindheit erzählt hatte. Genügte es, Schecks auszustellen und teure Schulen zu bezahlen? Bedeutete Verantwortung nicht viel mehr?

»Hör zu, Elisa, ich kann dir am Gesicht ablesen, was du gerade denkst«, sagte Niklas. »Nein, ich war kein guter Vater. Das sehe ich ein. Und ich habe das auch nie behauptet. Ich bin Vollblutmusiker, und es hätte niemandem genützt, wenn ich so getan hätte, als könnte ich ein kleines Mädchen großziehen. Am allerwenigsten Anna selbst. Du hast ja gehört, was sie gesagt hat: Ich bin als Vater vollkommen untauglich. Sie kann von Glück reden, dass ich Leute bezahlt habe, die das weit besser konnten.« Er schwieg erschöpft. Amadou, der ihm seine Schuhe schon längst ausgezogen hatte, wartete mit verschränkten Armen ab. »Was sagst eigentlich du zu dem ganzen Schlamassel?«, fragte Niklas ihn unvermittelt.

»Es steht mir nicht zu, mich in Ihre Familienangelegenheiten einzumischen«, antwortete Amadou.

»Ich will auch nicht, dass du dich einmischst«, fuhr Niklas ihn an. »Ich will wissen, was du denkst. Und sag mir nicht, dass du nicht genau weißt, was hier los ist.«

»Sie wollen wirklich wissen, was ich denke?«, fragte Amadou zurück.

»Na los«, raunzte Niklas. »Raus mit der Sprache.«

»Ich denke«, begann Amadou, »dass es nicht gut ist, gegen sein Herz zu handeln. Denn das macht am Ende krank.«

Niklas starrte ihn mit verkniffenem Mund an. »Ich verstehe kein Wort. Wer handelt hier gegen sein Herz?«

Amadou hob die Brauen. »Soll ich einen Spiegel holen, oder kommen Sie von alleine drauf?«

»Geh mir aus den Augen«, knurrte Niklas.

»Gleich«, antwortete Amadou ungerührt. »Zuerst bring ich Sie noch zu Bett. Sie sollten Kräfte sammeln, denn heute Nachmittag trainieren wir weiter.«

Elisa ließ die beiden allein und wusste zunächst nicht, was sie mit sich und dem Gefühlschaos, das in ihr tobte, anfangen sollte. Sie hatte so sehr gehofft, dass Niklas und Anna endlich vernünftig miteinander reden würden. Dass die beiden so verbittert waren … aber warum wunderte sie sich eigentlich? Es musste schließlich triftige Gründe dafür geben, dass man so viele Jahre lang überhaupt nicht miteinander sprach.

Über all das musste sie erst einmal in Ruhe nachdenken. Kurz entschlossen setzte sie sich in den Fiat Cinquecento und fuhr los. Sie überquerte den Seedamm bei Melide und fuhr weiter in Richtung Süden. Ohne groß zu überlegen, nahm sie die Straße in Richtung des Monte San Giorgio, eine halbe Stunde später hielt sie im Hof von Cosmas Mühle.

Und bereute sogleich, hergekommen zu sein. Denn ihre Freundin trat gerade aus dem Hundehaus und führte fünf Tiere an ihren Leinen.

»Dich schickt der Himmel«, rief sie Elisa über das freudige Gebell hinweg entgegen. »Kommst du mit uns? Die Hunde brauchen dringend Auslauf. Kannst du bitte Sally und Bix nehmen? Die sind auch ganz brav. Dann nehm ich noch Rocky mit. Halte die bitte mal eben fest.« Ehe Elisa widersprechen konnte, hatte Cosma ihr alle fünf Leinen in die Hand gedrückt. Sie hielt den Atem an, doch zum Glück interessierten sich nur zwei gutmütig dreinblickende Mischlingshunde für sie und schnupperten neugierig an ihren Schuhen. Obwohl Cosma nur wenige Minuten brauchte, kam es Elisa wie eine Ewigkeit vor, bis sie zurückkam, einen Schäferhund an der Leine.

»Ist das der von neulich?«, fragte Elisa überrascht. Das Tier war nicht wiederzuerkennen. Es hatte zugenommen, und sein Fell war dicht und glänzend.

»Ja, ich hab ihn Rocky genannt«, antwortete Cosma und nahm Elisa drei der Leinen ab. »Er hat sich super erholt, was?

Ein bisschen hinkt er noch. Aber auch das wird bald wieder gut werden. Es ist erstaunlich, wie rasch Tiere sich regenerieren können. Das geht bei denen viel schneller als bei uns Menschen.«

»Und was hast du nun mit uns vor?«, fragte Elisa und behielt die beiden Mischlingshunde im Blick, deren Leinen sie noch immer krampfhaft festhielt.

»Jetzt machen wir einen schönen, langen Spaziergang«, erklärte Cosma mit einem Strahlen. »Ich hoffe, du hast so viel Zeit mitgebracht?«

»Ich bin mir nicht sicher, ob ich das kann«, gab Elisa zu bedenken und wies auf Sally und Bix.

»Doch, das kannst du«, erklärte Cosma im Brustton der Überzeugung. »Die beiden sind unkompliziert und daran gewohnt, an der Leine zu gehen. Schau mal.« Sie wies auf den kleineren Hund, der hingebungsvoll Elisas Turnschuh ableckte. »Sie lieben dich jetzt schon.« Und damit ging sie los und hielt die fünf Leinen geschickt auseinander, während die beiden, die Elisa führte, sich schon nach wenigen Metern miteinander verheddert hatten.

»Nimm eine in jede Hand«, riet Cosma. »Du wirst sehen, so klappt das.«

Es dauerte eine Weile, dann liefen die beiden Hunde auf je einer Seite neben Elisa, schnupperten hier und dort, rannten den anderen hinterher, und alles, was sie tun musste, war, ihnen zu folgen. Sie schlugen einen weiten Bogen über den bewaldeten Berg, und nachdem sich Elisa und ihre vierbeinigen Begleiter aneinander gewöhnt hatten, konnte sie die idyllischen, bemoosten und mit Farnen gesäumten Pfade, die zwischen hellen Laubbäumen hindurchführten, durchaus genießen. An einigen Stellen überquerten sie auf steinernen Brücken tief eingeschnittene Bergbäche, und bei einem besonders reißenden drehte Cosma sich zu Elisa um und rief ihr zu, dass dieser weiter unten zum Mühlbach werde, der durch ihr Grundstück floss.

Als sie zwei Stunden später zurückkamen, fühlte Elisa sich erschöpft und erfrischt zugleich. Kein einziges Mal hatte sie an den Besuch ihrer Mutter gedacht und an den Streit zwischen ihr und Niklas, sie hatte sich viel zu sehr auf ihre beiden neuen Schützlinge konzentrieren müssen. Doch jetzt, als Cosma die Hundebande in ihre Zwinger brachte und sie solange durch den Garten zu der Bank am Mühlbach schlenderte, fiel ihr alles wieder ein, und die einander widersprechenden Gefühle machten ihr das Herz schwer.

»Was ist passiert?«, fragte Cosma. Sie hatte einen Korb mitgebracht, aus dem sie zwei Gläser und eine Flasche Mineralwasser holte, außerdem eine Dose mit Gebäck.

»Woher weißt du …«

»Man sieht dir schon von Weitem an, dass dich irgendetwas beschäftigt«, erklärte Cosma und biss in einen Mandelkeks. »Du musst es mir natürlich nicht erzählen. Aber wenn du möchtest, nur zu.«

Sie hörte geduldig zu, als sich Elisa alles von der Seele redete.

»Das heißt also«, sagte sie schließlich, »dass zuerst dein Großvater bei deiner Mutter Mist gebaut hat und dann deine Mutter bei dir.«

»So einfach ist das nicht«, entgegnete Elisa.

»Das stimmt«, räumte Cosma ein. »Einfach ist es nie, wenn die Familie ins Spiel kommt.« Elisa betrachtete eine Hummel, die am Ufer des Bachs nach Blüten suchte. Die Zeit der Sumpflinien war vorüber, dafür hatten ein paar Disteln ihre violetten Blütenköpfe geöffnet. »Tut es dir denn leid, dass du nicht Musikerin geworden bist?«

Elisa schluckte. Das war genau die Frage, die sie seit dem

Vortag beschäftigte. »Es ist seltsam zu erfahren, dass man sechzehn Jahre lang in die falsche Richtung gerannt ist.« Sie riss einen Grashalm aus und zerpflückte ihn. »Wobei man heute nicht wissen kann, ob ich mich nicht aus freien Stücken irgendwann gegen diese Laufbahn entschieden hätte.«

»Aber du wärst nicht Flugbegleiterin geworden, stimmt's?«

Elisa zuckte mit den Schultern. »Vermutlich nicht.«

»Warum hast du eigentlich ausgerechnet diesen Beruf gewählt?«, wollte Cosma wissen.

»Vielleicht war es so etwas wie Notwehr«, antwortete sie zögernd. »Meine Mutter kann sehr dominant sein. Sie behandelt mich heute noch manchmal wie ein Kind. Es war eine gute Möglichkeit, mich ihr zu entziehen. Außerdem fliege ich gern.« Oder besser, korrigierte sie sich in Gedanken, war das bis vor Kurzem so.

»Auf der Flucht vor der eigenen Mutter.« Cosma lachte traurig auf. »Glaub mir, da bist du nicht die einzige Tochter. Bei Gelegenheit erzähle ich dir mal von meiner. Siehst du das hier?« Sie wies auf das Tattoo mit dem Phönix auf ihrem Oberarm. »Ich hab mir das Motiv nicht umsonst stechen lassen. Manchmal muss man sich in Sicherheit bringen, um von Neuem auferstehen zu können.«

»Phönix aus der Asche«, sagte Elisa gedankenverloren. »Meinst du wirklich, das geht?«

»Man lässt Federn«, gab Cosma zurück. »Und vielleicht noch mehr. Aber du hast ja immerhin schon mal gezeigt, dass du das Zeug dazu hast, von vorne anzufangen.«

»Ich habe wirklich nicht gedacht, dass ich das nochmal müsste.«

»Wer weiß«, gab Cosma zu bedenken. »Vielleicht musst du es ja gar nicht. Und wenn doch, ist es eine Chance.«

Schon in der Einfahrt hörte Elisa Klavierklänge und wunderte sich.

Im Musikzimmer saß Niklas auf dem Klavierschemel, der Rollstuhl stand daneben. Es war deutlich zu hören, dass auch die Feinmotorik seiner Hände durch die Schlaganfälle gelitten hatte, mühevoll schlug er einen Akkord nach dem anderen an. Elisa erwartete jeden Moment, dass er mit einer Schimpfkaskade abbrechen würde. Doch er gab nicht auf, und Elisa erkannte bei genauem Hinhören die Harmonien einer seiner Lieblingssymphonien.

»Ich kann das Pedal treten«, sagte er plötzlich. »Siehst du das?«

Tatsächlich. Sein rechter Fuß führte die Bewegung aus. Hoffnung erfüllte Elisa. Auch wenn es ein kleiner Erfolg war, so war es ein wichtiger Schritt. »Wieso holst du nicht dein seltsames Instrument, dieses Campa-Dingens?«, fragte Niklas, ohne sein Spiel zu unterbrechen. »Ich könnte Verstärkung gebrauchen.«

Elisa ließ sich das nicht zweimal sagen, rannte die Treppe hinauf und kam mit der Campanula zurück. Sie setzte sich so neben ihren Großvater, dass sie in die Noten sehen konnte, und holte tief Luft. Bislang hatte sie einfach frei gespielt, was ihr gerade in den Sinn oder besser unter die Finger gekommen war. Wieder nach Noten zu spielen, dazu brauchte es Überwindung.

»Komm, wir probieren den langsamen Satz«, schlug Niklas vor und blätterte unbeholfen in der Partitur. »Da kannst du die Melodie spielen, und es fällt nicht so auf, wenn ich was weglasse.«

Erleichtert half Elisa ihm, die richtige Seite zu finden. Ein warmes Gefühl stieg in ihr auf. Es war fast so wie früher, als noch nichts zwischen ihnen gestanden hatte. Mit dem Unterschied, dass sie alle beide nicht mehr ganz auf der Höhe ihrer Möglichkeiten waren, was die Musik anbelangte.

»Bereit?«, fragte Niklas.

»Bereit«, antwortete Elisa.

Vorsichtig begannen sie zu spielen. Elisa gab sich Mühe, darauf Rücksicht zu nehmen, wenn Niklas nicht gleich die Tasten fand, und so klang die Melodie ein wenig verzerrt. Schließlich ließ er seine Hände in den Schoß sinken, und Elisa bemerkte, dass Schweißperlen auf seiner Stirn standen.

»Bitte spiel weiter«, bat er, als sie den Bogen sinken lassen wollte, und so tat sie es, selbst als man die Seite der Partitur hätte umblättern müssen, spielte sie auswendig weiter, so tief hatte sich die Melodie in ihr Gedächtnis eingebrannt.

Am Ende erklang Beifall, und Elisa fuhr herum. Amadou und Danilo standen in der Tür.

»Spiel du mit ihr weiter«, bat Niklas Danilo, und Amadou half ihm in den Rollstuhl. »Hast du meinen Fuß gesehen?«, fragte er stolz den Pfleger.

»Und ob ich den gesehen habe, Professor«, gab Amadou lächelnd zurück. »Ein ganz grandioser Fuß. Darauf werden wir aufbauen.«

»Los, junger Mann«, forderte Niklas Danilo erneut auf, sich an den Flügel zu setzen. »Zeig, was du kannst.«

»Eine Symphonie kann ich nicht spielen.« Danilo sah Elisa an. »Sollen wir improvisieren?« Elisa nickte. »Fang du an«, bat Danilo.

Elisa schloss die Augen. Sie dachte an Anna und die großen Missverständnisse, die ihr Leben in eine ungeahnte Richtung gelenkt hatten. Empfand die Liebe zu ihrer Mutter und die zu ihrem Großvater und den Schmerz über all das Versäumte und Ungesagte, das Unversöhnliche zwischen ihnen und über allem den Wunsch, Frieden zu schließen, einander in den Arm zu nehmen und zu sagen, dass alles gut war.

Kaum bemerkte sie, wie sie zu spielen begann, erst als Danilo seine eigene Musik gewordene Gefühlswelt zu der ihren hinzufügte und etwas Neues entstand, wurde ihr die Gegenwart bewusst. Sie ließ sich weitertragen von dem, was ihr Herz zu sagen hatte und nur in Tönen auszudrücken vermochte, nicht in Worten. Irgendwann merkte sie, dass ihr Gesicht tränennass war – es war ihr gleichgültig. Das Instrument unter ihren Händen schien zu singen und jeden Winkel der Villa mit ihren Klängen zu erfüllen, wurde eins mit dem, was Danilo dem Flügel entlockte. Und da fühlte Elisa, wie sich der alte, tief in ihr verkapselte Schmerz zu lösen begann und einige Momente lang schier unerträglich wurde, doch alles war gut, denn sie hatte endlich wieder ein Instrument, um ihn umzuwandeln und auszudrücken, in die Welt hinauszuspielen, bis er leichter und immer leichter wurde und schließlich, zumindest für den Augenblick, verschwand.

Als sie nach einer gefühlten Ewigkeit endeten, klatschte niemand Beifall. Und ohne, dass sie die anderen ansehen musste, verstand Elisa, dass sie durch ihr Spiel alle mit auf diese Reise genommen hatte, auf der Danilo sie so einfühlsam begleitet hatte.

»Das war zwar ein abenteuerlicher Ritt durch die Harmonien«, ließ Niklas sich vernehmen, »aber ich muss sagen, es war großartig. Ich habe nicht gewusst, Danilo, wie gut du Klavier spielst.«

»Bald könnte sich eine Gelegenheit bieten, das Ganze vor einem größeren Publikum zu wiederholen«, entgegnete Danilo und warf Elisa einen gespannten Blick zu.

»Vor Publikum?«, fragte sie alarmiert.

»Das halte ich für eine ausgezeichnete Idee«, erklärte Niklas begeistert. »Je eher du wieder vor Leuten spielst, desto besser. Aber zuerst sollten wir uns um diese mysteriöse Welle kümmern, die dir mitunter solchen Ärger macht. Was hältst du davon, einen Spezialisten zu konsultieren?«

»Wenn das so einfach wäre«, seufzte Elisa. »Man bekommt ja ewig keine Termine. Und bei guten Ärzten ist es besonders schwierig.«

»Lass das mal meine Sorge sein«, gab Niklas zurück. »Wenn du einverstanden bist, kümmere ich mich darum.«

»Du sollst dich erholen«, gab Elisa sanft zu bedenken. »Und dich nicht mit fremden Ärzten herumärgern.«

»Das ist ja das Gute«, erklärte Niklas mit einem zufriedenen Grinsen. »Es ist ein alter Freund von mir. Weißt du, zu ihm wollte ich dich damals schon bringen, aber Anna ... na, lassen wir das. Er praktiziert in Lugano, und ich bin sicher, dass er sich Zeit für dich nehmen wird. Schon allein deshalb, weil er mir noch einen Gefallen schuldet.«

15
Etwas Neues

»Und nun noch ein letzter Test, dann sind Sie erlöst.«

Elisa seufzte. Es war Sonntag, und sie fragte sich, wie Niklas es geschafft hatte, Dr. Morelli und seine Assistentin dazu zu bringen, für sie die Praxis zu öffnen.

Außer den üblichen Hörtests hatte der Hals-Nasen-Ohren-Spezialist nicht nur alle möglichen anderen Untersuchungen vorgenommen, Morelli hatte auch ein längeres Gespräch mit Elisa geführt und sie detailliert zu den beiden Malen befragt, in denen es zu den »kritischen Situationen«, wie er es nannte, gekommen war. Nun ließ sie sich geduldig Sonden rund um ihre Ohren und an den Schläfen anbringen und versuchte, sich auf der Liege zu entspannen.

Eine halbe Stunde später bat die Assistentin sie ins Beratungszimmer, wo sie Morelli vor mehreren großen Bildschirmen antraf, auf denen er aufmerksam die Ergebnisse studierte. Die Rollos waren heruntergelassen, und die Grafiken aus Linien und Kurven warfen ein unwirklich grünliches Licht in den Raum, sodass Elisa sich vorkam wie in einem Aquarium.

»Das ist interessant«, hörte sie Morelli nachdenklich sagen, und Elisa kniff die Augen zusammen, um aus den Computerbildern irgendetwas herauslesen zu können. Es war unmöglich. »Bitte setzen Sie sich doch.« Der Arzt nahm seine Brille ab und rieb sich den Nasenrücken. »Wie Sie vermutlich wissen, haben Sie eine ungewöhnlich hohe Hörleistung.« Elisa nickte. »Ein seltenes Phänomen. Die meisten meiner Patienten kommen zu mir, weil sie schlecht hören. Sie dagegen hören ausgezeichnet.«

»Deshalb bin ich nicht hier«, wandte Elisa ein.

»Ich weiß«, gab Dr. Morelli zurück. »Sie wollen wissen, warum sie mitunter diese Ausfälle haben. Anatomisch lässt sich das nicht erklären. Die einzige Anomalie, wenn wir das so nennen wollen, ist die hohe Empfindlichkeit Ihres Hörorgans. Sehen Sie mal hier.« Er drehte einen der Bildschirme so, dass Elisa besser darauf blicken konnte. »Das ist eine Schichtaufnahme Ihres Innenohrs.«

Auch mit diesen Aufnahmen konnte Elisa nichts anfangen. »Erklären Sie es mir«, bat sie.

»Im Innenohr befinden sich zwei wichtige Organe: Das eine sorgt dafür, dass wir hören und das andere für das Gleichgewichtsempfinden. Beide sind bei Ihnen ungewöhnlich ausgeprägt, das heißt, akustische Signale werden viel deutlicher übertragen als bei anderen Menschen. Ganz ehrlich, in meiner langen Laufbahn habe ich so etwas noch nie gesehen. Entscheidend für Ihre Wahrnehmung ist jedoch, wie die Information vom Ohr ans Gehirn weitergeleitet wird, denn dort wird sie letztendlich verarbeitet. Ein Mensch kann die besten Voraussetzungen haben, was Gehör- und Gleichgewichtssinn anbelangt – wenn der Reiz nicht richtig übertragen wird, hat er nichts davon.« Er betrachtete sie, als fragte er sich, ob er sich verständlich genug ausdrückte. »Das ist ungefähr so, wie wenn Sie in ihrem Haus die beste Glasfaserverbindung haben, doch der Anschluss zu ihrem Computer funktioniert nicht.«

Elisa nickte. »Dann war es also die richtige Überlegung meines Arztes in München, mich zu einem Neurologen zu überweisen? Würden Sie mir das ebenfalls raten?« Verzweiflung überkam Elisa. Nach den vielen Untersuchungen in dieser Praxis hatte sie gehofft, endlich Gewissheit zu bekommen.

Musste sie sich auf eine weitere Odyssee von Arzt zu Arzt einstellen?

»Nein, das ist nicht notwendig, denke ich«, erklärte Dr. Morelli, setzte seine Brille wieder auf und wandte sich seinen Bildschirmen zu. »Ich habe Ihre sämtlichen Hörnerven bereits geprüft, deshalb hat das alles so lange gedauert. Und ich glaube verstanden zu haben, warum Sie in den geschilderten Situationen dieses Gefühl hatten, von einer Welle überspült zu werden. Es liegt an der Überinformation, die Ihr Ohr ständig übermittelt. Normalerweise kommt Ihr Gehirn mit der Verarbeitung offenbar ausgezeichnet zurecht, und Sie können sich eines großartigen Gehörs erfreuen. In besonderen Situationen kann es allerdings auch zu einer Überreizung kommen mit der Folge, dass die entsprechenden Regionen des Gehirns überlastet sind und für eine gewisse Zeit einfach abschalten.«

»Aber das kam bislang ja nur zweimal in meinem Leben vor«, wandte Elisa ein. »Wenn Ihre Theorie stimmt, müsste das doch viel öfter passieren, oder nicht?«

»Nicht unbedingt«, gab Dr. Morelli zurück. »Es kommt darauf an, mit welchen Emotionen eine solche Situation unterlegt ist. Und wenn ich Sie vorhin bei unserem Gespräch richtig verstanden habe, standen sie beide Male unter erheblichem Stress.«

Elisa schwieg nachdenklich. »Ich stand bestimmt nicht nur diese beiden Male unter Stress«, antwortete sie skeptisch.

»Ich spreche von einer extremen *emotionalen* Belastung«, erklärte Dr. Morelli. »Das könnte bei dem Konzert damals der Fall gewesen sein. Was die Situation während des Flugs anbelangt – gab es da außer den thermischen Turbulenzen noch andere emotionale Faktoren? War vielleicht jemand dabei, der Sie buchstäblich aus dem Gleichgewicht gebracht haben könnte?«

Plötzlich kam Elisa die Begegnung mit Eric in den Sinn und sein völlig unangebrachter Vorschlag, sie könnten kurz mal wieder so tun, als seien sie ein Paar. Und wie gemein er reagiert hatte, als sie das von sich gewiesen hatte. »Ja«, sagte sie. »Sie könnten recht haben. Und was bedeutet das jetzt für mich?«

»Nun, zuallererst einmal sollten Sie erleichtert sein.« Dr. Morelli schmunzelte. »Denn im Grunde ist alles in Ordnung mit Ihnen. Jetzt, da Sie wissen, wo Ihre Schwachstelle liegt, können Sie darauf achten, sich von nichts und niemandem mehr unter Druck setzen zu lassen.«

Elisa runzelte die Stirn. »Dann sind Sie also derselben Ansicht wie meine Ärzte damals?«, fragte sie überrascht. »Die fanden, mein Großvater habe mich zu sehr unter Druck gesetzt. Dabei habe ich das nie so empfunden. Ich wollte dieses Konzert unbedingt geben. Keiner hat mich dazu gezwungen.«

»Vermutlich war es nicht die Konzertsituation allein«, überlegte der Arzt. »Wer war noch dabei, der Sie beunruhigt haben könnte? Jemand, der sie vorher in der Garderobe aufgesucht hat? Ein Journalist oder ein Konkurrent? Oder ein Fan?«

Elisa versuchte sich an jenen Abend zu erinnern. Seltsam. Über das, was unmittelbar vor dem Konzert gewesen war, hatte sie nie nachgedacht. »Ich weiß es nicht mehr«, sagte sie. »Irgendjemand war immer da, der mich begrüßen wollte.« Eine hochgewachsene Männergestalt tauchte plötzlich vor ihrem geistigen Auge auf. Blaue, freundliche Augen. Aber das war auch schon alles, und das Bild verblasste gleich wieder. Elisa war sich nicht einmal sicher, ob sie diesen Mann an jenem Abend getroffen hatte oder bei einer anderen Gelegenheit. Und schon gar nicht wusste sie, wer er gewesen sein könnte und ob er bei ihr irgendwelche Gefühle ausgelöst hatte.

»Sie sind ein empfindsamer Mensch«, hörte sie Dr. Morelli sagen. »Das ist bei hoch musikalischen Menschen meistens der Fall. Schauen Sie sich nur Ihren Großvater an. Er tut zwar immer so, als wäre er stark wie ein Baum. In Wirklichkeit ist er einer der sensibelsten Menschen, die ich kenne. Also achten Sie auf Ihr seelisches Gleichgewicht und vermeiden Sie emotionalen Stress. Dann wird Ihnen das hoffentlich nicht mehr passieren.«

»Wie soll man emotionalen Stress vermeiden?«, fragte Elisa ungläubig. »Das Leben bringt solche Situationen eben mit sich.«

»Natürlich«, räumte Dr. Morelli ein. »Und es gibt Methoden, damit umzugehen. Vor allem für Situationen, in denen Sie hoch konzentriert sein müssen.«

»Ich bin Flugbegleiterin«, sagte Elisa. »Muss ich das Fliegen aufgeben?«

»Nein, warum denn?« Dr. Morelli bedachte sie mit einem wohlwollenden Lächeln. »Wie gesagt – Sie sind kerngesund. Deswegen war das Ergebnis der Routineuntersuchungen ja auch stets unauffällig. Fliegen Sie, wenn Sie das gerne tun. Ich stelle Ihnen ein Attest aus, das Sie Ihrer Fluggesellschaft zukommen lassen können, wenn Sie das brauchen. Übrigens: Spielen Sie eigentlich wieder Cello?«

Die Frage traf Elisa unvermittelt. »Ja ... ähm ... nein, nicht so wie früher«, stammelte sie. »Aber ich musiziere wieder.«

»Das freut mich.« Der Arzt strahlte.

»Danke«, sagte Elisa lächelnd. »Und vielen Dank, dass Sie sich die Zeit für mich genommen haben. Es tut mir wirklich leid, Ihnen den Sonntag gestohlen zu haben«, erklärte sie.

»Das habe ich gern gemacht«, antwortete Dr. Morelli und erhob sich. »Sie müssen wissen, ich war früher einer Ihrer glühendsten Bewunderer. Alles Gute, Frau Eschbach.« Er schüttelte ihr herzlich die Hand. »Grüßen Sie Niklas von mir. Er wird erleichtert sein, dass alles in Ordnung ist.«

Statt gleich zurückzufahren, beschloss Elisa, einen Spaziergang durch die ausgedehnte Anlage des Parco Ciani zu machen, der sich mitten in Lugano direkt am Seeufer befand. Sie wollte über das nachdenken, was der Arzt gesagt hatte. Zunächst war ihr der Rat, auf ihr »seelisches Gleichgewicht« zu achten, allzu oberflächlich erschienen. Je länger sie allerdings darüber nachdachte, desto mehr erkannte sie, wie sehr sie sich stets nach anderen richtete. Kaum hatte ihre Mutter sie darum gebeten, war sie nach Lugano gefahren, um sich um Niklas zu kümmern. Sie hatte sich von Mariella eine Weile herumschubsen lassen, und obwohl sie ganz genau wusste, dass sie sich ausruhen sollte, war sie Marcs Bitte gefolgt und hatte zugestimmt, während ihrer freien Tage einen Privatflug zu begleiten. Sie hatte den Termin beim Neurologen platzen lassen, weil es Niklas schlechter ging, und auch wenn sich das im Nachhinein als die richtige Entscheidung herausgestellt hatte – sie hatte einfach nicht gelernt, sich gegen die Ansprüche anderer durchzusetzen.

Das war nicht immer so gewesen. Wenn Elisa sich recht erinnerte, hatte diese Unsicherheit, zu sich selbst zu stehen, begonnen, nachdem ihr Traum von einer Musikerkarriere geplatzt war. Davor hatte sie genau gewusst, was sie wollte – nämlich Cello spielen, und damit hatte sie sich sogar gegenüber ihrer Mutter behauptet, die ihre Leidenschaft für das Instrument von Anfang an kritisch betrachtet hatte. Nach jenem denkwürdigen Konzert war es schwierig für sie geworden zu wissen, was sie wirklich wollte. Die einzige größere Entscheidung, so schien ihr, die sie danach selbst getroffen hatte, war es gewesen, Flugbegleiterin zu werden. Doch wollte sie das immer noch? Sie war sich nicht sicher. Im Moment vermisste sie dieses Leben kein bisschen, wenn sie ehrlich zu sich war. Die Frage war: Was wollte sie dann?

Sie erreichte ein besonders kunstvoll geschmiedetes Tor, das direkt am Ufer stand, und Elisa nahm an, dass hier einst die Flotte der Familie Ciani gelegen hatten, um sie über den spiegelblanken See ans andere Ufer zu tragen. Heute war dieses Tor, das von zwei quadratischen Granitsäulen flankiert wurde, ein beliebtes Fotomotiv, einige Paare standen Schlange, um sich davor ablichten zu lassen. Als sie weitergingen, stand Elisa lange an dieser Stelle und betrachtete dieses Portal ins Nirgendwo. Das runde Mosaik aus hellen Kieselsteinen am Boden, das einen achtstrahligen Stern in einem Kreis darstellte, erschien Elisa wie ein Symbol. Doch wofür? Ein Zacken des Sterns wies in Richtung See, und Elisa stellte sich vor, wie sich das Tor öffnete und sie hindurchging, in ein Boot stieg, das dort wartete, um sie in ihr zukünftiges Leben zu bringen ...

Eine Kinderschar stürmte heran und riss Elisa aus ihren Träumereien. Übermütig nahmen sie die steinernen Sitzbänke seitlich des Tores in Besitz, kletterten hinauf und sprangen wieder herunter, rannten weiter, gefolgt von zwei Erzieherinnen, die vergeblich hinter ihnen herriefen. Elisa nahm ihr Handy aus der Tasche. *Alles in Ordnung mit meinen Ohren,* schrieb sie an Danilo. *Ich bin vollkommen gesund.* Umgehend kam seine Antwort. *Die beste Nachricht des Jahrhunderts. Ich liebe dich.*

Sie schickte mehrere Herzen zurück und beschloss, zurück zur Rosenholzvilla zu fahren. Bestimmt wartete auch Niklas gespannt auf das Ergebnis der Untersuchung. Und erst jetzt fühlte sie die Erleichterung darüber, dass ihr im Grunde nichts fehlte. Sie war gesund. Es lag an ihr, dafür zu sorgen, dass dies so blieb.

Elisa fand ihren Großvater hinten im Park. Sein Rollstuhl stand auf dem Weg, und er sah zu der Statue mit der Cellospielerin hinüber.

»Wird Zeit, dass wir den Gärtner anrufen. Hier ist ja alles vollkommen verwildert«, sagte er. Ein Vogel flog verschreckt auf, ließ sich auf einem nahen Ast nieder und schimpfte auf sie herunter.

»Da ist ja ein Nest«, rief Elisa und deutete auf die Kuhle zwischen dem Kinn der Spielerin und dem Cello. Von Efeuranken geschützt hatte das Rotschwänzchen dort seine Eier ausgebrütet. Zaghaftes Piepen drang zu ihnen herüber.

»Das ist doch ...«

»... es ist wunderbar«, beendete Elisa Niklas' Satz. »Den Gärtner rufen wir erst, wenn die Kleinen flügge geworden sind. Wollen wir zu Stradivarius rübergehen? Dort werde ich dir alles in Ruhe erzählen.«

Niklas wendete geschickt seinen Rollstuhl und bewegte die Räder über den Kies, was bestimmt anstrengend war. Auf der Lichtung mit der Figur des Geigers setzte Elisa sich auf das Mäuerchen, das die Terrasse begrenzte. Dann begann sie zu erzählen.

Niklas sah an ihr vorbei hinunter zu den Rosenholzbäumen, und auf einmal wusste sie, was er dachte. Dass alles ganz anders gekommen wäre, hätte Anna ihm erlaubt, Elisa gleich zu diesem Arzt zu bringen.

»Es hat keinen Sinn, darüber nachzugrübeln, was hätte sein können«, hörte sie sich sagen. »Wir können die Zeit nicht zurückdrehen, und ich würde es auch nicht wollen, selbst wenn das möglich wäre.«

»Wenn du möchtest, versuche ich, dein Cello zurückzukaufen«, schlug Niklas vor.

Elisa schüttelte den Kopf. »Es ist schon lange nicht mehr *mein* Cello«, erklärte sie, und der alte Schmerz fiel von ihr ab wie der Schorf von einer verheilten Wunde. »Und ich bin nicht mehr die von damals.«

»Was wirst du jetzt tun?« Niklas forschende Augen waren auf sie gerichtet. Und sie bemerkte in ihnen noch etwas anderes, so als fürchtete er sich vor ihrer Antwort.

»Ich weiß nicht«, antwortete sie.

»Lass dir Zeit«, riet Niklas. »Das hier war früher schon dein Zuhause. Und so wird es immer sein.«

»Ich bleibe gerne noch«, antwortete Elisa scheu. Allein den Gedanken, diesen Ort zu verlassen, an dem auch Danilo lebte, fand sie überhaupt nicht angenehm.

»Es gibt so viele Dinge, die du nicht weißt.« Niklas sah wieder über die Kronen der Rosenholzbäume. »Und die ich eines Tages regeln muss. Mariella liegt mir damit ständig in den Ohren, aber ich bin mir nicht sicher, ob der rechte Zeitpunkt dafür schon gekommen ist.«

Elisa lauschte verwundert. Noch mehr Geheimnisse? »Hat das etwas mit mir zu tun?«, fragte sie besorgt. »Denn dann würde ich dich bitten, nicht länger damit zu warten.«

Niklas schüttelte den Kopf. »Nein, Elisa. Und ich hätte das jetzt gar nicht erwähnen sollen.« Er schwieg einen Moment. »Du bist mit Danilo zusammen, richtig?« Elisa nickte. »Liebst du ihn?«

»Ja.« Elisa fühlte, wie ihr Gesicht heiß wurde. »So etwas habe ich vorher noch nie mit einem Mann erlebt.«

Ein erleichtertes Lächeln erschien auf Niklas' Gesicht. »Das ist gut«, sagte er. »Danilo ist zwar ein widerspenstiger Bursche, aber er gefällt mir. Er sollte seinen Bruder mehr unterstützen.«

»Danilo hat seine eigenen Vorstellungen vom Instrumentenbau«, gab Elisa zurück und hoffte, dass nicht auch Niklas sie dazu auffordern würde, Einfluss auf ihren Freund zu nehmen, so wie Mariella.

»Ja, das hat er von seinem Vater.« Niklas lächelte. »Reno ist zwar nicht so weit gegangen und hat die Instrumente verändert. Seine Neuerungen kamen den traditionellen Instrumenten zugute. Deshalb waren sie so großartig.« Er sah Elisa in die Augen. »Du weißt, dass ich viel Geld in die Werkstatt investiert habe?«

Elisa nickte. »Nach meinem Tod werden meine Anteile in der Firma verbleiben und auf die Familie Fasetti übergehen.«

Elisa nickte erneut, verwundert darüber, welche Wendung dieses Gespräch nahm. »Davon bin ich ausgegangen«, sagte sie. »Außerdem stirbst du noch lange nicht.«

»Das weiß keiner von uns«, gab Niklas zurück. »Und Mariella ist besorgt. Sie sähe es gerne, wenn ich meine Anteile jetzt schon überschreiben würde.«

»Ich finde, das kannst nur du allein entscheiden«, erklärte Elisa unangenehm berührt. Von Anfang an hatte sie das Gefühl gehabt, dass Mariella sich nicht nur aus reiner Nachbarschaftsliebe so hartnäckig um Niklas bemüht hatte. Nun fand sie ihre Vermutung bestätigt. »Es ist nicht richtig, dich zu bedrängen.« Schon gar nicht, fügte sie in Gedanken hinzu, in deinem Zustand.

»Jedenfalls gut zu wissen, dass du nichts dagegen hast«, sagte Niklas nach einer Weile.

»Wieso sollte ich etwas dagegen haben?« Elisa konnte es nicht fassen. »Es ist *dein* Vermögen. Und niemanden geht es etwas an, was du damit machst, weder mich noch Mariella.«

Auf einmal raschelte etwas zu ihren Füßen. »Was zum Teufel ist das?«, fragte Niklas und starrte auf den Boden, wo sich ein kleiner Haufen dürres Laub zu bewegen schien. Schließlich kam der Panzer einer Schildkröte darunter zum Vorschein, dann ihr charakteristischer graubrauner Kopf.

»Darf ich vorstellen? Das ist Michelangelo«, antwortete Elisa mit einem Lachen. »Serafinas Schildkröte. Es macht dir doch nichts aus, dass sie hier im Park herumwandert?«

»Hier macht inzwischen jeder, was ihm gerade einfällt«, schimpfte Niklas Serafina aus, als sie wieder in der Villa waren. »Wer hat Ihnen erlaubt, eine Schildkröte in meinem Park zu halten?«

»Als ob dich das arme Tier in irgendeiner Weise stören würde!« Elisa warf der Haushälterin einen beruhigenden Blick zu. »Außerdem trifft Serafina keine Schuld. Meine Freundin Cosma hat sie mehr oder weniger dazu überredet, das Tier aufzunehmen, und ich habe zugestimmt. So eine Schildkröte braucht eben auch ein Zuhause.«

»Wer ist Cosma?«, fragte Niklas misstrauisch. »Seit wann hast du hier eine Freundin?«

»Cosma ist Veterinärin«, erklärte Elisa. »Und sie kümmert sich um herrenlose Tiere. Sie hat ein großes Herz.«

»Im Gegensatz zu mir, willst du wohl sagen.« Um Niklas' Mundwinkel zuckte es. »Was frisst so eine Schildkröte überhaupt? Hoffentlich keine Rosen.«

»*Ma no, Professore*«, beteuerte Serafina. »Die *tartaruga* frisst nur wilde Kräuter. Davon gibt es im Park ja genug. Und ich versichere Ihnen, dass Michelangelo Sie nie behelligen wird. Dass er Ihnen heute vor die Füße lief …«

»Das war ausgesprochenes Pech, was?« Niklas verzog das Gesicht zu einem grimmigen Lächeln. »Na gut. Aber das nächste Mal möchte ich gefragt werden, ehe ein Tiergehege aus meinem Park wird. Ist das klar?«

Serafina nickte und beeilte sich, aus dem Musikzimmer zu kommen.

»Was für ein Theater!« Elisa schüttelte den Kopf. »Und das alles nur wegen einer Schildkröte. Du hast die Arme ganz eingeschüchtert.«

»Serafina schüchtert man nicht so schnell ein«, erwiderte Niklas. »Hol mal lieber deine Campanula. Ich will mir das Ding vor dem Abendessen noch mal genauer ansehen.«

»Wo soll ich überhaupt den Tisch decken?« Es war Serafina, die den Kopf zur Tür hereinstreckte. »Im Esszimmer oder auf der Terrasse? Draußen wäre mehr Platz.«

»Dann draußen«, antwortete Niklas.

»Wieso mehr Platz?«, wollte Elisa wissen. Normalerweise aßen sie zu zweit.

»Heute Abend haben wir Gäste«, informierte Niklas sie. »Und da wir davon sprechen: Lad doch deine Freundin auch dazu ein. Die mit dem großen Herzen für Tiere.«

»Warum?«, fragte Elisa misstrauisch. »Willst du ihr eine Szene wegen Michelangelo machen?«

Niklas lachte aus vollem Halse. »Manchmal ist es mir direkt unheimlich, wie ähnlich wir uns sind. Ruf sie einfach an. Und danach hol bitte dein Instrument.«

Gemeinsam prüften sie jede einzelne der Harmoniesaiten, stimmten sie neu, und dann bat Niklas seine Enkelin, für ihn zu spielen. Anfangs wählte sie bekannte Themen, die ihr gerade in den Sinn kamen, später löste sie sich mehr und mehr von ihnen und spann sie einfach weiter. Ein großer Frieden breitete sich in ihr aus. Nach einer Weile fühlte sie, wie die Kuppen ihrer linken Hand leicht zu brennen begannen, und musste schmunzeln. Es würde einige Zeit dauern, bis sich die Hornhaut wieder gebildet hatte, die ihre Finger unempfindlicher machte. »Ich brauche einen anderen Bogen«, sagte sie, nachdem sie geendet hatte, und prüfte die Spannung von dem, den sie in den Händen hielt.

»Dann trifft es sich gut, dass Romy heute Abend auch hier sein wird.« Niklas sah auf die kleine Standuhr auf seinem Flügel. »In einer Viertelstunde sind alle da. Vielleicht solltest du dich noch mal frisch machen.«

»Wer kommt denn überhaupt?«, fragte Elisa überrascht.

»Alle«, antwortete Niklas lapidar. »Einschließlich Mimi.« Als er Elisas erstauntes Gesicht sah, musste er lachen. »Wir haben schließlich etwas zu feiern.«

»Und was?«, wollte Elisa wissen.

»Dass du gesund bist«, gab Niklas zurück. »Im Grunde wusste ich das schon vorher. Oder besser: Ich habe es geahnt.«

Mit »alle« meinte Niklas offenbar die gesamte Familie Fasetti einschließlich Romy und Mimi, die fröhlich die Rampe von der Terrasse in den Garten auf und ab rannte, als wäre sie eigens für sie gebaut worden.

Romy kam verlegen auf Elisa zu und schüttelte ihr die Hand. »Ich muss mich bei dir entschuldigen«, sagte sie.

»Aber warum denn?«, fragte Elisa verblüfft.

»Du musst einen schlimmen Eindruck von mir gewonnen haben, als wir uns das letzte Mal begegnet sind. Es war nicht mein bester Tag, und ich war schrecklich wütend auf Fabio.«

»Mach dir bitte deswegen keine Gedanken«, versuchte Elisa sie zu beruhigen. »So eine Trennung ist nie einfach.« Romy seufzte tief und sah unglücklich zu Mimi hinüber, die Niklas gerade ein Gänseblümchen überreichte, das sie auf dem Rasen gepflückt hatte, und Elisa fiel ein, dass Romy die Trennung eigentlich gar nicht wollte.

In diesem Augenblick sah Elisa, wie ihr Freund gemeinsam mit Mariella durch den Rosengarten auf sie zukam. Er hielt eine Flasche Wein in der Hand, und Mariella trug vorsichtig eine quadratische Schachtel vor sich her.

»Da ist eine *torta di amaretti* drin«, verriet Mimi aufgeregt, als die beiden zu ihnen auf die Terrasse traten. »Mein Lieblingskuchen!«

Mariella warf ihr einen liebevollen Blick zu und überreichte die Schachtel Serafina, die an diesem Abend ebenso wie Amadou eingeladen war, mit ihnen zu essen.

»Wo ist Papa?«, fragte Mimi, und über Mariellas Gesicht huschte ein Schatten.

»Der kommt bestimmt noch.« Sie warf Romy einen beruhigenden Blick zu.

»Wenn du ihm verraten hast, dass ich auch hier bin, wird er sich eine Ausrede einfallen lassen«, antwortete diese halblaut, damit Mimi es nicht hörte.

»Ach, hier sind alle«, ertönte es aus dem Garten. »Ich hab geklingelt, aber niemand hat aufgemacht.« Cosma kam von der Einfahrt her ums Haus herum und umarmte Elisa und Danilo.

»Darf ich dir meinen Großvater vorstellen?«

»Danke für die Einladung«, sagte Cosma zu Niklas. »Tut mir leid, dass ich mit leeren Händen auftauche, das kam alles ein bisschen plötzlich, und ich konnte nichts mehr besorgen. Ich hätte Ihnen allerdings einen wunderschönen Labradorwelpen mitbringen können. Hätte Sie das gefreut?«

»Danke«, antwortete Niklas und maß Cosma mit einem amüsierten Blick. »Die Schildkröte reicht vollkommen.«

»Ah, Sie haben Bekanntschaft mit Michelangelo gemacht, verstehe.« Cosma wechselte mit Serafina, die gerade ein Tablett mit Sektgläsern brachte, einen vielsagenden Blick. »Und? Finden Sie nicht auch, dass das ziemlich interessante Kreaturen sind?«

»Interessant? Ich weiß nicht. Noch hatte ich keine Gelegenheit, mich ausführlich mit ihm zu unterhalten. Aber lasst uns nun anstoßen. Auf unsere Elisa. Und vor allem auf ihr ausgezeichnetes Gehör.«

In diesem Moment erschien Amadou auf der Terrasse, und Elisa konnte nicht anders, als ihn verblüfft anzustarren. Sie hatte den Pfleger noch nie anders als in seiner weißen Berufskleidung gesehen. Nun jedoch trug er eine elegante schwarze Hose und darüber eine ebenfalls schwarze Kaftanbluse, die am Saum und am Ausschnitt bis über den Bauchnabel hinab breit mit goldfarbenen Stickereien verziert war. »Was ist los?«, fragte er. »Hab

Tabea Bach

DAS VERSPRECHEN DER
ROSENHOLZVILLA

Roman

SPIEGEL
Bestseller-
Autorin

Lübbe

Freuen Sie sich auf die Fortsetzung …

für die Beantwortung meiner vielen Fragen rund um den Instrumentenbau und ganz besonders für seine Erlaubnis, sein Instrument in dieser Roman-Trilogie zu verwenden und seine Erfindung dem fiktiven Instrumentenbauer Danilo Fasetti zuschreiben zu dürfen.

Es gibt also die Campanula wirklich, und wer sich für sie interessiert, ist herzlich eingeladen, Helmuts Internetseite zu besuchen, um mehr zu erfahren und Klangbeispiele zu hören: www.helmut-bleffert.de

Auch möchte ich wie immer meinen großartigen Lektorinnen für die wundervolle Zusammenarbeit meinen Dank aussprechen: Melanie Blank-Schröder vom Lübbe Verlag für ihre Begeisterung und ihren unermüdlichen Einsatz sowie Marion Labonte, die den Text akribisch und mit Herz durchgeht und auch die kleinsten Ungereimtheiten aufspürt. Meiner Agentin Petra Hermanns danke ich von Herzen für Rückhalt und Beratung. Waliha Cometri für viele schöne Recherche-Ausflüge rund um den Luganer See und am Monte San Giorgio, ohne sie hätte ich den Schauplatz für die Rosenholzvilla und auch den aufgelassenen Steinbruch bei Arzo garantiert nie gefunden. Ich danke außerdem meinem Cello-Lehrer Roman Speck für die Geduld, mit der er mir das Spiel auf der Campanula beibringt.

Geduld hat auch mein wunderbarer Mann Daniel Oliver Bachmann mit mir, wenn ich viele Abende und Wochenenden am Schreibtisch sitze, statt mit ihm etwas Schönes zu unternehmen oder gemeinsam mit ihm zu musizieren. Zum Beispiel mit der Campanula. Tausend Dank dafür.

Danksagung

Es war an einem Sommertag vor vier Jahren. Ich fuhr im Auto durch den Schwarzwald und hörte ein Radio-Feature über einen Mann, der ganz besondere Streichinstrumente baut. Er nannte seine Erfindung »Campanula«, und sofort war ich fasziniert von dem Klang, der sogar aus den Lautsprechern meines Autoradios großartig war. Mein alter Wunsch aus Teenagertagen wurde plötzlich wieder in mir wach. Damals wollte ich unbedingt Cello lernen, hatte aber leider nicht die Möglichkeit dazu.

Wieder zu Hause recherchierte ich über diesen Instrumentenbauer und seine Werkstatt, die sich nicht im Tessin, sondern in der westlichen Eifel befindet, und einige Zeit später besuchte ich Helmut Bléffert dort, um seine Campanulas kennen zu lernen.

Ich verliebte mich sofort in dieses Instrument. Wie im Buch beschrieben ist es einem Cello sehr ähnlich. Den größten Unterschied machen die vielen zusätzlichen Saiten aus, die beim Spielen mitklingen und für den zauberhaften Klang sorgen – einmal davon abgesehen, dass Helmuts Instrumente einfach meisterhaft gebaut sind. Es dauerte also nicht lange, und ich besaß selbst so eine Campanula.

Ich habe Helmut Bléffert viel zu verdanken. Zum einen, dass ich durch ihn nun tatsächlich meinen alten Traum vom Cellospielen verwirkliche. Dankbar bin ich aber vor allem

»So soll es sein«, flüsterte sie zurück.

Und dann schwiegen sie und ließen ihre Zärtlichkeit sprechen. Ja, dachte Elisa, während er sie aufhob und über die Schwelle ins Innere des Hauses trug. So soll es sein. Genau so und nicht anders.

ENDE

»Ich wüsste nicht, wohin ich noch reisen müsste«, antwortete er zu ihrer Überraschung. »Inzwischen habe ich genügend traditionelle Obertoninstrumente kennengelernt, jetzt möchte ich im Grunde nur noch Campanulas bauen. Und sie verbessern. Niklas hat mit mir über die Besaitung gesprochen, auch du hast das Thema ja schon erwähnt. Darüber hinaus würde ich gern noch ein paar Dinge ausprobieren. Anderes Klangholz verwenden zum Beispiel. Und die Form ein wenig verändern. Ich habe das Gefühl, da ist noch viel mehr drin. Mehr Klang. Verstehst du?«

»Klar verstehe ich das. Und ich bin der Meinung, du solltest deine Ideen und Pläne umsetzen.«

»Das sagst *du*«, entgegnete Danilo missmutig. »Rate mal, was meine Familie dazu meint.«

»Du wirst eine Lösung finden«, sagte Elisa zuversichtlich.

»Und was ist mit dir?«, erkundigte sich Danilo unruhig. »Wirst du in deinen Beruf zurückkehren, wenn sie dich wieder fliegen lassen?«

»Nein«, antwortete Elisa.

»Wirklich nicht? Wann hast du das denn beschlossen?«, fragte Danilo überrascht.

»Vorhin. Als wir zusammen gespielt haben. Da ist mir klar geworden, dass das zu Ende ist. Es war eine gute Zeit. Aber jetzt kommt etwas anderes.«

»Etwas mit Musik.«

»Gut möglich«, sagte Elisa nachdenklich. »Ich weiß noch nicht genau, was es sein wird.«

Eine Sternschnuppe zog ihre Bahn über den Himmel. Und Elisa formulierte im Stillen einen Wunsch. *Lass uns gemeinsam unsere Wege finden*, dachte sie, so intensiv sie nur konnte.

»Ich liebe dich, Elisa«, hörte sie Danilo leise sagen. »Was immer kommen wird, lass es uns gemeinsam erleben.«

übertraf bei Weitem alles, was sie früher während ihrer jungen, vielversprechenden Laufbahn erlebt hatte.

Später, als alle anderen gegangen und Niklas im Bett war, saßen sie auf den Steinstufen vor dem Rustico und hielten sich an den Händen. »So wie mit dir war es noch mit keiner Frau«, sagte Danilo.

»Wie denn?«, wollte Elisa wissen. »Was ist anders?«

»Dass wir gar nicht reden müssen und ich trotzdem weiß, was du gerade fühlst.«

»So, weißt du das? Was fühle ich denn im Moment?«

Danilo hielt ihre Hand fester und schien zu lauschen. »Du bist glücklich.«

Elisa lachte leise. »Das war nicht schwer zu erraten.«

»Warte, ich bin noch nicht fertig.« Wenn irgend möglich rückte Danilo noch näher an sie heran. »Du bist glücklich, aber auch verwundert. Ein bisschen verwirrt. Du kannst es noch nicht so recht glauben. Und du fragst dich, wie es jetzt weitergehen soll.«

»Das stimmt«, räumte Elisa ein. »Das ist tatsächlich die große Frage.« Sie hörte den Ruf des Käuzchens, das sie anfangs so unheimlich gefunden hatte und ihr inzwischen sogar lieb geworden war.

»Ich weiß auch noch nicht, was ich mache, wenn ich das letzte Cello gebaut habe, das ich meinem Bruder versprochen habe«, sagte Danilo.

»Willst du wieder zu einer Reise aufbrechen?« Es war eine Frage, die Elisa schon seit einer Weile im Kopf herumging. Dass Danilo in der Werkstatt seiner Familie nicht glücklich war, hatte sie von Anfang an gewusst. Man hatte ihn ihr als unsret und sprunghaft beschrieben. Und er hatte sie gewarnt. Ein ruhiges, sesshaftes Leben würde sie an seiner Seite nicht finden, hatte er gesagt.

Serafinas Lammkeule in Rotwein schmeckte ausgezeichnet, und sogar Amadou entschied sich, davon zu kosten, wenngleich er Alkohol sonst strikt ablehnte. Er und Cosma unterhielten sich die ganze Zeit angeregt miteinander, und Elisa fragte sich, ob da womöglich etwas am Entstehen war zwischen den beiden.
Nach dem Essen bat Niklas Elisa und Danilo, ihnen etwas vorzuspielen, und Fabio ergriff die Gelegenheit, sich mit der laut protestierenden Mimi hastig zu verabschieden, die seiner Meinung nach längst ins Bett gehörte. Danilo schob mit Amadous Hilfe den Flügel so nah wie möglich an die Terrassentür heran, und Elisa nahm mit der Campanula draußen Platz.
Als sie den Bogen hob, wurde es still am Tisch. Ein lauer Windhauch wehte den Duft der Rosen zu ihnen herüber, Elisa holte tief Luft. Sie schloss die Augen und begann eine Melodie zu spielen. Sie wusste selbst nicht, wo sie herkam, irgendwo aus ihrem Innern oder von dort draußen aus dem Rosengarten, sie hatte keine Ahnung. Und da fiel es ihr wieder ein, was sie am meisten geliebt hatte am Musizieren: den Moment, wenn alles Denken aufhörte und die Musik sich entfaltete. Zwar kam sie durch ihr Spiel auf dem Instrument zum Klingen, und doch entstand sie ganz woanders, war womöglich schon immer da gewesen, unbemerkt, so wie Elisa das Gefühl hatte, dass ihre Liebe zu Danilo schon immer da gewesen war, nur er hatte gefehlt.
Sie hörte, wie sein Spiel ihre Musik nicht ergänzte, sondern erst vollkommen machte. Früher hatte sie oft mit anderen Menschen gemeinsam musiziert, und es waren unvergleichlich gute Konzerte darunter gewesen. Aber niemals zuvor hatte sie diesen Gleichklang, diese Harmonie zwischen sich und einem anderen Menschen gefühlt, wie jetzt mit Danilo. Sie mussten einander nicht einmal anblicken, um zu wissen, was als Nächstes erklingen würde. War das überhaupt möglich? Ja, das war es. Und es

ich mich bekleckert? Ich muss gestehen, dass ich vorhin in der Küche von dem köstlichen Kräuterquark genascht habe.«

»Nein«, antwortete Elisa und stellte fest, dass sie nicht die Einzige war, die Amadou mit völlig neuen Augen musterte. Vor allem Cosma wirkte überaus fasziniert von ihm. »Sie sehen heute so elegant aus. Wie ein afrikanischer Prinz.«

Amadou lachte, und seine Zähne blitzten dabei mit dem Weiß in seinen Augen um die Wette. »Wer sagt denn, dass ich kein Prinz bin? Eure königliche Hoheit Amadou. Das klingt fantastisch, oder?« Sein Blick fiel auf Cosma, und sein Gesicht wurde weich. »Ich glaube, wir sind uns noch nicht vorgestellt worden?«

»Ich bin Cosma«, antwortete die Tierärztin und musste sich räuspern. »Einfach Cosma. Ohne königlich und so.«

»Also, Cosma und Amadou setzen sich dort drüben hin«, dirigierte Niklas. »Und Romy und Fabio hier neben mir. Schön, dass du doch noch gekommen bist.« Nun hatte auch Elisa Fabio entdeckt. Mit grimmiger Miene nahm er Platz, darauf achtend, dass Mimi zwischen ihm und seiner Noch-Ehefrau zu sitzen kam. »Elisa auf meiner anderen Seite, und natürlich Danilo neben ihr, Mariella, möchtest du mir gegenüber sitzen? Und Serafina, meine großartige Perle, die in meiner Abwesenheit das Haus so gut gehütet hat und uns heute Abend mit ihren Kochkünsten verwöhnt, bitte nehmen Sie neben ihr Platz. Oder müssen wir noch einen Stuhl dazurücken für Signor Michelangelo?«

»Nein, *professore*,« antwortete die Italienerin mit einem Lachen. »Der fühlt sich in seinem Glashaus wohler.«

Trotz Fabios chronisch schlechter Laune wurde es ein vergnüglicher Abend. Elisa unterhielt sich mit Romy über Cellobögen, und sie verabredeten, sich bald in Romys Werkstatt zu treffen.

Wer Mut hat, findet sein Glück

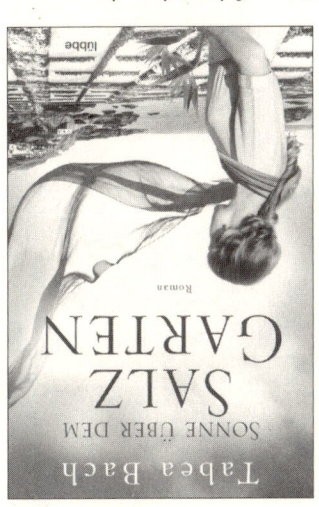

Tabea Bach
SONNE ÜBER DEM
SALZGARTEN
Wohlfühl-Saga rund um
ein Restaurant auf den
Kanarischen Inseln. Roman

368 Seiten
ISBN 978-3-404-18484-2

Die erfolgreiche, aber gestresste Sterneköchin Julia will ihren Neffen eigentlich nur kurz auf die kanarische Insel La Palma begleiten. Doch dann entdeckt sie über einer wildromantischen Bucht eine alte Finca, die sie sofort verzaubert. Könnte sie sich hier ihren Traum von einem kleinen Restaurant am Meer erfüllen? Es scheint sich perfekt zu fügen, dass am Fuße der Klippe ein Salzgarten liegt, der in Familientradition von dem attraktiven Alvaro betrieben. Julia verliebt sich auf den ersten Blick in ihn, und auch er ist ihr sehr zugetan. Aber wie so oft im Leben, kann das, was so einfach schien, ganz schön kompliziert werden ...

Der mitreißende Auftakt der Salzgarten-Saga von Tabea Bach

Die Community für alle, die Bücher lieben

Das Gefühl, wenn man ein Buch in einer einzigen Nacht verschlingt – teile es mit der Community

In der Lesejury kannst du

★ Bücher lesen und rezensieren, die noch nicht erschienen sind
★ Gemeinsam mit anderen buchbegeisterten Menschen in Leserunden diskutieren
★ Autoren persönlich kennenlernen
★ An exklusiven Gewinnspielen und Aktionen teilnehmen
★ Bonuspunkte sammeln und diese gegen tolle Prämien eintauschen

Jetzt kostenlos registrieren: www.lesejury.de

Folge uns auf Instagram & Facebook:
www.instagram.com/lesejury
www.facebook.com/lesejury